故事会

2009·35

（总第446-449期）

合订本

STORIES

上海故事会文化传媒有限公司　出品

(00266)

图书在版编目(CIP)数据

2009《故事会》合订本.35/《故事会》编辑部编.
上海：上海锦绣文章出版社，2009.11
ISBN 978-7-5452-0483-4

Ⅰ．①2…　Ⅱ.①故…　Ⅲ.①故事－作品集－中国－当代　Ⅳ.①I247.8

中国版本图书馆CIP数据核字（2009）第202492号

责任编辑　朱　虹
装帧设计　李宝强

故事会2009年合订本35
(总第446-449期)
《故事会》编辑部　编
上海锦绣文章出版社·上海故事会文化传媒有限公司出版
地址：上海绍兴路74号
电子信箱：gushihui@263.net
网址：www.slcm.com
中国图书进出口上海公司发行
地址：上海市广中路88号
电话：36357888
字数280,000
ISBN 978-7-5452-0483-4/I·144

446 2009 SEMIMONTHLY 上半月刊 9月

欢迎登录本刊主办的“故事中国网”（www.storychina.cn）

故事会

—STORIES—

2009 年 9 月

上半月·红版

社　长、主　编：何承伟

常务副主编：吴　伦

副主编：姚自豪（上半月·红版）

副主编：夏一鸣（下半月·绿版）

本期责任编辑：吕　佳

电子邮箱：lujia411@yahoo,com,cn

红版发稿编辑：

姚自豪　郑继文　叶小萌

美术编辑：李宝强

电脑制作：郭瑾玮

通　联：归依玲

本社办公室电话：021-64375030

上半月刊编辑部电话：021-64332325

下半月刊编辑部电话：021-64336469

（上海市绍兴路 74 号 邮编：200020）

主管、主办：上海文艺出版（集团）有限公司

出版单位：《故事会》杂志社

制作、发行总监：张　凯

电话：021-64313938

广告业务：上海故事会文化传媒有限公司

广告总监：张　淮

广告业务：021-34010383

广告投诉：021-64333738

广告经营许可证

沪工商广字 3100320050022 号

发行：中国图书进出口上海公司

·笑话·

太有才了

小刘参加了某网站的征文活动，评选进入了网友投票阶段，小刘给所有亲朋好友发短信：“请各位上网时帮我投一票，获奖请客。”

由于心急，短信发出去后小刘才发现没有把投票的网址告诉大家，于是他将网址输入手机，准备再发一遍，就在此时，手机接二连三收到好几条短信，内容让小刘哭笑不得：

“刘兄好，已投过一票。”“我每天都会帮你投的，一定要请我喝酒啊！”

最夸张的是，有个人发短信说：“征文我看了，你真是太有才了！”小刘几乎晕倒，随即回复一条：“我再怎么有才，也没您老兄有才啊！”

（冯国伟）

（本栏插图：李　加）

贵在哪里

一家米线店供应各种口味的米线，普通米线4元，过桥米线10元，一对小情侣在商量着点菜。

男的说：“我就搞不明白，为啥过桥米线就那么贵呢？比普通米线贵6块钱！”

女的想了想，答道：“可能这10块钱里面包含了过桥费吧！”　（偶　然）

真有意思

小王内急，就冲进一个公共厕所，厕所里有两个隔间，第一间前面没人，而第二间前排满了人。小王立刻想到，第一间隔间可能很脏，但他快憋不住了，只好打开第一间隔间，意外地发现里面很干净。小王又仔细一看，墙上有一段文字，那是一个小故事，小王看了第一句就被深深地吸引了，越看越觉得有意思，但故事在最关键的地方中断了，只留下一行字：下转第二间。小王赶紧出来，在第二间隔间前排起了队……（文　景）

零花钱

小周领了工资就全都上交给老婆，老婆从中抽出两张百元大钞，含情脉脉地对小周说：“亲爱的老公，这是给你的零花钱！”要知道，老婆平时给小周每月的零花钱，最多不超过50元，这次竟然一下子给了这么多，小周简直受宠若惊，他接过钞票，兴奋地说：“老婆，你对我真是太好了！”

没想到老婆接着说：“老公，以前都是按月给你零花钱，这不赶上金融危机了吗？这200元是你今年一年的零花钱，你可要省着点花啊！”

（尹成荣）

营养专家

王五是个包工头，经常克扣工人工资，他妻子是营养专家，一日中午吃饭，妻子为刚上小学的儿子炖了碗骨头汤，并提醒儿子：多吃点骨头，营养全在骨头里。见儿子一脸不解，王五解释道：“听妈妈的没错，妈妈是营养专家。”

儿子想了想，说：“爸爸也是营养专家。”王五不解地问：“我怎么也成营养专家了？”儿子得意地答道：“上次我去爸爸的工地玩，那里的叔叔都说，爸爸像魔鬼一样，吃人不吐骨头。”（刘龙杰）

操练

老婆正要推开房门，忽听老公在屋里说话：“给老王10万，给小宝10万，给小红10万，给小陆10万……”老婆当即心跳加快：想不到彩票迷老公真的中大奖了，正在给朋友们分钱呢！她慌忙“砰”地撞开门，大吼一声：“不给！谁都不给！全部给我！”

老公脸红了，小声道：“还没有中，我是在操练。”

老婆怒道：“操练？操练也不能十万十万的往外送！”

（刘龙杰）

·笑话·

差别大

丈夫刚做了手术，妻子守在病床旁，轻轻地握住他的手，等着他醒来。几分钟后，丈夫的睫毛动了一下，睁开眼，仔细打量着妻子，说：“你好美啊！”然后又睡了过去。过一会儿，丈夫又睁开眼，再次打量着妻子，说：“五官倒还端正。”然后又昏睡过去。

好容易等丈夫醒来，妻子着急地问：“亲爱的，你第一次醒来时说我好美，第二次醒来时对我的评价仅是五官端正，前后才几分钟，怎么差别这么大呢？”

丈夫毫不犹豫地回答：“因为麻药的作用正逐渐消失。”

（从　容）

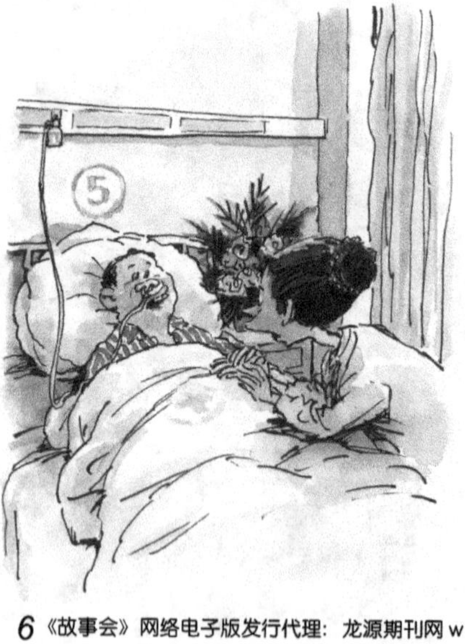

一家之主

男人向朋友吹嘘道：“在家里我可是一家之主，只要我喊一声‘拿热水来’，立刻就有一盆热水端到我面前。”

朋友十分羡慕：“那热水是干吗用的？”

“哎呀，你不觉得用冷水洗碗很不舒服吗？”

（张有军）

修　理

两个妇女在聊天，王嫂说：“我家孩子经常弄坏电器，幸好他老子会修理。”

李嫂点头道：“我家孩子也喜欢摆弄电器，幸好当老子的会修理。”

王嫂问：“你先生也会修理电器？”

李嫂道：“不，他会修理孩子。”

（青　松）

疑　惑

约翰想找一份工作，可是自身的条件又不够优秀，于是他在网上找到一份特别优异的个人简历，打印出来，到处投递。

不久之后，果然有公司寄来了回复的信件，约翰兴奋地拆开信封，发现信上只有一句话：您早已在本公司就职三年，为什么还要应聘？

（战慧春）

认真的伙计

宠物店新来的伙计做事特别细致认真，第一天上班，他打扫一个金丝雀笼就用了一个小时，清洗一个鱼缸用了两个小时，然后他问老板还有什么事要做。老板早已忍无可忍，嚷道：“你带着乌龟散步去吧！”

（偶　然）

看管孩子

海滩上阳光明媚，游客如织。救生员在高台上用高音喇叭喊着：“带孩子的家长请注意，请看管好自己的小孩，特别是带着自己的孩子又带着别人老婆的，请不要把自己的孩子扔在一边，我看得出来的！”

（佚　名）

谁紧张

阿娟和刘姐住在同一个小区，经常串门聊天。这天，阿娟去小区药店买药，刚好碰上刘姐，阿娟见刘姐手上拿着刚买的安眠药，想起刘姐的儿子马上要参加高考了，就关切地劝道：“高考来临，孩子有点紧张，失眠是正常的，千万不能随便给他吃安眠药……”

刘姐苦笑道：“我哪是给孩子买药啊，这段时间，孩子显得比较轻松，倒是我和老公，一天比一天紧张，不吃药完全睡不着啊……”（黄　玉）

吃海鲜

下午上班后，小张的一个同事突然不舒服，她痛苦地说：“我过敏了！”

小张关切地问：“你中午吃了什么啊？”

同事说：“海鲜。”

小张嫉妒地问道：“不错嘛！吃的什么啊？龙虾还是螃蟹啊？”

同事答道：“虾皮。”

（盈　盈）

本栏欢迎来稿，读者、作者可将有新鲜感、有精彩细节的笑话佳作投寄给我们。来稿一经采用，最高稿费为一则100元。本期责任编辑电子信箱：lujia411@yahoo.com.cn。

和飞机赛跑

有些人看似聪明，其实愚蠢之极；有些人看似蠢笨，其实聪慧绝顶。金融危机，董事长的公司受损不小，他想招聘几个聪明一点的人去开拓欧洲市场。这天，他叫来了人力资源部的几个主管，让他们近期部署一下招聘事宜。

几个主管走后，席先生走进了卧室，董事长开口就说了这么一句话："能给我讲一个聪明人的故事吗？"

"聪明人的故事？有的呀，呵呵……"

有个人，叫苏航，大学毕业，想赚钱，可一时找不到工作，女朋友暗示他，再这样下去，就该拜拜了。苏航急了，冒出了一个大胆的挣钱方法，女朋友知道后连连摇头，说："我可不想找个坑蒙拐骗之徒，更不想跟着你去蹲监狱。"

苏航一听，连忙解释："你也太小看我的智商了，我这个办法，走的是正规程序，到时候你就是把国际法庭的大法官请来，也找不出我的罪证。"

女朋友听苏航说得头头是道，便同意了，很快，他们就借钱注册了一家"未来通讯发展公司"，接着就发布招聘广告，声称本公司招聘业务经理一名，月薪12000元，报名者需要交800元的培训费，公司将培训半月，然后通过公平的考试录用。

报名那天，来的人可真多，苏航的女朋友充当了"人事部经理"的角色，忙前忙后，应接不暇，最后，有一百来人交了培训费，厚厚的一沓钞票哇，女朋友数钱数得手都抽筋了！

接下来，苏航就开始对那一百来人进行“培训”了，他租了一间大教室，请的是大学的讲师、教授，一切都是正儿八经的。中途退出的学员，按日扣除培训费，余下的当场退还，最后，坚持下来的还有八十多个人。

最后一堂课是苏航上的，他口若悬河，大讲特讲公司的远景规划，讲得大家热血沸腾。苏航说，公司需要顶尖人才，想进公司要经过三次考试，谁能闯过三关，就会被正式聘用。

第二天上午，第一场考试开始，“总经理”苏航亲自监考。试卷发下去，很多人傻眼了：试卷上除了培训班几十个学生的名字，其余的什么都没有！大家正一头雾水，这时，苏航说出了考题：在每个姓名后面写上相应的手机号码，这一下，学员们全呆住了，有人不服气，叫了起来：“这算什么考题？”

苏航很有风度地笑笑，说“什么是人才？作为业务经理，注意搜集身边同行的信息，是一项基本能力，况且……”苏航说着，潇洒地走到讲台旁，指着墙上的一块红布，说，“你们应该知道，这红布蒙住的是一张纸，这纸上就是所有学员的手机号码，平时大家都看到的。从培训班一开始，人事部经理就要求大家记住这些手机号码，说是方便联系，其实就是考验大家是否注意观察了。”

苏航的一番话有理有据，学员们全都面红耳赤，哑口无言，这一场考试下来，只有三个人写得完全正确。

苏航看了，心里却暗自嘀咕：现在的人都成精了，这么难的题都会！下午第二场考试的时候，这三个人眼巴巴地等着苏航发试卷，可新试卷没发下来，却见苏航把上午的考卷原样不动地还给了他们，并提出了新的要求：把三个人使用的手机品牌、型号、价格写上。

妈呀，又有两个人当场傻眼了，苏航心里那个美呀，他不动声色地说：“我们是什么公司？通讯公司！

凡是和通讯有关的都要留意……”他正说得起劲，却见这三人中有一个“刷刷”地写个不停，不一会，那人就把试卷交了上来。

苏航一看，那人叫吴笛，苏航当场向另外两人验证，果然毫厘不差，苏航没有办法，只好装模作样地恭喜吴笛，让他等待第三次考试的通知。

这一下苏航犯了难，他原以为凭这两道题，就足以把所有考生一网打尽，没想到竟然冒出吴笛这么个鬼灵精，如果第三场考试再解决不了，那麻烦就大了，如果不录取，吴笛就会告苏航诈骗！

苏航心事重重地回到住处，女朋友正兴高采烈地趴在地图前，计划着

去北京旅游，她见苏航回来了，就笑着说：“这次我们有钱了，一定要坐飞机去旅游！”听女朋友这么一说，苏航脑袋里灵光一闪，立即有了第三道考试题目：让这个牛气的吴笛和飞机赛跑！

苏航立即打电话把吴笛叫来，吩咐他去买两张明天到北京的飞机票，等飞机票买来了，他才告诉吴笛，这就是第三次考试的题目，具体方式是：苏航和女朋友乘坐飞机，吴笛则愿意坐什么就坐什么，看谁先到达北京。如果苏航和女朋友到达北京后，一出机场，就看到吴笛，这说明他跑得比飞机还快，公司将立即聘用他，否则，工作免谈。

吴笛一听，为难地说：“除了火箭，还有什么比飞机快？这个题目也太难了吧？”

苏航反问道：“作为一个业务经理，最重要的素质是什么？”

吴笛信口答道：“反应快，点子多！”

苏航微微一笑：“这就不需要我再解释了吧？”

吴笛眉头皱得紧紧的，第二天，他把苏航和他的女朋友送到飞机场，通过了安检门。等吴笛一走，苏航眉飞色舞：因为他已经查了，这个时间段内，没有到北京的航班，即使坐子弹头列车，也无法和飞机赛跑，等他和女朋友在鸟巢合影时，吴笛也许还

在挤火车呢!

上了飞机，女朋友还是不放心，她在机舱里前前后后巡视了几遍，想看看吴笛是不是化装后登上了飞机，直到确信没有吴笛的影子，女朋友才彻底放了心。

飞机呼啸着冲上蓝天，苏航和女朋友的心情也说不尽的舒坦，两人粗略计算了一下，这次“招聘”，除租教室、请教师的费用外，能净挣三四万。他们兴奋地计划着，这次旅游后，再去别处搞几场这样的“招聘”。

很快，飞机缓缓下降，北京到了，苏航和女朋友刚走出机场出口，就有一个人迎上来亲切地说道：“苏总经理，我在这里等您好久了！”

两人定神一看，顿时怔住了：妈呀，站在眼前的，竟然是吴笛!

吴笛笑眯眯地问：“苏总经理，我这次考试通过了吧？”

“通过了，通过了……”苏航漫不经心地答应着，与此同时，他转到吴笛身后，仔细往吴笛身上瞅。吴笛见此情景，仍然是一副笑眯眯的样子，说：“苏总经理，您是不是找您画在我肩膀上的记号？您看好了，您画的那个字母还在呢！”原来苏航心细，他怕吴笛有孪生兄弟，而这个孪生兄弟恰巧也在北京，于是在送别时装作无意地拍了拍吴笛的肩膀，其实是在肩膀上画了个记号。

吴笛继续说道：“请您放心，我是独生子，没有孪生兄弟，站在您面前的，正是帮您买机票的那个吴笛。”

此刻，苏航脑子里一片空白，想说什么，却一句也说不出来，潜意识里隐隐感到眼前这个吴笛实在是太“无敌”了，自己耍的这些花招，看来都逃不过他的眼睛!

正如苏航所料，吴笛不紧不慢地又开了口：“你们合伙办假招聘的事，我早就看出来了，我之所以陪你们玩到底，是想看你们到底能出多少新花样。你们想知道我为什么这样做吧？实不相瞒，我以前也是屡屡受骗，于是干脆办了个网站，专门揭露招聘中的骗局。我今天正好有事到北京来，于是就陪你们一起来了。”

苏航听到这里，冒着冷汗，喘着粗气，说不出一句话来，倒是吴笛又意味深长地说：“说实话，你们的确比一般骗子高明，但再高明的骗子，也是骗子，我想凭你的聪明劲儿，还是走正道好。现在抽身，还来得及，具体该怎么办，你们自己应该知道！”说完，他就转身离去。

苏航的女朋友突然想起什么，连忙问道：“你能不能告诉我，你是怎样比我们来得还快的？”

吴笛回头答道：“我和你们坐的是同一航班，不过我坐的是头等舱。”

（**本期作者**：郭　选）

（**题图、插图**：安玉民　梁　丽）

· 我的故事 ·

人生在世，难免遇到尴尬事。一次我和朋友聊起，生活中遇到过哪些尴尬事。有的朋友说在应聘面试时突然肚子疼，有的说自己匆忙中忘了换裤子，结果上身穿着西装、下身穿着短裤就出门了，我说，这些都不能和我小时候的一次经历相比。在朋友的撺掇下，我给他们讲了下面这个故事……

绝对隐私

□王彦民

我们家乡有个风俗，结婚前一天晚上，要找一个男孩子和新郎睡在新床上，俗称“压炕”。这“压炕”可是个美差，不仅可以睡新被褥，还可以得到一个大红包。我读小学五年级时，就接到了这样一份美差。

那年，大伯家的三哥要结婚了，三哥看中我是班长、三好生，年年考第一，就把“压炕”的重任交给了我。

婚礼前一天的晚宴结束后，大人们分几拨要钱，我们几个小家伙也没闲着，像模像样地打起了扑克，赌注是喝凉水，谁输了都要喝上满满一杯。玩到深夜，我意犹未尽地被三哥叫去睡觉。躺在暖暖的新被褥里，我感到浑身上下都舒服，很快进入了梦乡。

梦做得五花八门，我只记住了最后一个：我们班进行期末考试，我却一个字都写不出来，因为我感觉憋着一泡尿，涨得小肚子难受。班主任看到我的答卷是空白的，他的脸扭曲起来，吼道：“你站起来！”我艰难地直起身子，可怕的事情发生了：尿液顺着我的裤脚流在了地上，竟汇成一条小河，同学们一阵狂笑：“班长尿裤子喽！班长真羞哦！”

这时，我一个激灵醒了过来，感觉屁股下面热乎乎、湿漉漉的。顿时，我明白过来：老天啊，我尿炕了！

那一刻，我连死的心都有了。如果别人知道我“压炕”却把新被褥尿了，那得多丢人？我耳边仿佛响起了同学们的嘲笑声，一浪赛过一浪。

我转身看了看身旁的三哥，他正睡得香甜。我小心翼翼地从被窝里钻了出来，撩起被子，看着褥子上湿掉的那一片“地图”，不知所措。

正在这时，三哥伸了个懒腰，睁开了眼睛，慢悠悠地起床穿衣服。我心里暗暗叫苦，本打算趁三哥没醒，找东西把褥子上的尿吸干净，可现在没有了机会。我慌手慌脚地把被褥叠了起来，三哥看着我，笑道：“看来选你小子是对的，不光学习好，还是个勤快人。”

因为心里有事，婚礼这天我怎么也提不起精神，一心想着晚上新郎新娘打开被褥时的“恐怖”场面。面对着可口的饭菜，我才吃了几筷子，就谎称不好受，回了自己家。

不大一会儿，父亲也回了家，他紧张地摸了摸我的头，问我是不是不舒服，接着就想去叫村里的医生。我一把拉住父亲的胳膊，蔫蔫地说自己没得病。父亲皱着眉头看着我，说：“你有啥子心事？”我犹豫了一下，摇了摇头。

父亲见我不肯说，就耐心地开导我，最后，我鼓足勇气，绝望地对父亲说：“爹，我给三哥‘压炕’，把人家的新褥子给尿了。”

父亲听罢，似乎激动了起来：“什么？你小子啊！瞧你干的好事！这、这对人家是不吉利的啊！”

我听罢险些晕倒，原以为只是我个人的面子问题，没想到涉及到风俗，简直成了“政治”问题。我这一泡尿，也许关系到三哥以后的婚姻幸福啊！

我感到百爪挠心，忍不住哭了起来：“爹，这可怎么办啊？要是同学们知道我这么大了还尿炕，我这个班长以后还怎么见人啊！”

父亲叹了口气，从口袋里掏出一

支卷好了的旱烟，点上，猛吸了一口。突然，父亲眼前一亮，把旱烟摔在了地上，用脚一碾，笑着对我说："傻小子，爹有主意了，你就瞧好吧。"说完，转身又上三哥家去了。

爹能想出啥办法？会不会无意中把我的丑事说出去？按习俗，晚饭还要在三哥家吃，可我哪有心情去？便饿着肚子，忐忑不安地等着父亲。

过了好久，父亲醉醺醺地回来了，乐呵呵地拍着我的肩膀说："儿子，爹给你解决了！你三哥让爹灌得不省人事，我把他抱在你尿过的那张褥子上，他睡得跟死猪似的。估计到了明天早上，那褥子也就干透了。"

听完此话，我高兴起来，可不一会儿，我又担心起来，红着脸对父亲说："爹，不对啊！就算那尿干了，也会留下一片印迹啊！"

父亲听完，从怀里掏出一只猪耳朵递给我，笑着说："快吃吧！嘿嘿，到时候咱才不认账呢！"

这算什么主意啊？我心里怦怦直跳，感觉三哥褥子上的尿迹简直就是一颗定时炸弹，随时会被人发现，而且一定会顺理成章地引爆在我头上。

第二天一早，我被一阵吵闹声惊醒，我竖着耳朵听了一下，原来是新婚的三哥和三嫂吵了起来。

我疑惑地随着大人们走进三哥的屋子，只见三嫂一边抹着眼泪，一边冲三哥发脾气："打搞对象起我就看不惯他喝酒，你们看，这次可好，喝得把炕都给尿了。"说完，不顾三哥的面子，把那床褥子展现给众人看。

听罢这话，父亲对我笑了笑，居高临下地训起三哥来："小三，瞧你小子这出息劲儿，以后喝酒可得悠着点！"

看三哥像做错事的孩子，臊得满脸通红，我心中的一块石头落了地。

日月如梭，一晃三十年过去了。每每想起这个尿炕事件，我在敬佩父亲智慧的同时，都会觉得自己很对不起三哥。

前不久，得知三哥的儿子要结婚

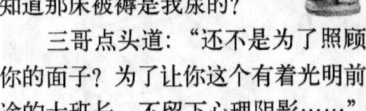

了，远在大都市的我处理好公司一切事务，带着儿子前去赴宴。

婚礼前一天的晚宴，三哥高兴得一杯接一杯。席间，有人冲三哥提醒道：“老三，别贪杯啊！小心把炕尿了！”

在众人的哄堂大笑中，三哥憋红了脸。我也忍不住笑了起来，笑罢，我突然想起那个风俗，便摸着儿子的头对三哥说：“三哥，我大侄子的床，还是要我儿子来压吧？”

三哥打了个酒嗝，瞅着我儿子说：“当然可以，不过，我得问一句，你家这小子平时尿炕吗？”

听三哥好像话里有话，我心里一动，就问：“你这是什么意思？”

三哥笑着说“你小子，还跟我这儿装傻是不是？我把这黑锅，替你背了三十年啊！”

天啊！三哥这句话一出口，我如梦初醒，惊讶地问：“你、你知道那床被褥是我尿的？”

三哥点头道：“还不是为了照顾你的面子？为了让你这个有着光明前途的大班长，不留下心理阴影……”

原来是这样啊！为了不影响我的学业，不给我增加心理负担，三哥竟忍受着三嫂的责怪和众人的嘲笑，煞费苦心地演了那出戏给我看。

我再也坐不住了，站起身，举起酒杯，热泪盈眶地说了声：“谢谢三哥，我敬你！”

没想到三哥也站了起来，顺势握住我端酒杯的手，将酒杯移向了我那已满头白发的老父亲，感慨地说：“惭愧啊！这酒要敬，就敬你爹吧！要不是他答应给我买辆自行车，别说背黑锅，光凭你小子那泡尿冲了我的喜气，我都不想饶你呢……”

（**题图**、**插图**：安玉民　梁　丽）

吃不下（文：韩　琼；图：包丰一）

1. 老公爱吃虾仁，妻子过年时买了一包速冻的，可放在冰箱里就忘了。

2. 直到中秋节，妻子才想起这包虾仁，于是取出来做给老公吃。老公一边说着感激的话，一边擦眼泪。

3. 妻子赶忙说："做回虾仁没什么，不用这么客气。"

4. 老公说："这虾仁在咱们家时间久了，我都产生感情了，吃不下啊！"

花季少女惨遭拐卖，当所有人熟视无睹时，那个伸出援手的人，不仅救了被拐少女，更挽救了人类的良知和人性的尊严……

再救你一回

□郭来人

小琳16岁那年被人贩子拐骗到偏远山村，卖给了一个叫石憨的三十多岁的光棍，饱受凌辱殴打。石憨对她看管得很严，寸步不离地瞅着她，不让她摸一分钱。这天中午，石憨喝了点酒，迷迷糊糊躺下睡了，忘了锁门，小琳一看机会难得，就偷偷溜出了家门。她不敢走大街，专走没人的小路，恨不得一步就跨出村子。当她急匆匆走到一家门口时，差点把一位刚出门的老太太撞倒在地，小琳顿时吓得魂飞魄散。

在这以前，小琳曾多次逃跑，都被村民发现了，他们立即告诉了石憨，结果逃跑不成，反而换来一顿毒打。这回眼看快出村了，没想到又撞上了人，小琳认得，这老太太姓王，王奶奶会不会帮自己呢？小琳心里一点底也没有，但到了这个时候，她不得不冒险了。小琳含着眼泪，扑通一声跪倒在地，哀求道：“王奶奶，救救我……”

王奶奶愣了一下，一看四周没人，也没说话，突然一把拉起小琳，把她拉到家里，从床头的柜子里拿出一包东西，一层层地揭掉包着的布，把一大把零碎票子塞到小琳的手中，说道：“我就这么多钱了，我留五块钱的盐钱，剩下的你都拿走，路上用得着！”

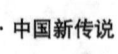

小琳感动得泪流满面，但她不敢耽搁，只说了一句“我会把钱还给您的”，就匆匆离开了。有王奶奶给的钱做路费，小琳顺利地逃离了火坑。事后小琳算了算，王奶奶给了她两百多元钱。

一晃几年过去了，无论在哪里打工，小琳心里始终放不下王奶奶的恩情。别看只有两百多元，对一个没有什么经济来源的老太太来说，那可是一笔巨款。可小琳不知道王奶奶叫什么名字，不能邮寄，再三考虑后，她决定冒险回去一趟，只有亲手把钱交给王奶奶，亲口对她说一声“谢谢”，小琳才能安心。

如果让人认出来那就麻烦了，为此，小琳特意精心打扮了一番，还戴上茶色眼镜，活脱脱一个时尚的城里姑娘，村里人看见了，也很难与几年前那个落难女子对上号。为了确保万无一失，她还做了安排，告诉自己的一个好朋友，如果今晚十点还没接到她报平安的电话，就请朋友报警。

小琳走进村子的时候，是下午三四点钟，她特意挑了这个时间进村，因为这时候大部分人都下地干活去了，街上只零零星星地坐着几个老人。小琳留意观察了一下，里面没有王奶奶。当她走到王奶奶家门口时，不由大吃一惊，只见王奶奶家的院墙一半都坍塌了，隔墙望去，院里是几尺高的荒草。

小琳心里凉了半截，莫非王奶奶已经不在人世了？她推开虚掩的门，走了进去，到了堂屋门口，她轻声叫道：“王奶奶，王奶奶……”

一连叫了好几声，里面才传来游丝一样的声音：“谁呀……”

小琳大喜，急忙推门走了进去。刚一开门，一股浓重的潮味扑面而来，呛得人喘不过气来。王奶奶躺在床上，头发蓬乱，脸色苍白，和以前那个精神矍铄的老太太判若两人。

“谁呀……”王奶奶费力地转过头来，无神的眼光瞅着门外。

“我是小琳啊，就是那年借了您钱逃走的小琳……”小琳哽咽着拿出一叠钞票，“我还钱来了，我要还您双倍的钱，您的大恩大德，我永远不会忘记！”

停了好大一会，老太太似乎才明白过来，她脸上陡然升起一股怒气，颤巍巍地说道：“你来干什么？要不是因为你，我也不会遭这么大的罪，也不会成了现在这个样子……”

原来当年小琳逃走后，石憨很快知道是王奶奶帮了她，他恼羞成怒，气势汹汹地跑到王奶奶家，一脚跺在王奶奶腿上，把她跺成了骨折。就是这样，他还不罢休，又把院墙推塌了几处，要不是当时拦着他的人多，他非把王奶奶的房子拆了不可。

王奶奶的儿子平时就有点嫌她，这次更嫌她多管闲事，得罪了乡邻，对她也是不管不问。后来石憨赔了一部分医药费，不过都被儿子拿去赌博了，没有给王奶奶看腿，王奶奶的腿落下了毛病，从此就躺在床上。儿子每天端来一碗饭，往床头的盆子里一倒，你愿意吃就吃，不愿意吃拉倒。

“要是再遇见这种事，我可是不管了，我管不起啊！”王奶奶想哭，可是干涸的眼睛里根本流不出眼泪。

望着盆子里那令人作呕的剩饭，小琳难受极了。她看到王奶奶快要掉下床了，下意识地伸手去扶，可一接触到王奶奶的身体，她就觉得有些不一样，掀开衣角一看，大吃一惊：由于长期卧病在床，王奶奶的皮肤已经溃烂，几乎到了体无完肤的地步。

小琳心如刀绞，她把钱压到枕头下面，泪流满面地对王奶奶说：“等天黑我就送您去医院，给您看病，给您疗伤，您为我吃了这么大的苦，我要像亲孙女一样好好伺候您！”

顺利出了村后，小琳没有按原计划马上回去，而是联系了附近的一家医院，让他们天黑后派车去接王奶奶。

等到夜幕完全降临，小琳乘坐救护车，又返回了村里，当她带着医生走进王奶奶家时，突然被一双大手摁住，同时有个熟悉而又狰狞的声音响起来：“他妈的，老子找了多长时间都没有找到你，你竟然自己回来了！看这回你还往哪里跑！”

旁边有个讨好的声音道：“石憨哥，我说的没错吧，今天我给老娘送饭，就发现床头那钱来得蹊跷……”

小琳挣扎着说：“放开我！”

石憨恶狠狠地说：“放开你？老子花那么多钱把你买来容易吗？还是乖乖地跟我回去吧！”

医生也懵了，问道：“你们这里不是有病人吗，病人在哪里？”

王奶奶的儿子抢着回答：“谁说有病人？赶快回去，没你们的事！”

医生一看不对，真的扭头就离开了。

石憨拖着小琳往家走，小琳一路上不停地大声呼叫：“放开我，放开我！救命啊！救人哪！”

很快就有不少人围了上来，石憨忙解释：“这是我那跑了的老婆，今天又回来了！”

有人拿手电照了照，认出了小琳，喊道：“石憨真是好福气啊，老婆又自动送上门了，还打扮得花枝招展，比以前漂亮多了！”一群人哈哈大笑起来。

众人的哄笑声更撩拨起了石憨的凶性，他干脆两手横抱起小琳，也不管她乱抓乱挠，只管大踏步往家走。来到家里，他把小琳扔到床上，就去关门，等他回身的时候，发现小琳手里多了把水果刀。

“你敢靠近我，我就扎死你！”小琳带着绝望的神情说道。

“又给我来这一套？好，我先不动手，咱还是老办法，相互熬着，看谁能熬过谁。”说着，石憨坐到床那头，悠然地吸上了烟。

小琳忘不了，初次被卖到这里时，她和石憨也是这样对峙着，可是后来她实在太困了，刚一合眼，就被他得逞了。

可这次不一样了，小琳是有准备的，她看了看墙上的钟，已经接近十一点了。手机刚才被石憨抢走了，自己十点还不打电话，朋友就会报警，也许，这时候民警已经快来了。

果然，没过多大一会，外面传来叫喊声：“石憨，石憨，在屋里干什么呢？出来一下。”

石憨赶忙答应：“哦，是村长啊，这么晚了有什么事呀？”他边说边开门，出去后急忙返身把门锁上。

村长在屋外答道：“是这么回事，刚才派出所来人了，现在人在我家喝水呢。他们说有人报案，说咱们村里有人绑架了她朋友，还说跟你有关系，这不，先让我来调查一下。”

石憨听了，嘻笑着说：“你还不知道我石憨是什么样的人吗？再借十个胆，我也不敢绑架啊！”

小琳在屋里听得清清楚楚，跑到门边拼命晃荡着门，大声喊：“村长，快救我，我就是被他绑架的人，是我让人报的警，你快让他们来啊……”

“村长，不要听她瞎喊，她是我老婆，你也认识的，那一年我还请你喝喜酒呢。咱这里民风好得很，哪会有绑架的事呢？我还放着两瓶好酒呢，明天给你送去……”外面的声音渐渐小了，小琳的心也渐渐沉到了谷底。

很快，石憨回来了，他得意地笑着说：“你心眼还不少呢，可有什么用？这里的人都是向着我的，哪有帮你的？还是老老实实听我的吧。”

这一夜，小琳没敢合眼，手里的刀子一刻也没松开。天色放亮的时候，小琳感到前所未有的疲倦，刚一迷糊，对面的石憨就扑了上来。恰在这时，外面有人咚咚地踢门，伴随着严厉的叫喊“快开门！再不开，我们就要砸开了！”

石憨吓了一跳，慌忙去开门，门一开，闯进来几个警察，上来就把他揪住了。石憨惊恐地问：“你们为什么抓我？”

小琳喜极而泣，跳过去抓住一位警察的胳膊，连连说：“谢谢你们，谢谢警察同志来救我！”

那个警察诧异地问：“你是谁？这是咋回事？”

听警察的口气，好像并不是为小琳而来的。等小琳简单地说明了情况，警察也乐了：“今天有意外收获啊，本来有人报警，说石憨昨晚把一个老太太打成重伤，没想到顺便解救了被拐少女。”

石憨在一旁连忙叫嚷：“警察同志，您是不是搞错了？我没有打过架啊，怎么会把人打伤了呢？”

警察不理会他的辩解，只说“跟着我们老老实实地走，到地方你就知道了。”小琳紧紧跟着警察，三拐两拐，竟然来到了王奶奶家门口，那里已经聚集了很多人，有警察，也有看热闹的村民，还有穿白大褂的医生。中间的空地上，躺着王奶奶，她的额头上满是血渍。

一个中年妇女，大概是王奶奶的邻居，正在一遍遍地向新来的人述说着：“早上我刚一开门，哎呀！瞧见王大妈躺在她家门口，头上都是血呀！吓得我心都要跳出来了，我赶紧问她是咋回事，她说石憨闯到她家，拿砖头砸她呢！我一看不得了，跑回家去打电话，慌得我连号码都拨不成了，还是孩子他爸打的110……这个石憨，敢情还怪王大妈放走了他买来的媳妇呢！”

“冤枉啊——”石憨大叫，“不是我打的啊，昨天一夜我都没有出门

·快乐辞典·

网络另类问答

在网络论坛的留言簿里，你敢随心所欲地表述自己的真实感想吗？泡论坛久了，你会发现网民都是真诚的，从他们的网络问答里就可窥一斑了：

◇ 你的仇人在上厕所时，没纸出不来，你会怎么办呢？——给他一卷透明胶。

◇ 有没有想到一个人你就想哭？——有，债主。

◇ 你的前男友结婚了，你愿意参加他的婚礼吗？——我只想参加他的葬礼！

◇ 半夜遇见劫匪，他说不唱歌不让你走，你会唱什么？——好汉歌。

◇ 说真的，你整过容吗？——我的肚子是隆的。

◇ 你爸爸突然对你说：“其实我比李嘉诚有钱。”你会说？——爸，该吃药了。

◇ 抽烟的男人有味道，还是喝酒的男人有味道？——不洗澡的有。

◇ 爱一个人怎么表达，可以得到芳心？——花钱如落花流水去。

◇ 眼泪要流出来的时候不想被别人看见，你会怎么做？——用手挡住别人的眼睛。

◇ 如果有一天你突然消失，你觉得会有人疯狂地找你吗？——如果我还欠着房贷和车贷……

◇ 现在的你，100米能进13秒吗？——自由落体？

（**推荐者**：青　柠）

啊！有人可以给我作证，小琳，你赶紧给我作证啊！”

小琳仿佛没有听见他的叫喊，分开众人，俯身下去，眼泪涟涟地呼唤着：“王奶奶，王奶奶！是我害了您呀！”

王奶奶看见小琳，脸上竟泛起了一丝笑意，嘴唇颤动着，似乎想说什么。小琳忙凑到她的耳边，勉强听到她断断续续的声音：“闺女……你没事了吧？你是个好人……好几年了，没人管我，就你一个要把我送医院。我老了，没用了，想再救你一回……我自己把头碰破了，爬到门外……不这样，没人去叫警察来抓石憨……”

老人笑了，笑得很开心，大概是为自己的计策成功而高兴。

半个小时后，医生停止了抢救，宣布王奶奶已经死亡。

葬礼是在一个阴沉的上午举行的，没有长长的送葬队伍，没有震天动地的哭声，只有小琳一个人，抱着老人的骨灰盒，慢慢地向村外走去。街道两边站满了村民，他们沉默着，脸上满是惭愧。

等小琳走出村口的时候，她的身后，已经蠕动着黑压压的人群……

（**题图、插图**：魏忠善）

婆婆的绝招

□大刀红

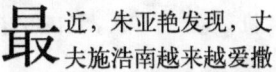

最近，朱亚艳发现，丈夫施浩南越来越爱撒谎了，前几天他说下班后要应酬客户，结果却被人发现他在酒吧里和朋友喝酒聊天。该怎么做才能治治自己的丈夫呢？朱亚艳眼珠转了两转，想到了婆婆：施浩南最怕的就是他妈，施浩南说过，他和他爸两人，什么事都瞒不过他妈。

本来，朱亚艳挺嫌弃乡下的婆婆，但现在，为了学到婆婆的绝招，治住丈夫，她决定把婆婆接到城里来。婆婆没有想到城里的儿媳会主动来接她，激动得不得了，一口答应了下来。

当晚，朱亚艳特地从酒店叫了许多炒菜送到家里，给婆婆接风。吃饭的时候，婆婆问朱亚艳："浩南怎么不在家呀？"

朱亚艳叹了口气，说："妈，你还不知道呢，现在浩南天天都是这么晚才回来。"这次，朱亚艳是瞒着施浩南去接婆婆的，所以，施浩南根本不知道今天自己的妈要来。

朱亚艳和婆婆吃完饭，就坐在沙发上看电视，一直等到晚上九点多钟，施浩南才醉醺醺地回到家。

施浩南一进门，看到母亲来了，酒一下子醒了三分，人老实了许多。

婆婆问施浩南："你今天到底在做什么？你媳妇给你打电话也不接。"

施浩南说："妈，你不知道，今天下午公司开会，所有人都必须关手机。晚上有客人，我在陪客户。”

朱亚艳听了，对婆婆说：“妈，别听他瞎掰，每天回家，都是这两句话。”

施浩南听朱亚艳这么说，很不服气，没说上几句，两人就争吵起来。婆婆一看小两口干架了，便站起身，走到施浩南面前，说：“转过身去。”

施浩南听母亲这么说，一怔，便不再和朱亚艳吵嘴了，却也不肯转过

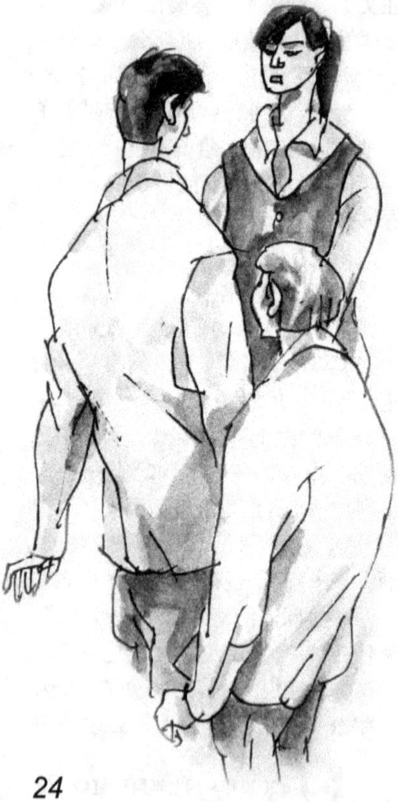

身去。婆婆走到施浩南身后，看了看，便问：“为什么不对你媳妇说实话？”

施浩南一下子面红耳赤，吭吭哧哧了半天，才对母亲说了实话：下午他和几个朋友玩牌，一直玩到晚上，在外面吃过饭才回家。他怕几个哥们笑话他怕老婆，所以一直关着手机。

朱亚艳觉得很奇怪：为什么婆婆往施浩南身后一站，施浩南便说了真话？这更加坚定了朱亚艳向婆婆学绝招的决心。

婆婆是个闲不住的人，来到儿子家里后，每天买菜、做饭、洗衣、整理房间，朱亚艳看在眼里，喜在心上，想不到婆婆真好，要是早点把她接到城里来就好了，她喜笑颜开地对婆婆说：“妈，你别累着。”

婆婆笑着说：“不累，不累，我还等着抱孙子呢。”

自从婆婆来了，施浩南也仿佛变了一个样，不再和他那帮狐朋狗友混在一起，每天下班后就准时回家陪朱亚艳和母亲。但生活不会一帆风顺，没几天，事情就跟着来了：这天朱亚艳发现，自己的一张私人银行卡里少了五千元。

当着婆婆的面，朱亚艳质问施浩南：“你是不是从我银行卡里取了五千块钱？”

施浩南愣了一下，说：“没有呀。”

朱亚艳狐疑道：“这卡的密码是用我们两人的生日拼凑的，我曾经告

诉过你，不是你，又会是谁？”

施浩南听了，对朱亚艳说：“不会是你取了，又忘记了吧？”

朱亚艳说：“不会的，我的记性没那么差，一定是你背着我取走了。”

施浩南见朱亚艳这么怀疑自己，便有些烦躁，对朱亚艳吼道：“我说没有拿，就没有拿，懒得和你说。”说完，就准备出门。

见施浩南准备穿鞋逃跑，朱亚艳一把抓住施浩南的手，说：“不许走，我们的事还没有说清楚。”

“不要这样。”婆婆在一旁开了口，婆婆走到他们两人面前，对朱亚艳说：“我知道他有没有拿钱。”

婆婆让朱亚艳松开手，站到一边，然后自己走到了儿子的身后。见母亲又走到自己身后，施浩南说：“妈，你看吧，这次真不是我。”朱亚艳见婆婆盯着施浩南的后脑勺看了一会儿，摇了摇头。

婆婆想了想，又命令施浩南：“把手伸给我看。”

施浩南听了，马上把手伸给母亲。朱亚艳赶紧也凑了上去，只见施浩南的手上什么也没有。

婆婆看了看后，对朱亚艳说：“钱不是他拿的，你错怪他了。”

朱亚艳眼珠转了两下，婆婆是从哪儿看出施浩南没有撒谎的呢？实际上，朱亚艳卡上的钱确实没有丢，她只是想找点事，看婆婆的“火眼金睛”是否准确无误。现在，她只觉得婆婆堪比天上的神仙，料事如神。

过了两天，朱亚艳给丈夫赔礼道歉，说自己记错了，一个星期前她曾因为公事，临时替公司开支了五千元钱，结果事情一忙，全忘了。

过了几天，朱亚艳回到家，见婆婆在厨房里忙活，就凑上前去，和婆婆一起择菜。两个人聊着聊着，朱亚艳开始套婆婆的话：“妈，为什么你一看浩南的后脑勺和手心，就知道浩南有没有撒谎？”

一听朱亚艳这么问自己，婆婆扑哧笑出了声，说：“我们家浩南和他爸爸一样，一撒谎，耳朵就会红。”

朱亚艳一怔，问：“妈，你怎么知道，他们一撒谎耳朵就会红？”

婆婆不好意思地对朱亚艳讲起了以前的事情：那时，她刚和公公结婚，小两口新婚燕尔，甜蜜了一阵。可是那时家里困难，一次为了一些小事，小两口针尖对麦芒，互不相让，最后干起了架，公公甩了婆婆一耳光。婆婆哪受得了这委屈，当天就不再理公公，倒在床上睡觉，什么事也不管。

第二天一早，婆婆也不起床做饭，公公没有办法，只好起来做面条，最后，公公端了一碗热腾腾的面条来到床边，碗里还卧着两个香喷喷的荷包蛋。

婆婆看见两个鸡蛋，心里一热，

问公公：“你吃了吗？”

公公装作满不在乎的样子，红着耳朵说：“废话，能不吃吗？我吃了四个鸡蛋呢。”

婆婆讲完，就淌出了眼泪，说：“家一直是我当的，我知道，家里只剩下两个鸡蛋了，你公公全给了我。”婆婆说，从那天起，她便发现公公一说谎，耳根就通红。从此，婆婆多留了个心，常常细心观察公公的一举一动，来调整一家人的关系。

婆婆笑着说：“没想到，浩南出生后和他爹一样，撒谎的时候，耳根红，手心出汗。”婆婆说，这些天，她发现浩南一回到家，就瘫倒在沙发上，可能是工作太累的缘故吧。

朱亚艳听了一怔，自己怎么没有注意到呢？每次施浩南回家，自己还支使他做这做那，根本没有问他一天下来是不是劳累辛苦。也许，丈夫就是为了躲避这些，才宁愿和朋友在外面胡混，也不愿意回家吧。

过了两天，婆婆说要回乡下照顾公公，朱亚艳把婆婆送到车站，这一次，她向婆婆学到了绝招，那就是：夫妻要想过得长久，一定要注意对方的生活细节，真正关心对方。

临走时，婆婆坐在车上，伸出头对车外的朱亚艳说：“媳妇呀，我发现你也有个毛病，你琢磨人的时候，老爱转眼珠。”

朱亚艳一听，有些晕菜，自己这个毛病，婆婆也看出来了！

（题图、插图：谭海彦）

立锥之地

□焦松林

张老三一辈子信奉“与人为善、和气生财”，可是，前几天他一时激愤，说了一句气话，就这么一句话，让他一直后悔到现在。

那天，张老三担着自家种的青菜苔在大菜市叫卖，从天没亮一直等到日上三竿，也没能卖出一斤，而那个收费的胖子已经上他这里来了四五回，每来一次，都阴沉着脸要撕发票。张老三忙不迭地解释：“还没开秤呢，一开秤，我保证交费。”

终于，有个老太太掏出一块钱，称了半斤菜，张老三四下看了看，迅速把钱收进衣兜里。

谁知那胖子不知躲在什么地方，突然杀了出来，笑道：“这回你开秤了吧？”说着，胖子撕下一张两块的发票，喊道：“快，交钱。”

张老三不敢发作，赔着笑脸道：“大兄弟，我这才卖了一块钱，你能不能少收一点呀？”

胖子瞅了瞅张老三，像听见了什么稀罕事：“少收？少收我喝西北风去呀！两块钱就算是关照你了。这个菜市的收费任务现在由我承包，你在我的地盘上卖菜，就得听我的。要不，你把扁担竖起来，你要是能把菜筐放在竖起的扁担尖上，不用手扶，菜筐不掉下来，就算你没占我的地盘，我今天就免了你的税。”

张老三听到这个天方夜谭般的条件，终于忍无可忍：这不是耍人吗？

他交了两块钱，恨恨地说出了那句气话：“下一回，我再不来了。”

胖子哈哈笑了：“好，这可是你说的。下一回你再来，不管交多少费，都得把筐子放在竖起的扁担尖上。”

其实话一出口，张老三就后悔了，大菜市的菜苔能卖两块一斤，其他地方只能卖一块五，家里可差不起这点钱啊！他在其他地方卖了几天菜，终于再也憋不住，这天，他担着菜筐子，不知不觉就向大菜市一步一步走去，他心想：没准那收费的胖子今天不在那里呢。

到了大菜市门前，张老三就要走进去，谁知冤家路窄，那胖子刚好从旁边的日杂商店里走了出来，还笑嘻嘻地和张老三打了个招呼。张老三担着菜，头低了低，算是向胖子鞠了个躬，见胖子没什么反应，张老三这才走到菜市里面，找了块空地，放下菜筐，将扁担一收，做好了卖菜的准备。

大菜市的菜苔果然比其他地方好卖，不到五分钟，张老三摊前就来了一个年轻姑娘，指着菜苔道：“来两斤。”她压根儿也没问价。

张老三乐呵呵地应了一声，手脚麻利地称好了菜，刚要装进那姑娘的菜篮子里，那个收费的胖子一步一晃地走了过来，指了指张老三，喝道：“喂，我不是和你说过了吗？再来卖菜，必须把菜筐子放在竖起的扁担尖上。”

张老三憨憨地放下菜，掏出香烟递过去，谁知胖子根本不吃这一套，弯腰拿起了扁担，竖了起来，喝道：“快，把筐子放到上面去。”

张老三还没来得及答话，那买菜的姑娘急了，“怎么这么多事呀？得，我上别人那里去买。”说着，姑娘离开了。

张老三见顾客走了，心里十分懊丧：“大兄弟，我服输了。我交费，我马上交费。”

那胖子摇了摇头，道：“现在知道服输了？你上次是怎么说的呀，不是再也不来了吗？你不来，我也不稀罕，可你要和我较劲，就必须按我说的做。你可以打电话到电视台或报社去，大不了，那些记者说我蛮，可你呢，等他们来了，你今天的菜苔就卖不成了。你还有一条道，那就是立即离开，换个地方卖。”

听了这几句话，张老三知道今天这事不会轻易解决了，上一回和这胖子无心争了两句，谁知道这人竟然心胸狭窄到这种地步。张老三下定决心，今天再也不能赌气了，于是继续说软话：“大兄弟，我们农民不容易呀，你就高抬贵手，放我一马吧。我今年六十三了，你父亲也不过就我这么大年纪，要是他也在这里卖菜，你心里是什么滋味儿？”

张老三说完这话，那胖子不但没

息怒，反而更是无名火起，他怒喝一声："嘿，你是什么东西？敢和我父亲比！我父亲一个月退休工资五千多，那些钱买菜苔，看不压死你！"

胖子教训张老三的时候，走过了一个又一个挎着篮子买菜的市民，他们看了看张老三筐子里的新鲜菜苔，有心想买，可见到胖子正吵得热闹，一个个只得摇摇头，换地方去买了。

"卖菜的，你到这里来不卖菜，和一个收费的较什么劲呀？"这时，先前第一个买菜的姑娘又走了过来，这回她手里还拿着两根短棍，在手里绕来绕去，像是在晨练。

听到这姑娘的口气像是劝架，张老三眼圈一红，泪差点落了下来。为了这担菜，他昨天下午一直在地里忙活，回到家已是八点多钟。凌晨三点钟，他就担着菜苔，从家里一步一步走到了这里，却没想到会是这种局面。若换地方，早市就过了，过了早市，他这一担菜还能卖给谁？

"大妹子，不瞒你说，这个大兄弟非让我把菜筐子放在竖起的扁担尖上，我、我哪有这样的本事呢？我上了年岁，就是没上年岁，也做不到啊！"张老三深深地叹了口气，弯腰开始收秤，不知不觉中，两颗浑浊的泪水落进了筐子里。

"要不我帮你卖菜吧，老大爷，反正我今天也没什么事儿。"那姑娘说着，从张老三手里拿过了秤。

收费的胖子见半路上杀出了一个程咬金，也不示弱，咬牙切齿地笑道："好，好，你帮他卖菜。我实话告诉你，就是你帮他卖菜，也得放在竖起的扁担尖上。"

姑娘慢悠悠地答道："好，就依你。只要今天我把菜筐架在竖起的扁担尖上，从今以后，你都不要再为难这位老大爷。"

胖子拍了拍胸脯："行，只要你能一个人做到这一点，我不但不为难他，还得管你叫声姑奶奶。"

这个时候，围观的人越来越多了，把这三个人团团围在了中央。那

·中国新传说·

姑娘随手解开菜筐上的绳子，将手里的两根短棍往腿上一绑，双脚一分，人稳稳地立在了那里。接着，她拿起张老三的扁担，站起身来，将扁担竖着立在地上，说："各位街坊邻居，麻烦有力气的，把筐子递给我。"几个买菜的男人和张老三一起用力，抬起了一个菜筐。

姑娘腰一弯，单手接过菜筐，轻松地把菜筐架到了竖在地上的扁担尖上。那菜筐就像是长在了扁担尖上，一动也不动："各位街坊邻居，叔伯大婶，这个老大爷卖菜不容易呀，路远迢迢地从农村送来了新鲜蔬菜，我们都买一点吧。"

姑娘站在那里，个头一下高出了众人许多，整个菜市都在她的眼皮底下。她这一吆喝，人人都听到了，一个个向这边看来，都瞪大了眼睛，觉得菜市里好像突然来了位年轻漂亮的巨人。看热闹的、图新鲜的，一个个前来买张老三的菜苔。姑娘不断从菜筐里取出菜苔抛给张老三，张老三上秤、收钱，不一会儿，两筐菜苔一卖而空。

"大家行行好，替我找到那个收费的胖子。做人不能忘本，我们这些人，追问起老祖宗来，谁家不是农民，为什么要为难农民呢？大伙儿记住了，这个胖子，还欠我一声姑奶奶呢。"那姑娘莺声婉转地说着，人们轰的一声笑开了。有好事的不知上哪儿找到了胖子，推推搡搡地把胖子弄来了。

胖子红着脸，抬头看着那姑娘，人们一个劲儿地起哄："叫呀，快叫呀。"胖子涨红了脸，扭头要走，却被人群堵住了去路。那姑娘收起了笑容，说："不叫也行，可不能就这么走了，你向这位老大爷道个歉吧。"说着，那姑娘麻利地收好了短棍，等着胖子向张老三道歉。

胖子扭扭捏捏地向张老三说了声对不起，灰溜溜地走了。

张老三简直像做梦一样，等他收好钱，正要向姑娘道谢时，那姑娘早已离开了。这时候，有人告诉张老三，刚才那个姑娘，好像是城里杂技团的青年演员，她的主打节目，叫《立锥之地》，踩着高跷还能顶起大缸、大坛子，曾经得过国际金奖，还在电视里播过，那人遗憾地说："刚才我就觉得眼熟，唉，就是没想到，要不和她合个影多好啊！我刚才看她回去拿短棍的，你老头子，今天算运气好。"

下午，张老三回到家，老伴迎上来问他："菜好卖不？"

张老三答道："好，好，好卖！"他说这话的时候，心里又悲又喜，暗想，等周末儿子回来，一定要好好教育他，上了大学也要好好用功，今后一定要在这个社会里，找到一个立锥之地，经营人生。

（题图、插图：魏忠善）

光头迎宾

□思　远

玲玲是个农村来的大专生，毕业半年了，为工作的事差点跑断腿，可还是找不到一个识货的东家，那点老本也快吃光了，弹尽粮绝之日，可就是她打道回乡之时啊！

这天，玲玲从一家酒楼门前经过，见酒楼门前贴着一张大红纸，上面写着两个斗大的字：招聘。玲玲一看见这两个字就条件反射般地停下脚步，仔细一看，原来招的是迎宾小姐，也就是站在门口迎送客人的服务员。本来招迎宾小姐也没啥稀奇的，可这家酒楼的招聘条件与众不同，要求迎宾小姐必须剃光头。

光头迎宾？玲玲一愣，再一细看，嗬，原来这家酒楼就叫“光头酒楼”，怪不得要搞这种名堂。玲玲想，这光头迎宾，来应聘的人肯定不多，倒是一个机会呢！不如在这里先落下脚，再慢慢找其他合适的工作，想到这里，她咬咬嘴唇，走进了酒楼。

经理看了玲玲的简历，点点头，说：“你完全符合我们的用人条件，现在只剩下一个问题：你能不能按我们的要求，剃光头发来上班？”经理介绍说，“光头”的想法缘于店内一位很讲卫生的光头厨师，搞餐饮服务，卫生最重要，大家都剃成光头，对酒店的食品卫生有好处，另外，也正好通过“光头”来树立酒店的品牌形象，因此，剃光头是被聘用的先决条件。“如果你能做到，我们现在就可以把合同签了，明天你来上班的时候，头上必须不留一根头发！”说着，经理把一份用工合同放在玲玲面前，双手支着下巴，等待着玲玲的抉择。

玲玲看着这份合同，心里怦怦乱跳，只要自己一签下去，工作就算到手了，可是，这工作的代价对于一个女孩子来说也太大了。玲玲长相秀美，可再美的女人，倘若头上弄一个光葫芦，还不得难看死？再说合同一签就是一年，逢年过节回老家，让乡亲们看到，他们非笑话自己不可呀!

玲玲这么一想，犹豫了，这时，经理又说了一句：“你可要想清楚，这笔一落，头发就得剃掉了……”

玲玲一听，手里的笔一下掉到桌上，她红着脸说：“让我考虑一晚行吗？明天我一定给你答复！”经理很大度地同意了。

经过一个晚上的思考，玲玲下了决心，毕竟生存是第一位的，头发剃了还能长，这机会一去就找不回来了。第二天一早，玲玲来到光头酒楼，推开经理室的门一看，经理对面坐着一个长发女孩，正在看那份用工合同呢，一只手还拿起了笔。

玲玲一惊，真后悔自己没有当机立断，这不，把竞争对手招来了。她来不及多想，叫道：“慢！”然后对经理说：“我考虑清楚了，我现在就可以签合同！”

这一来，那长发女孩愣了，抬眼望着经理。

“可是……”经理为难地搓着手，“这位吴小姐也准备要签，现在我们酒楼只有一个名额。这个招聘广告贴出来半个月了，来应聘的就只有你们两位，我从心里佩服你们的勇气，不希望让你们中的任何一位失望。”

“经理，我、我昨天就来了呀！”玲玲紧张地看着经理，心里想，总有个先来后到吧！只是不好意思把这句话说出口。

经理沉吟了片刻，没有回答，玲玲的眼泪一下子涌满了眼眶，说：“我、我不想就这样离开这座城市，请给我一次机会吧。”

经理还没来得及说话，长发女孩看了一眼玲玲，倒先开口了：“既然你比我先来，那你签吧！”说着微笑着把笔递过来。玲玲没想到她会主动拱手相让，一下子对她起了几分好感，反倒拉不下脸来，一时不知道该不该接这支笔。

两个人就这么僵在那里，谁都舍不得先走。不用说，这个工作机会对两人都相当重要，不到山穷水尽的地步，谁会来应征这光头迎宾哟！

这时候，只能让经理来做决定了。经理看起来很为难，他挠了半天头，终于一锤定音地说："这样吧，我知道你们其实还没下最后的决心，舍不得头发，我给你们出个题，你们现在就出门去找家理发店，把头发剃光，先回来的那个，就来签这份合同。如果一小时之内你们都不回来的话，那两位的资格就都被取消了，我们只好等第三个应聘者了。"

"经理，这不公平吧……"长发女孩的脸突然涨红了，似乎想说什么。

经理不容她再说，作了个请的手势，玲玲和长发女孩迟疑着站起身，走到门口，经理又说："酒楼对面两边都有理发店，为了避免难堪，你们一人选一家去理发吧。"

玲玲和长发女孩走出酒楼，互相看了看，都不好意思地笑了，然后分头向两边走去。玲玲想：我不能再让她了，再没工作我就得讨饭了。主意一定，她进了理发店就喊着剃头。在她不停的催促下，剃头师傅只用了几分钟就搞定了。

玲玲跑出理发店，往另一边一瞧，没见长发女孩出来。她赶紧跑回光头酒楼，那长发女孩果然还没回来。看着气喘吁吁的玲玲，经理有点惊讶，说："哟，怎么是你先回来了？既然这样，我说过的话一定算数，你来签合同吧！"

玲玲在合同上签下了名字，松了口气，终于得到第一份工作了！经理将她送到大门口，说："明天你和吴小姐来酒楼接受礼仪培训，哦，吴小姐可能先走了，我会通知她的。"

"什么？你不是说只需要一个人吗？"玲玲又惊又喜，"吴小姐也被录取了？我可以有个伴了！"

经理微微一笑："你知道吗？这个机会其实是吴小姐让给你的！"玲玲一听，又愣了。

经理接着说："吴小姐的条件比你更合适，本来我很看好她，我给你们出这个题，等于是给了吴小姐一个必胜的机会。因为说到剃头的速度，你是无论如何也不可能比她快的。为啥？因为她头上本来就没有头发！她为了表示对这份工作的诚意，已经预先把头发剃掉了，今天她是戴着假发来面试的，所以她只要把假发一拿就行了！可是，她也许认为这样对你不公平，所以你才能比她先回来。她把机会给了别人，我为什么就不能给她一个机会呢？"

玲玲听了经理的话，目瞪口呆，突然想到，自己一直找不到工作，是不是正因为自己比吴小姐缺了一点什么呢？

（题图、插图：魏忠善）

遇上麻烦的男人

□原著：〔美〕唐纳德·霍尼格
翻译：沈东子；推荐者：东兰

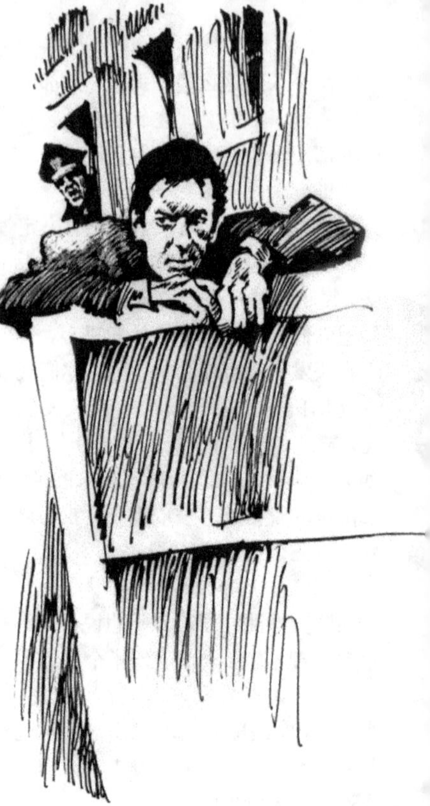

一家酒店二十六楼的窗台上站着一个男人，没人知道他是什么时候爬上去的。窗台很窄，只有大概十八英寸宽，窗台位于两扇窗户之间，无论从哪个窗户伸手过去，都够不着那个男人。此时，男人背靠着墙，身上只穿着一件白衬衫，领子翻了起来，看上去像是一个等待处决的犯人。

楼下的人行道上逐渐聚集起人群，渐渐地，围观的人越来越多，堵塞了街道，交警拼命疏散着人群。二十六楼窗台上的男人淡漠地看着下面的这一切，似乎毫无兴趣。

这时，酒店大楼里的人也发现了这个危险情况，不断有人从窗台边上的窗户里探出头来。最先出现的是一个侍者，他低沉着声音问男人怎么回事，男人看了侍者一眼，显得很不耐烦，说："走开点。"

过了一会，酒店经理助理的脑袋从那扇窗户里伸了出来，助理哀求地说："我求你，别这样。"男人挥挥手，让他走开。经理助理嘟囔了一句："十足的傻冒。"把头缩了进去。

最后，酒店经理出现了，那是一张胖乎乎的红脸，他审视了男人老半天，才发问道："你待在那儿干什

么？”

这次男人答道：“我要跳下去。”

“你是谁？叫什么名字？”

“卡尔·亚当斯。我在这儿干什么和你无关。”

经理挤在窗台边，脸显得更红了，他劝说道：“你到底明不明白自己在做什么啊？好好想想吧，伙计。”

男人坚定地答道：“我已经想得很清楚了，你走吧，让我自个儿待着。”

接下来，窗户上不停地有脑袋探进探出，他们都口气婉转地跟男人说话，叫他亚当斯先生，那些人自报家门，有的是医生，有的是酒店管理人员，还有一个是神父。

那位神父轻声地问：“为什么不进来好好谈谈呢？”

亚当斯说：“没什么好谈的。”

“那要不要我牵着你的手进来？”

亚当斯答道：“不管你还是别人爬出窗子，我就跳下去。”

“那你能不能把你的麻烦事跟我们说说？也许我们能帮你。”

“你们帮不了，走开！”

接下来一段时间，窗户上没有再出现谁的脑袋。后来，探出一个警察的头，他望了亚当斯好一阵子，然后用嘲讽的口气说：“嗨，小子！我说下面的交通怎么堵塞了呢！我正在指挥交通，他们把我叫了上来，说是这里有个家伙威胁要跳下去。你不是真的想跳下去吧？”

亚当斯抬头望着警察，审视着他的脸，答道：“是的，我要跳下去。”

警察问：“为什么要那样做？”

亚当斯苦笑地说：“我这人生来就喜欢做点不同凡响的事。”

警察从口袋里抖出一支烟，点上，深深吸了一口，把烟吐出窗外，感叹道：“你小子病得不轻呀。有家吗？”

亚当斯悲哀地摇摇头：“没有。”

其实就在不久之前，亚当斯还有一个家。就在昨天，他早上离开家去上班，妻子凯伦站在门口对他说再见，但没有像往常一样和他吻别，他

们的婚姻里已经很久没有亲吻了。亚当斯知道，妻子爱上了别人，那人叫史蒂夫，亚当斯有一次甚至看到他们在一家餐厅约会，但他没有说破，他仍然爱着妻子，他决心等妻子回头。但这天晚上六点钟，亚当斯回到家时，妻子凯伦已经不在了，桌上有一只空荡荡的安眠药瓶子，凯伦直挺挺地躺在沙发上，身边留下了一张字条。

字条写得很整洁，仿佛经过深思熟虑，上面说，史蒂夫告诉她，即使她离婚，他们也不能结婚，他只是玩玩而已。史蒂夫骗了她，抛弃了她……

那天夜里亚当斯走出了家门，就这么顺着大街一直往前走，他自己也不知道想去哪里、想干什么。他这样一直走到半夜、走到天亮……最后他猛然意识到自己已经做出了一个决定，于是他走到城市的这端，在这家酒店登记住宿，要了一间最顶层的房间。接着，就自然而然地发生了现在的事。

这时，酒店楼下的大街上黑压压一片，挤满了好奇的观望者，刚才那警察正努力把人群往后赶，在亚当斯要往下跳的正下方清出一片空地。亚当斯看见消防队员支起了救生气垫，但他知道那是无济于事的，气垫救不了一个从二十六楼上跳下去的人。想救他的那些人无论如何都够不着他，消防梯够不到这么高，头顶的屋檐也挡住了任何想救他的企图。

亚当斯冷冷地看着下面的人群，他们似乎都在等待着；他还听见窗户里人们吵吵嚷嚷的，想找出什么方法吸引他的注意力，他甚至听见他们歇斯底里地给自杀求救中心打电话。

窗户上又出现了一张脸，是那位神父，神父愁容满面地问：“我们能为你做点什么吗？”

亚当斯答道：“你这是在浪费时间，神父。我想一个人待会儿，好好想想。”

神父的脑袋消失了，又只剩下亚

当斯一个人。他看着下面的人群，心想，他们会采取一些什么复杂的方式来救他呢？绳索、梯子、气垫、软椅？他们会非常非常小心，因为谁也不知道他脑子里究竟在想些什么。

终于，那警察又出现了，亚当斯知道他一定会出现的，因为他比别人更有义务来救他，所以还会再来试一次。

警察坐在窗台边，显得很耐心："你瞧，亚当斯，你帮了我一个忙啊。"

"怎么说？"

警察笑了起来："你瞧，通常我得呆在下面指挥交通，可是现在因为你，我倒可以上来歇会儿了。下面那伙人都盼着你往下跳呢，都盼着你呢！"

亚当斯看着他："他们盼着我往下跳？"

警察说"那当然了，他们都认定你会往下跳，都想亲眼看一看。你在这里什么也听不见，他们在下面都齐声喊着要你跳，你不会让他们失望吧？"

亚当斯往下看了看，说"他们简直像一群恶狼。"

"说得对，为什么要丢弃自己的生命让别人高兴呢？"警察望着亚当斯的脸，感觉自己捕捉到了对方的一丝犹豫，"让那帮人见鬼去吧！"

亚当斯似乎思考了片刻，终于说："也许你说得对。"他欠了欠身子，后背稍稍离开了墙壁，可随后又靠了回去，双手捂住了眼睛。

警察问："你怎么了？"

亚当斯眼里流露出求生的渴望，说："我觉得有点晕，你最好伸手扶我一把，我一个人没法回去。"

警察看了看下面的大街，对面的屋顶上出现了新闻摄影记者，照相机发出"咔嚓咔嚓"的响声，警察可以肯定，这件事会成为早报的头号新闻，于是他对亚当斯点了点头，说："你抓牢了，我马上过来。"

下面的人群看见警察爬出窗户，站到窗台上，距离那个穿白衬衫的有麻烦的男人只有几步远，全都惊叫起来。他们看见警察慢慢伸出手。

亚当斯也向警察伸出手，说"我知道你会上来的，所以我选了这个地方。"

"你说什么？"警察一边问，一边努力在狭窄的窗台上保持着平衡。

"其实我不叫亚当斯，史蒂夫先生，凯伦是我太太，你知道吗，她昨天晚上自杀了……"

警察脸上立刻浮现出恐惧，他想往回抽身，但他的手被对方抓住了，随后他觉得自己忽然往前栽倒，一头栽向发出阵阵尖叫的人群。他最后意识到的就是，一只强壮有力的手，像铁钳一样一直紧紧攥着他。

（题图、插图：佐　夫）

一条被顶了一千万次的帖子

□郭振宇

黑客

刘小明是个农民，开春时他欢欢喜喜种上了地，希望今年有个好收成。可小苗刚露头，县政府就下了一道命令，征用刘小明村里的一大片耕地，说要在这里建一个开发区，刘小明家的耕地也在征用之列。事后，县政府只补偿了青苗费，耕地本身的补偿却一分没给。

刘小明和一些村民开始上访，他们找到了本县的牛县长，可牛县长态度蛮横，没说几句话就把他们轰了出去。刘小明气愤之极，当晚就把这件事的来龙去脉写成了一个帖子，发在了国内一家知名论坛的网站上。

耕地没了，一个大男人不能在家闲着，刘小明来到了北京打工，他刚到北京的第三天，两个警察找到了他，把他铐了起来。

原来，刘小明发的那条帖子给他惹祸了：帖子发出后，点击率很高，有人把帖子的事向牛县长做了汇报。牛县长一看帖子，大怒，立刻打电话给县公安局长，让他们把发帖之人抓起来。

刘小明被警察带回了老家，关进了看守所，不久，法院以诽谤罪判刘小明有期徒刑一年。

刘小明被判刑以后，媒体对这件事进行了报道，引起了轩然大波，刘小明发的那条帖子也迅速蹿红，大小网站纷纷转载，点击率超过了一千万

次！

帖子的事让牛县长很闹心，他让手下人通过删帖公司买通了几家大网站，让他们把刘小明的帖子给删了，当然，这事花了不少银子。几家大网站都把刘小明的帖子删了，渐渐的，有关刘小明的消息不多了，牛县长也轻松了。

一天早晨，牛县长来到了办公室，打开电脑，突然，电脑桌面上出现了刘小明发的那条帖子！帖子后面还有一条跟帖：“赶紧释放刘小明！”牛县长奇怪了，是谁把帖子弄到自己的桌面上来了？牛县长想删掉帖子，却怎么也删不了。

牛县长找来技术人员，技术人员一看，认为电脑中了病毒，他们又是杀毒又是更换操作系统，可那帖子就是删不掉。无奈，他们给牛县长换了一台新电脑，可新电脑连上网线后，电脑桌面上又立刻出现了那条帖子。

技术人员想了想说，一定有黑客在远程控制着牛县长的电脑，但搜索了半天，根本找不到黑客的IP地址，帖子依旧删不掉。无奈，他们只得拔下了网线。

不一会，有人向牛县长报告：县里许多机构的网络瘫痪了，各个办公室的电脑都上不了网，电脑桌面上都出现了刘小明的帖子，帖子后面都有一个同样的跟帖：“赶紧释放刘小明！”不久，又有人来报告，县里银行的网络瘫痪了，紧接着，电力公司、自来水公司、保险公司等几个重要单位的网络相继瘫痪，他们的电脑桌面上同样出现了刘小明的那条帖子。银行取不出钱，保险公司不能赔付，很多地方停水停电，整个县城混乱不堪，人们抱怨纷纷。

既然黑客是为了刘小明而来，或许刘小明知道些什么，警察提审了刘小明，问他认不认识电脑高手，刘小明哈哈大笑“我一个农民，哪里认识什么电脑高手？”警察对刘小明的周围人群进行了调查，也没发现什么线索。

要挟

正当大家焦头烂额的时候，牛县长有了高招，他让报纸、电视等媒体进行宣传，说刘小明的同伙在网络上大肆破坏，严重影响了人们的生活、工作。

自从把刘小明抓起来后，县里很多人对这件事颇有微词，民众的情绪也很大，牛县长觉得正好利用此事做做文章，宣传刘小明的同伙在网络上搞破坏，舆论就会倒向自己这边，而且黑客也可能迫于压力停止攻击。

别说，这一招还真奏效，媒体登出这样的报道后，黑客停止了攻击，网络恢复了正常。

过了两天，牛县长打开电脑，桌

面上又出现了一条帖子：“赶紧释放刘小明，否则我取走你银行里的全部存款。”

牛县长哈哈一笑，回了个帖子：“本人是清官，名下没有一分钱存款。”

过了一会，电脑上出现了新的帖子：“钱没有找到，但我一定会有办法对付你的。”

牛县长摇摇头，他对这个神通广大的黑客很担心，就给公安局打去了电话，让他们尽快把这个黑客给揪出来。

一个星期后的一天，牛县长打开电脑，他一下子惊呆了，电脑里满是他和情妇马丽在床上缠绵的照片，照片旁边有个帖子：“赶紧释放刘小明，否则我把照片发到网上去。”牛县长和马丽相好的事很隐秘，黑客是怎么知道的？照片又是哪里来的？牛县长想不通。

牛县长仔细看了照片里的背景，是马丽家里。于是，牛县长马上赶到马丽家，他在马丽的电脑里发现了不少自己和马丽缠绵的照片。马丽看见照片，也惊呆了，牛县长问她，这照片是怎么来的，马丽说不知道。

这时，牛县长看见电脑的摄像头正好对着床，他顿时明白了：黑客一定远程控制了马丽家的电脑，而电脑摄像头正对着床，于是黑客便拍下了照片。

牛县长删去了那些照片，拔下了网线和摄像头。

照片的事让牛县长很害怕，他回到办公室，在那条帖子的后面回了个帖，说同意释放刘小明，让黑客和他谈一谈。

过了一会，电脑屏幕上出现了文字，牛县长以为是黑客发过来的回复，可再一细看，那是当初刘小明发的帖子原文，下面并没有给他的回复。

这时牛县长听见电脑里有人说话：“你什么时候把刘小明放了？再不放人，我就把你的照片发到

网上去。”

牛县长一愣，问：“你是谁？你在哪里？”

电脑上那条帖子的文字一扭一扭地跳起舞来：“我？我是刘小明发的那条帖子。”

“帖子？你怎么还会说话？是谁在控制你？”

“没有人控制我，我就是一条帖子，我被刘小明贴出来后，顶我的人太多了，次数超过了一千万次，于是我就有了灵性！说来我还得感谢你，要不是你把刘小明抓起来，这件事也不会引起轰动，也不会有那么多人顶我，我就不会有灵性了。那些网络故障都是我弄的，照片也是我照的，我看了你的QQ聊天记录，就找到了马丽家。”

牛县长听呆了，帖子接着说：“赶紧放人，否则我把你的照片发出去。”

“别，别，你千万别发。”

“好吧，我看你的行动了。”说完，帖子“嗖”地不见了。

牛县长愣了半天，突然，他狠狠地抽了自己一个嘴巴：“我怎么这么笨啊！刚才为什么不把帖子置于死地？”他立刻给那条帖子发了个回帖，说这件事有些麻烦，让帖子过来再谈谈。

过了一会，帖子出现了，牛县长看到帖子后，迅速拔下了网线，然后哈哈大笑，对着帖子说：“我拔掉了网线，看你往哪里跑？跟我斗，你还嫩点！我把电脑硬盘格式化，我要杀死你！”

牛县长狞笑着，立刻动手把电脑格式化了，他还不放心，又把电脑锁进了保险柜里。

分 钱

杀死帖子后，牛县长甭提多痛快了，不过他还是有点不放心，每天都要到网上去看看。几天过去了，网上没什么动静，牛县长的心里渐渐踏实了。

过了几天，牛县长的“县长热线”论坛里出现了一条帖子：“分钱了，分钱了！刘小明同村的村民注意了，牛县长给大家发征地补偿款了！钱由牛县长个人掏腰包，凡耕地被征用的村民，请发个账号过来。”

村民们都以为有人在开玩笑，没人相信，可有两个愣头青真把账号给发了过去，没想到，他们很快就收到了一大笔钱。消息传开了，大家纷纷发去了账号，很快，大家都得到了钱。

牛县长从一开始就得到了消息，他很害怕，看样子帖子没死，这事十有八九就是那个该死的帖子做的。没过几天，消息传来，大家都拿到了钱，牛县长更坐不住了。他赶紧声明，这事跟自己无关，肯定是有人在恶搞。

可是，分钱活动还在继续，有人进行了统计，补偿给村民的钱已近千万元了。人们很奇怪，牛县长说他没有给大家分钱，那分钱给大家的又是谁呢？

牛县长越来越不安，他想起了前几天发生的一件事：那天，牛县长正在QQ上聊天，开发区的承包商马老板上线了，两个人聊了几句，马老板就对牛县长说："这次开发区的工程多亏您了，我准备了一笔钱，给您存哪啊？"

牛县长也没客气，告诉马老板，钱存在老地方。过了一会，马老板又发来消息："您的账号我一时找不到了，您再告诉我一下。"牛县长也没多想，把银行账号给发了过去。现在，牛县长非常担心这件事，他给马老板打去电话，问他前几天有没有向自己要银行账号。马老板说没有，牛县长知道坏了，自己一时大意，上了那帖子的当了。

这件事正是刘小明的帖子做的，帖子没有死。那天，牛县长让帖子再去谈谈，帖子就有了防备，他把自己复制了一份，给牛县长发了过去，自己根本没进入牛县长的电脑。帖子安然无恙，而他给牛县长拍的照片却取不出来了，牛县长把电脑进行了格式化，而马丽的电脑帖子也进不去了。

帖子不相信牛县长是清官，因为网上对牛县长的非议很多，他查了一下牛县长的聊天记录，知道马老板承包了建设开发区基本设施的工程，于是他装作马老板，骗来了牛县长的银行账号。帖子一看账号，是国外的银行，他这才明白为什么以前没有找到牛县长的存款，原来牛县长的钱都存到国外了。帖子通过网络，到国外的银行一查，吓了一跳，牛县长的存款有上千万之多！帖子就把这些钱拿了出来，分给了村民们。

过了几天，帖子发出了新帖："钱已经分完，这些钱都是牛县长个人

编读聊天室：众手浇开故事花

高考前夕，编辑部收到了不少学生朋友的来信，他们不约而同地提到了《故事会》对他们学写作文方面的帮助。希望这期杂志上市时，他们都已如愿进入了理想的大学校园……

读者 吴云程：我是浙江湖州重点中学的一名高三文科学生，对《故事会》，我有一种特殊的感情。从小学五年级第一次接触《故事会》起，我就深深地爱上了她，期期必买，特别喜欢“3分钟典藏故事”这个栏目，感觉对写作挺有帮助的，是考场作文的好素材！那句“学写作文，从读故事开始”，我很认同。还有一个月就要高考了，希望《故事会》能让我的高考作文独占鳌头，也祝《故事会》越办越红火。

读者 刘延杰：我看《故事会》已经有十个年头了，十年间发生了很多事，也改变了很多，唯一不变的，就是我会在每期《故事会》上市的第一天奔向书报亭……

有时候我会想《故事会》上刊登的都是平凡的故事，为什么对我有那么大的吸引力？后来我渐渐想明白了，文学中最简单的是故事，可最复杂的恰恰也是讲故事。《故事会》上的每篇故事，都是作者用心写的，没有一定的生活积累是写不出来的。

记得去年备战高考期间，我写议论文的论据很多都来自《故事会》中的“3分钟典藏故事”，每次都可以拿到不错的分数，而我在高考中也得到了理想的成绩。这不能不说是《故事会》的功劳。

不知不觉，十年已经悄然溜走了。这十年，因为有了《故事会》的陪伴，生活中多了很多乐趣，希望我和《故事会》能一直相伴，二十年、三十年……

的。”帖子上还附有银行账号、存款人的姓名和存款明细。

这一下引起了轩然大波，牛县长哪来的这么多钱？人们纷纷上网发帖，要求彻查牛县长，纪委立刻对牛县长进行了调查，结果发现牛县长有很多问题，他被双规了。法院对刘小明的案子也进行了重审，刘小明无罪释放，并获得了国家赔偿，同时，开发区的项目被取消，耕地退还给了农民。

刚开始，人们并不知道这是谁做的，后来牛县长说出了事情的真相，大家这才知道这是帖子做的，都啧啧称奇，纷纷上网去找那条帖子，但谁也没有找到。刘小明也多次上网去找帖子，但他也没有找到。那条帖子再也没有出现过，没有人知道他去了哪里。

（题图、插图：贾雄虎）

人事易迁，世事易变，但有一种爱永不变更，永不消逝；当你需要时，它就在那里……

永远的守护神

□郭华悦

春去夏来，蚊子也渐渐多了，不知是不是体质的关系，李新特别招蚊子，一不留神，手脚就被叮出一个个大包。李新决定到手工制品店去买顶蚊帐。

手工店的老板姓陈，专门收购一些手工制品，再放到店里出售。一听说李新的来意，陈老板笑着说："你来巧了！刚有人送来一顶手工缝制的特密型蚊帐，款式不错，手工也好，我便留下了。"

蚊帐是白色的，李新仔细看了看，觉得一针一线都恰合心意，简直是为自己量身定做的。他毫不犹豫地买下来，回到家便把蚊帐挂好了。

以往就算挂蚊帐、点蚊香，敏感的李新还是会被帐外若有若无的蚊子"嗡嗡"声搅得难以入眠，可这一夜，李新睡得特别沉，早上醒来已是七点了。他睁开眼，才想起一夜都没听到蚊子的"嗡嗡"声，难怪睡得特别好！他伸了个懒腰，眼光掠过帐顶，刚举起的双手顿时僵在了半空：蚊帐的顶部竟然趴着一只硕大的壁虎！

李新吓得一骨碌坐起来，拿枕头捅了捅蚊帐上的壁虎，可壁虎纹丝不动。再仔细一看，李新顿时哑然失笑：那只壁虎不是真的，而是绣上去的！壁虎的个头足有巴掌大小，肚子鼓鼓的，因为绣得太传神，乍看之下，还

以为是真的呢!

睡得好，人也特别精神，这天李新提前完成了几份文案，受到了经理的表扬。下班后，李新心情大好，买了几个小菜，提了瓶酒，回到住处自斟自饮。喝了几杯，酒量不大的李新便一头倒在床上睡起来。

隔天早上，李新醒来后发现，昨晚忘记把蚊帐放下了。奇怪，以前他也醉过酒，常常半夜便被蚊子叮醒，可这次竟然一觉睡到天亮! 没放下蚊帐，少不了要被叮几个大包了，李新赶紧检查了手脚，却发现没被蚊子叮过。真是太阳从西边出来了!

李新挠了挠头，突然，他惊讶地发现，原本绣在帐顶的壁虎，现在竟然在蚊帐的左侧了! 他揉了揉眼睛，结果看到的还是一样。一只绣出来的壁虎，咋会从帐顶跑下来? 李新满腹疑惑，紧盯着壁虎看，只觉得壁虎的眼珠似乎在跟着自己转，眼中还隐隐有光芒闪现，让他感到似曾相识。李新觉得荒唐: 自己怎么会跟一只壁虎似曾相识? 他想了想，用红笔在蚊帐左侧绣壁虎的地方画了个圈。

当天李新在公司加班，回到家已经夜里十二点了，他洗漱一番，便上床睡觉。躺下后，他下意识地翻了个身，面朝左侧，可老觉得不大对劲，仔细一想，原来蚊帐左侧的壁虎不见了! 他扭头一看，发现壁虎出现在了蚊帐的右侧，活见鬼了! 李新打开床头灯，蚊帐左侧的红圈内果然空空的。就在这时，一只大蚊子“嗡嗡”地飞过，突然，李新看到，壁虎口中似有亮光猛的一闪。亮光消失后，大蚊子不见了!

李新把头凑过去，发现壁虎的嘴边竟然还残留着一只蚊子脚! 他吓得睡意全无，连滚带爬地下了床。

熬到天亮，李新赶紧把蚊帐带到那家手工制品店，陈老板信誓旦旦: “这顶蚊帐送来的时候，肯定没绣壁虎。不信的话，我把做蚊帐的人的地址给你，你自己去问。”

按陈老板提供的地址，李新找到了做蚊帐的地方，那是一家小裁缝店，店主何三拿着蚊帐端详了许久，又翻出记录本看了半天，说: “蚊帐是我做的，可壁虎不是我绣上去的。两年前，有个上了年纪的女人让我替她做一顶特密型蚊帐，蚊帐的款式是她自己设计的。我们一般要求客人先付定金，并留下电话和姓名，可那天，那个女人急着要，便一股脑把钱全付了，还说隔天一定会来拿，说完就急匆匆走了，也没留下联系方式。后来，这个蚊帐放了将近两年，一直没人来领。前几天我便将蚊帐卖给陈老板了。如果那个女人来领，我再把钱退给她就是了。”

至于那只壁虎为什么会出现在蚊帐上，何三也是一头雾水。最后，何三说: “时间太久了，我一时也想不起来订蚊帐的女人到底什么模样，你留下电话和地址，我想到的话，会联系你的。”

回到家中，李新越想越觉得诡异。他本想重新买一顶蚊帐，可后来一想，万一新买来的蚊帐上再莫名其妙地出现壁虎，那怎么办？

接下来的几天，李新睡觉时只好点蚊香，可蚊香却好像失效了一般，李新又对蚊子的“嗡嗡”声特别敏感，于是夜夜难眠，每天早上都顶着熊猫眼去上班。

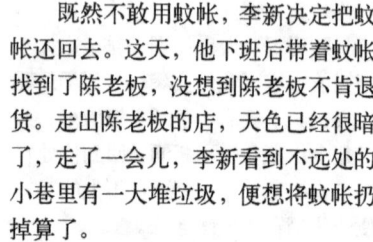

既然不敢用蚊帐，李新决定把蚊帐还回去。这天，他下班后带着蚊帐找到了陈老板，没想到陈老板不肯退货。走出陈老板的店，天色已经很暗了，走了一会儿，李新看到不远处的小巷里有一大堆垃圾，便想将蚊帐扔掉算了。

进了小巷，李新才发现里面黑糊糊的，才走了几步，突然一把明晃晃的刀抵住了李新的后腰，接着，耳边传来一个低沉的声音：“我只要钱，不伤人！乖乖把钱掏出来。”

遇上抢劫的歹徒了！李新哆嗦着把钱包掏出来，歹徒急不可耐地一把抢过去。李新见此情景，本来已经自认倒霉，可他突然想起，除了现金，钱包里还放着自己过世的母亲一张仅存的照片！

李新嗫嚅着说出了自己的意思，歹徒的眼睛却突然一亮：“你当我是三岁小孩？里面该不会藏了什么贵重东西吧？”

无论李新如何解释，歹徒还是一脸狐疑，拿了现金也不肯还回钱包。李新一咬牙，趁歹徒不注意，猛地一把夺过钱包，撒腿就往巷外跑。没想到，巷子里堆满了垃圾和石块，又黑得伸手不见五指，李新一不留神，被绊倒在地，歹徒扑上来，伸手就要抢钱包。两人争来夺去，声响越来越大，歹徒一怒之下，便将刀子捅了过去。李新只觉得腰间一阵剧痛，不由得一

声惨呼。惨叫声惊动了附近的巡警，歹徒见势不妙，顾不上钱包，赶紧夺路而逃。

巡警将李新送到了医院。医生检查后，啧啧称奇："歹徒在情急之下捅了你一刀，力度很大，可结果刀尖只划了一道浅浅的口子，并没有伤及内脏，只要缝上几针就可以出院了。是不是有什么东西替你挡了这一刀，缓冲了刀的力量？"

李新仔细想了想，说："我当时手里提着一包蚊帐，歹徒刺过来时，我下意识地用蚊帐挡了一下，可蚊帐是很薄的纺织品，怎么可能抵消掉刀上的力量？"

说完，李新便摊开蚊帐。一摊开，他顿时惊讶得说不出话来：蚊帐上那只巴掌大的壁虎又移动了，而那里正是刀穿过蚊帐的地方！更令人震惊的是，壁虎的尾巴已经不见了，断口很整齐，像是被刀齐刷刷切去的。断处还有残留的血迹，而整个蚊帐上也找不到尾巴的踪迹。这到底是怎么回事？

缝完针，李新打了辆出租车回去。刚到家门口，就碰到等在那里的何三。何三说："刚才我突然想起订做那顶蚊帐的女人长什么样了！你留过地址，我看地方很近，就自己过来了。"

李新心里一阵激动，便疾步冲上前，没想到触动了伤口，疼得他龇牙咧嘴，弯腰捂着伤口。一弯腰，口袋里的钱包就掉在了地上，何三帮忙捡起钱包，却看到了夹在里面的照片，顿时惊讶得嘴巴都合不拢了，他指着照片问李新："你认识这人？"

李新说："她是我妈，两年前去世了，我一直把她的照片带在身边。"何三呆了半晌，才说："她就是两年前来订做蚊帐的女人！那天她到我店里，说儿子特别怕蚊子，一般的蚊帐缝隙太大，所以她想订做一顶特密型的蚊帐。"

李新想起来了，那是两年前的一天下午，母亲说要出去一趟，可是回来的路上却被车撞了，当场不治身亡。没想到，她那天出门就是为自己去订做一顶特密型的蚊帐！再想到在蚊帐上漫步的壁虎，李新顿时明白了：那是母亲无微不至的关怀！母亲走了，可是她的爱却依然停留在儿子的身边。她利用壁虎食蚊的天性，消灭了困扰儿子的蚊子；又利用壁虎断尾求生的能力，替儿子挡了那致命的一刀！

没几天，蚊帐上壁虎的尾巴又慢慢长了出来，李新却再也不怕了。他知道，断尾重生，不是为壁虎自己，而是为所爱的人。每到晚上，看到壁虎，李新的心中总是充满阵阵暖意，仿佛母亲就在身边一样……

（题图、插图：谢　颖）

·传闻逸事·

盒中谜

□谌鹏飞

近日，武林盟主铁义身患重病，不治身亡。临终前，他把盟主之位传给了大徒弟常万山，并让二徒弟王剑洪辅佐，接着，他把一个铁盒和一把钥匙分别交给了两人，并嘱咐他们，当洛阳城出现成批乞丐时，两人就一起打开此盒。

铁盒里究竟装了什么东西？谁也不知道，可大家都想知道。有人为此不惜装扮乞丐，可都被常万山和王剑洪揭穿了。为了避免不必要的麻烦，两人发了一道命令：武林中凡是假扮叫花子的，一旦查出，立斩不赦。这样一来，就没人敢再冒充叫花子了。

这个消息四处传播，没有多久，当地首富宗孤烟也听说了此事。这个宗孤烟的买卖联通四海，他为此还专门设立了一个密室，用来囤积钱财，除了他本人，没人知道这个密室在哪里。

这日，宗孤烟和儿女们在家中聊起了这铁盒之谜，儿子宗耀问道：“爹，你说那个盒子里到底装了什么？会不会是一本武功秘籍？”

女儿宗娇也猜测道：“也许是价值连城的珠宝。”

宗孤烟踱着方步，背着双手，皱着眉头，思虑半晌，才道：“铁义临终前不是说，只有当洛阳城出现成批乞丐时，才能打开铁盒？”

“对呀，这又如何？”儿女都很是不解。

宗孤烟点拨道：“洛阳乃当朝盛

都，如果洛阳都出现了成批乞丐，那其他地方的人还过得下去吗？铁义侠肝义胆，才被大伙推举为武林盟主，他为什么要让人在洛阳城出现成批乞丐时才打开铁盒？我想，铁盒里的东西一定是足以拯救万民的稀世之宝！”

宗耀顿时恍然大悟：“爹，你分析得太透彻了！那么，我们现在该怎么办？”

宗孤烟冷笑一声：“怎么办？当然是想法子把东西给弄过来呀！”

“常万山和王剑洪可不是花架子呀，这事恐怕有点棘手。”

“哈哈，想要那玩意，强攻是万万不可的，我已经想好了对策。”接着，宗孤烟低声对着兄妹二人如此这般地交代起来……

这日午后，一个能说会道的媒婆来到了常万山的府邸，她是为宗娇来说亲的。

常万山让人把媒婆请进了大门，那媒婆屁股还没坐稳，就口若悬河地说开了：“我们老爷仰仗常英雄的胆识，希望小姐能与少侠喜结良缘。我家小姐不敢说倾国倾城，却也如花似玉，我家老爷就这么一个女儿，如能与少侠共结连理，嫁妆是亏不了的：黄金千两，珠宝十箱，古董字画，人参雪莲……”

一个月后，一支迎亲队伍浩浩荡荡地开进了常万山的府邸。从此，宗娇有了一个新的身份：盟主夫人。

酒宴散后，宗娇扶着醉得不成样子的常万山跌跌碰碰地进了房。宗娇偷偷把一包东西倒在了酒杯中，对烂醉如泥的常万山说：“把这交杯酒给喝了吧。”常万山醉醺醺地端起酒杯：“怎么……这酒有股怪味呀？”

“是你喝多了，哪有什么怪味？”宗娇心里紧张得要命，生怕露出破绽，好在常万山没再多说，接过酒杯一口就灌进了肚子。

“娘子，你看这交杯酒我也喝了，我们这就安寝了吧。”常万山开始脱起了外套，突然，他一下子蹦了起来，站在床头边上，脸色苍白，把宗娇着实吓了一跳。

宗娇心里暗暗想道，也许药力已经发作了，只要服下这“失魂散”，三个时辰内，叫他做什么，他就会做什么，不如先试一试再说吧。于是她娇怯怯地说了一句：“常大哥，去把蜡烛燃起来。”

借着朦胧的月光，常万山迈着沉重的步伐走到了烛台前，生硬地点燃了蜡烛。宗娇顿时大喜，厉声道：“去，快去把盟主临终前留下的铁盒给我拿来！”

常万山呆板地迈着步子走出了门……

宗娇在屋内焦急地等待着。一刻钟，一个时辰，两个时辰……终于在

天麻麻亮的时候，常万山回来了，只见他满脸污垢，披头散发，满是伤痕，这一晚他不知道跌了多少跤，才取回了铁盒。宗娇从那满是泥污的手中接过铁盒，不觉生出几分怜悯，但怜悯很快被贪婪吞没了，她抽出一把青光四射的匕首，迅速刺进了常万山的胸膛……

接着，宗娇把铁盒包好，匆忙唤来陪嫁的亲信家人，让他们星夜赶回

娘家，把包裹交给父亲。谁知，家人前脚刚走，常万山的弟子就来到了新房门口，要求拜见师父，此时宗娇还来不及收拾现场，顿时慌了手脚。

常万山的弟子们闯进新房，一看师父直挺挺地躺在地上，顿时怒发冲冠，一个弟子说“夜里我看见盟主一个人跌跌撞撞地行走，就发现他不对劲，那模样分明是中了迷药‘失魂散’，中毒者神经麻痹，任由下毒者驱使，说！你究竟有何阴谋？”

宗娇见大势已去，“哈哈”苦笑几声，抽出那把刺杀常万山的匕首，在自己颈上划出了一抹红丝……

常万山死后，武林大乱，各路豪杰为争夺武林盟主之位杀得血雨腥风，铁盒的事情渐渐淡出了人们的视线。

而此时，宗孤烟却正与儿子闭门研究得到不久的铁盒，这可是用女儿的性命换来的！可是，他们用尽了各种法子，就是无法打开铁盒，看来，一定要拿到钥匙才行，但钥匙却在王剑洪的手里……

这天，宗孤烟得到消息，王剑洪为结束武林纷争，决意召开武林大会，摆擂比武，选举新一任的武林盟主。宗孤烟计上心来，命儿子宗耀带着一批亡命之徒，赶去比武之处。

不久，比武大会如期召开，各门各派都率人赶到。正式比武那天，各门派武功高强的弟子都赶去擂台助

威，只留下些武功较弱的弟子看守居所。宗耀便趁这个时机，带着手下人蒙面冲进各派居所，挑起事端，杀了不少人。同时，他们故意留下了一些活口，那些人问他们是什么来头，宗耀便冷笑道："常万山死了，盟主之位本应由我师父王剑洪继任，哪里轮得到你们来争争抢抢？"

而此时，擂台比武正斗得火热，"王剑洪阴谋杀害各派"的消息传来，人群顿时骚动起来。大伙儿立刻将正在擂台下主持的王剑洪围了个密不透风，还没等他解释，众人已经是拔剑横刀，杀声震天。

王剑洪无奈，只得纵身一跃，翻墙逃去。围攻者哪里肯放，紧追不舍。王剑洪逃进了一座小楼，这楼是他为存放铁盒的钥匙秘密修建的。众人见楼中机关重重，便在楼下堆柴焚火，又搭起强弓硬弩，向楼上放箭。楼上没水可救，很快便烈焰腾空，王剑洪身中七箭，伤口血流不止，他从密室中取出那铁盒的钥匙，沿地道逃了出去。

大约跑了十几里地，王剑洪终于体力不支，倒在了地上，这时，突然出现了一帮人把他给围了起来。不用说，这帮人便是宗耀一伙。

宗耀故作惊讶地问道："王大侠，你怎么这般落魄？哟，你在练什么神功，怎么身上插了这许多箭？哈哈哈！"

"哼，原来是你们设的计，不就是想要这个吗？"王剑洪从兜里掏出了铁盒的钥匙。宗耀一下子就来劲了，想要上前去夺。

"哈哈……"王剑洪狂笑之后，一口将那钥匙吞到了肚子里。宗耀气得大喝一声："杀！"手下顿时蜂拥而上。只听王剑洪一声狂吼，顺势一掌，把宗耀震出两丈开外，宗耀的腿当即断了。最后，王剑洪血流过多而死。宗耀命人剖开了他的肚子，取出了钥匙。

宗耀的残废和宗娇的死让宗孤烟悲痛欲绝，但悲痛过后，看着终于得到的东西，他又振奋不已。

夜晚，宗孤烟和儿子在书房里小心翼翼地打开了铁盒，铁盒里到底是什么奇珍异宝呢？随着钥匙插入锁孔，盒盖掀开了，盒子中放着一张羊皮图，宗孤烟惊叫一声："藏宝图！"便迫不及待地端起油灯细看了起来，看着看着，突然，宗孤烟大叫一声昏了过去。宗耀赶紧挪动身子，好不容易拖着一条腿爬到了他爹身边，战战兢兢地拿过羊皮图，一字一顿地读了起来："本地首富，宗氏一族，奸行商市，油煎百姓，我已探明其金银囤点，如遇不测之年，可取出以赈饥民。下为附图。铁义。"

宗耀顿觉天旋地转，不声不响地倒了下去……

（题图、插图：刘斌昆）

这块招牌挂不得

□崔新三

前些年，百年老店“鹤一春”饭店被评为全国驰名商标，但最近饭店掌门人著名鲁菜大师“海三鲜”有些头痛。“海三鲜”有两个徒弟，一个叫刘荐，一个叫王东，两人都有一手精湛的鲁菜手艺。如今，“海三鲜”要退休了，这掌门人的位子让给谁呢？

这一天，老经理“海三鲜”把两个徒弟叫到跟前，说“我退休以后只能由一个人担任饭店的经理，我考虑了很长时间，也拿不定主意谁来接班，毕竟你们俩各方面的条件都不分上下，这怎么办呢？”“海三鲜”说到这儿，停住口，看着两个徒弟，结果两个徒弟半天没说话。“海三鲜”见状，苦笑着说：“既然如此，那就听天由命吧，咱们采取最原始的办法，抓阄！”

抓阄的结果，王东当上了“鹤一春”饭店的经理！这一下，刘荐的心理就不平衡了，就因为自己的手不争气，顷刻之间就跟梦寐以求的鲁菜大师这个头衔擦肩而过！刘荐勉勉强强在“鹤一春”干了半年，然后就毅然辞职走人了。

“鹤一春”饭店之所以生意兴隆，全凭刘荐和王东两人精湛的鲁菜手艺。刘荐走了，饭店一下子少了根顶梁柱。不少顾客很快就发现“鹤一春”的菜变味了，特别是那些老食客，他们甚至能非常准确地点出哪个菜是滥竽充数，这样一来，饭店的生意每况愈下。

刘荐辞职后在跟“鹤一春”只隔一条马路的一条小街上，开了一家名叫“贺伊春”的酒店。“贺伊春”虽然店面没有“鹤一春”大，但是刘荐毕

竟有一手绝活，渐渐就冒出了头，到最后，竟难分“鹤一春”和“贺伊春”谁是正宗的了！

“鹤一春”生意一天不如一天，王东硬着头皮找到师弟刘荐，希望他关掉“贺伊春”，回到老店继续合作。谁知，刘荐冷冰冰地说：“我就是要让顾客评一评，究竟谁是真正的鲁菜大师！”

王东好言相劝没有奏效，于是就非常严肃地说：“刘荐，如果你一定要这样做，我们只好法庭上见了！”

刘荐理直气壮地说：“你开你的店，我开我的店，你是‘海三鲜’的弟子，我也是‘海三鲜’的弟子，你我井水不犯河水，你凭什么告我？”

于是，王东就去律师事务所进行法律咨询。律师认真地调查了事情的来龙去脉，非常肯定地说：“因为‘鹤一春’是全国驰名商标，因此‘贺伊春’在店名上侵犯了‘鹤一春’的合法权益，而且‘贺伊春’在店面的装潢上也摹仿老店的风格，这种行为对广大消费者来说，存在着明显的误导。根据这种情况，你不但能胜诉，而且还可以提出经济补偿的附带请求。”

律师的话，让王东顿时眼睛一亮，他立刻就开始准备材料。这件事被退休在家的“海三鲜”知道了，老人家让家人用轮椅把他推到了“鹤一春”饭店，一见王东，他就郑重其事地说：“你把刘荐告上法庭，这不是打我的脸么？”

王东为难地说：“师傅，刘荐要毁咱百年老店，我这也是无奈之举啊！”

“海三鲜”说：“那也不能把刘荐告上法庭！你们俩都是我的徒弟，也可以说都是我的孩子，手心手背都是肉，你们俩这样窝里斗，让我这张老脸往哪儿搁？”

师傅坚决不同意起诉刘荐，王东只好再次求助律师帮忙。律师说：“这件事也可以采取庭外调解的办法来解决，只是，这得原告和被告都同意才行。”

律师的话音未落，刘荐就像从天

上掉下来似的，突然出现在众人面前，说：“我同意庭外调解！”

原来刘荐见王东铁了心要跟自己打官司，一时心中也没有底了，于是他也找律师咨询了，这一咨询，刘荐吓出了一头冷汗！律师说刘荐这样做是明显违犯商标法的，在法庭上一定败诉，如果王东再提出经济补偿，刘荐的损失就更大了……

正在左右为难的王东，见刘荐同意庭外调解，也就坡下驴，愿意握手言和。于是，在师傅“海三鲜”和律师的参与下，双方达成如下协议：刘荐的“贺伊春”改为“鹤一春”分店，每月向总店交纳一定的费用；王东把“鹤一春”老店分为两部，一部经营正宗的风味菜肴，由王东掌勺；一部经营普通菜肴，由一般的厨师掌勺。

律师点评：

商标一经注册，即拥有专用权，他人不得以任何方式和理由侵权，否则，轻者由工商行政管理部门处罚，重者构成犯罪。根据法律规定，未经注册商标所有人的许可，在同一种商品或者类似商品上使用与其注册商标相同或者近似的商标的，属侵权。

《这块招牌挂不得》故事中，“鹤一春”饭店，具有全国驰名商标称号，理当受商标法保护。刘荐在王东当上了“鹤一春”经理后心怀不满，离店另开“贺伊春”酒店，其与“鹤一春”谐音，有误导消费者之嫌，客观上有侵权倾向。如果王东提起诉讼，刘荐败诉结果难免。而在这和谐社会的大环境里，调解显然是两全其美、和平解决纠纷的好办法。

（题图、插图：安玉民　梁　丽）

·本刊信息传真·

第四届“梅陇杯”全国法律知识故事征文暨评奖启事

为鼓励创作，更好地发挥故事在法制宣传教育中的作用，司法部法宣司、上海市法宣办、《故事会》杂志社在上海市闵行区梅陇镇人民政府的大力支持下，决定举办第四届“梅陇杯”全国法律知识故事征文暨评奖活动。

征文时间： 即日起至2009年12月31日结束。

评奖范围： 1. 2008年10（上）至2009年12（下）发表在《故事会》上的法律知识故事;2. 所有法律知识故事征文稿。

征文要求： 来稿要符合口头文学特点，必须包含明确的法律知识点。尽可能依据现实生活中已经发生的案例或者可能发生的涉法事件进行创作，重点关注那些在日常生活中为人们所忽视或不易掌握的法律知识或法律程序。有关稿件的具体要求，请参考发表在《故事会》上的“法律知识故事”。

奖项设置： 本次评选活动设一等奖1名，奖金5000元；二等奖2名，奖金各3000元；三等奖3名，奖金各2000元；优秀奖30名，奖金各500元。

来稿请详细注明作者姓名、地址以及邮政编码，并在信封上注明“法律知识故事征文”字样。本刊地址：上海市绍兴路74号，邮编:200020；也可通过电子邮件发送给：wulun@vip.sohu.net。

神奇的唱片

□董　雷

1943年初，第二次世界大战到了关键的时刻，德国纳粹当局加紧了对法国地下抵抗组织的围剿，大批的爱国青年被逮捕，在盖世太保的监狱中受到刑讯逼供，终于，有人经受不住威逼利诱，抵抗组织内部出现了变节者。

叛徒供出了法国瑟堡地区的抵抗组织负责人：拉蒙老爹。拉蒙老爹的公开身份是一家海滨酒馆的老板，他的主要工作把内陆情报人员提供的秘密信息进行整理，然后再由自己的儿子、游泳健将蒂让·拉蒙趁夜间避开德国人的巡逻艇，泅渡英吉利海峡，把情报送到对岸的盟军总部，由那里的专家做进一步的分析。

盖世太保很快就控制了拉蒙老爹的小酒馆，但是，变节者只在传送情报时见过拉蒙老爹，却从未有机会认识他的儿子，而蒂让·拉蒙此时刚从英国递送情报回来，正在城里的一个秘密地点休息，侥幸逃过了这一劫。盖世太保决定安排专人对海滨酒馆进行全天候监视，静候蒂让·拉蒙自己送上门来。

拉蒙老爹现在看起来很紧张，但是他没有任何办法，酒馆里除了那个变节者，还有七八个穿着便衣的盖世太保成员，他们已经控制了酒馆的角角落落，他根本不可能公开传递出任何警告儿子的信号。这些盖世太保的成员都非常专业，在他们的监视下，海滨酒馆里的一桌一椅、一草一木，甚至每一个茶杯和茶托的摆放方式都保持了原样，原先安排的应急预案全都失效了。可能是为了缓解自己的紧张情绪，拉蒙老爹慢慢地从橱柜里抽出一张积满灰尘的老唱片，准备替换下留声机上正在旋转着的爵士乐唱片。

但是，就是这样一个细微的动作也被敌人识破了！一个表情阴森的盖世太保军官走了过来，冷笑着对拉蒙老爹说：“拉蒙先生，请不要再跟我们玩花样了，作为一个同行，我提醒您，我们搞情报的人都知道，您的这张唱片其实是一个报警信号，所以请您马上放下手里的唱片，我们在来之前就已经为今天的精彩演出准备好了背景音乐。”说着，他从随身携带的档案夹里拿出了一张法语唱片，这是当时法国最流行的音乐唱片，几乎家家户户都有一两张。情报工作人员都知道，因为这种唱片过于普通，已经不再具有任何信息传递的功效了。

计划再次被打乱，拉蒙老爹显得更紧张了，哆哆嗦嗦的双手怎么也拿不稳这张赛璐珞制成的薄薄的圆盘。更换唱片的每一个动作，拉蒙老爹都像是在操作一次复杂的手术，汗水不断从额头上渗出，看起来，由于惊慌过度，拉蒙老爹都无法自如地使用自己的双手了。当他终于换好唱片时，坐在一旁欣赏的盖世太保们纷纷发出轻蔑的笑声，其中一个甚至放肆地走到拉蒙老爹面前，一边拍着他的脸，一边侮辱道：“这就是你们所谓的勇敢吗？哈哈，你的表现太精彩了，这就是高卢雄鸡的骄傲？哈哈哈……”

唱片轻轻转动起来，这张唱片是刚刚灌制的，全新的黑色表皮在灯光的照射下泛起一层微微的亮光，柔和的曲调熏陶着酒馆里的每一个人，慢慢地，有几个盖世太保放松下来，也不禁随着音乐哼出声来。

海滨酒馆平时客人就不是很多，现在是战争时期，来的人就更少了，头天下午，还有个农夫模样的人进来坐了坐，再往后

就只剩下几对零零星星的前来度假的情侣，盖世太保一连蹲守了三天，居然没有发现一个抵抗组织成员，蒂让·拉蒙更是连影子也没有见着。虽然不知道是哪里出了问题，但是盖世太保们灵敏的嗅觉告诉他们：计划失败了，他们决定，当天晚上就在海滨酒馆内处死拉蒙老爹。

就在刽子手掏出手枪、准备动手的时候，抵抗组织的一支突击队袭击了这家酒馆。突袭行动很顺利，盖世太保和变节者全部被击毙，拉蒙老爹毫发无损地被解救了出来，当天晚上他就和儿子偷渡英吉利海峡，撤退到了英国。

这次失败的行动引起了纳粹高层的注意，难道是盖世太保内部出了叛徒？不然如此严密的行动怎么会走漏风声？一批刑侦专家和情报专家从柏林赶来查办此案。调查组中的一名密电码专家特意听了拉蒙老爹最后换上的那张唱片：唱片刻录的歌声很美，但是，专家突然听到，在歌声里面还夹杂着一些杂音。

一般的老唱片，用的时间长了，多少会有点杂音，这很正常，但是，拉蒙老爹放上的，是盖世太保准备的全新的唱片啊！怎么会有杂音呢？这种杂音，普通人都不会注意到，而对于密电码专家来说，它的意义可就非同寻常了。

原来，拉蒙父子在战争爆发前都在法军的通讯兵部队服役过，受过密电码的接收和破解方面的专门训练。那天换唱片时，拉蒙老爹表面上看起来惊慌失措，不停地抖动着双手，其实，他是趁这个机会在唱片上用指甲刻下了法军一战时曾经使用过的一套简易电码。而行动的头天下午，来到海滨酒馆的那个农夫，就是拉蒙老爹的儿子——蒂让·拉蒙！完成任务归来的蒂让·拉蒙一身农夫打扮来到酒馆，本想马上和自己的父亲来个胜利的拥抱，但是当他一听到唱片中发出的奇怪的杂音，曾经的专业译码训练就从潜意识中爆发出来，他及时控制住了自己的情绪，没有露出一丝异样。然后，他就像一个普通的陌生顾客那样，向拉蒙老爹要了一杯茴香酒，静静坐在一边听着这奇怪的乐曲。忽然，他明白了，这是父亲在向自己报信啊！把这些密电码翻译出来就是：危险！八个敌人！

于是，蒂让·拉蒙不露声色地离开了酒馆，并在第一时间向抵抗组织总部发出紧急报告，警告任何情报人员不得靠近拉蒙老爹的酒馆。同时，他非常幸运地联系到了在这一带活动的“自由之子”突击队，于是，后面的一切，我们都知道了……

（题图、插图：佐　夫）

（本栏目欢迎来稿。来稿可从邮局寄发，也可从网上传递。如为电子邮件，请发以下信箱：lujia411@yahoo.com.cn。）

·中篇故事（精编版）·

近来，人们常常把这样一类男生称为“宅男”：他们业余时间喜欢呆在家里上网，不擅长打扮，没女人缘，甚至与女性交谈时会有紧张感。但就像有首歌中唱的，“野百合也有春天”，这次要讲的，就是发生在一个“宅男”身上的传奇……

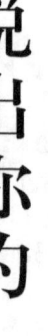

说出你的爱

□陈之风 改编

1.爱的邂逅

阿达是个典型的“宅男”，二十好几的小伙子了，感情生活还是白纸一张。但最近，阿达的心情特别好，走在路上都哼着小调，见了人不管认识不认识，都亲热地点头打招呼。他这一系列反常的行为，原因只有一个：他恋爱了！确切地说，他应该算是暗恋，他偷偷喜欢上了家里附近餐厅的一个女员工，那女孩名叫小涯。但阿达天生胆小，暗恋小涯那么久，却不敢和她主动说话。

阿达不好意思把心事告诉身边的朋友，只偷偷告诉了一个没见过面的网友。那个网友鼓励他，爱是要说出口的。这天，阿达终于鼓起勇气，决定向小涯表白，告诉她，自己喜欢她。

下午五点钟，阿达一下班就往餐厅赶，他走到餐厅门口，正准备进去，不小心撞到了一个正从餐厅走出来的男人，那男人说了句抱歉，突然问阿达：“不好意思请问一下，东盛大厦怎么走？”

阿达朝路口指了指，说：“沿这条路一直走，过三个红绿灯就到了！”

“谢谢！”男人顺着阿达所指的方向，走出了餐厅。

一个人刚做完好人好事，心情总

是很愉快的，阿达也不例外，可他一想到将要向小涯表白，又感到心跳得厉害：万一小涯不喜欢自己怎么办？

这时还没到用餐高峰期，餐厅里人不是很多，阿达找了个位子坐下，偷偷瞄了一眼吧台，小涯正和几个服务员在聊天，阿达心里盘算着，该怎样跟小涯表白。突然他看到，小涯拿着菜单朝自己这个方向走来，阿达只觉心跳加速，紧张得不行。

小涯走到阿达旁边，亲切地问："您好，请问您要点些什么？"

"噢……噢，来一份三、三明治！"阿达结结巴巴地说。

"好的，先生！"小涯微笑着说，"请问还需要别的什么吗？"

"我……没、没了！"阿达脸涨得通红，汗都淌下来了。

"马上给您送到，谢谢！"小涯微微一笑，转身走回吧台。

望着小涯的背影，阿达恨不得给自己几巴掌，暗骂自己真是个窝囊废，一见到她，就紧张得不会说话了。

三明治很快送来了，阿达却一点食欲也没有，时间在一分一秒地过去，阿达看了看表，已经五点半了，自己在这儿干坐了半个小时，可依然没有想好如何向小涯表白。

正当阿达犹豫时，小涯却已换好衣服，准备下班了。看着小涯走出餐厅，阿达也立即站了起来，扔下饭钱，偷偷跟上了小涯。

餐厅门外有个巴士站，阿达知道，小涯每天都坐303路巴士回家。阿达看着小涯上了车，不假思索地也跟着上了那趟车。他偷偷坐到小涯后面的位置上，心里盘算着，该怎样开口跟小涯搭话。

车子开得很快，小涯下车后，阿达紧紧跟在她后面，有好几次，他都想冲上去对小涯表白，可每次他都退缩了。

这时，小涯忽然停下了脚步，阿达也急忙停下不动，还好，小涯并没发现阿达，她走向路边一个自动提款机，拿出银行卡操作起来。哦，原来她是要取钱，阿达长长舒了口气，虚惊一场。

没过多久，小涯就拿到了一叠钞票，她打开包，正准备把钱放进去，突然，路边一个长头发的男人奔向小涯，一把抢走她手里的钱，飞一般地逃走了。

小涯吓了一大跳，她愣了几秒钟，就大叫起来："有贼呀，不要跑！把钱还给我！"一边朝那人追了过去。

阿达也急忙跟在小涯后面，撒腿向那个抢钱的男人追去。

这时，令人无法预料的事发生了：那个抢钱的男人跑到一个十字路口，突然横穿马路，飞速跑到了对面街道上。小涯紧紧跟着他，也冲到了马路上，接着，只听到一声惨叫，一辆急驶而来的蓝色汽车撞到了小涯，把她撞起两米多高，紧接着，小涯的身体重重摔倒在地上，大口大口的鲜血从她嘴里喷了出来。

阿达惊呆了，他跑过去抱住躺在地上的小涯，大叫："小涯，你醒醒，你醒醒，小涯你不能死！我还没向你表白呢！"但是，此时的小涯再也无法说话了，她的呼吸已经停止了。

阿达紧紧抱着小涯，失声痛哭起来，怎么会这样？刚才还好好的小涯，居然在一分钟内，让车子给撞死了！无论阿达怎么呼唤，怎么喊叫，小涯再也不可能醒过来了……

阿达十分后悔，都怪自己懦弱无能，胆小怕事！要是自己早一点向小涯表白，也许小涯就不会让车子撞到，就不会死。

这时，阿达只觉得眼前白光一闪，一个声音在他耳边说："可怜的人，你本该抓紧时间，向这个女孩表白，这样，她就可以避开死亡。"

是谁？谁在说话？阿达抬起头一看，眼前不知什么时候多了一个小矮人，只见他不到一米高，手拿一根小银棒，头戴银冠，身穿一件银色的衣服，正对着阿达不停地摇头。

阿达奇怪地问："你是谁？"

"我是天堂使者！"小矮人说，"现在只有我可以帮你救回这个女孩，可是，你要付出代价！"

天堂使者？阿达只觉一片茫然，再转身看看周围，刚才围观的人们居然全部消失不见了！难道自己在做梦？他揉了揉眼睛，用力拍了拍自己的脸。

那个小矮人好像能看透阿达的心思，开口说："不用看了，你不是在做梦。"

阿达惊呆了，他半信半疑地问："你真的可以救回小涯？"

天堂使者点了点头，说："不错，我可以把你送回一小时之前，但你得让小涯在这一小时内亲口对你说出'我爱你'三个字，这样，她就不用死！"

阿达大喜过望："真的吗？只要小涯对我说'我爱你'，她就可以活过来？"

天堂使者说："是的，但是有一个条件，我得从你的生命里拿走一年！你愿意吗？"

拿走生命中的一年？换句话说，就是要自己减寿一年，阿达犹豫片刻，用力点了点头："好，我同意！"不管真假，只要能救得了小涯，阿达都决定尝试一下。

天堂使者笑了笑，提醒阿达"你不要忘了，你只有一个小时的时间，在一个小时内，如果不能让小涯对你说'我爱你'，她还是会死！"

阿达点了点头，突然，他只觉眼前一片黑暗，再睁开眼睛时，自己居

然站在小涯上班的餐厅门口。他急忙拿出手表一看，时间是五点钟，他真的回到了一个小时前！

2. 爱的争取

这时，先前在餐厅门口向阿达问路的男人又走了过来，询问阿达如何去东盛大厦。

阿达愣住了，情景果然和一小时前一模一样，这是奇迹！他突然想起天堂使者说过的话，只有让小涯说出“我爱你”，才可以救活她！于是他回答了那个男人，急忙走进餐厅。小涯还和一小时前一样，正在吧台边和其他服务员谈笑，阿达大喜，跑到吧台一把拉住小涯的手，着急地说：“快、快说你爱我！”

小涯吓了一跳，挣开阿达的手，大叫起来：“你干什么？”

“没时间了，快，快说你爱我！不然你会死的，快说快说！”阿达此时顾不了那么多，他紧紧抓住小涯的手，大声说：“小涯，快说你爱我，不然你会让车撞死的！”

小涯厌恶地推开了阿达，一边往吧台里退，一边生气地说：“不要过来，你走开！”

正当阿达准备再次向小涯解释的时候，几个警察走了进来，问：“是谁报警说你们这里有疯子捣乱？”

“警官，是我们报的案！”小涯旁边的服务员站了出来。原来，他们见阿达说话语无伦次，神情又那么吓人，情急之下，便打了110。

一个服务员指着阿达，对警察说：“就是这个人，他是个精神病，在这里疯言疯语！”

警察拉住阿达，说：“走，跟我们出去一下！”说完，拉着他就向门口走。

阿达一边向警察解释：“我没有疯！”一边还回头对小涯大喊：“小涯，你快说，快说你爱我！”

众人望着阿达，心中都想，这人真是病得不轻！

就这样，阿达被带到了派出所，

在那里，他把自己的经历一五一十地告诉了警察。

两个警察听完他的话，互相看了一眼，没有说话。阿达焦急地看了看手上的表，超过五点半了，六点钟小涯就会被车子撞倒，如果再不赶紧让小涯说爱他，她又要死了！可现在警察根本不相信自己，没办法，只能先找到小涯再说。想到这里，阿达只好承认自己刚喝了酒，有点失态了，警察见阿达态度不错，教育了他一番，就让他走了。

阿达用最快的速度赶到小涯死亡的现场，却还是来迟了一步，时间已经过了六点钟，历史重演，阿达再一次亲眼目睹小涯让汽车撞死的惨景。

阿达瘫倒在地，抱起小涯，号啕大哭起来。

这时，天空中白光一闪，阿达耳边又响起了天堂使者的声音："太晚了，你应该抓紧时间！"

阿达望着从天而降的天堂使者，痛苦地说："我已经尽力了！可还是……"

天堂使者摇了摇头，叹息说："你的方法太愚蠢了，别人怕你还来不及，怎么会真心实意地对你表白呢？"

阿达望着天堂使者，恳求说"请再给我一次机会吧！就一次！"

天堂使者轻声说："好吧，只是你的生命会再减少一年！"

阿达连连点头："可以可以，为了小涯，我愿意再减寿一年！"

天堂使者被阿达的诚意打动，点了点头，阿达只觉眼前一晃，他又回到了一小时前，来到了餐厅门口……

3. 爱的无奈

阿达正要推门进餐厅，那个问路男人又走了过来，阿达不等他开口，急忙说："你沿这条路一直走，过三个红绿灯就到东盛大厦了。"说完，急匆匆走进餐厅。

那男人丈二金刚摸不着头脑，心里十分奇怪：自己还没开口说话，这人怎么知道自己要问东盛大厦怎么走？

阿达走进餐厅，这次他不敢乱来，先坐了下来，盘算着到底怎么做，才能救得了小涯。忽然他想到，只要顺利地拦住小涯，不让她去事发现场，她就不会让车撞倒，也就不会死了！

此时小涯正准备下班，阿达马上迎了上去，摔倒在小涯身边，假装心脏病发，大声说："不好，我……我心脏病发作了，你快救救我！"

小涯吓了一跳，急忙对其他服务员说："快打120，有客人晕了！"

一个服务员蹲下身子，问阿达："先生，你怎么了，身上有没有带药？"

阿达哪里敢说话，他眼睛死死盯着小涯，手紧紧抓住小涯的衣角，不让她走。没想到小涯却对另一个服务员说“麻烦你照顾这位先生，我有点事，先走了！”说完挣脱了阿达的手，走出了餐厅。

阿达眼睁睁看着小涯走出餐厅，连忙一个鲤鱼打挺，从地上一跃而起，一旁的服务员吓了一跳：这人刚才还躺在地上要死要活，怎么一下子变得生龙活虎？

阿达跑出餐厅，可还是晚了一步，小涯已经坐上巴士走了。

完了，小涯一定又要去自动取款机那里了！阿达看了看手表，还有时间！他急忙伸手拦出租车，希望可以赶在小涯之前到达现场，可现在是交通繁忙时段，根本没有空闲的出租车。

阿达心急如焚，他狠了狠心，甩开步子跑了起来，当他气喘吁吁地跑到取款机那里时，刚好看到小涯下了巴士，向他这个方向走来。阿达急忙扑了上去，一把抓住小涯，大喊“你等一下，听我说，听我说！”

小涯吓了一跳，尖叫：“你干什么？”

阿达看了看表，五点五十五了！还有五分钟时间，他双手死死地抓紧小涯，安慰地说：“不要怕，等一下就好，你相信我，等五分钟，就五分钟！”

小涯吓坏了，她以为碰到了流氓。情急之下，她突然张开嘴巴，用力咬向阿达的手。阿达没料到小涯居然会咬自己，疼得松开了手，小涯趁机向前跑去。

阿达急忙追了过去，小涯为了逃离阿达，竟然跑到了马路中间。此时，一辆蓝色汽车飞速开来，小涯躲闪不及，又让车子撞倒在地！阿达目睹这一切，失声大叫起来：“不可以，不可以！”

可还是晚了，小涯依然没能逃脱让车子撞死的命运。

阿达彻底崩溃，整个人瘫倒在地

上……

这时，天堂使者再次出现了，他叹了口气，对阿达说："你还是用错了方法，你以为阻止她到这里来就可以了吗？没用的，我已经告诉过你，只有小涯说出'我爱你'，她才能逃过一死。"

阿达傻眼了，天堂使者充满同情地望着他，问："怎么样，你决定放弃，还是再来一次？"

不，绝对不能放弃！阿达暗暗发誓，救不了小涯，这事就不能算完，不论怎样，也要把小涯从死神手里夺回来。他站起身子，坚定地说："最后一次，给我最后一次机会！"

天堂使者微笑着点点头："老规矩，拿你一年的生命作交换！"

4. 爱的表白

阿达重新回到了一个小时前，重新回到了餐厅。他脑子里乱极了，自己这辈子都还没向女孩表白过，更别说想办法让女孩对自己表白了，这简直比登天还难啊！时间过得很快，阿达看了看表，终于鼓起勇气，硬起头皮，冲小涯走了过去……

小涯看到阿达，脸上露出可爱的笑容，亲切地问："你好，先生，有什么能帮到你的吗？"

阿达脸色凝重，严肃地说："我想求你帮我一个忙！"他深吸了一口气，努力使自己平静下来，说："我知道你叫小涯，我的名字叫阿达，我经常来你们店里。"

小涯一脸迷茫地望着阿达，阿达紧接着说了下去："你不用紧张，我只是希望，你能够说三个字给我听。"

小涯奇怪地问："先生，你到底需要我帮什么忙？"

"也许有些唐突，但是请你放心，我没有恶意。"阿达继续自顾自地解释着，"我希望你对我说'我爱你'三个字！"

一听这话，小涯的脸立即涨红了，旁边的顾客和服务员也不禁一片哗然，有人嘲笑阿达："你脑子烧坏了吧？"

"是呀，认都不认识，就要人家女孩子说那种话，简直就是流氓嘛！"

小涯也生气了，说"这种话怎么能乱说，你快走吧，我要下班了！"说完，她头也不回地跑出餐厅，只留下阿达目瞪口呆地站在原地。

还是没有成功！小涯始终不肯说"我爱你"三个字，这可怎么办呢？如果再听不到小涯的表白，她又要被死神夺走年轻的生命了！阿达绞尽脑汁也想不出什么好办法，不经意间，他突然瞄到吧台上放着一叠厚厚的点餐小票，他心中一酸，随即脑中灵光一现，忽然想到：有了，也许可以用这个办法……

五点四十五分，阿达出现在了那个自动取款机旁边，他手里拿着一个盒子，焦急地等待着小涯。他知道，过不了五分钟，小涯就会在这里下车，然后走过来取钱，自己一定要抓住这个最后的机会，胜败在此一举了！

果然，没过几分钟，小涯便出现在阿达面前。阿达立即迎了上去，喊住她："小涯，你等一下！"

小涯一看，又是刚才餐厅里那个无理取闹的男人，脸色不由一变，下意识地退后了几步，生气地说："你到底想干什么？干吗一直缠着我不放！"

阿达拿着盒子，解释说："小涯，你不要怕，我只是希望你看……看一些东西！"说完，他把手里的盒子恭恭敬敬地递到小涯面前。

小涯随手推了阿达一把，说"请你不要再骚扰我了，谢谢！"

阿达没料到小涯会推开自己，手一松，盒子便掉落在地上。小涯见推掉了他的东西，心中略有不安，正打算帮他捡起，突然想到，这男人疯疯癫癫的，再和他纠缠下去，不知他还会做出什么事来，就狠了狠心，不再理会阿达，径直向取款机走去。

阿达俯身捡起盒子，再站起来时，小涯已经走近了取款机，阿达暗叫不好：小涯肯定会碰到那个抢劫的男人。果然，只听小涯一声大叫，长发男人已抢走了她手里的钱。

阿达只觉一股热血涌上心头，绝对不能让自己心爱的女人再受欺负！他立即扔下手里的盒子，横在劫匪身前，大喊一声："站住！"

劫匪被阿达吓了一跳，不等他反应过来，阿达已经冲了上去，死死抓住他的双手，叫着："把钱还给那个小姐！"

从小到大，阿达都没这么勇敢过，胆小的他从小就是其他孩子欺负的对象，连他自己也没想到，自己竟然敢这样和劫匪对峙。此时，他一心只想抢回钱，不然，小涯就会因为追赶劫匪而命丧街头的！

说时迟那时快，这时小涯也追了

上来，她不停用皮包猛敲劫匪的头，终于，劫匪敌不过阿达和小涯的联手攻势，松了手里的钱，推开阿达和小涯，转身落荒而逃。

阿达松了口气，他把抢回来的钱交给小涯，气喘吁吁地说：“还……还给你！”

小涯望着满头大汗的阿达，突然觉得很不好意思，刚才自己还误会阿达是个流氓呢，她内疚地说：“谢谢，谢谢你！”

阿达擦了擦头上的汗，笑了笑，说：“没事，没事！”突然，他仿佛想起了什么，急忙转身拿起刚才扔在地上的盒子，递给小涯，结结巴巴地说“我只希望……希望你可以看看这盒子里的东西，求你，求你了！”

小涯望着他诚恳的表情，心里一软，便接过盒子，问：“这是什么？”她打开盒子一看，里面竟全是她们餐厅的发票，那种电脑小票，厚厚地叠在一起，堆满了整个盒子，足有好几百张！

小涯吃了一惊，问：“怎么会有这么多我们餐厅的小票？”

阿达望着小涯，动情地说“我为了可以见到你，一日三餐都到你们餐厅吃饭，积下的小票，一共619张。不论刮风下雨，一天也没有落下！可我从来没有勇气和你说话，更不敢告诉你，我一直喜欢着你！”

5. 爱的结局

小涯震惊了，她完全没有想到，竟会有这样一个男人一直默默地关注着自己，她有些感动，温柔地说“那，你为什么不早说……”

阿达挠了挠头，轻声说：“我没用，我胆子小……”

小涯微笑着摇摇头：“不，你刚才很勇敢。那你现在怎么又敢说了呢？”

阿达说：“是我的一个网友天涯小草，她建议我向你表白的！”

小涯一愣，说“天涯小草？你的网友叫天涯小草？那你在网上叫什么名字？”

阿达抓抓头皮，说“我叫白头哥哥。”

“什么？”小涯更是一惊，“你就是白头哥哥？”

小涯此时只觉又惊又喜，她自己的网名就叫天涯小草，而白头哥哥是她一直非常依赖的一个网友，虽然认识时间不长，也没有在网下见过面，可白头哥哥一直非常关心她，每当她不开心的时候，白头哥哥总是安慰她、鼓励她。前几天，白头哥哥告诉她，他喜欢上了一个女孩，一直不敢向她表白。小涯就鼓励他，爱是要说出口的，没想到，阿达就是白头哥哥，换句话说，白头哥哥喜欢的女孩，不就是……

这时，阿达注意到小涯的神情起

了变化，他紧张地问："小涯，你怎么了？是不是我说错话了？"

小涯望着阿达，幽幽地说："没什么，只是……我在网上……就叫天涯小草，真是太巧了……"

啊，什么？小涯就是天涯小草！阿达只觉天旋地转，他万万没想到，小涯和天涯小草，居然是同一个人！阿达激动地说："你、你就是天涯小草？天涯小草，不……不，小涯，我喜欢你！真的喜欢你！"

阿达还想说些什么，小涯突然用手指轻轻按住他的嘴唇，不让他说下去，轻声说："其实我也有个秘密，一直没敢和白头哥哥说！"

阿达慌了，急忙问："什么秘密！"

小涯低下头，脸色微微发红，说"和白头哥哥聊了那么久，我发现，自己在不知不觉中，竟然喜欢上了网上的白头哥哥。后来白头哥哥说有喜欢的女孩了，我还有点失落，甚至有点伤心……"

阿达简直不敢相信自己的耳朵，他瞪大眼睛，语无伦次地说："小涯你说什么？我、我……你……"

小涯害羞地低下头，放下手里的盒子，轻轻说："傻瓜，我是说，我也爱你！白头哥哥，不，阿达，我喜欢你！"

阿达欣喜若狂，他激动地一把抱住小涯，把她拥入怀中。成功了，终于成功了，自己的真心终于打动小涯了！这时，阿达看到，一辆蓝色汽车平安无事地开了过去，那是本来要撞死小涯的车呀！阿达赶紧看看手表，时间刚过六点，刚才，小涯已经在不经意中说出了"我爱你"，她不会死了！

阿达兴奋地大声欢呼起来："太好了，太好了！小涯，你平安了，你不会死了！"

小涯不解地望着阿达"阿达，你怎么了，你在说些什么呀？"

阿达欢欢喜喜地拉起小涯的手，开心地说："没什么，没什么！走，我们走吧！"他牵着小涯的手，向马路对面走去。这时，小涯转身一看，那

盒见证他们爱情的发票还摆在地上，原来两人刚才都太激动，居然忘记把它捡起来了。

小涯轻轻松开阿达的手，转身走向地上的盒子。

这时，阿达一个人站在马路中央，他完全沉浸在喜悦中，幸福来得太突然：小涯平安无事，也接受了自己的爱，从此，自己将和小涯在一起了……

突然，意外发生了：一辆急驰而来的小汽车，迎面向阿达开了过来，还不等他反应过来，只听“轰”的一声巨响，车子撞在了阿达身上。

小涯亲眼看到阿达被车撞倒，手里的盒子顿时掉在了地上，里面的小票飘落满地。小涯发疯似的奔向倒在血泊中的阿达，抱起了他，口里大叫：“阿达，你怎么了，你怎么了？”

阿达脑海中一片空白，只觉得五脏六腑都在翻涌，呼吸也越来越困难。这是怎么一回事？自己好不容易、辛辛苦苦才得到了小涯的爱，又让她躲过了死神，可到头来，为什么死的竟然是自己？

迷迷糊糊中，阿达又看到了天堂使者。

天堂使者微笑地望着他，说：“可怜的人哪，本来三年后的今天，才是你死去的日子。可惜，你自愿减少三年寿命，让你的死亡日期提早了三年。”

什么？死亡日期提早了三年？原来是这样！阿达这才恍然大悟，自己本来就已经只剩下三年的命了，三年之后，他就会死去。他向天堂使者借命三年，救了小涯，却让自己的生命提前结束了！

天堂使者蹲下身来，凑近阿达的耳边，轻轻问：“你后悔吗？如果你后悔了，我可以让一切变回原来的样子……”

阿达望着身边痛哭流涕的小涯，心里突然感到无比平静：不管怎样，自己毕竟救了小涯，她这么年轻，以后一定会有很多很多幸福的岁月……想到这里，阿达轻轻地摇了摇头，艰难地对天堂使者吐出了几个字：“我、我不后悔……”

天堂使者微微笑了，阿达缓缓闭上了眼睛，恍惚中，他听到天堂使者对小涯说：“要想救他，除非你愿意献出一年的生命……”接着，耳边传来小涯清晰的回答：“我愿意！”

（题图、插图：杨宏富）

古凉州城里流传着一个关于“天下第七”的传说。到底什么是“天下第七”？看完故事，相信你会有自己的答案……

天下第七

□赵宏昌

1.粥场惊变

清朝雍正三年，河西大旱，素有“天下粮仓”之称的凉州城，辖区内数百万亩良田几近颗粒无收，虽有官家赈灾，却僧多粥少，乡野道旁饿死的人依旧随处可见。

就在知府李天德为此焦头烂额之际，管家李环来报，说凉州城最大的药商杜秋平连开了八家粥场，赈济吃不上饭的饥民，李天德听了赶忙让管家备轿，一行人直奔杜府。

李天德的轿子离杜府还有很远，喧嚣声已经传到了他耳中，到了近前，落了轿子，他看到杜府门前的空地上支着数口大锅，无数饥民排成长队，一个个伸长脖子，就等着那锅里的米粥救命。

见知府大人到了，正亲自督促施粥的杜秋平快步迎上前来，两人正在寒暄，却听到人群里传出一声惨叫：“啊呀，肚子好疼啊……”

那是一个三十来岁的独眼汉子，脸上疤痕遍布，右腿齐膝而断，两腋下各拄着一根木杖，喝剩的半碗粥已打翻在地，正捂着肚子大声叫唤。李天德看那汉子痛得厉害，不禁皱起了眉头，正要问问是怎么回事，就在这时，那汉子周围的几十个饥民，突然一起捂着肚子大声惨叫起来，全都是腹痛难忍，场面一下混乱不堪。

那独眼汉子额上布满了豆大的汗珠，看左右众人都丢了盛饭的器具，全跟自己一般模样，他忍痛嘶吼道：“大家不要喝粥，这粥里有毒！”

独眼汉子的这一声喊，犹如晴空打了个霹雳，杜府门前成百上千的饥民全乱了套，锅碗瓢盆响成一片，而方才嚷肚子疼的那几十个人，此时已然满地打滚，口中惨叫声不绝。

饶是李天德久居官场，见多识广，此刻也惊得面无人色，而身为主家的杜秋平更是魂飞魄散，他快步上前扶向那独眼汉子，就在这一刻，只见那独眼汉子右手往怀里一摸，掌中已多了把锋利的短刀，众人还未来得及惊叫，寒光一闪，那汉子已持刀向杜秋平当胸刺到……事发仓促，眼看杜秋平就要血溅当场，这时，不知从哪里飞出来一样东西，“砰”的一下击在了那汉子的面门上，竟将他打得一跤跌翻……

杜秋平能够安然无恙，全亏他府上的一个下人，那个下人刚好手里握着一个施粥用的大木勺，独眼汉子才飞扑过来，他已将手中的木勺劈头盖脸砸了过去，正好砸中对方要害。独眼汉子本就断了条腿，那柄木勺又颇为沉重，而且掷出时力道十足，受此一击哪里还站得住，闷哼一声倒在地上，手中的短刀也滚出去老远。

此时杜府其他人已回过神来，他们持棍的持棍、拿铲的拿铲，围住那独眼汉子就要痛殴。

杜秋平拦住众人，厉声喝道：“你这汉子，究竟受何人指使，竟向杜某下这样的毒手？”说完，他想起知府大人就在眼前，连忙向知府拱手说道：“大人，这汉子为制造混乱，行刺杜某，竟向无辜灾民下毒！这等心狠手辣的贼子，还请大人将他拿下，从严拷问，好还众人一个公道！”

那独眼汉子血污满面，惨笑着说道：“老贼，今日杀不了你，只能说是老天无眼，但你害死我爹娘，这血海深仇我一定要报！”

杜秋平一愣：“我与你素不相识，怎会害死你爹娘？”

话未说完，已被那独眼汉子嘶声打断：“老贼，你杀兄杀嫂、害死婢仆五十余人，可谓罪恶滔天！你说和我素不相识，你睁大狗眼看看我是谁，我就是你那害不死的侄子，杜铮！”

杜秋平俯身仔细端详起那汉子，突然一声惊叫：“你，你真的是……”

知府李天德正满头雾水，管家李环上前拉了拉他的衣袖，轻声说道：“大人，刚才喊肚子疼的那二十多个人已经全都死了，是中了毒！”

李天德听后脸色煞白：“都死了？那其他的人呢？”

李环答道：“请老爷宽心，其他人安然无恙。”

李天德恼火至极，几十个人突然毒发身亡，不管有何隐情，眼前这叔侄二人定难逃关系，他让衙役将数口

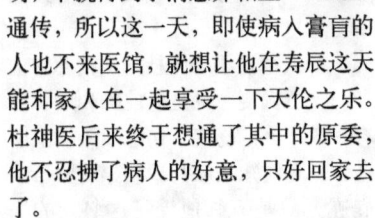

施粥的大锅一起封了，指着独眼汉子怒喝道：“你这恶贼，光天化日之下持刀行凶，又毒害这许多人的性命，你的眼里还有王法吗？来人，给我带回大堂，先让他吃一顿板子再细审。”

早有捕快持木枷铁链将那独眼汉子锁了，往凉州府衙拖去。

李天德向杜秋平拱拱手，杜秋平长叹一声也跟着去了府衙，灾民看出了这等命案，早一股脑地散去了。

2. 江南血案

在凉州府衙大堂上，独眼汉子高呼冤枉，说粥场发生的命案和他无关，他杀杜秋平是为给爹娘报仇，之后就说出了一桩令人闻之色变的惊天血案。

十年前，杭州的杜家数代经营药材，聚积了常人难以想象的财富。杜家的主人杜清宇是个奇人，他常年和药材打交道，对药性熟悉无比，慢慢地对医术发生兴趣，数年后，他竟成了一个起死回生的神医。

杜神医和别的医家不同，他家底既厚、医道又精，凡是来诊治的贫苦病人，不收分文，所以很快名传天下，江南百姓对他无不敬仰。杜神医治病救人，乐在其中，不料灾祸已悄然来临。

这天，杜神医在医馆里呆了半天，竟没有一个病人前来就诊，这是怎么回事呢？原来，这天是他的五十大寿，病人们对他敬若神明，早就得到了消息并相互通传，所以这一天，即使病入膏肓的人也不来医馆，就想让他在寿辰这天能和家人在一起享受一下天伦之乐。杜神医后来终于想通了其中的原委，他不忍拂了病人的好意，只好回家去了。

当晚杜府灯火通明，大摆家宴，府里的婢仆都得了赏钱，个个满脸喜气。然而在喝完最后一道点心——银耳杏仁汤之后，大家骇然发现，所有人竟都没了一丝力气，身不能动，口不能言，杜府上下五十多口人全都中了毒，就连杜神医也未能例外。就在这个时候，三个身穿黑衣的蒙面人不知从哪里冒了出来，他们手持利刃，一言不发，开始了血腥的屠杀，杜家上下人等在那晚尽数被害，凶手没有留下一个活口，所有人都被当胸一刀直穿后背，死状极惨。第二天，案子传开来后，百姓无不痛哭流涕，后来人称：江南血案。

知府李天德听独眼汉子说完这段往事，点头叹道：“这江南血案本官也有所耳闻，那杜神医岐黄妙术天下无双，却不料竟遭此厄运，实在可悲可叹。你自称是杜神医的儿子，可据本官所知，那桩惨案中，杜家并没留下活口啊——”

独眼汉子眼里含着泪，跪前几步撕开上衣，嘶声说道：“大人，我确是杜神医那劫后余生的不孝儿子杜铮！不信大人请看这里——”

李天德看了一眼杜铮那精赤的上身，脸色顿变，只见他前胸和后背各有一道吓人的伤疤，伤疤微微向里凹进，一看便知是被利刃洞穿后留下的痕迹，只是不知他受了这必死的一刀，竟如何活了下来？

杜铮用手指着杜秋平，咬牙切齿地说道：“大人，杜铮侥幸不死，只因老天要我揪出这个人面兽心的恶贼，给我那九泉之下的爹娘报仇！”

李天德看了看杜秋平，杜秋平却很平静，一言不发神色自如，好似杜铮指认的凶手与他没半点关系。

杜铮接着说道，那晚他被凶手穿胸一刀后，以为必死，谁料半夜却痛醒过来，这时凶手早已离开，他强忍着疼痛，爬到药房，取了止血的伤药，胡乱抹了，然后一点一点爬出了院门……凭着耳濡目染学来的医术，凭着怀里揣的那些治伤灵药，凭着胸中那颗充满了仇恨的心，他活了下来，虽然他还不知道仇人是谁。

杜铮惨笑着说：“养好伤后，我明查暗访却一无所获，直到流落到这凉州城——大人，我以为我这亲叔叔早在那晚就死了，谁料他却好端端地活着，你道他为何会活着？这是因为，他，就是那幕后的凶手！”

李天德听了不由微微点头，若事实真如杜铮所说，那杜秋平确实有莫大的嫌疑，可是他为什么要这么做？

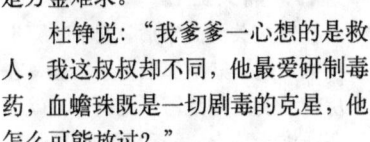

杜铮接着说道："我这叔叔杀害兄嫂，为的就是杜家那数不尽的财富！我爹爹仁心妙手，活人无数却不取分文，每日还要送上真金白银买来的各种药材，自是花钱如流水，尽管我杜家富甲天下，数年来家产也减去了十之一二，我这叔叔杜秋平对此极为不满！"

杜铮喘了口气，嘿嘿冷笑，又接着说道："这只是其中的一个原因，更重要的是，我父亲后来又得了一件宝物，那就是传说中的血蟾珠。"

李天德和堂上众衙役正听得全神贯注，这时突然听到"血蟾珠"三字，更是精神一振。血蟾珠在天下至宝中排名第七，相传，血蟾、冥蝎、赤蛇、金蜈、天蛛是天下五种最毒的毒物，它们在机缘巧合会聚后会相互杀戮，若是血蟾最终活了下来，它就会吸收其他四毒的毒性，同时，它的体内也会孕育出一颗内丹，人称"血蟾珠"，这血蟾珠能克制一切剧毒。这道理想来也简单，若非血蟾有这样一个宝贝，它体内的剧毒早已将它自己毒死千万遍了。

杜神医如何得到血蟾珠，已不得而知，但他的确欣喜非常，江南潮湿，多有蛇虫出没，有了这血蟾珠，只需将珠子贴近患者伤口，毒液自会被珠子吸尽。更令人称奇的是，血蟾珠在吸毒之后，只需将其置于一盆冷水中，半个时辰后，所吸毒物就会自动释出，珠子也恢复到原来的晶莹剔透，如此宝物，实在是万金难求。

杜铮说："我爹爹一心想的是救人，我这叔叔却不同，他最爱研制毒药，血蟾珠既是一切剧毒的克星，他怎么可能放过？"

堂上站着的杜秋平，依旧神色如常，这时他向李天德拱手说道："大人，切不可听我这侄子胡说，那晚家里被贼人屠戮，场面血腥恐怖，小侄受到刺激，只怕神智已出了问题。家兄名扬天下，我岂会害他？当晚杜某也险些被恶贼所害，能苟活到今天，只不过是因为我和我这可怜的侄儿一样，都是那桩血案的幸存者。"

说到这里杜秋平缓缓解开了上衣，李天德一眼望去，赫然发现杜秋平的左胸口，竟也有一道骇人的伤痕。本来听杜铮说了案子的始末，李天德心里早已认定，这杜秋平必定就是幕后指使，谁料他竟也有伤？

杜铮看后，呆了半晌，但不久就怪笑起来，说道："老贼，你好深的心计，任你机关算尽，到头来还是难逃报应，不信我们就走着瞧。"说完，竟闭上眼睛，再不发一言。

这案子曲折迷离到了这个地步，一时怎能理得顺？眼看天色已晚，李天德把惊堂木一拍，退堂了。他让衙役将杜铮关进大牢，却把杜秋平放回了家——杜秋平在这凉州城家大业大，不怕他飞到天上去。

3. 捕头金七

杜铮被关到大牢后，既不喊冤也不叫嚷，他从狱卒那里要了笔墨，在牢房的墙壁上胡乱写了几行字，就端坐在一堆干草上，一动不动了。

夜里三更时分，狱卒早已疲惫不堪，但杜铮却没有半点要睡的意思，就在这个时候，门外有了响动，那是狱卒倒在地上的声音，黑暗中，一个人像狸猫般滑了过来，那人身穿黑衣，脸也蒙了起来，只剩下一双眼睛露在外面，他从狱卒身上解下钥匙，三下两下就打开了牢房的铁门。

杜铮沉声问道："你是什么人，可是杜秋平那老贼让你来杀我的？"

那蒙面人悄声说道："杜公子莫要误会，我是来救你出去的，这里不是说话的地方，请快快随我离开。"

杜铮历尽了人世的险恶，哪会被三言两语就打动，更何况他心里早有一番计较，所以不管那人如何苦劝，就是不肯离开牢房半步。那人见劝说无用，竟抢上前伸手往杜铮颈上用力一切，杜铮就软倒在了地上……

蒙面人把杜铮劫到了一所破屋中，过了一会，杜铮悠悠醒转，那人上前施礼，自称名叫金七，原来他竟是凉州府衙的捕头！杜铮四下打量了一番，只见金七家里布置得甚是简陋，空气中弥漫着浓浓的药味，里屋的床上躺着个形销骨立的老妇人，一看就知道病了有些年头了。

金七把那老妇人轻轻抱起来坐好，兴奋得颤声说道："娘，孩儿请来了江南杜神医的后人，这次一定能将你这顽疾治好。"

杜铮的心终于踏实了下来，这金七冒险劫他出狱，竟是为了要给老娘治病！杜铮已得他爹的五分真传，当下就给金母切了脉。金母的经脉僵化滞塞，虚弱无力到了极点，杜铮细查后发现，竟是中了慢性毒药的症状。屋子里弥漫着浓浓的药味，而药味中又夹杂着一股奇异的香气，杜铮轻嗅了一下，皱着的眉头顿时舒展开来，他拿起桌上的笔，转眼便写下一张药方，说照方调理月余就可康复。

那金七一听说母亲有救，双手颤抖着接过药方谢了又谢，瞧那样子，真恨不得给杜铮跪下磕几个头才好。

出了里屋，杜铮关上门窗，突然轻声问道："金捕头，刚才你母亲屋里所燃的龙涎香，可是杜秋平所赠？"

金七听了这话骇然变色："公子，你嗅得出那是龙涎香不足为怪，但如何得知那香是杜秋平送的？"

杜铮没有回答他这个问题，只是告诉他，金母的病根是由家里所燃的龙涎香而起。这龙涎香珍贵无比，能静心安神除秽，有诸般妙用，但是不宜久燃，因为吸入过多，人体内就会积下莫名的毒素，人也随之形销骨

立。似金母这般，若再拖个十天八天，只怕就是神仙也难救了。

金七听了，脸上血色尽褪，忙进屋灭了那香，出来后咬牙切齿地说道："杜秋平这贼子，金某对他推心置腹，他却拿我当一颗棋子，不惜要害我老母的性命，真是蛇蝎心肠！只是公子，你既然早已知道我的底细，为什么还要对家母施以援手？"

杜铮轻叹一口气："我若见死不救，如何做得江南杜神医的儿子？"

金七听了浑身剧震，突然，他扑通跪倒在杜铮面前，满面惭色道："公子，你对家母有再造之恩，金七却多有欺瞒之处，真是该死之极，我这就将所知之事和盘托出。"

金七本是凉州府的捕头，与杜秋平素来交好，谁知那杜秋平城府极深，送他珍贵比无的龙涎香，却是下了一步暗棋：在金母中毒之后，他便充好人告诉金七，金母的病唯有血蟾珠可解……设下这等计谋，只因当年杜秋平怎么也找不到血蟾珠，而金七武功高强，将来无论血蟾珠落在谁手里，金七都将是他夺取宝贝的马前卒。

金七为人至孝，当日在大堂上得知杜铮是杜神医的后人，就动了劫牢救母的念头。不料，当晚杜秋平就亲自前来拜访，再三怂恿金七从杜铮那里套取血蟾珠的秘密。巧的是，杜秋平才走，知府李天德又把金七叫了去，暗中嘱咐他半夜劫牢，并要他千方百计骗取那颗血蟾珠。这两人所图之事竟不谋而合，金七虽觉这事过于下流，但他救母心切，也只好答应。

谁知人算不如天算，杜铮刚到金家就识破了杜秋平的诡计，而且杜铮医术有成，不用那血蟾珠，只一张药方就解决了所有问题。

杜铮听了金七的话，神色平静，并无一丝怪罪的意思，金七大为感激，沉声说道："公子对家母有活命之

恩，金七就是拼了性命，也要帮公子报那血海深仇，据我所知，当年血洗杜府的凶手有三个……”

金七身为捕头，自然能查到旁人难以知道的一些内情，据他所知，杜秋平与祁连山上的一伙盗贼交情不浅，那伙盗贼为首的有三个，人称祁连三凶。巧的是，当年血洗杜家的也是三个蒙面人，同样残忍好杀，与这三个强盗正是一般模样。

杜铮多年苦寻仇人不得，此时被金七一口道出，只觉得压在胸口的大石一下被掀翻，心里欢畅至极，他咬牙切齿地说道：“好个祁连三凶，嘿嘿，杜铮终于找到你们了！”

金七劝道：“公子，贼人势大，待我安排好老母——”

杜铮打断金七道：“报仇的事不用你帮忙，杜家的血仇还得由杜家人来报。”说着，他拿起桌上的笔，在纸上龙飞凤舞写了几句话，把纸装入信封，递给金七，“现在你马上送我回牢房，然后再把这封信交给李天德。”

听说杜铮要回大牢，金七哪肯答应：“公子，你如今涉嫌毒害二十多条人命，若回到大牢，只怕有死无生，我金七怎能恩将仇报？不如让我助公子立即逃走吧！”

杜铮听了大怒：“我若逃走，怎能报得了血海深仇？放心，回到死牢正是置之死地而后生，我心里有分寸。”

金七知道眼前这人虽然独眼断腿，却深谋远虑，只得答应，正要接过那封信，门外突然传来一阵大笑：“我的好侄儿，你这是要去哪里？莫非要找我这个叔叔报仇不成？”

4. 仇人相见

来人不是那杜秋平还能是谁？他身后还跟着三个随从，显然是有备而来，其中一个面目有些熟悉，杜铮细看，正是当日用木勺击中他的那个下人。

金七勃然大怒，跨前一步道：“杜秋平，你这狼心狗肺的畜生，我诚心对你，你却变着法子使毒计害我，你还是个人吗？”

杜秋平冷笑道：“你自己笨，怎能怪得了别人？”

杜铮的目光扫过杜秋平身后的三人，淡淡地说：“叔叔真是好本事，这三个恶贼竟成了你的跟班随从。”

杜秋平终于露出他阴狠的一面，说：“侄儿，既然你已经都知道了，何不将那宝贝的藏匿之处说出来，你若说出来，我便让你死个瞑目，让你知道我杀你爹娘的真正原因。”

杜铮思忖片刻，突然愤怒地叫了起来：“莫非因为那次你勾结倭人，爹爹对你动了家法？”

杜秋平狞笑道：“好个聪明的侄儿！不错，你那老子迂腐糊涂，不让我跟倭人做生意，一顿大棍将我打得

两个月下不了床，他既挡我财路，我怎能还让他活着？”

原来，当年杜秋平结识了几个倭人，还把他们的一种药物贩卖到了江南。倭人的这种药物类似于鸦片，却比鸦片更猛上数倍，人服食后癫狂兴奋，能产生种种幻觉，但不久就会神智尽丧。杜神医知道这事后愤怒至极，动用家法将杜秋平整治得卧床足有两月，那些邪药也被他收去尽数销毁……从这以后，杜秋平怀恨在心，经过一番周密的布置，他定下毒计，对祁连三凶许下重金，在杜神医大寿那天，先下毒后杀戮，终于酿成了血案。事后他发现，杜铮竟生不见人死不见尸，怕被官府查出蛛丝马迹，就搬到了这偏远的凉州城。

杜秋平冷笑着说道：“经过十年的努力，我已将倭人的药物重新调配了出来，前些天施粥，就是为了试它的药性，要不然，我为何要平白施粥给那些贱民？我没想到的是，那药和你为制造混乱下的药混在一起，竟变成了穿肠的毒药……”

听到这里，金七再也忍耐不住，他手握长刀厉喝一声：“好个恶毒的贼子，我跟你们拼了！”

这时杜铮突然大笑道：“李大人，你若再不出来，我就让这一伙贼子给乱刀分尸了，那血蟾珠只怕——”

杜秋平等听了大惊失色，这时小院的木门外有人笑道：“杜公子，本官对你佩服至极，我们这些人，原来一直都跟在你屁股后打转转。”接着，李天德带着几名捕快从院门外冲了进来，而金家的院墙后也突然冒出许多人，个个硬弓利弩，对着小院里的人。

李天德看似来得突然，其实不然，金七是他授意劫牢的，这风筝既被放上了天，自然要扯紧手上的线。杜秋平自以为算无遗策，却不知螳螂捕

蝉黄雀在后。

杜铮向李天德拱拱手，说道“大人，你既已知我的心意，我也知你的心意，何不拿出一点诚意？你将这四个恶贼一起杀了，替我报了大仇，事后我定将那血蟾珠双手奉上。杜铮对天发誓，若有半点虚假，让我九泉之下的爹娘都不得安宁！”

李天德听他竟发这等毒誓，大喜过望：“杜公子此言可当真？”

此时杜秋平吓得魂飞魄散：“请大人饶我一命，只要留我一条命，我愿将杜家所有财富都送与大人！”

李天德看看杜铮，又看看杜秋平，两边出价都不小，一时不由有些两难。杜铮淡淡地说道：“大人如果杀我，必然落个杀人夺财的骂名……其实我也可以让大人得到杜家的财富，不但不会惹下祸端，还可让大人立下一件大功，从此平步青云。”

见李天德还在犹豫，杜铮笑了笑，说：“大人，我已在牢房墙壁上留下了一首诗，凭这首诗，大人就能得到杜秋平的财富，到时我还会献上血蟾珠。大人如果不信，这就是我所题诗歌的内容，请看……”说着，他从怀里掏出一个信封，让金七递了过去，李天德打开看了一眼，脸上闪过一阵怒气，正要喝骂杜铮，却突然忍住，转眼间又喜笑颜开，看完全诗，语气竟兴奋得不能自抑，颤声问道：“公子，你真愿这般助我？”

杜铮点了点头，这位知府大人脸色一沉，手一挥让众人放箭，祁连三凶虽然武功高强，但一直被四周的利箭硬弩指着不敢动弹，这时想杀出去也迟了，雨点般的利箭一起射到，转眼间杜秋平和三凶就全都成了刺猬。

杜铮朝南跪倒，大哭道：“杜家列祖列宗在上，杜秋平勾结贼人害死我爹娘，又研制毒药到处害人，实在罪大恶极！杜铮不孝，今日代你们清理门户，还请列祖列宗见谅。”

5. 天下第七

那么，杜铮的那张纸上究竟写了什么，竟会有这么大的魔力呢？

其实上面只有十六个字：维祸无边，止寿两年，横竖由他，十四蒙冤。这是一首大逆不道的反诗，说那雍正皇帝祸乱天下，还诅咒他没有头、活不长，而且直言他当年篡改了先皇的御旨，这才夺得十四皇子的皇位。雍正皇帝性子严酷，对别人说他夺了兄弟的皇位更是万分忌讳，杜铮写下这等反诗，便是犯了满门抄斩、诛灭九族的大罪——此时的杜铮哪里还有什么九族？就只有他叔叔杜秋平这一脉，杜铮正是要借此将杜秋平在凉州城的势力连根拔起。

李天德看到这首反诗一开始自然大怒，但他转眼就明白了杜铮的心意，所以心中狂喜，因为他明白，只要自己把此事上报，朝廷一定会下旨

灭了杜家，杜家富甲天下，若被抄家，自己随随便便也能从中克扣几十万两银子，杜铮的血蟾珠也会落到自己手中，加上抓到了反贼，圣上必然高兴，到时候平步青云指日可待，真是一举三得。

看了李天德的八百里加急奏折，雍正果然大怒，令李天德连夜将那杜府抄了，抄得家产数亿，杜秋平的妻妾子女仆婢一百多人，有的被杀，有的充军，有的遣散……杜秋平为当年犯下的血案付出了千百倍的代价。

在凉州城的死牢里，李天德带了酒菜亲自来见杜铮，两人对饮一杯，杜铮说道："大人替我报了血海深仇，杜铮也绝不会食言，我死之后，请大人将我埋到城西的乱葬岗，在那里我早就准备了一座空坟，你挖开坟墓再掘地三尺就会得到一个锦盒，那血蟾珠就在盒子里。"

李天德听了称赞不已："杜公子心思缜密，天下无双，这宝贝埋在坟地里，若不得你的指点，便是神仙也万难找到，妙，实在是妙极。"

杜铮突然道："大人，其实杜铮在五年前就已到了凉州城，寻得了杜秋平的下落，大人可知我为何迟迟不实施这复仇大计？"

李天德微微一愣："本官是去年才到凉州的，这却如何得知？"

杜铮微笑道："大人说得不错，正因为大人年前来到这凉州城，杜铮才有了报仇的希望。大人的前任既糊涂又胆小，他如何敢贪我那宝珠，又如何敢灭了杜秋平而吞进数十万两银子？我就是看准了大人贪得无厌，却又胆大包天，若非如此，杜铮一个残废怎能报得了血海深仇？"

李天德听了竟不怒，举杯说道："如此说来，杜公子是本官的知音，哈哈哈，来，我们再干一杯。"看着杜铮悠然喝下杯中酒，李天德竟转身就

走，一句话也不再多说。他前脚才出牢门，这边，杜铮已七窍流血而死。

既已得到血蟾珠的下落，李天德如何还能坐得住？他带着管家李环，拿着铁锹镐头急急地来到了城西的乱葬岗。谁知道两人找了半天，几乎将那片岗子翻了过来，仍然找不到刻着杜铮名字的墓碑，李天德大怒："好个不守信诺的东西，竟敢骗我！"

就在这时，他的目光落到了一块特别的墓碑上，这块墓碑上面写的不是人名，只有四个大字：天下第七。李天德看了，眼睛顿时亮起来，让李环快挖，杜铮所说的空坟必定就是这一个。

两人挖开坟墓，掘地三尺，果然看到一个锦盒，李环将盒子打开，里面真的有一颗龙眼大小的珠子，那珠子光华流转，即使大白天也能看到有丝丝毫光射出，不是血蟾珠还能是何物？

李天德一把抢到手里，哈哈大笑道："好个杜铮，临死还跟我玩这种雕虫小技，你虽然智计过人，但这天下第七的宝物还不是到了我的手中？如今我既得财又得宝，不久还要官升两级，若论智谋运气，我李天德排个天下第七，只怕绰绰有余，哈哈哈！"

那李环也跟着大笑，但笑着笑着，李环的脸色突然变得惊恐无比："老爷，你的脸！"李天德只觉脸上有点痒，就伸手抓了一下，这一抓让他魂飞魄散，因为他这轻轻一抓，脸上竟被随手抓下一块肉来。

李天德发出了一声惊心动魄的惨叫："这，这是尸毒！"李环方才也接触了那颗珠子，此时又能比李天德好到哪里去？这尸毒的毒性剧烈无比，两人才鬼叫几声，已双双栽倒在地。

杜铮并没有食言，李天德和李环挖出来的正是他们想要的那颗血蟾珠，只是他们不知道，血蟾珠有吸毒的功能，它已被杜铮在坟地里埋了整整五年，早就吸尽了这片坟地的尸毒，变成了一颗毒得不能再毒的毒珠，李天德主仆不知底细，就这般把它拿在手里，岂能还有性命？

不知过了多久，乱葬岗上又来了一个人，却是捕头金七，金七背上还背着一个人，正是已死去半日的杜铮。金七将杜铮的尸身放入深坑，用木棍夹起那颗珠子，放回锦盒，然后小心翼翼地把盒子放在了杜铮的身边……

这以后，世上再没有了血蟾珠，也没有了关于血蟾珠的传说，有的只是天下第七的故事。关于天下第七的故事，流传版本很多，有人说天下第七是一件宝物，有人说天下第七是一条计谋，有人说天下第七是一种武功……传得最奇最广的，说天下第七是一名身带残疾的大侠，虽然他独眼断腿，却诛杀了城中最歹毒的奸商、最凶狠的恶匪和最狡诈的贪官，为父报仇，为民除害，伸张了正义……

（题图、插图：黄全昌）

赌场托孤

□赵彦锋

桃园镇位于三省交界的峡谷中，是进出山口的要道。因为是出入各省的必经之地，镇上商铺林立，很是热闹，镇中心有一家赌场，赌徒们不管外面发生了什么大事，每天坐庄的坐庄，下注的下注，赢者扬眉欢笑，输者苦脸叹气。

这天上午，赌场门口来了一位陌生面孔的青年，他大约二十四五岁，虽说面容有些憔悴，但眉目间自有一股煞气，一看就知道不是个好惹的角色。这青年外罩长袍，背上还背着个一岁左右、虎头虎脑的小男孩。赌场把门的护场大汉见这青年抬腿就要往场里进，手一伸拦住了他，说“去去，抱孩子到街上玩去。”

青年没言声，撩起袍襟，露出缠在腰间的圆鼓鼓的布袋，手轻轻一托，袋里发出“叮叮”的银元响声。护场大汉听到声音，忙弯腰伸手作了个“请进”的姿势。

青年从容地走进赌场，在“掷色子”、“搓麻将”、“推牌九”等各处转悠了一圈，这才找了个能看到全场的高处坐下，一边把孩子抱在膝上逗着玩，一边不经意地察看着四周。大约过了两袋烟的工夫，青年站起身来，径直走向“掷色子”的场子，他双肩一晃，把围观的赌徒挤向两边，上了赌桌……

半个时辰后，青年以快捷的手法，赢完了“掷色子”场上所有赌徒的银钱，接着他又走向“推牌九”的场子，片刻工夫，便横扫了场子。众赌徒目瞪口呆，纷纷窃窃私语，不知这青年什么来头。正在这时候，青年收回了自己的赌本，却把其余赢来的

· 情节聚焦 ·

银钱往桌上一扔，让众赌徒各自认领，随后“哈哈”一笑，拍了拍身上的灰尘，抱着男孩扬长而去。

这天的后半晌，青年又进了赌场，不知是吉星高照，还是赌技高超，片刻工夫，他竟又横扫了全场。最奇特的是，他每次赢了以后，都把赢来的银元留在桌上。看着赌徒们各自抢回赌本的猴急样，青年懒洋洋地打个哈欠，淡淡地道：“真没劲，早听说桃园镇赌场胜过别处，谁知竟也稀松平常，唉！看来我是白跑这一趟了。”接着，他拍拍自己的银元袋，站起身朝赌场老板说：“老板，明日我还来，若再没人亮高技，对不起，我可要砸场子了。”撂下了这两句刺耳的话，青年抱着孩子就走。

做生意的怕砸招牌，开赌场的怕砸场子，虽说青年“双拳难抵四手”，但事关镇上的脸面和声誉呀！赌场老板抓耳挠腮一阵子后，只好硬着头皮去找镇长。

镇长姓陶，是本镇首富，年轻时曾拜一位“赌仙”为师，学成技艺后“攻无不克，战无不胜”，在这方圆几百里的赌界享有盛名。可他成家立业后就金盆洗手了，已经多年不摸赌具。这天，赌场老板登门求助时，他正在家里生闷气呢。

原来陶镇长今年已五十出头，大小两房老婆一拉溜生下了九个闺女，眼看着小老婆又怀孕了，全家人巴望着想要个带把的，谁知产下的还是个千金，气得陶镇长砸碟摔碗，这事在镇上传为笑谈。今天正值小千金满月，陶镇长莫名其妙地收到一个信函，里头装着一副裁写好的红对联，上联是：家有万金不算富，下联是：五个儿子绝户头，横批：亦有亦无。

十八个字如同十八个巴掌，一下子煽起陶镇长的满腔怒火：“家有万金”，是讽刺他连生十个千金；“五个儿子”这句更刻薄，常言说，一个女婿半个儿，十个女婿不就是五个儿吗？可这“五个儿”都当不得真，他陶镇长还是个绝户头。

“这是哪个龟孙干的？打人不打脸，骂人不揭短，我没儿子，本来就觉得矮人一头，用得着再来糟蹋我？”陶镇长一把撕碎红对联，正在气头上时，赌场老板急匆匆地上门来了。

赌场老板为了激陶镇长出山收拾局面，便添油加醋地编了些那青年狂妄欺人的话语，可陶镇长始终没应承去赌场再展雄风。赌场老板急得要下跪，陶镇长拦住他，叹一声：“好吧，明天你把那人引到我家来，见见再说吧！”

第二天上午，那青年抱着孩子大摇大摆走进陶镇长家的客厅，不卑不亢地往八仙桌旁的太师椅上一坐。他扫了一眼陶镇长和赌场老板，先把银元袋解下，“哗”一下把银元都倒在桌子中间，接着又从怀里拽出一把盒子枪摆在桌边，然后把孩子抱上膝盖，开门见山地向镇长说：“闲话少说，书归正传，三盘定乾坤，如何？”

陶镇长笑道：“多年前我已发誓不再摸赌具，今天请你来只想交个朋友，下场就免了吧。”

青年道：“既然你发过誓不摸赌具，那咱俩都不摸色子，麻烦老板用宝盒摇色子。”陶镇长听了还是摇头。

青年笑道：“你就不想听听我下的彩头？第一局，只摇一粒色子，色子落地能猜出上面的点数者为赢。”他指着银元袋说：“这是我第一局的彩头。第二局，摇两粒色子，能猜出合点数的为赢。”他拍拍盒子枪：“第二局以它为注。第三局，摇三粒色子，猜准点数并能分清为赢，赌注嘛……”青年拍了拍膝上的小男孩：“押上我的侄儿。我输了拍屁股走人，以后永不踏入桃园镇地界。”

听到这里，陶镇长吓了一跳，可是那青年神色严肃，不像说笑的样子，陶镇长又望望正在青年膝上独自玩耍的男孩，男孩正睁大黑亮亮的眼睛看着陶镇长呢。陶镇长心里一动，想起昨天收到的那副对联，又想起自己已年过半百，要想有个亲生儿子，只怕有心无力了，而眼前这个机会……他凝眉思索了一会儿，果断地说："依你。谁先猜？"

青年笑道"爽快。我划出的道道，当然由你先猜。"

"这……"陶镇长谦让说，"我不能占客人的便宜。"

青年气呼呼地说："别以为你赌技超群，出水才看两腿泥哩。老板，动手摇色子！"

赌场老板心里暗暗欢喜：这些雕虫小技怎能难住镇长？小子，关公面前耍大刀，你输定了。他急忙抓起宝盒，摇了起来。

瞬间三局摇过，陶镇长旗开得胜，三猜皆准。青年也不食言，他把盒子枪往银元堆上一放，又把小男孩紧紧地揽在怀里亲吻了一阵子，站起身就要把孩子送给陶镇长。

陶镇长犹豫半晌，还是摇摇头，他从银元堆上捏起一块，把余下的银元和枪一推，说："兄弟，玩玩嘛，有这点彩头就行了，何必认真呢？"

青年眼一瞪，说："不行，赌场无亲情，你想让我落个食言的臭名声？"扭过脸，他恶狠狠地对赌场老板说，"今日之事你若敢泄露出去半句，小心我灭你全家！"就在陶镇长和老板惊愕之际，青年把孩子一把塞进陶镇长怀里，大步走出客厅，等陶镇长追出去时，已不见了他的踪影。

这天半夜时分，县警察局长领人送来一封紧急公文，严令桃园镇四个出口布哨站岗，缉拿杀害县长儿子的凶手：民间流传说，县长的儿子看中了那凶手的嫂子，派人打死了凶手的哥哥，嫂子闻讯后就自杀了。那凶手智勇双全，冒充仆役接近县长的儿子，最终为兄嫂报了仇。

县警察局长对陶镇长说："这凶手带着他兄嫂一岁的独生儿子到处逃窜，这特征很明显，一定能抓住他。"

陶镇长不住点头，送走了警察局长，他从怀里掏出一张纸条，划着火柴，缓缓地烧掉了。那纸条，是陶镇长在给男孩换衣服时发现藏在孩子肚兜里的，上面写着孩子的生辰八字，还有一行大字："赌场托孤，情非得已，兄嫂英灵，齐感大恩。"那字迹，和那副匿名对联上的字迹一模一样……

（题图、插图：安玉民　梁　丽）

□王　劲

没事别装哑

今年阿P的公司活儿多，直到腊月二十八了，阿P才请到假，他急匆匆地赶到火车站，一进售票厅就傻眼了：只见里面人头攒动，买票的几乎排到了门外头。

阿P无奈地排在后面，看着队伍像蚯蚓似的一点点往前拱，直急得抓耳挠腮。这可咋办呀？自己这趟列车两个多小时后就要发车，照这个速度下去，只怕等轮到自己，车也开走了。

想起小兰还在家里等着自己，阿P心急如焚，他四下打量着，忽见靠墙边的一个售票窗口前冷冷清清、没几个人，阿P挺纳闷，眯缝着眼睛看过去，只见那个窗口上面挂着一个牌子，写着："记者、军人、残疾人专用售票口"。

阿P眼珠一转，有了！回家过年有办法了！他不禁感叹道：天才啊，自己真是个天才，竟连这种办法都能想出来！

于是，阿P从队伍中挤出来，走出售票厅，正好看到地上扔着一块别人接站用的牌子，阿P急忙捡了起来，找人借了支笔，刷刷刷写上几个大字："我是聋哑人，我要回唐山。"

阿P举着牌子，大着胆子径直走到那个窗口前，把牌子一晃，窗口里面的售票员立马露出笑容，一边冲阿P打起手语，一边说道："同志，我能看一下您的残疾证吗？"阿P一听，有点发愣：没想到还要残疾证，自己哪里拿得出来啊！但他还不甘心，想再努力一把，看能不能蒙混过去，于是阿P手舞足蹈地冲着售票员比划起来，嘴里还不断发出"啊巴啊巴"的声音。正比划得来劲，一个警察走到窗口前，一把将阿P拽住了。

阿P心里咯噔一下：坏了，是不是被人看出来了？这警察也不吱声，拉着阿P就往车站派出所走。阿P有

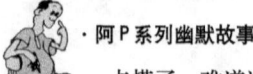

点慌了：难道这冒充残疾人，也是犯法的勾当吗？

进了审讯室，警察拿出纸和笔，写上几行字："我们刚抓住了一个小偷，他是聋哑人，又不识字，所里唯一懂哑语的同志出外勤了，没法审讯，正需要你这样识字的聋哑朋友，请协助我们。"

阿P一看是这么回事，长出了一口气，接过笔写上："很愿意为警察同志服务。"

这时，一个贼眉鼠眼的家伙被警察押着走进了审讯室，阿P慌忙自创了一个手语，意思是和那家伙打个招呼，那家伙没想到警察会找来高人，额头上的汗珠子直往外冒。

那家伙坐到椅子上后，警察在纸上写"问问他姓名"，阿P就冲那人胡乱比划了一番，那人用手语回答了一句，可阿P一点也看不明白啊，没办法，"爹死娘嫁人——各人顾各人"吧，阿P一边心里暗说"对不住了"，一边编了三个字——"王大拿"，递给了警察。警察很满意地点了点头，接着让阿P问了对方的一些基本资料，阿P都现编现写地应付上了。

很快，警察问到了正题上："问问他都做过什么案子？"

这可咋问？阿P硬着头皮冲那家伙比划了一番，那家伙满头大汗，也七手八脚地比划了一番，活像个小丑。阿P最恨小偷了，前不久他新买的手机就被偷走了，他心想，反正也不是什么好东西，头脑一热，就写上了几个大字："他说自己抢过劫、放过火、贩过毒……"写好后就递给警察，警察大吃一惊，冲那家伙随口说道："你还抢劫、纵火、贩毒？"

那家伙一听，从椅子上一下跳起来，冲到阿P面前，往他身上一边撞一边说："你他妈的懂哑语吗？胡写什么？"

警察目瞪口呆，阿P也乐了，脱口而出："你小子会说话啊？看我这劲儿费的，好好个人装啥哑巴？"

后来，阿P虽然没买到车票，改乘了下一班车，但他想：要不是自己装哑巴，那个小偷的真面目一时半会还不会暴露呢！有哪个普通老百姓，能像自己这样协助警察破案立功？这样一想，他不由又洋洋得意起来。

（**题图**：顾子易）

彩铃爱情

□张　雷 改编

小美因为一点小事和男友大刚分手了，她想起了手机可以设彩铃，灵机一动，就把彩铃设成了《分手快乐》这首歌。嘿，没过几天，大刚果然打来电话了，小美故意不接，想让大刚多听一会自己的新彩铃。

过了一阵子，小美实在忍不住，还是想给大刚回个电话，没想到大刚也不接电话，只把手机彩铃换成了《算你狠》。“知道我的厉害了吧？”小美得意地一笑。

时间长了，小美有点想念大刚了，她偷偷把彩铃换成了《你怎么舍得我难过》，想要试探试探大刚。等她再给大刚打电话时，大刚的手机铃声换成了《忘不了》，小美心里一动。

这天，小美兴致勃勃地再次给大刚打电话，大刚又换了铃声，小美一听，心情一下子降到了冰点，新彩铃是《三万英尺》这首歌：“远离地面，快接近三万英尺的距离……”大刚以前就说过想要出国，难道他要走了？

小美心有不甘，把自己的手机彩铃换成了《你知道我在等你吗》，她已经想好了，这次如果大刚打来电话，自己马上就接，一定要说个明白。

可接下来无论小美怎么打，大刚都不接。小美只好挑明了，她再一次换了彩铃，换成了《回心转意》。

接下来几天，小美焦急地等待着。终于电话响了，小美一下子抓起来：“喂，大刚！”那边一愣：“小美，我听到你的彩铃了，我们和好吧。”

小美和大刚见了面，听小美讲述了这几天“彩铃斗智”的经历后，大刚抱着肚子哈哈大笑起来。

原来，大刚根本就没有设什么彩铃。这几天他出差，手机忘在家里了，那些不断变换的彩铃，是通话服务商为了促销彩铃业务免费提供的。

天衣有缝

□皮皮鲁

张三是个花心的男人，可天生胆小，张三的老婆是个大醋坛子，平时张三多看哪个女人几眼，就被骂得狗血喷头。可这次，张三决定豁出去了，因为新来的邻居小翠长得贼漂亮，着实让张三心动。于是张三对小翠献殷勤、抛媚眼，大把的银子花出去，终于，投入有了回报，那天，在收到张三狠心买的钻戒后，小翠激动得给了张三甜甜的一吻。可这个吻给的不是地方，是在小区的花园里，被正在遛弯的张三老婆逮个正着。张三老婆气疯了，对张三大打出手，闹得全小区都知道了这事。

接下来，张三老实了一阵，可他就像尝过腥的猫，吃了一口，还想再吃。怎么办？要是再让老婆知道自己和小翠单独在一起，恐怕小命就没了。无奈之下，张三泪眼汪汪地找到自己的死党李四商量对策。

李四帮张三分析了“敌我形势”，一拍脑瓜，教了张三一个保险的招儿——去外地偷情。

张三一听，挺有道理，于是他对老婆编了个理由，偷偷带着小翠坐飞机到北京浪漫去了。

一晃一星期过去了，李四估计张三该回来了，便给他打电话，想问问情况，顺便让张三请客，蹭顿饭吃。

电话好久才接通，李四问道：“喂！哥们，玩得潇洒吗？”

张三沉默半天，带着哭腔说：“我倒大霉了！现在老婆知道我和小翠一起去北京了。”

李四疑惑地问：“你在北京碰上熟人了？”

“没有！”

“说话说漏嘴了？”

“没有！”

“那怎么会露馅呢？”李四焦急

爱上你的签名

□孙瑞林

于秋华新加入了一家公司，这天，老板带他去谈生意，对方是公司的老主顾，俄罗斯商人鲍姆霍维奇。

在鲍姆霍维奇随行的人员里，站着一位俄罗斯美少女，吸引了全场的目光。鲍姆霍维奇介绍说：“她是我的女儿库尔妮科娃，在大学里选学的是中文，这次她跟我来，有两个心愿，一是想听听你们说纯正的中文，此外还想请你们给她签字留念。”

老板一听，眼睛立刻笑得眯成一条缝，为啥？别看老板没啥文化，在签字上，老板可不含糊。别的字，老板写得让人难以恭维，唯独他的签字，却是专门请人精心设计过的，潇洒飘逸，韵味十足。

库尔妮科娃将一个精美的本子递到老板跟前，老板提起笔来，纵情挥毫，几个狂野的大字占去了半页纸。库尔妮科娃接过本子，认真欣赏了一

地说，“这样吧！你在哪呢？我去找你！”

张三哭着说：“我在医院呢！”

“天啊！”李四惊叹道：“你老婆对你下狠手，打得你住院了？”

张三答道：“什么啊！老婆想打我还没机会呢。”

李四更纳闷了，问：“到底怎么回事啊？”

张三叹了口气，哭着说道：“哎！本以为这回去北京天衣无缝，哪成想，我们回来坐的那趟飞机上有个H1N1甲型流感患者，我俩回来后第二天，就被防疫中心找到，结果大夫把我俩带到医院，一同隔离起来了……”

会儿，抬起头，礼貌地说“谢谢。先生，我怎么称呼你？”老板眉开眼笑地说“我姓吕，我叫吕成国。”

老板签完后轮到副总和其他业务员，俗话说强将手下无弱兵，他们的签字虽不像老板那么霸气十足，也算得上龙飞凤舞。每签完一个名字，库尔妮科娃都会询问怎么称呼对方。

于秋华在一旁看着，心里这个后悔啊，都怪自己当初没好好练字，他接过那个本子，拿起笔，也想学着老板那样，又怕弄巧成拙，最后还是正正规规地写下自己的名字，双手递给库尔妮科娃。果然，库尔妮科娃看了签名，啥也没说，就走开了。

可临别时，奇迹出现了，库尔妮科娃走到于秋华跟前，递上一张精美的纸片，说：“于先生，请写下你的地址，以后请多与我联系，我很喜欢。”这简直让于秋华受宠若惊，其他同事也都投来惊羡的目光。

回到公司，于秋华一闭眼就是库尔妮科娃的样子，很快，他就收到库尔妮科娃的来信，她的信是用中文写的，字虽写得歪歪扭扭，但还能看得懂，只是信里光聊些风土人情。同事们提醒于秋华：“俄罗斯姑娘喜欢直白，你搞中国式的含蓄，肯定不行。”于秋华觉得这话有道理，于是郑重地写了一封信，信中直截了当地说：“我爱你，我们可以进一步发展吗？”

过了一段时间，库尔妮科娃终于回信了。于秋华急不可待地拆开信，信的内容如下：

“于先生，我喜欢的是你的字，横平竖直，跟我们书中学的几乎一样。它出自你的手，而不是电脑，你真了不起。我还见过一些其他中国人的签字，横不平，竖不直，我一点也看不懂，只好重新问他们的姓名。

通过与你书信交往，我学到了真正的汉字。我要把这些信寄给我的男朋友，让他也跟我一起学汉语，以后你一定要多多给我写信啊！”

（**本栏题图**、**插图**：包丰一　王　俭）

· 本刊信息传真 ·

第一推荐：2008 年最具人气的故事集

这是一本从千余篇 2008 年《故事会》刊发的优秀作品中，精心挑选的 24 则最具人气的故事，代表了 2008 年《故事会》的整体水平。它们或写实社会，令你直面人生；或幽默诙谐，令你忍俊不禁；或情真意切，令你怦然心动；或富含哲理，令你掩卷深思……

447 2009 SEMIMONTHLY 下半月刊 9月

欢迎登录本刊主办“故事中国网”（www.storychina.cn）

故事会

—STORIES—

2009年9月

下半月刊·绿版

社长、主编：何承伟

常务副主编：吴　伦

副主编：姚自豪（上半月·红版）

副主编：夏一鸣（下半月·绿版）

本期责任编辑：杭　帆　刘迎曦（见习）

电子邮箱：liuyingxi1203@163.com

绿版发稿编辑：

夏一鸣　朱　虹　邢　悦

美术编辑：李宝强

电脑制作：郭瑾玮

通　　联：归依玲

本社办公室电话：021-64375030

上半月刊编辑部电话：021-64332325

下半月刊编辑部电话：021-64336469

（上海市绍兴路74号　邮编：200020）

主管、主办：上海文艺出版（集团）有限公司

出版单位：《故事会》杂志社

制作、发行总监：张　凯

电话：021-64313938

广告业务：上海故事会文化传媒有限公司

广告总监：张　淮

广告业务：021-34010383

广告投诉：021-64333738

广告经营许可证

沪工商广字3100320050022号

发行：中国图书进出口上海公司

·笑话·

迷路的数学家

有位数学家，是宇宙飞船的设计师。这天，他测定完数据，开车接读小学的儿子回家。可开着开着，数学家竟然迷路了，问了好多人才找到回家的路。

车子在家门口停下后，一直默不作声的儿子突然说道：“爸爸，你设计的宇宙飞船是明天回来吗？”

“是啊，怎么了？”

“哦，没什么，”儿子停顿了一下，又说，“幸好那些宇航员还不知道这件事。”

（小　米）

（本栏插图：李　加）

模仿哥哥

小安东尼做什么事都喜欢模仿哥哥。

这天，他听到哥哥在和朋友聊天，就竖耳偷听了起来。只听哥哥说，一次骑摩托车带了个女孩子，路上想吻她，可女孩子没同意。哥哥认为连这点要求都不答应，太伤心了，于是就把女孩子扔在路上，一个人骑摩托车跑了。

小安东尼听了，若有所思。

第二天，小安东尼就骑着自行车在楼下转来转去。邻居家的小女孩珍妮跑来坐在自行车后座上。小安东尼带着她骑了很长一段路，然后，突然停下车，问道：“我想吻你一下，你同意吗？”

“好啊，你吻吧！”珍妮说着把脸凑过来。

“糟糕，”小安东尼愣了一下，无奈地下了车说，“你骑着我的自行车回家吧，我步行回去。”

（高小雨）

有趣的小老虎

一只小老虎慢慢地走到小松鼠身边，红着脸问"请问，请问……我可以吃你吗？"

小松鼠觉得这只小老虎挺有趣的，便问："这是你第一次吃动物吗？"

小老虎不好意思地说："是的。今天妈妈不在家。"

小松鼠又好奇地问道："那你以前吃什么呢？"

"吃奶！"说完，小老虎的脸更红了。（余　娟）

销售策略

汤姆是一家饮料公司的销售员，被派往国外开拓市场。这天，他回公司述职，老板听完汇报后，面有不满之色。

汤姆很委屈，解释说"我真的动了脑筋，还特意制作了一款三格漫画海报，介绍我们的产品。""是吗？什么内容？""第一幅画是一个人在沙漠里气喘吁吁地爬行；第二幅画是那人喝了饮料；第三幅画是那人精神焕发地迈步前进。我派人把这套海报四处张贴，当地人几乎都看过。"

老板若有所悟，说"我知道问题出在什么地方了。""什么地方？"老板哈哈一笑，说"我们看书的习惯是从左到右，但那个地方的人，却是从右往左看的！"（波　波）

先付钱

阿超去眼镜店买墨镜。他挑了一款戴上，可店里光线昏暗，根本看不出效果。于是，他请求营业员道："让我去室外看看效果吧。"

营业员连忙一把夺回墨镜，说："先生，您要买的话还是先付钱吧，可别再跟我来这一套。"

阿超很不解，问营业员为什么这么说。

营业员解释道："刚才来了几个人也说是出去试眼镜，没想到他们都戴着墨镜去看日食了。"（王灿海）

关键特性

阿达看到一则广告，说有一种保健品功能强，不仅能养肝、补肾，还能消除疲劳、延缓衰老。阿达决定买几盒试试，便打通了那家公司的电话，没想到公司的老板竟然是老同学阿宽。阿宽听说阿达想要保健品，便说："你到我公司来一趟，我送你几盒。"

阿达高高兴兴地跑到阿宽的公司，阿宽把他让进办公室，关上门，悄声说："老同学，我不瞒你，这保健品还有两个最关键的特性你不知道。"

阿达很好奇："是什么？"

阿宽说："第一是没毒；第二是没用。"（小　吟）

解剖脑袋

一个死者亲属找到医生，询问自己亲人死去的原因。医生叹了口气说："太可怕了，我们解剖后发现，他是暴饮暴食而死的。"

亲属叹息道："啊？难道他就没动动脑子，会有这么可怕的后果吗？"

"唉，这我倒没想到，"医生两手一摊，"我忘记解剖他的脑袋了。"

（曹　咏）

青春痘

小玲和小美是同寝室的室友。这天，小玲回到寝室时，发现小美一边照镜子，一边在感慨"我每天洗脸后，又是擦面霜，又是做护理的，可脸上还是有青春痘。"

小玲笑道："那当然了！你又是灌溉，又是施肥，怎么会不发芽呢？"

（阙菊贞）

游泳好手

大刚是个旱鸭子，他一直想跟朋友学游泳，可到了游泳池，却迟迟不敢下水。

朋友鼓励他道："放心吧，你有极好的先决条件，在水里保证不会淹死。"大刚好奇道："你怎么知道的？"

朋友点点头："你女朋友说过，你跳舞的时候就像一块木头。"

（马　力）

绝对公正

乔治是个入行不久的法官。

这天，他问一个老法官：“现在总有人为了打赢官司贿赂法官，请问我怎样才能做到绝对公正、问心无愧呢？”

老法官指点他道：“这事好办。比如，被告的辩护律师送给你2000元，同时原告的辩护律师也硬塞给你2500元。你怎么办？”

乔治摇摇头。

老法官得意地说：“问心无愧：我们不能偏袒任何一方，同时，为了做到绝对公正，就要把多出来的500元退还给原告的一方。”

（谢小英）

防 盗 服

老赵口袋里的钱包被偷了，很懊恼。朋友劝他说：“你应该向我学学，自从我穿上我妻子设计的防盗服，我的钱包再也没丢过。”

老赵听了很好奇：“那么神奇啊，那你快给我画个样子，回去我也照着做两件。”

朋友上下打量了老赵一番，说道：“其实从外表看和你这身衣服差不多，只是……”

“只是什么？”

“只是上面一个口袋都没设计！”

（兜　兜）

音乐与掌声

音乐家演奏完音乐会的最后一支曲子后，台下一片寂静，足足等了两分钟，终于从观众中爆发出雷鸣般的掌声。

散场时，记者拦住一位正往外走的听众，采访道：“请问，最后一支曲子时，是不是因为音乐太感人，让您太投入了，所以忘记了鼓掌。”

“那倒没有，”那位观众摇摇头，然后悄声说，“说实在的，我一点也没听懂，但又没人带头鼓掌，所以我就一直等着……”（李彦锋）

（本栏目欢迎原创笑话或翻译的最新外国笑话。来稿可从邮局寄发，也可从网上传递。如为电子邮件，请发以下信箱：liuyingxi1203@163.com）

·我的故事·

大洋彼岸的那一嗓子秦腔，吼得那歌者泪流满面，吼得那听者九曲回肠……

吼秦腔

□李志明

我生长在关中道的渭河之畔，这里是秦腔的发祥地。家乡的男女老少闲来都爱吼一嗓子，生活的酸甜苦辣、喜怒哀乐，就尽在这一吼之中了。可惜我从小五音不全，向来都是只敢听不敢开口。没想到的是，在大洋彼岸，我竟不经意间成了吼秦腔的明星。

说来也是偶然，我到美国加州大学留学的第一个中秋节，几十名中国留学生欢聚一堂共度佳节，主持人要求每人表演一个节目。轮到我时，我朗诵了一首唐诗，企图蒙混过关。大伙自然不答应，说我耍滑头，非要我表演一个有技术含量的节目不可。为难之际，我灵机一动，心想那就来段秦腔吧，反正在座的没有陕西人，好不好他们也听不出来。于是，我清清嗓子，使劲吼了《瓦岗寨》中的一段："单某人迈步来到杀人场，叫声世民小儿你听好了……"

没想到才吼了两句，就赢得了满堂彩。我暗叫惭愧，心想要叫老家的二叔听见，定会踢着屁股骂娘："你个小崽娃子，竟敢如此糟蹋祖宗留下的好东西！"

谁知春节前夕，加州华人商会的会长找到我，郑重邀请我参加当地的华人新春晚会。会长说，陕籍老华侨们听说留学生中有位吼秦腔的高手，都激动万分，期盼我届时光临。

我一听，连忙摆手拒绝。为啥？俗话说：外行看热闹，内行看门道。就我这两下子，忽悠外行还行，要让那些陕籍老华侨听了，不笑掉大牙才怪呢！可会长极力恳请，无奈之下，我只好接下大红请柬。

晚会这天，主持人将我隆重介绍给来宾。在大家的期待中，我再次放胆吼起了《瓦岗寨》。没想到的是，我还没吼完，有几位老华侨已是泪流满面。待我走下台来，一位老华侨上前握着我的手，激动地说：“乡音啊，乡音，终于听到了期盼已久的乡音！”

这以后，我便经常被邀请去参加各种演出，吼秦腔俨然成了保留节目。

这天，我正要去上课，一位叫杰克的美国同学找到我，说他爷爷快不行了，杰克的父亲希望我能去看看老人。我一听，顿时糊涂了，心说：我又不是大夫，去了能干吗？

我带着满腹狐疑来到医院，而杰克父亲早已带领家人，站在医院门口迎候我了。这时，杰克爷爷已处于弥留之际，呼吸十分微弱。我更疑惑了，不知他们叫我来，有何意图。

这时，杰克父亲才道出了个中原委。

原来，杰克爷爷是中国人，祖籍陕西关中道。六十多年前，他独自飘洋过海来到美国，娶了一名美国女子为妻，此后便再没有回过家乡，老人对此一直耿耿于怀，经常自己吼两句秦腔以慰思乡之情。两天前，老人突然中风昏迷，不能言语，大夫用尽了所有医学手段，就是不能使老人清醒过来。这时，杰克父亲就想起听儿子说过，新来的中国留学生中有一位吼秦腔的高手，于是想，也许秦腔能唤醒老人的意识……

“这……能行吗？”我觉得这个想法有些荒诞。杰克父亲叹口气，说：“这是现在唯一的希望了，只能试试看。”

于是，我清清嗓子，便吼了起来，连着吼了几段，老人都没有反应。我只好抱歉地说：“对不起，恐怕……”可杰克父亲依然不愿放弃，恳求道：“你再试试，你再试试！”

我只好继续吼，把会的都吼完后，在众人期盼的目光下，便把《太白醉酒》重新吼了一遍：“昨夜梦回关中道，花红柳绿草色新……”

这时，奇迹竟然发生了。老人先是眼角慢慢沁出两滴清泪，接着嘴唇也微微翕动起来。杰克父亲连忙将耳朵伏在老人嘴边，一边听一边频频点头。末了，老人脸上漾起一丝微笑，而杰克父亲则流下了眼泪。

看到这一幕，我也不禁热泪盈眶。我明白，就是“昨夜梦回关中道，花红柳绿草色新”这一句，将意识残存的老人引导回了关中道家乡，圆了他魂归故里的心愿。

不久，老人带着微笑离去了，病房里一片哀泣。杰克父亲抑制住悲伤，紧紧握着我的手，说：“谢谢你，是你用秦腔唤醒了家父的意识，对家事做了最后安排。但最感谢的是，你让家父带着微笑，没有遗憾地离去！”

这时，杰克掏出一沓美元要给我，看样子，这是他早已准备好的酬劳。杰克父亲忙呵斥道：“荒唐！”然后，带领全家人跪在地上，恭恭敬敬地向我叩头致谢。

我的心灵再次被震撼了，内心里也向秦腔叩头致敬……

我在加州留学八年，凭着一副破锣嗓子，竟也成了一个“业余”明星。出了名的我还多次赴加拿大、巴西等地演出。我不但吼秦腔，更向外国朋友介绍秦腔，令许多外国朋友对秦腔这一古老的剧种，产生了浓厚的兴趣，知道了在中国有一个地方叫关中道，有一条河叫渭河，那里是世界上一种古老的剧种的诞生地……

可是回国后，我却得知，眼下的年轻人热衷于外来音乐，对秦腔完全不屑一顾，秦腔竟沦落到了没人看、没人听的凄凉境地，就连专业的秦腔剧团都难以生存了。我心里一阵悲凉，但同时又想，在自己的家乡，秦腔还不至于这么没落吧？

这天，我在老家的院中设宴，招待前来的乡亲们。酒酣耳热之际，儿时的伙伴大柱说：“小明，你在美国留学八年，一定学到不少新鲜东西，表

如此度假（文：张爱杰；图：包丰一）

1. 这天，张三问李四准备去什么地方度假。

2. 李四想了一下，回答道："如果赵五把钱还给我，我们打算全家到夏威夷去。"

3. "那要是不还呢？"张三问。

4. "不还？"李四鼻子里哼了一下，说："我们就一起到赵五家去！"

演一个让大伙开开眼界。"

我也不推辞，站起身来清了清嗓子，情不自禁地吼道："单某人迈步来到杀人场……"

我才吼了半句，便看到乡亲们的脸色陡然变了，全都愣愣地盯着我，目光里有的是不解，有的是惊异，二叔则是恼怒。

我生生将下半句咽下，问道："你们……咋啦？"二叔"哼"了一声："你个崽娃子，翅膀再硬，也不该嘲笑祖宗啊！"父亲也埋怨："乡亲们要看新鲜东西，你咋用秦腔戏弄大伙嘛？"

我惊愕了。

这时，大柱连忙打圆场，说："幽默！幽默！小明这是在跟咱玩幽默呢。小明，快表演个新鲜玩意！"

我生气地说："我不是在玩幽默，我是认真的。秦腔是祖宗留给我们的好东西，不能丢弃！外国人都把秦腔看作是中华瑰宝，我们自己却把它当糟粕丢弃，你们对得起祖宗吗？"

乡亲们听了面面相觑，但尴尬很快就过去了，小院又恢复了原来的欢乐。乡亲们轮番向我打听国外的一切，可我却如骨鲠在喉憋得难受，便找了个借口躲进小屋，用被子蒙住头，热辣辣地吼："叫声世民小儿你听好了……"

吼毕，我泪流满面……

（题图、插图：安玉民　梁　丽）

·阿P系列幽默故事·

阿P报料

□白　桦

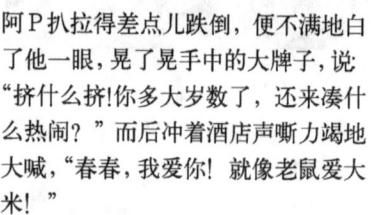

阿P最近又找到了新行当，那就是报料——向媒体提供有价值的新闻线索。一次，他目睹了一起特大车祸后，第一时间通知了本地的电台、电视台、晚报……最后，他一共领取了八百元的信息费。

从这天起，阿P开始做起了职业报料人。每天不辞辛劳地奔波于大街小巷，一旦发现车祸火灾、打架斗殴、小偷小摸、跳楼自杀之类的事情，就赶快通知各路媒体。不过这年头，资讯太发达。转眼间，连街头遛弯的老头、老太都知道报料可以换来零花钱，这行的竞争也越来越激烈，阿P有点急眼了。

那天，阿P又上岗了。他拐过一个街口，远远看到海韵大酒店门前围了一群人，不少人情绪激动，又喊又叫的。阿P精神大振，忙撒开腿跑了过去。到了近前，他扒拉开众人，边往里挤边问："出什么事了？出什么事了？"

旁边有位姑娘正热泪盈眶呢，被阿P扒拉得差点儿跌倒，便不满地白了他一眼，晃了晃手中的大牌子，说："挤什么挤!你多大岁数了，还来凑什么热闹？"而后冲着酒店声嘶力竭地大喊，"春春，我爱你！就像老鼠爱大米！"

阿P看了一眼她手中的牌子，上面贴着当红偶像歌星陶红春的巨幅照片，顿时就明白了。原来是陶红春来了，就下榻在这里。阿P忙挤出人群，给报社里一个熟悉的编辑打电话："刘编，我要报料！陶红春来了，住在海韵大酒店。"

没想到对方却嗤之以鼻，淡淡地说："我们早就知道了，还知道她住在酒店的1206号房间呢。现在，我们缺的是她在房间里的活动内容，比如她跟谁约会、穿什么衣服、几点钟上床睡觉等等花边消息。你有没有这方面的信息？如果有，欢迎提供，价格从优。”

阿P一听，心里有些失落，但他不死心，接下来又给其他几家媒体打电话，结果毫无例外，人家知道的消息比他还多呢。阿P沮丧至极，叹息道：“现在的人都成精了，这不是抢我饭碗嘛！”他无奈地关了手机，正想离开，一抬头，就看到了海韵大酒店对面那栋十多层高的写字楼，脑中突然灵光一闪，想起两个字：潜伏！对了，我就到对面的楼顶候着，如果能居高临下看到1206号房间里的情况，岂不就有独家消息了？

阿P越想越兴奋，立马大步流星穿过马路，进了写字楼，跟门卫说要找人，然后坐电梯直接到了顶楼，又找到出口爬上了楼顶。

楼顶一马平川，楼沿没有栏杆。阿P走到边上，往下瞅了一眼，顿感一阵晕眩，他慌忙后退一步，可这样一来，就看不到对面酒店的十二层了。舍不得孩子套不着狼，阿P把心一横，为了独家报料，只有冒险了。

阿P猛吸一口气，大义凛然地重新向前跨出一步，然后一二三四五，数准对面的第十二层，挨个房间观察起来。可找了半天，什么也没发现。阿P心想，也许是角度不对。他又从东走到西，从西走到东，来来回回多次，可还是没有发现目标。

正焦急呢，阿P忽然听到一阵“哇啦哇啦”的警笛声，探身往下一看，发现不知什么时候，楼下聚集了一大群人，男女老少都有，许多人仰着头朝楼上看，还不时指指点点。阿P正在诧异，那边又开来一辆电视台的采访车，车一停，就有人扛着摄像机冲下来……

“有突发事件！”阿P精神一振，条件反射地掏出了手机。这时候，他隐隐约约听到下面有人在喊：“上面的朋友，有事好商量，千万不要想不开啊，多想想你的亲人……”

阿P明白了，一定是有人要跳楼！此刻，他只有一个念头：快，时间就是金钱！阿P“啪啪啪”按了一通手机按钮，电话通了，他兴奋地大喊：“刘编，在海韵大酒店对面楼上，有人要跳楼自杀。对了，这事我是第一个报料的！”

谁知，刘编一点也不兴奋，还是淡淡地说：“我们五分钟前就知道了，而且记者都赶过去了。现在，我们需要知道那人为什么要自杀，是为见不到偶像感情受挫呢，还是以前与歌星有过绯闻？你有这方面消息欢迎提供，价格从优。”

可阿P连跳楼人的影子都没见到呢，哪来的消息？他关了手机，朝外又迈了一步，想找到那个跳楼的人，下面立刻传来惊呼声，有人在喊“不好了，他要跳了！”

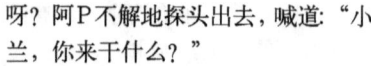

阿P心急如焚，自己到现在都没发现目标呢，怎么办？他急忙又打电话给报社：“刘编，报料的人有没有说那个自杀者在几楼啊？”

“好像是在楼顶。”

“楼顶？见鬼了，我就在楼顶，人在哪里呢？”阿P左顾右盼，还是没发现其他人。

这时，楼下突然传来一阵哭喊声，而且声音越来越响：“阿P啊，报料生意难做也不能跳楼啊！大不了咱换个行当，千万别犯傻，你不替我想想，也得替儿子想想啊……”

这声音很熟悉，阿P不用看，也听出是老婆小兰的声音，心中不由纳闷：小兰怎么来了？她胡说八道什么呀？阿P不解地探头出去，喊道：“小兰，你来干什么？”

小兰一脸惊恐，双手乱摇：“阿P，不要跳啊！”随即，下面一阵大乱，到处是忙乱的抢救人员。

“我？”阿P眨了半天眼睛，终于回过神来，坏了，是自己在楼顶的举动被人误解了，还向媒体报了料。快，那也太快了！

这时，阿P的手机又响了，手机里刘编辑在问：“喂，阿P，你找到自杀者没有，有什么发现吗？”

阿P呆了片刻，轻声说：“找到了，刘编，我这可是独家报料，我知道此人的所有情况……”

事后，阿P被公安部门狠狠批评教育了一顿，新闻媒体还作了相关报道。阿P再也当不成报料人了，不过，他很快调整好了心态：此处不留爷，自有留爷处。至少我也上过报纸和电视，是名人了，还怕找不到活儿干。阿P又哼着歌出门了。

（**题图**、**插图**：顾子易）

阿P是一个深受读者欢迎，且具有多重性格的喜剧人物。他正直、朴实，却又染有许多不良习气；他自作聪明，却又往往事与愿违，弄巧成拙；面对屡屡受挫的现实，他却能自我解嘲，很有点阿Q 的精神姿态，让人啼笑皆非。

您身边有这样的人吗？希望您能把他写下来，寄给我们，从而让阿P这个人物更丰满，更具有典型意义。

□吴 江

剪纸艺术家

遇贵人

俗话说：瓦片也有翻身日，东风总有转南时。玉泉庄有个王老汉，因为生来是个罗锅，所以被人喊了一辈子王罗锅。王罗锅年近古稀，仍孤身一人，日子过得是凄凄惶惶。谁料想，他突然时来运转，交上了好运。

这年春节，玉泉庄村头来了几辆油黑铮亮的小汽车，从车上下来几个省城的干部，为贫困户送油送面送温暖来了。其中，有两个干部在村长的陪同下，来到了王罗锅家里。他们进屋后，亲切地与王罗锅握手、拜年、递慰问金、合影留念。就在要离开时，其中一个干部突然两眼放光，惊奇地盯着窗户，嘴里连声赞叹道：“咦，你这窗花不错啊！”

王罗锅住的是村里最旧的房子，窗户还是老式的木头格子纸窗。为了迎接新年，他特意贴上了雪白的窗纸，又用红纸剪了不少窗花贴在上面，除了传统的“鲤鱼跳龙门”、“百鸟迎春”，还剪了一个古装仕女图。此时，在阳光的照射下，那窗花显得玲珑剔透、生动鲜活，上面的仕女就像是在翩翩起舞。

这位干部感叹了一阵后，便问王罗锅：“这窗花是买的还是你自己剪的？”

没等王罗锅回答，村长抢着说：“张局长，这都是他自己剪的。别看他是个罗锅，手可比女人都巧。退回二十年去，过年时家家户户都要请他剪窗花呢。那时候，他可是个大红人。”

张局长啧啧赞叹道：“这窗花简直就是艺术品！”接着他又问，“老师傅，你这手艺都是从哪里学的？”

王罗锅说：“小时候跟我娘学的。因为喜欢剪纸，把我娘会的学全了以后，我就开始自己摸索，看到什么都琢磨着非要剪出来不可。到现在，我也随身带把剪刀，得空儿就剪几下。”

张局长感到不可思议：“这么说，你什么都能剪？”又是村长抢着回答：“他是看见什么能剪什么，看见葫芦能剪瓢。”“是吗？”张局长好奇地问，“那你能剪我吗？”

王罗锅二话没说，从口袋里摸出剪刀，随手拿起一张纸，对折成两层，然后对照着张局长的脸，“咔嚓”几剪刀后，将纸展开。果然，就是张局长的模样，连嘴角的痦子都剪了出来。

张局长不由竖起大拇指，夸奖道：“真像！老师傅，你简直就是艺术家啊！”他又冲着村长说，“这可是你们村的人才啊。”村长却撇撇嘴，不屑地说：“什么人才，雕虫小技罢了，又不能当饭吃。”

张局长摇摇头，说：“你不懂，剪纸可不是雕虫小技，它是我国民间艺术的瑰宝，如今面临着失传的危险，文化部门正在号召大家发扬、传承下去呢。还有，其实现在剪纸还是有市场的……”说到这里，他似乎想起了什么，又说，“老师傅，我能不能买你几幅作品？”

王罗锅还没反应过来，村长发话了：“买什么买？您肯要就是给他天大的面子了！”

“那是那是。”王罗锅诚惶诚恐地点着头，他觉得省里的干部能跟自己讨要窗花，这可是做梦都没想到的光彩事啊！他结结巴巴地说，“您说，您要多少？要多少我剪多少！”

张局长笑了：“也不用太多，挑你最拿手的剪几幅就可以了。”

收徒弟

两个月后的一天中午，又有一辆油黑铮亮的小车停在了玉泉庄村口。从车上下来两个人，一个是上次来过的张局长，另一个是个眉清目秀的小伙子。两人下车后，拎着大包小袋，径直来到王罗锅家，进门就喊："王老师在家吗？"

王罗锅正蹲在灶间就着凉水啃馒头，看到这两人，心说这不年不节的，又来慰问了？正在疑惑间，张局长把那个小伙子推到王罗锅前面，说："王老师，这是我侄子张杰，特别喜欢剪纸，听我说了你的事后，非要来拜你为师，你就收下他吧。你看，这是他孝敬你的烟、酒。"说着，把大包小袋往老汉手里塞。

"这、这……"王罗锅一听，很是意外。拜师？学剪纸？一个大小伙子学这没出息的手艺，脑袋被门挤过了吧？他慌忙推拒着，不肯接那大包小袋，连声说，"东西你们带回去，想学剪纸来学就是了，又不是什么正经手艺，用不着拜师。"

张局长认真地说："这哪行？必须要拜。"说着，一推那小伙子，"张杰，快给师傅磕头。"

那小伙子膝盖一弯，就要下跪，王罗锅慌忙伸手拦住他，说："这可使不得，使不得……"

张局长见状，呵呵笑道："不跪也成。张杰，从今天开始，你要跟着王老师好好学剪纸。还有，你要记住，一日为师，终身为父，王老师没儿没女，以后你就当他是自己的爸爸。"

小伙子连声说："叔，你放心，以后我忘不了师傅的。"

就这样，王罗锅稀里糊涂收了一个徒弟。这时，张局长看了看灶台上的凉馒头，便说："王老师，你还没吃饭吧？走，咱们一起找个地方，喝点酒庆祝一下。"边说边拉着王罗锅就往外走。

来到镇上，张局长挑了一家饭店，点了满满一桌子菜，请王罗锅坐了上座。席间，叔侄两人热情地轮流夹菜敬酒。

酒过三巡，张局长拿出一沓子钱，放到王罗锅面前："王老师，这个你收下。"王罗锅从未见过这么多钱，吓得跳起来，摆手说"这个我可不能要，这桌子酒菜肯定也花了不少钱，你们放心，我一定会好好教的。"

张局长一笑："王老师，这钱是生活费。从今天开始，张杰就吃住在你家里，一直到学会剪纸为止。"

王罗锅心中疑惑，忍不住问："你们学这用不上的破手艺，干吗下这么大本钱啊？"

张局长说"这点钱不算什么。王老师，我上次跟你说过，这剪纸可不是破手艺，是一门艺术呢。张杰这孩子没考上大学，闲着也没事，我想让

他学门手艺。”

王罗锅说：“那也应该去学点用得上的手艺啊。”

张局长摇摇头，说：“王老师，你可能不了解，如今凡是热门的手艺，学的人都很多，像乐器、美术，人家都是胎毛未干就开始练了。张杰这半路出家的，怎么可能比得上人家？所以不如选个冷门，说不定还会有发展。而且，国家现在正提倡继承各种民间艺术，我觉着，剪纸将来说不定也会被重视。”

王罗锅对这些话未必全明白，但心想人家省里的干部肯定比自己有见识，自己可要好好地教，别辜负了人家的一片厚望。

卖剪纸

接下来，张杰就在王罗锅家里住下来，开始学剪纸。小伙子倒是很上心，每天勤于练习，可他天生悟性不高，进展十分缓慢。

三个月后的一天，张局长来看侄子学艺的成果。他让张杰剪了一幅最有把握的“鲤鱼跳龙门”。王罗锅觉得张杰剪得粗陋不堪。不料，张局长看了却说：“行，你有这水平也差不多够用了。”于是，就让张杰收拾一下跟他回去。

王罗锅有点忍不住了，说：“这剪得也太粗糙了，还得再下工夫。”张局长看了王罗锅一眼，问：“王老师，你说张杰再学三年，能不能达到你的水平？”王罗锅摇摇头。

张局长说：“就是啊，他就是学一辈子，也剪不出你的水平，那何必再学呢？”

“可……学这点皮毛，有什么用呢？”

张局长笑了笑，说：“王老师，这好和不好是相对的。你剪的东西精致细腻，自然有人喜欢；但说不定也有人欣赏张杰这种粗线条的东西呢，我就觉得他的作品朴实粗犷，很大气。”

很快，张杰收拾好了行李，笑嘻嘻地对王罗锅说：“师傅，我把你这几个月剪的窗花都带着了，回去好送人。”王罗锅说：“行，反正我留着也没用。”

张局长满怀感情地说：“王老师，我看你除了会剪纸，也没别的手艺，没什么经济来源。你毕竟是孩子的师傅，我们看着于心不忍，又觉得白给你钱你肯定不会要，所以我想了一个主意，以后，你的剪纸作品我们全包下了，一幅作品给你二十块钱，你看行不行？”

王罗锅喜出望外，他做梦都没想到剪纸还能换钱，有点难为情地支吾道：“这、这合适吗？”

“怎么不合适？你这是凭手艺吃饭，这样，我们以后拿你的作品也心安理得了。”

王罗锅还是不明白：“你们要这

么多窗花做啥用？”

张局长一笑：“我们就是喜欢这种民间艺术，另外，我周围的朋友们也喜欢，不少人托我跟你讨呢。跟你讨个一幅两幅还可以，讨多了我们怎么好意思呢？不如以后我们需要剪纸了，就来找你买，这里有两千块钱，就算是定金。”

王罗锅摇着手说：“那也不用这么多钱呀。”

张局长沉吟了一下，说“这样好了，我们再附加一个条件。王老师，以后，你的作品只能给我们，不能再为别人剪了。”

“这……”王罗锅犹豫起来，“我剪那么多，你们要得了吗？你们要是不买怎么办？”

张局长说“你放心，如果我们不买，每个月就给你三百块钱生活费，给你定金就是这个意思。”

这样的好事去哪里找啊！王罗锅不再犹豫，一口答应下来。

跳龙门

从那以后，王罗锅的生活彻底改变了，饭桌上鱼肉不断，身上也不再破破烂烂，就连走路，他那罗锅腰看起来好像都挺直了不少。

头一年，张杰并没有来买窗花。王罗锅白花人家的钱，心里很是过意不去。不过，从第二年开始，张杰几乎每个月都会开着车来玉泉庄一次，拿走一些窗花，并向师傅交代下次剪什么图案，剪多少幅、多大尺寸等等。

到了第三年，张杰就跟王罗锅商量说：“师傅，你岁数越来越大了，一个人生活我不放心。干脆，你跟我到省城住得了，以后就由我照顾你。”

王罗锅没想到张杰这么孝顺，他感动地说：“好孩子，你有这个心我就知足了，就不麻烦你了。再说，我这个模样，去了会给你丢人的。”

张杰说：“这有什么丢人的？师傅，我家房子挺大的，你要是怕人家笑话，大不了可以不出门，有兴趣的

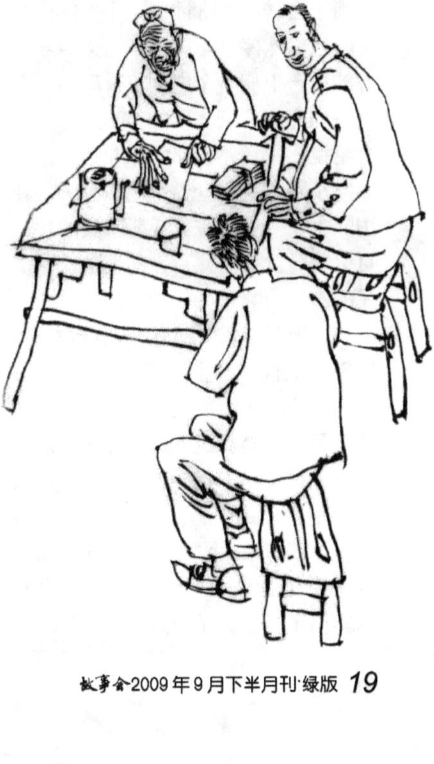

话就剪剪纸，没兴趣的话就养养花草。咱师徒俩朝夕相处，除了照顾你，我还能随时跟你讨教剪纸技术呢。”

王罗锅见他真心诚意，就高兴地答应下来。

进城后，正如张杰所说，王罗锅无忧无虑地住在别墅里，一日三餐有人侍候，他每天除了在张杰专门为他设立的工作室里剪几幅作品，剩下的时间就是侍候院子里的花花草草。日子过得清静、舒心，简直像住进了天堂里。

这天下午，王罗锅闲着没事，想到街上去转转，路过一家小卖部门口时，他突然停下了脚步。原来，小卖部的柜台上搁着个电视机，里面正在播一档介绍剪纸艺术的节目，主持人介绍说：“如今，剪纸艺术早已走出了农家小院，走向世界、名扬海外。在国际上，一些优秀剪纸艺术家的作品可以轻易就卖出几百，甚至是几千美元的高价。”

这时候，王罗锅意外地看到张杰出现在电视屏幕上，不由又惊又喜，心说：这孩子，都上电视了。

只听主持人又说：“张杰就是我省一位成就斐然的青年剪纸艺术家。他的作品自成一派，深受欢迎，在市场上供不应求，比如这套最新创作的‘梁山一百单八将’系列剪纸，已经有外宾出了三万美元的高价……”

王罗锅一看，顿时目瞪口呆：这套梁山好汉图，分明是自己花了两个多月时间剪出来的窗花，怎么是他剪的呢？王罗锅茫然了，他用手用力敲敲脑袋，隐隐约约地想到：这几年，张杰从自己这里拿走那么多窗花，会不会都说成是他的作品了？

电视上，主持人请张杰现场表演剪纸艺术。

只见张杰胸有成竹地拿起剪刀，对着镜头侃侃而谈：“剪纸，跟美术、音乐一样，是一种艺术创作。创作的时候最怕外界打扰，需要一个封闭、安静的环境，所以，我的那些最优秀的作品，都是在我的工作室里完成的。今天，因为条件所限，我在这里只能剪一个简单的图案给大家看看，比较粗糙，请大家原谅。”说完，“咔嚓”几下，运剪如飞，很快就剪出了一幅“鲤鱼跳龙门”。

大概是经常剪这幅图的缘故，张杰的动作潇洒熟练，颇具艺术家风范。王罗锅看到这里，眼前顿时一片黑暗……

（题图、插图：魏忠善）

绿版编辑部各编辑邮箱：

夏一鸣：gshxym@163.com
邢　悦：simyyue@126.com
朱　虹：zhong98305@sina.com
杭　帆：hangfan1102@126.com
刘迎曦：liuyingxi1203@163.com

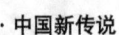

我的债权 我的债

□曹景建

终于还钱了

彭有德是个小包工头，为人十分老实，不想碰上了一个黑心老板，一直拖着农民工的工钱不发。眼看年关就要到了，彭有德咬咬牙，硬是把准备给孩子上大学用的两万块钱拿了出来，发给手底下的农民工。那些农民工挺朴实的，一看彭有德这样，也就不再催促他剩下的工钱了。

腊八节的前一天，彭有德突然接到了开发商贺老板的电话。贺老板在电话那头高兴地说，公司的资金终于回笼了，让他晚上去南山饭店吃饭，到时候一定把所欠的工钱全部结清。

彭有德听后，高兴得蹦了起来。到了晚上，他按时赶到南山饭店，贺老板早在饭店门口迎接，一见彭有德，马上亲切地走过来握手，一脸羞愧地说："彭老弟，实在不好意思。不过，我前段时间的确有难处，好在你能谅解我。"说完，就拉着彭有德的手，走进了包房。

包房里还有一个人，贺老板介绍说这是他的得力助理小刘，今年刚刚大学毕业。介绍完毕后，贺老板打了个响指，不一会儿，服务员就上了满满一桌菜。贺老板开了一瓶剑南春，双手举过头顶，对彭有德说："兄弟，知道你酒量好，今天一定要多喝两杯！"说完，"滋"的一声把酒干了。

彭有德勉强笑了笑，跟着喝了一杯后，就着急地说："贺老板，我是个急性子，要不咱还是先办正事吧。"贺老板哈哈笑着拍了拍彭有德的肩膀，说："一看彭老弟就是个行事谨慎的人，好吧，小刘，把钱拿出来让他过过手。"

旁边的小刘马上从桌下拎出来一个大黑包，从包里拿出几捆钞票，放在桌上。贺老板做了个请的手势，说：“看清楚哟，一共七捆，一捆一万，刚刚从银行里提出来的，在我手里还没有焐热呢。”

彭有德连忙从包里拿出一个小型的验钞机，拆开一捆，“刷刷刷”地点验起来。不一会儿，七万块全部验完了，彭有德终于舒了口气：“没错，都是真钞。”说完，就把这七万块放到自己带的黑皮包里。

贺老板笑着问道：“彭老弟，别光顾收钱，我打的欠条该还我了吧。”彭有德一听，赶紧拿出欠条递过去。

贺老板接过欠条，满意地说：“现在咱们可算两清了。来，喝酒！”说完，拿过彭有德的酒杯，斟了满满一大杯，“为了咱们的合作，干了！”彭有德本不想再喝了，但执拗不过，只好喝掉了。

这时，贺老板的手机响了，他接过手机，“喂”了声，便连连点头，随即挂了电话，说：“彭老弟，本来还想和你多喝几杯，可公司突然有急事，我得先告辞了，有空我们再聚吧。”

彭有德一听，心想：我今天又不是来喝酒的，办完正事，本就该回去了，那些农民工还等着呢。

差点钱丢了

送走了贺老板，彭有德抱着一黑皮包的钞票，离开饭店。可不知怎么回事，他刚走到马路边，突然感觉一阵头昏脑胀，心想：今天这是怎么了，只喝了两杯酒，就成这个样子了。他使劲晃了晃头，可是根本不管用，只觉得身体软绵绵地倒了下去。就在昏倒的一瞬间，彭有德蒙蒙眬眬看到有一群陌生人向自己这边走来，心中暗叫：坏了，中圈套了，肯定是贺老板耍的花招！

等到彭有德再次睁开眼时，他却发现自己躺在自家的卧室里，周围站着几个手下的农民工。他猛然坐了起来，大叫道：“我的钱呢，我的钱！”

为首的一个叫吴军的农民工，扶

着彭有德说:“彭大哥,放心吧,您要来的钱没有丢。”说完,把装着七万块的黑皮包塞到他的怀里。彭有德扯开包一看,那七万块钱安然无恙地躺在里面,这才松了口气。他抬头看了看吴军,发现吴军的头上缠着绷带,忙问:“你这是怎么了?”吴军支支吾吾地说:“没什么……您就别问了。”

彭有德将信将疑,转而问:“我记得昨天昏倒前,迷迷糊糊看见一群人过来要抢我的钱,怎么我现在在这里?”大伙儿你看我,我看你,谁也不说话。“到底咋回事嘛,你们倒是说呀!”彭有德提高了嗓门。

吴军咂了一下嘴,终于开口说道:“彭大哥,说了您别生气。我们这些兄弟为了讨到钱,天天跟踪你,就怕你跑了。昨天,我们发现你倒在地上,正想过去看个究竟,不知从哪里冲出来几个人,抢了你的包就跑。我们想,你肯定是遇到抢劫的了,于是大伙儿奋力去追,把包又抢了回来。”

这时,旁边一个年轻的农民工附和道:“没错,吴哥就是在和他们厮打时,被人打伤头的。”彭有德听后,生气地说:“你们这么不信任我呀,我是那种欠你们钱会逃跑的人吗?”

吴军听后,红着脸说:“彭大哥,对不起,我们不是故意的,要知道我们就靠这些血汗钱过年呀。”彭有德叹了口气说:“算了,也幸亏你们跟着我,否则这些钱都被坏人抢去了。”

说到这里,彭有德心想:贺老板啊,你太黑了,竟然给我下套子!那酒里肯定有迷药,把我迷倒后,然后再派人跟踪我,神不知鬼不觉地把钱给拿走。幸亏这些农民工跟着我,阴差阳错地把钱给抢了回来,否则你的奸计就得逞了。

是谁下套子

就在这时,彭有德的手机响了,一看是贺老板打过来的,心说:嘿,我正想找你呢。他按下接听键,正要开骂,谁知贺老板倒先骂上了:“好你个彭有德,竟敢给我下套子!”

彭有德又是气愤又是疑惑,反击道:“姓贺的,别恶人先告状,明明是你在我的酒里做了手脚,竟然还说我给你下套子,你说,我给你下什么套子了?”贺老板冷笑道:“看看,你什么都知道,我真是佩服,一个包工头竟玩起了兵法。那你告诉我,昨天晚上抢回你皮包的,是不是你的手下?”

彭有德说:“没错啊,他们的确是跟着我干活的人。不过那是老天照顾我,那些农民工怕我欠钱逃跑,所以看得紧了点,没想到竟然撞上这种事。”贺老板在电话那头气得快要发疯了:“行了,别再装了,你说,小刘这小子你是怎么收买的?”

彭有德惊奇地问:“哪个小刘啊?我不认识什么小刘。”

贺老板“哼”了一声：“还能有哪个小刘，我的助理啊，就是昨晚你在饭店见到的那个。好个小兔崽子，跟我说什么想出一个妙计，既能把我的欠条拿到，又不会让你拿走钱，我还以为他是在帮我，没想到这小子吃里爬外。你说，你给了多少钱收买他？不用装了，他今天辞职前把真相全告诉我了，你就承认了吧。”彭有德惊得目瞪口呆，心里一团乱麻，这到底是咋回事啊。

就在这时，从门外走进来一个人，彭有德定睛一看，真是“说曹操，曹操到”，来人正是昨晚在饭店里见到的那个助理小刘。吴军看到小刘后，马上迎了上去：“小刘，你怎么来了？”小刘笑了笑，说：“吴大哥，告诉你吧，我辞职了。”

吴军张大了嘴巴，不敢相信：“什么，你辞职了？这么好的工作，你竟然……”小刘摇了摇头：“我想清楚了，跟着一个不守信用的老板我能有什么前途？”说着，他走到彭有德面前，笑着说，“彭大哥，实话告诉你吧，这所有的一切都是我策划的。”接着，他说出了事情的来龙去脉。

原来，小刘和吴军是一个村里的人。他听吴军说了贺老板拖欠工钱的事后，很生气，这贺老板明明很有钱，可就是故意拖着不还。很快，小刘心生一计，他凭着贺老板对自己的信任，向贺老板献了摆宴、下药、抢包的连环计策，贺老板果然言听计从。

听到这儿，彭有德疑惑地问道：“那昨天的跟踪……”

小刘解释道：“那都是我暗中安排的，让吴军他们负责接应保护。吴军为了不连累我，才故意说是有意跟踪你。其实，他们了解你的为人，怎么可能做这种事情。而且，大家都相信，一个把儿子上大学的钱都用来偿还农民工工资的人，还怕他跑了不成？”

（题图、插图：魏忠善）

送你一瓶官井水

□刘璟

暑假里，李主任经不住儿子软磨硬泡，只好答应带他出去旅游。可去哪儿旅游呢？李主任想来想去，最后跟旅游团选了一个避暑胜地。

这天，父子俩来到了一个叫“官井”的景点。那儿有座古庙，古庙里香火鼎盛、游人如织，而庙的后山却又是另一派景致，这里溪流潺潺、怪石嶙峋，其中最引人入胜的就是这口官井，井水清凉甜润，堪称一绝。

导游在介绍完官井的来历后，话题一转，笑着说：“大家请看官井的旁边，是不是放着一只水桶，水桶里还有几个木勺子啊？现在我来告诉大家，这水桶和木勺是做什么用的。相传古代有位皇帝避难时喝过这口井的水，从此这水便有了灵性。据说，凡是喝过这井水的人，在仕途上能步步高升。”说到这里，导游故作神秘地介绍说，某位非洲国家的官员来这儿旅游，因为喝了这口井的水，回去后竟一路高升，最后当上总统了！

“好了，现在大家可以品尝品尝井水，预祝大家回去后都能官升三级。”旅游团笑声一片。大家彼此心照不宣，排好队，挨个儿从水桶里舀一勺水喝下，笑着咂巴、咂巴嘴，然后心满意足地离开。

李主任也笑着排在队中。就在这时，他一转身发现儿子悄悄离开了人群，把没喝完的半瓶矿泉水倒在草丛中，然后提着个空瓶子站到了他身后。李主任见了，心里“咯噔”一下：难道这么一点大的孩子，脑子里也有了当官的念头？于是他蹲下身，耐心地说：“什么升官发财呀，都是大人的事，你还小，现在的主要任务就是把学习搞好，可不能有啥歪心杂念啊？”

只见儿子把小脑袋一歪，一本正经地说：“我知道是你们大人的事儿。”

李主任更奇怪了：“那你还排在

后面干什么？”“我这是给我同学带的。”“同学要它干什么？”“用处大呢！”儿子解释说，他有个很要好的同学，是刚从外地转到他们学校的。听说，这同学的爸爸是一个单位的领导，可老是受到顶头上司的欺负。

“我这次就是带点水回去，让他爸爸喝了快点升官，出口恶气。”儿子说这话时，两眼放光，话语铿锵，好像那个顶头上司就是一个十恶不赦的大坏蛋。

李主任听了，既欣慰又担心，欣慰的是孩子有正义感，知道帮助别人，同时又担心孩子受到不良风气的影响。

说着话，喝水的队伍就轮到他们了。李主任用小勺子啜了一口，儿子则满满当当灌了一瓶水……

旅游一结束，李主任就马上回单位上班。这天快下班时，一个姓王的干事拿着份文件走进李主任的办公室。这个干事刚调来不久，李主任对他不甚了解，曾不轻不重地批评过几次。只见王干事东拉西扯说了会儿闲话儿，似乎并无要事，李主任看下班时间到了，就问：“王干事，你还有事吗？”

王干事这才红着脸从怀中掏出一个矿泉水瓶子，瓶子里装着半瓶清澈透明的水，说：“李主任，别看这水很普通，大有来头呢，这叫‘官井水’，据说喝了可以官运亨通。一个朋友特

IT 新传奇

如今，网络无孔不入，已经深深地影响了我们的生活。下面是一组大胆的设想，当古人遭遇网络，又会发生如何爆笑的场面呢？

◇ 从前有两个渔夫，一个非常勤勉，天天出海打鱼，另一个则比较懒散，好几天才出海一次，但一年下来，两人的收成却差不多。勤勉的渔夫忍不住问：“你打鱼的次数比我少多了，怎么收成会和我差不多呢？”

懒散的渔夫解释道：“你的方法不对，虽然天天出海打鱼，但有时候多，有时候少，有时候遇上风浪血本无归。而我则是经常上网了解天气和渔汛的情况，做到有的放矢啊。”

勤勉的渔夫不禁感慨：“还是你强啊！三天打鱼，两天上网。”

◇ 守株的农夫天天守在那棵树旁，等待下一只匆忙的兔子。他等啊等啊，等了无数个日月，等到自己胡子都白了，也没有等到第二只兔子。

在临死前，他恍然大悟：“我现在终于明白了，我整日守在这里毫无收获，那是因为我没有隐身啊！”

◇ 一位刚学会上网的弟子对孔子说：“老师，我收到一个电子邮件耶。”

“噢，是吗。”孔子含笑道，“有朋自远方来不亦乐乎。”

弟子又问：“可是……我该怎么办啊？”

孔子和蔼地扶着弟子的肩膀，说：“来而不往非礼也。”

弟子实在是个木讷人：“老师是说我该回复他？”

孔子点头：“贤哉，回也。”

弟子还是不放心：“那人的邮件上有一个链接，我能不能点啊？”

孔子想了想，说：“吾与，点也。”

过了几天，弟子又问：“那人老是给我发同样的邮件，真烦人。”

孔子皱眉道：“是可忍，孰不可忍。”

弟子又问：“我还要回复吗？”

孔子颔首：“回也，不改其乐。”

（**作者**：云　弓；**推荐者**：张爱杰）

地带回来送我的，我一滴也没舍得喝，今天拿来送给你。”

李主任一见那瓶水，脑袋“嗡”的一下，他记得很清楚，这个瓶子就是儿子从避暑胜地带回来的。儿子当时那气愤不平的话语，犹在耳中嗡嗡作响。

打发走王干事，李主任又坐了下来，点上了一支烟。烟雾缭绕中，他拉开抽屉，从里面拿出一个矿泉水瓶子，瓶子里装的也是清澈透明的水。这瓶水是他趁儿子不注意时，偷偷折回去装的，他当时的打算是，明后两天找个机会，给自己的领导送去。

李主任连抽了三支烟，狠狠按灭最后一个烟头后，站起身来，拿起桌子上的两瓶官井水，“扑通”扔进了纸篓里……

（**题图、插图**：谭海彦）

·中国新传说·

一个头顶光环、心怀壮志的大学生初涉职场，却遭受一连串的打击和挫折，他是昙花一现呢，还是……

谁来救你

□叶　梓

大学毕业生江明军进公司前，有份不错的履历：名牌大学、校学生会主席、优秀毕业生。因此，尽管听说公司的录用考核极为严格，试用期后只有少数人能留下，江明军还是一点都不担心，单凭自己的简历，最后留下来还不是稳稳当当的事？

进公司后，江明军被安排到财务部门做一些基础工作，带他熟悉业务的人叫刘东林。这个人不苟言笑，总给江明军一张冷脸，似乎不怎么喜欢他，这让江明军多少有些别扭。

一个星期天，江明军正在睡懒觉，却被刘东林的电话吵醒了。刘东林说公司有紧急业务，要临时加班。江明军不敢怠慢，忙赶到公司。同时到公司的还有一男一女两个同事，也都是刚刚毕业的精英学子。

刘东林把三个人带到了财务室，指着台子上的两个箱子交代说，有几笔大生意需要现金交易，他们现在的任务就是把钱细细清点一遍，拿出六百万，分成十五份，放进箱子里。而刘东林自己已经提前找好了车，两小时后出发。说罢，刘东林起身出门。

刘东林走后，三个年轻人从箱子里取出现金，分了工，各自仔细清点。江明军点得格外细致，但他压根没有想到，危险正一步步临近。

差不多点过了五十万，突然有人敲门。女孩离门近些，便主动上前打开保险锁，就在拉开门的一刹那，里面的人都呆住了。只见门外站着两个蒙面歹徒，其中一个正用枪抵住女孩的额头，女孩顿时吓得目瞪口呆，浑

身颤抖。

一看这情形，另外一个男生完全蒙了，像是被雷电击中一般，愣在原地。江明军稍一愣神，接着很快做出了“反应”，迅速抱头钻进了桌底，马上有一个歹徒上前一步，用枪口顶住了江明军的屁股。

半晌，江明军缓缓钻出桌子，蹭了满头满脸的灰。一个歹徒压低声音命令女孩和那个男生，马上将所有钱都装进袋子；另一个歹徒则一直用枪口指着江明军。江明军看着这一切，痛苦地闭上了眼睛……

前后不过五分钟，歹徒抢劫成功，迅速逃离了财务室。三个年轻人瘫倒在地，江明军双手颤抖地去拨报警电话。但是，没等电话接通，刘东林进来了，身后跟着刚才的那两个“歹徒”。刘东林冷冷地看着三个诧异的年轻人，两个“歹徒”则拉下了自己的面罩……

周一上班时，部门召开了会议，播放了周日演习时的录像，并请大家一一点评。三个年轻人的表现自然都不合格：女孩警惕性太差，居然毫无防备地打开了财务室的门，而在歹徒令其装钱时，女孩似乎失去了理智，一个劲地想尽快把钱装进袋子，而不是想办法拖延时间；另一个男生，自始至终都表现得失魂落魄，一脸木然。当然，表现最“杰出”的还是江明军。他趴到桌底的速度，简直可以和猴子相媲美，而那张蹭了灰的脸，任是谁看到都忍不住要笑出声来。两个冒牌歹徒、两把仿真玩具枪就把三个人吓得屁滚尿流，这样的“脓包”，还是优秀毕业生呢。

三个“精英”大学生，无一例外地露了丑，成为了同事们的笑谈。而其中名声最“响”的，当然是江明军。江明军感到了从未有过的羞辱。这样被人算计，还是第一次，而只这一次，就几乎摧垮了他的全部自信。这种熊样儿，要是再天天把自己的学校和履历挂在嘴边，岂不是为母校抹黑？

事后，公司并未对三个人做出正式的评估报告，这充其量只能算一次小小的测试。可在剩下的日子里，这三个人简直是度日如年，每每在电梯里看到同事，江明军都能感觉到对方藏在笑容背后的嘲讽。公司里很多人都不知道他的名字，却知道他是那个“钻桌子的”。一些爱开玩笑的同事碰到江明军，会上下打量他的脸，然后一指他的鼻子，说：“上面好像有灰哎！”

那种耻辱感，几乎压得人喘不过气来。不久，另外两个年轻人决定辞职，他们找到江明军，想联合行动，女孩眼里含着泪说：“在这儿，一辈子都没有自尊！”

江明军沉默半晌，摇摇头，说：“没有人会在意你的自尊，人们看的只是你的成就。在你没有成就以前，切勿强调你的自尊。”这是比尔·盖茨的话，江明军无意中记住了。其实，江明军内心也很痛苦。可是，要他夹着尾巴逃走，他却很不甘心！这种逃避会让屈辱的标签一辈子留在自己身上！

过了一段日子，刘东林升职了，要调去另外一个分公司做经理。同事们为他饯行，江明军也随大家一起去了。席间，江明军闷闷地喝了几杯酒后，走到“师傅”跟前，装作轻描淡写的样子问：“我只想听您说句心里话，为什么要给我设下这样的圈套？”

刘东林笑了。原来，江明军之所以会在见到歹徒的时候趴到桌子下，并不是因为胆小害怕，而是事出有因。因为刘东林曾告诉他，遇到危险时要保持冷静，要在那些凶恶的歹徒面前示弱，而不是激怒他们，然后再寻找机会。刘东林还说，在那桌子底下，有暗设的警铃。可那天，当江明军趴下去按警铃时，却发现它竟然掉了下来，原来那不过是一个圆木块，用口香糖粘在上面的。

听到江明军的质疑，刘东林平静得没有任何表情，淡淡地说：“为了给你一点教训，你太年轻气盛……而且，你为什么不提前去检查那‘警铃’？”江明军若有所思，又问：“难道，你不怕我说出真相？”

刘东林语气还是很平静：“你不会的，因为你知道说了也无济于事，没有人会相信的，大家反而会更瞧不起你。”江明军想了想，点点头，将杯中的酒一饮而尽。

半年的试用期很快就到了，令江明军感到意外的是，他居然考核合格，被留了下来。可现在的江明军，已经和刚毕业时判若两人，他清楚地知道，在那次“抢劫”中自己丢掉了所有的资本。而且，他吃的还是哑巴亏，就像刘东林说的那样，谁也不会相信

他，刘东林年年都是最佳员工，在公司口碑极好，他江明军不过是个新人，表现又那么可笑!

因为这些原因，江明军在公司里除了低调还是低调。他工作认真勤勉，极为严谨，凡是由他经手的事情，绝对没有一丝一毫的差错。江明军清楚，自己没有资本可以挥霍，要在公司站住脚，除了证明自己的能力，别无他途。

渐渐地，主管开始对江明军另眼相看。江明军处理过的账目，主管都很放心，主管去外地出差时，许多事情干脆直接交给江明军处理。

转眼五年过去了。主管升了职，江明军顺理成章坐上了主管的位子。他用五年的时间，终于证明了自己的能力。

升职酒会上，老总特意走到江明军身边，举杯祝贺他，江明军也微笑着表示感谢。这时，看着外面浓重的夜色，老总突然说："有件事，我想现在可以告诉你了。当年的一切，其实都是我们的策划。如果你当年也选择离开，我们就会把所有的事都告诉你。但你没有，所以就拖到了现在……"

江明军一愣，瞪着眼睛看着老总，只听老总又说："是我让刘东林充当'坏人'的。当时，我很看好你，但不知道你到底能走多远。我见过太多人了，刚从学校出来，认定自己是天之骄子，可一经社会的风雨就蔫掉了……"老总用力拍拍江明军的肩膀，夸赞道，"不过，你表现得很好，完全出乎我的意料。第一，你没有迁怒于别人，更没有辩解，而是从自己身上找原因；第二，你的承受能力很强；第三，你选择了找回自尊的最佳方式。"

那天晚上，江明军喝了很多酒。回到住处，他呆呆地盯着对面的墙，上面贴着一个条幅，是几个斗大的毛笔字：君子报仇，十年不晚。

江明军微微笑了起来，他走过去，取下了条幅，默默地将它撕成了两半。

（题图、插图：谭海彦）

· 东方夜谈 ·

朱知州一夜醒来竟然罹患重症，手上生出条血线，直欲穿心、神仙难救。命悬一线间，他该如何选择……

致命血线

□刘自忠

江州府知州朱海潮这晚做了个怪梦，梦醒后，他觉得右手食指隐隐有些痒，点灯一看，不禁吓了一跳，只见一条红色的线从指尖沿手指伸到了掌心。

开始他以为是被什么东西画上去的，急忙叫人拿水来洗，谁知搓了好一阵，颜色却没有退。再看时，那条线原来在皮肤的下面，颜色也从鲜红变成了紫红，并且有一阵奇痒从手指上传来。

朱海潮吓坏了，急忙派人去请大夫来，大夫看了半晌，拿出一根银针对着红线插了下去，顿时一股鲜血喷了出来。大夫叹息一声，说：“这是一条血线，我行医这么多年，从没看到过这样的病例。”大夫也没有良策，内服外洗的药开了不少，却是一点效果都没有。这条血线冷不防就让朱海潮的手一阵奇痒，越痒越抓，越抓越痒，这让他烦恼无比。

这天晚上，朱海潮去赴宴，喝得酩酊大醉，回来倒头就睡。谁知第二天早上起来一看，这条血线竟然又长了，已经越过了手腕。他吃了一惊，莫不是因为喝酒引起的？这下，酒是不敢再喝了，可没想到，这血线并不因为朱海潮戒了酒而停止，没过几天，它就爬到了小臂的中间。而且痒的时候，似乎有无数只虫子在手臂里咬，直闹得他恨不得将手给砍了。

朱海潮只好将城里的大夫全请了过来，可大夫们各有各的说法，什么方法都用尽了，仍然没法阻止血线的

前行。就这样，又过了半年，这条血线已经从指尖一直伸到胸口前，看样子它将要一直往心脏里走。朱海潮一天到晚除了抓痒外，几乎没法做任何事，而且从手一直到胸前，已经被抓得没有一块好皮肤，人也被折磨得皮包骨了。

这天，朱海潮的一个朋友路过江州前来探望，看着被折磨得不成人形的朱海潮，他突然问了一句：“大人是不是曾遇到过一个叫玉真子的人？”朱海潮听了一怔，不禁问道：“你为何如此说？”

那人叹息一声，说：“我听人说过，有一位地方官也患上你这样的病，据说他在临死前，曾提到过玉真子，说忘记了什么誓言，这才招致如此灾祸。可谁也不知道，这位玉真子是何方神圣。”

朱海潮听完，顿时觉得身上冷汗涔涔。这位玉真子他当然认识，如果没有这位道人，甚至没有他朱海潮的今天。他又想起了当初曾说过的话，莫不是誓言灵验了？

原来，朱海潮从前家境清贫。那年他进京赶考，路过青龙山下时，突然患了急病，而身上带的银子也被人偷了。客栈的老板将他赶出了店，又冷又饿的他，最后昏倒在路旁。可等他醒来的时候，发现自己躺在一张床上，一个道人正给自己喂粥，这人就是玉真子。

玉真子不但救了朱海潮，还给了他进京赶考的盘缠，对他有大恩，所以当年朱海潮曾对玉真子发誓说，将来一定好好报答。可后来他被任命为一方官员，根本没有机会再去青龙山，想来一定是玉真子怪罪他没有兑现誓言，这才降下这场灾难。

想到这里，朱海潮立即派人打点礼品，又带着金银上了路。可来到青龙山一打听，玉真子几年前就仙逝了。有个弟子拿出一块玉牌来说，玉真子仙逝前曾留言，如果有官员来感恩的话，就交给其人。

朱海潮接过玉牌一看，大叫一声倒在地上。只见上面写着几个字：血线穿心，神仙难救。

醒来后，朱海潮感觉自己的病情更重了，那根诡异的血线，已经离心口不远。朱海潮知道自己命不久矣，只好下了山回到江州府，叫人准备后事。

就在朱海潮感觉病一天比一天重的时候，这天手下人来报，有一高一矮两个道士求见，自称是玉真子的弟子，知道血线的解救办法。朱海潮一听大喜，急忙将人迎进府来。

见了面，高个子道士一开口就索要数千两银子，朱海潮虽觉得这人有趁火打劫的味道，但此时性命要紧，当下不敢怠慢，将银子送上。两个道士也不客气，将银子悉数收下，矮个子当天就离开了府衙，只留下高个子道士一人呆在府衙里。

就这样过了几天，高个子道士每天只是关在屋子里读书，既不作法请神，也不去探望病人。朱海潮有点坐不住了，就派人去催，那道士只是说："这事急不来，过几天再说吧，只要心诚，大人的灾难一定能解！"

朱海潮无可奈何，只得等了。几天后，矮个子道士回来了，两人这才一起去见朱海潮。

本以为这次可以开始救治了，谁知高个子道士又说："上次的钱拿去请神了，可还不够，大人还得再给一次。"朱海潮哪里还敢在乎钱，只好又拿出不少银子来。

这天，师爷来到朱海潮跟前，皱着眉头说："大人，我总觉得这两个道士形迹可疑，老是要钱，却不肯救治，莫非是来骗钱的？"朱海潮心里也起疑，便派人随时留意道士的动静。不久，手下人回报说矮个子道士又走了，朱海潮忙吩咐师爷一定要盯紧高个子道士，千万不能让人溜走了。

接下来的日子，朱海潮心急如焚。可高个子道士仍旧天天看书，闭口不谈治病的事。又过了几天，矮个子道士才回来。看到两个人进了屋里，师爷心念一动，对几名衙役一摆头，大家悄悄跟了过去，躲在窗后偷听。就听高个子问道："银子都处置好了吗？"

矮个子道："已经全处置了，我们再骗老家伙一笔，就可以一起逃走了。姓朱的就是找遍天下，也找不到我们的。"师爷冷笑一声，对衙役一点头，大家踹开门冲进屋去。

两名道士被押着来到了朱海潮面前，听师爷说了刚才的经过，朱海潮大怒，叫道："你们为什么要骗我？"高个子道士冷笑一声："不错，我们是骗了你钱的，大人你可知道为什么要来骗你钱吗？"

"为什么？"

高个子说："想必大人也知道，州

里很多地方正闹旱灾，已经饿死了不少人。我们有心去救济，却没有银子，只好打大人的主意了。何况大人一个将死之人，留那么多钱有什么用呢？我们只不过帮大人行善罢了！”

衙役们大怒，没想到这两人竟然说出这样的话来，就要动刑。朱海潮摆摆手制止了，冷笑一声说：“如果你们真是拿钱去赈灾的话，也就算了；若不是，非将你们大卸八块不可！”说完，命人将两名道士投入大牢，并派人去调查银子的下落。

第二天一早，狱卒来报说，两名道士不知什么时候越狱逃走了。朱海潮大怒，“哇”地吐了一口鲜血，叫道：“你们快追，一定将人逮到，我要亲自杀了他们！”

当晚，出去打探消息的人回来说，两名道士所骗的钱，全部以知州大人的名义拿去赈灾了，灾民们都感激大人的救命之恩呢。

朱海潮默然无语，过了一阵，他才说：“算了，还是由他们去吧。他们说得也对，我一个将死之人，就算有再多的家产也没命花了。不如再拿一些去分给灾民，黎民受灾，我这个知州也有责任，就算是我临死前做善事吧！”

接下来的日子，朱海潮一直躺在床上等死。谁知过了几天，这天早上朱海潮醒来，突然感觉这一夜睡得特别好，半夜也没被痒醒，再一看身上，发现那条诡异的血线竟然不见了。

这时，从外面奔进来一名衙役，手上拿着一个布包，叫道：“两名道士刚才又来了，还说要将这个交给大人。”朱海潮急忙叫道：“快请他们进来！”

衙役说：“已经走了。不过，道士刚才说，师父玉真子曾经告诉他们，救大人的方法其实只有一个‘悟’字。可他们不能直接说给大人听，因为那样，就算大人愿意出钱，也只是为了治病，并不是真心从善。所以只好骗走大人的钱，又有意让大人发觉，这才趁机点化大人。他们说，大人知道钱的去向后，不仅不再追究，反而再次拿钱来赈灾，说明大人已经悟了，病自然会好。”

朱海潮打开布包一看，里面放着一块玉牌，上面写着几个字：贪心一除，贪线立解。

原来那条诡异的血线叫做贪线啊！朱海潮想起来了，以前他每次接受一些富绅的贿赂后，血线就会延长，只可惜他一直没有从这方面寻找原因，以至于血线不断向心口延伸，差点要了他的命。

这时朱海潮又想起，当年对玉真子发誓要报答时，玉真子曾说过一句话：“我不用你来报答，如果你将来当了官，能做个一心为民的好官，就是对我最好的报答了。”

（题图、插图：谢　颖）

·海外故事·

眼见为虚

□唐雪嫣

霍德曼是个精明干练的警长。一个月前，他被上级调到了一个治安情况相当糟糕的小镇。

这天清晨，霍德曼警长开车经过镇中心的超市，他有些饿了，于是下车买了份三明治和奶茶，站在那儿慢慢吃着。就在这时，一个大汉摇摇晃晃地走过来，见了霍德曼，大声招呼道：“警长，这么辛苦啊？我请你去对面喝一杯怎么样？”

霍德曼一看，来人正是小镇上的恶棍马克。虽然霍德曼调到小镇上不久，但他已经对这家伙熟悉得不能再熟悉了。近来，由他经手的十二件治安案件，其中七件跟马克有关。这家伙除了欺男霸女之外，据说还干着贩毒的勾当。三年前，镇上一个十六岁的少年因吸毒过量而亡，男孩的母亲跟警察哭诉说是马克诱使的，要求严惩他，但因为没有确实的证据，马克便逍遥法外。

这时，霍德曼冷冷地看了马克一眼，拒绝了他的邀请。马克笑了笑，独自穿过街道走向斜对面的酒吧。正是炎热的夏季，那间酒吧在店外支起了遮阳伞，摆上几张桌子。因为还不到中午，所以并没有顾客，只有那个四十多岁的女服务员奥莉丝拿着冰锥，站在桌前一下一下地戳着冰块。

马克从奥莉丝身边走过，叫了一大杯冰镇啤酒。他刚坐下来，突然，一个三十多岁的男人骑着摩托车，“嘎”的一声停在酒吧前，男人跳下车，冲到马克面前，大吼道：“王八蛋，你敢强暴我老婆？”

喊声很大，即使是隔了一条街，

霍德曼还是听得清清楚楚，他吃了一惊，急忙转头望去，只见马克仰着头，大笑着说："强暴？真好笑，你老婆是收了我的钱，才跟我在一起的。"

"你胡说！"男人嘶吼道，"我老婆不是那样的人，是你强迫她的，还打得她遍体鳞伤。"

马克猛地站起身来，一脸杀气地喊道："就算是，那又怎么样？再跟我吼，我就宰了你！"

霍德曼一听，急忙放下手里的食物，往街对面跑去，他担心那个男人要吃亏，马克可是出了名的恶徒啊。可没跑出多远，霍德曼惊讶地看到，那男人突然抓起桌上的啤酒杯，狠狠砸在马克的脑袋上，随着一声惨叫，啤酒杯一下子碎了，马克脑袋上鲜血淋漓，可男人还是不依不饶地拳打脚踢。

霍德曼见状不由得放慢了脚步，这个混账马克，早就该有人教训教训他了。这时，两人扭打在一起，正好倒在女服务员奥莉丝的面前，奥莉丝发出一声惊恐的尖叫。男人一个翻身骑在马克身上，蓦地抬起头，双目凶光毕露。奥莉丝打了个寒战，抓着冰锥的手突然一松，冰锥"咣当"一声掉在地上，她惊慌地向后退去："请不要伤害我……"

霍德曼心叫不妙，想抢上前去，但为时已晚了，男人抓起冰锥，狠狠地插在了马克的胸前。霍德曼急忙拔出手枪，逼近男人，只见冰锥端端正正地插在心脏部位，马克最后蹬了几下腿，便停止了呼吸。

霍德曼命令男人举起双手，男人瞪着充血的眼睛，急促地喘了几口粗气，慢慢地举起了双手。霍德曼这时后悔不迭，心想马克固然该死，可是这男人的一生也毁了。

这时，一个女人抱着孩子冲过来，看到躺在血泊里的马克和戴着手铐的男人，她双脚一软，坐在了地上，绝望地大哭起来："亨利，你怎么这么冲动啊……"

原来，杀死马克的男人叫亨利，是超市的送货员。昨天他去市里取了趟货，今天早上回家后，发现妻子安娜浑身满是伤痕，安娜哭诉说，马克在夜里闯进家中强暴了她。亨利大怒，于是发生了这起血案。

小镇上很多人都作证说，马克对安娜的美色垂涎已久，以前就调戏过安娜。而亨利的邻居昨晚从酒吧回家时，看到醉醺醺的马克驾车离去。安娜之所以当时没有报警，是因为马克威胁她说，要是报了警，他就会杀了她的丈夫和孩子。

这件杀人案件事实清晰，没有任何需要特别调查的地方。霍德曼整理好案卷离开警察局的时候，已经是夜里九点多了。霍德曼不想回家，在他眼前，一直晃动着安娜那张悲恸欲绝的脸，又似乎听到她怀里孩子哇哇的哭声。这一切都让霍德曼感到深深内疚：当时他明明可以阻止惨剧的发生，可就是因为自己太讨厌马克了，希望亨利多揍他几下，结果马克死了，亨利也面临着牢狱之灾。

霍德曼想了想，调转车头往安娜家驶去。进了安娜家，只见安娜面无表情，抱着孩子呆呆坐着，脸上的泪水早已干了，可那神情却比流泪还要凄惨。霍德曼安慰了她几句，就再也不知道说什么好了，正准备告辞离去时，突然他看到桌上放着两沓钱。

霍德曼疑心顿起，安娜刚生了孩子，一直没有工作，亨利也只是个收入微薄的送货员，而那两沓钱起码有两万块，他们哪里来的这么多钱？霍德曼突然想起马克说过，他给了安娜钱，莫非这是真的？霍德曼犹豫了一下还是没问，看着安娜魂不守舍的样子，他有些不忍心，便默默离开了。

回到位于小镇郊区的家，霍德曼刚把车子停下，突然他看到出镇方向的路上有一个孤零零的人影，手里拿着一束白花，向镇外走去。在昏暗的灯光下，那个人影好像是奥莉丝。只见奥莉丝不时地回头张望，好像在观察有没有人跟踪她。

这么晚了，奥莉丝一个人鬼鬼祟祟地去镇外干什么？霍德曼感到很奇怪，便悄悄地跟了上去。

镇外就是一片树林，所以跟踪起来并不难，奥莉丝几次回头张望，都没有发现霍德曼。不一会儿，奥莉丝来到了小镇上的公墓，把手上的白花放在一块墓碑的前面，嘴里喃喃地说着什么。

霍德曼悄悄地潜到附近，只听到奥莉丝说："我一直向上帝祈祷，让他收去马克这个混蛋的生命。今天，当我看到亨利愤怒欲狂的样子时，我就知道马克在劫难逃了。可是，亨利手里没有工具啊，我便假装害怕的样子，把冰锥扔在了地上……亨利只用了一下，就要了马克的命。我苦命的孩子，是该死的马克教唆你吸毒，他该死……”

霍德曼惊呆了，他万万没有想到，奥莉丝就是三年前因吸毒过量而死的男孩的母亲，他更没有想到，奥莉丝是故意扔下冰锥，让亨利杀死马克的。霍德曼差点气炸了肺，正想冲上去抓奥莉丝，只听奥莉丝又继续说道：“妈妈终于帮你报了仇，可是，妈妈才意识到自己犯了个大错误，亨利杀了人，至少要在监狱里呆十几年，可怜的安娜和孩子可怎么办啊？妈妈害了他们啊……”

奥莉丝哭了一阵，又说：“刚才，妈妈把所有的积蓄都给安娜送去了，妈妈要帮她把孩子带大，来补偿妈妈犯下的罪……”

原来，那两沓钱是奥莉丝送去的。霍德曼想了想，悄悄地离开了墓地。他想通了，向这个饱受良心折磨的女人追究责任毫无意义，况且，除了她的自白，自己并没有其他的证据。他愿意把今晚这段记忆从脑子里抹去。他是警察，但并不是一个没有人性的警察。

（**题图、插图**：佐　夫）

（本栏目欢迎来稿。来稿可从邮局寄发，也可从网上传递。如为电子邮件，请发以下信箱：liuyingxi1203@163.com）

·民间故事金库·

从来龙生龙，凤生凤，皇亲国戚不一般。可是，这编草鞋的马六竟也攀上门富贵亲，稀里糊涂地当上了王爷……

皇亲国戚不敢当

□王应良

糊里糊涂成王爷

洪武初年，廊坊城有个卖草鞋的，叫马六。这天一大早，马六背着草鞋耙子刚要去赶早市，几个衙役突然如狼似虎地扑过来，二话不说就把他押上了公堂。廊坊府尹升堂，拍着惊堂木朝他喝道："大胆刁民，你姓甚名谁？何方人氏？为何侵吞刘大官人的地儿？还不快从实招来！"

府尹说的"刘大官人"名叫刘一本，是廊坊城里有名的大户。一个多月前，刘一本扩建后花园，想用仨瓜俩枣打发马六搬家，因为马六家的土砖房紧靠着刘家后花园的墙脚。可马六夫妻俩好不容易才置下这处遮风避雨的地方，怎么肯搬呢？刘一本心不死，于是就索性来了个恶人先告状。

马六瞥见刘一本站在那里的得意样子，又惊又气，他跪在地上，哭着朝府尹喊道："回青天大老爷的话，就是借给小人十个胆子，也决不敢占刘大官人的地儿啊！小人姓马名六，祖籍安徽宿州，一向靠卖草鞋为生，不信大人可以去查。"

"什么什么？你叫马六？"府尹狐疑地瞪着马六。马六点点头："回大人，小人一出生就姓马，在家排行第

六。”府尹一听，“霍”地就站了起来，又追问了一句：“你真是安徽宿州人？那怎么来的廊坊？”马六赶紧解释：“回大人，小人是为了躲避兵祸，打前年才从宿州马家庄来。”

谁知马六话音刚落，大堂上的气氛突然就倒了个儿。府尹居然三步并两步从堂上下来，亲自将马六扶起，又把脸一沉，朝目瞪口呆的刘一本大喝一声：“大胆刁民，你强抢邻居家产，居心何在？”说着，朝两边衙役一挥手，“来呀，把他给我押下去，先打三十大板！”

随后，府尹毕恭毕敬将马六请进后堂，倒头就拜：“马王爷，圣上找得您好苦啊！”他告诉马六说，朱元璋自打平定天下后，就分封儿子、儿孙到各地为王，连后宫那些嫔妃的家人也都一一受了封。这一来，马皇后马秀英很是郁闷，因为马皇后自幼父母双亡，娘家没什么人，所以此刻更感孤苦。朱元璋看在眼里，突然记起马皇后曾经说过，有一个叫马六的堂叔，小时候常给一点米粥接济她，可后来堂叔就流落他乡不知去向了。朱元璋便瞒着马皇后命吏部发文书查找，想给马六封个异姓王爷，好让马皇后高兴高兴。

马六听府尹说了来由，惊得半天没合拢嘴巴：“我那个可怜的大脚侄女儿还在人世？还当了皇后？”“是啊，马王爷，当今皇后就是您侄女儿啊！”府尹巴结道，“马王爷，看您这面相大富大贵，日后必定飞黄腾达，您可别忘了提携提携老弟啊！”府尹说罢，命人做了一桌子山珍海味，将马六好好招待了一番，这才把他送出府门。

马六前脚刚走，那个刘一本后脚就兴师问罪来了，指着府尹怒道：“你今天是怎么回事？我平日里给你的银子都喂狗了？”府尹一听这话，脸上就挂不住了，正色道：“你大祸临头了还懵懂不知，我今天要不打你这三十板子，你死定了！”

刘一本一听，如坠云里雾中：“此话怎讲？”府尹于是就如此这般说了一番，刘一本顿时大惊失色，他做梦也没想到，马六会突然咸鱼翻身成了王爷。刘一本“扑通”一声，朝府尹跪了下来：“大人，您一定要想办法救我，救我啊！”

府尹朝他微微一笑：“要说办法，倒是有一个……”他附在刘一本耳边咕哝了一番，刘一本一边听一边像鸡啄米似的点着头，末了连连说：“高！高！还是大人高啊！”

当了王爷不一般

却说马六在府衙里喝得酩酊大醉，腾云驾雾般回到家里，头一挨枕头就鼾声如雷地睡着了。第二天一大早醒来，想起昨天的事儿，还以为是在梦里，起床后草草喝了一碗小米

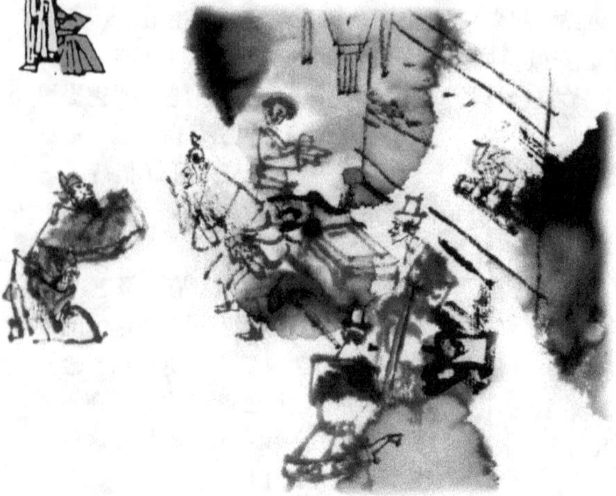

粥，就背上草鞋耙子要去赶早市。可他开门一看，却吓了一大跳：只见廊坊府尹正笑吟吟地候在门外，身后还有一群衙役，肩上都挑着一担担礼盒。府尹一把拉过马六，说“马王爷，您咋还干这个？您这不是丢大明朝的脸吗？”

马六老婆闻声赶了出来。府尹一见，马上朝她深深一揖，说：“想必您就是王妃了！下官给王妃请安！”马六老婆惊得嘴巴都合不拢，待弄明白原来是这么回事，正要对马六说什么，这时刘一本来了，只见他打着赤膊，背着荆条，手捧红木礼盒，见过马六夫妇就“扑通”跪倒在地，痛哭流涕地说“是小的有眼无珠，今日我给二位请罪来了！”

看着往日神气活现的邻居这副模样，马六夫妻俩一时慌了神，连忙要将刘一本扶起，可刘一本却赖在地上怎么也不肯起来，非要他们狠狠责罚自己不可。马六夫妻俩吓得手足无措，只好求救似的看向府尹。府尹当即从刘一本身上抽了一根荆条，狠狠抽了他一下，训斥道：“你小子确实该打。今儿知错了？”

说来也是奇了！这刘一本挨了揍，却反倒像受了赏赐似的，他捧着小礼盒，低声下气地对马六说“小的知错了。这是小的一点薄礼，将功赎罪，万望马王爷笑纳！”

马六懵懵懂懂地接过礼盒，打开一看，大吃一惊，连忙又塞了回去：“不行！不行！我怎能受你如此大礼？”原来，这是刘一本家后花园的地契，他要将整座后花园送给马六，还要在花园里为马六建造王府。

马六夫妻俩顿时就惊呆了，傻傻地站在那里，不知如何是好。府尹看了会心一笑，将地契塞回马六手中，说：“这是刘大官人孝敬您的，马王爷，您就收下吧！万一哪天皇后动了思亲之情来看您，您就忍心让她住在这茅屋陋舍之中吗？”马六想想也有道理，便不再推辞了。

这刘一本也真会办事儿，没多

久，就硬是把马六一家接进了新落成的马王府。这是一座一进三重的府宅，宅内富丽典雅，正庭偏房错落有致，花园里花团锦簇，曲径通幽。马六一看，乐得喜笑颜开，可他老婆却皱起了眉头："这哪是我们住的地方，别说这么多花花草草要打理，单是这么多屋，打扫起来也够忙上十天半个月的，还不把我累死？"

刘一本在一边赶紧打拱作揖："哎呀呀，我说王妃，你坐享清福就是了，哪里还需要亲自动手？"他一击掌，一群貌美如花的丫环和身材壮实的男佣立刻鱼贯而出，一个个低眉顺眼地站在面前，听候吩咐。马六老婆擦擦眼睛，又看看刘一本，疑惑道："他们是……"刘一本献媚说："他们以后就是您的奴才，您说往东，他们决不敢往西，死活全凭您一句话。"

刘一本这个马屁真算是拍到家了，这一来，府尹当然也不甘落后。这天，他吩咐随从牵来两匹快马，带着马六风驰电掣般跑出廊坊城。此时正是五月时节，城外良田千里，麦浪滚滚。府尹带着马六来到一个山坡上，勒住马缰绳，说："马王爷，我们不如以半个时辰为限，比一比脚力，看谁跑得远。"说完，一挥马鞭就冲下山坡，沿着河岸边疾驰而去，不到半个时辰竟跑出了五十里地。

府尹勒绳下马，回头看了一眼气喘吁吁紧跟上来的马六，指指刚才来时一路上经过的大片农田，说"马王爷，您看田里收成如何？""那当然没得说，"马六内行似的回答说，"这地儿攥一把土也流油，抽一把穗便淌金！"

府尹哈哈大笑道"从现在起，这千亩良田就是您马王爷的田产啦！"马六简直不相信自己的耳朵："什么？这、这地里不都还有人在耕种吗？"府尹走过来，拍拍马六的肩膀

说："马王爷，您就放一百二十个心吧，这些田都是无主的官田。"

马六虽然胸无点墨，但他知道大明法度森严，侵占官田是要杀头的，当下吓得脸色刷白，怎么也不敢收受。府尹说："马王爷，大明江山都是皇上的，这点田地能算什么呀？再说了，马皇后小时候孤苦伶仃，如果不是你日常周济，她能有今天吗？你拿这么一点田，她会不肯给？"听府尹这么一说，马六觉得似乎有些道理，便渐渐心安理得起来。

黄粱一梦转头空

房子有了，田也有了，马六再也不用为生计发愁了，于是就整日里与廊坊城里的一些达官贵人迎来送往，茶馆里进，酒馆里出，好不逍遥自在。后来在刘一本的撺掇下，他居然花花肠子也动起来了。

就在马六喜滋滋地准备迎接"第二春"的时候，突然传来天大的喜讯，洪武皇帝朱元璋的圣旨下来了，着令廊坊府尹随同马六一起，进京听封受赏。这下，刘一本等一干人便越发刻意奉迎起来，还专门打造了一只雕梁画栋的官舫，送马六和府尹走水路进京。

船行至途中，这一天突然从岸上杀气腾腾地追来一队持枪披甲的御林军士，那领头的锦衣太监站在官舫船头一宣诏，马六顿时吓得冷汗直冒，六月天里打起了摆子。原来就在几天前，马皇后因立储之事与皇上发生争执，失手碰翻烛台，伤了龙体，皇上龙颜大怒，治了她一个后宫干政、忤逆犯上的罪，还令廊坊府尹协同捉拿马氏九族，打入天牢，秋后问斩。

这时，就见廊坊府尹那脸变得比翻书还快，接完诏就从地上爬起来，指着马六一声断喝："还不快快把他拿下？"之前还欢天喜地的马六，就这样突然祸从天降，被押解到

了京城，打入天牢。马六在牢里前思后想，真是连肠子都悔青了，心里对马皇后无比怨恨：你当你的皇后，我卖我的草鞋，我是你八竿子打不着的堂叔，找什么找？现在倒好，你犯了大罪，连我也遭殃！他越想越伤心，忍不住号啕大哭起来。

正哭着，只听牢门“哐当”一声响，一个宫装丽人在宫女、太监的簇拥下走了进来。马六抬头一看，惊讶道：“你是……”妇人朝他深深一揖，说：“六叔，我是你的侄女儿秀英呀，你不认识我了？”马六不相信自己的耳朵：“秀英？不是说你被打入冷宫了吗？”

这时，马六老婆突然从马皇后身后钻了出来，指着马六的鼻子直骂道：“瞧你这乌鸦嘴，秀英好着呢，皇上怎么舍得把她打入冷宫。”“可是……”马六还没回过神来，他老婆又数落道：“可是什么！你也不想想，自打你被他们一伙人捧成了王爷，人就变了，不仅强占官田，强抢民女，还受不义之财，你和那戏台上的奸臣有什么两样？我是替你着急，才修书一封偷偷让人送到京城，让秀英想法子治治你。”马六这才恍然大悟，埋怨道：“要治就治，可也用不着用这样的办法，吓死我了！”

马皇后命人搬来凳子，扶起马六，挨着坐下，说：“六叔，不是侄女想吓你，依你现在犯下的罪行，够杀几回的了。你不知道吧，那刘一本表面上送你府宅，背地里却打着我们叔侄的旗号贩私卖私，干尽了坏事儿；还有那廊坊府尹，他送你千亩官田，却又以你的名义占下更多的田……你的这些事儿，御史们闻风言奏，是皇上看在我的面子上才给压了下来。”

马皇后的这席话，马六听得是毛骨悚然。马皇后顿了顿，又轻声说：“六叔，伴君如伴虎，保不定哪一天侄女儿稍一不慎，真的被皇上贬了，现在演的可就都变成真的了。自古以来，皇家外戚有几人落了好下场？”

马六直听得脖子上凉飕飕的，他苦笑着说：“秀英啊，这王爷该享的福我也算是享了，该遭的灾我也算是遭了。所以，这皇亲国戚我是再也不敢当了！你就让我回去卖我的草鞋吧，落得个平安逍遥。”马皇后点点头，当即把马六从天牢里接出来，又上折子请求皇上免去马六的爵位。

消息传出，那些王子皇孙、后宫嫔妃们，再也没有人敢争风吃醋、讨封请赏了。朱元璋深感马皇后的德行，在马六夫妻俩临行前，特意赐给马六一块铁券丹书，让马六替他在民间访贫问苦，闻风言奏。

从此，民间就流传下来这么一句话：皇帝都有一门草鞋亲。

（题图、插图：黄全昌）

铺满母爱的过河石

海子在城里结了婚。这天，他带着妻子莎莎回乡下。

两人在村口下了车，没走出多远，一条小河挡在了他们面前，过了河便到海子家了。海子回家心切，顾不得绕到村头的小桥，想要直接趟水过去。于是他脱了鞋，挽起裤腿，准备背着莎莎过河。

谁知莎莎从小在城里长大，没怎么亲近过自然，今天忽然玩性大发，脱了鞋非要自个儿趟过去。可她晃晃悠悠还没走上几步，便“哎呀”一下应声跌在河里，衣服都给弄湿了。

到了家，海子娘听说这事后，满脸愧疚地说：“这河里的石头长青苔，滑着嘞，都怪我，都怪我，早该叮嘱你们……”可无论海子娘怎么自责道歉，莎莎始终板着个脸，当天就死活闹着回城去了。从此，小两口就再没回过乡下。

一个周末，家里小弟来电话，说海子爹六十大寿，让海子小两口无论如何要回趟家。海子好说歹说了半天，莎莎终于同意再回一次婆家，但有一个条件：不趟河。

第二天，小两口下了车，老远就看见一个身影站在河里洗刷着什么。走近一看，原来是海子娘正在用刷子

刷着过河石，一边刷，还一边喘着粗气，可脸上却挂着微笑。

来接车的小弟忙说：“自从你们上次回来后，娘每个周末一大早都要来刷过河石。我们想拦，可娘说，‘你嫂子是城里人，石头上有青苔她走不惯，我得刷干净，免得她又摔了……’”

小弟还没说完，莎莎早已泪流满面，她轻声地对海子说：“今晚我们不走了，就在家里过夜。”

（作者：朱胜喜）

增高的秘方

一个男孩因为个头矮，很自卑，总是低着头独来独往。

一天，他走路时不小心撞上了一个女孩，一时呆了，竟低着头不知如

何是好。

女孩恼了，问道：“你没长眼睛吗？”男孩耷拉着脑袋，支支吾吾地想道歉，可女孩更生气了：“你连头都不愿意抬一抬，根本就没有道歉的诚意！”

男孩万般无奈，只好结结巴巴地说：“我、我不敢……”“不敢？”女孩也蒙了。男孩红着脸继续说：“我、我太矮了……”

女孩这才恍然大悟，她想了想，说：“我倒是有几个增高的秘方。”

“什么？”男孩一阵好奇，不由得抬起头来，这才发现女孩正笑吟吟地对自己说：“第一，把你赚的钱垫在脚下；第二，把爱心垫在脚下；第三，把自己的作品垫在脚下；第四，吹个气球垫在脚下。”

男孩没听明白，一脸茫然地瞅着女孩。女孩笑了笑，继续解释说：“第一种，做一个企业家；第二种，做一个有所作为的政治家；第三种，做作家、艺术家；第四种嘛，你可以去胡吹乱编糊弄人……就看你需要哪种秘方啦。”

这么一说，男孩也“扑哧”一声笑了出来。

后来，男孩成了位小有名气的作家，经常被人请去演讲。每次演讲之前，他都不忘笑吟吟地和大家一起分享这个增高的秘方……

（**作者**：轩　呈；**推荐者**：宋　军）

应变能力

一个业务员去一家公司推销产品。他想要见这家公司的董事长，于是托秘书帮忙转递自己的名片，可董事长看也没看，就让秘书把名片退还给了他。

业务员不甘心，他请求秘书再帮忙递一次。可没想到这一次，董事长二话没说，直接把名片给撕碎了，末了，觉得有些不妥，就让秘书转交给业务员十块钱，传话出来：“十块钱买一张名片，总够了吧！”

可业务员接过撕坏的名片和十块钱，想也没想，便微笑着对秘书说：“请您转告董事长先生，十块钱可以买上两张。”随即，又掏出一张名片递给秘书。

没多久，办公室里传来一阵大笑：“这样的业务员，不和他谈生意，我还跟谁谈去？”这个业务员自然顺利地完成了他的任务。

我们都知道坚持不懈就是胜利的道理，但也别忘了，坚持不懈也离不开方法和技巧。（**推荐者**：左　仁）

（**本栏插图**：安玉民　梁　丽）

学写作文，从读故事开始

·情节聚焦·

法拉利跑车

□曾艳绘

有个年轻人叫阿斌，在城北的小吃街上打工，每天都得面对难伺候的老板和客人们。

这天一大早，阿斌硬着头皮爬起来，不情愿地往城北赶。风冷得刺骨，阿斌下意识地裹紧了脖子上的灰色围巾，准备拐进巷子里去。

就在这时，身后传来“吱”的一声急刹车。阿斌回头一看，好家伙，一辆红色法拉利紧挨着停在旁边，就差那么一点儿，自己就要去见阎王了。还没等阿斌缓过神来，那车窗摇下来了，车里传出一阵嘈杂的音乐声，有人把头探了出来。

原来，司机是个二十出头的小年轻，染了一头黄发，带个墨镜，样子流里流气的。阿斌一看就有点生气了，他朝那人白了几眼，就准备离开。

不想，黄毛却满不在乎地冲着阿斌勾了勾手指头，喊道：“喂！叫你呐！”阿斌顿时气不打一处来，他走上前去正要理论，黄毛小子却从钱包里抽出张红票子，问道：“喂，知道附近有个小吃街吗？”

阿斌强忍着怒火点了点头。谁知，黄毛竟然递过那票子，傲慢地指使道：“去，帮我买三笼蟹粉小笼包来！这里是一百块，剩下的赏你了。”

三笼包子？就为了三笼包子，差点要了人命，这也太不像话了！阿斌正要发作，但转念一想，便不动声色地说道：“我倒是知道一家最正

宗的蟹粉小笼，不过早上那么多人排队买早点，要等啊，大概二十分钟左右。”

黄毛一听，急了：“那么久，我还有急事。这样吧，再多给你一百块，五分钟内给我搞定，好吗？”说着，两根指头夹着钱，丢了过来。

阿斌冷笑一声，慢条斯理地说道：“一百块么，顶多通融五个人，恐怕不够吧。”

黄毛果然被阿斌不屑的语气激怒了。他立刻从钱包里抓了一把票子塞进阿斌手里，气急败坏地说：“这回总够了吧！”阿斌也没多说话，点点头，拿了钱转身就走。

这时，黄毛从车里探出半个身子，大声地说：“小子，你可不许给我耍花招！我开的可是法拉利，你跑不过我的！还有，你那头乱发和灰围巾，很好认！”

阿斌回头挥挥手，扯着嗓子喊了一句：“你放心吧！”说完，拐进巷子里去了。

不多久，阿斌走进了一家不起眼的小吃店，进了厨房，他脱下假发，拿掉围巾，穿上店里满是油腻的工作服，又开始了一天的工作。

阿斌一边忙活着，一边得意地哼着小调，心说：这条街上，谁会留意到我阿斌。老板倒是知道我是个光头，可压根就没留意我新近戴上了假发。至于围巾嘛，我准备下了班就去换条天蓝色的新款，灰色的这条，还是我爷爷留给我爸爸，我爸爸又留给我的，早该下岗了。

（题图：安玉民　梁　丽）

·本刊信息传真·

2009年中国最佳故事评选

为了繁荣故事文学、推动故事创作，2009年，故事中国网(www.storychina.cn)举办年度中国最佳故事评选。

评选标准：在情节性、艺术性、思想性、文学性方面有突出表现，能够代表年度故事创作最高水平的各类故事作品。参选条件：2009年1月1日至2009年12月31日期间在国内正规报刊（省级以上）发表的故事作品均可参加，不限题材、风格、篇幅。

参加方法：1.作者本人登录故事中国网提交作品；2.推荐别人的作品，需事先征得作者本人的同意，再通过故事中国网提交；3.各家故事报刊编辑部可直接向故事中国网推荐作品，推荐信箱：storychina@gmail.com。

评选将邀请由资深故事编辑、专家、学者组成的评审组进行投票，评出年度最佳故事一篇，优秀作品若干。年度最佳故事作者获得特别荣誉证书及奖金3000元，并受邀前来上海领奖；所有优秀作品将结集出版《2009年度中国最佳故事》一书，并支付稿费。更多详情，请登录故事中国网查看。

·悬念故事·

父亲的离奇死亡，母亲的闪烁其词，同学的欲言又止……被小心翼翼掩盖起来的真相，究竟是什么？

间接责任

□申之珉

事出有因

俗话说：天有不测风云。这天，正在进行毕业实习的林茜，突然接到父亲病危住院的消息，她的头一下蒙了！

父亲一向身体很好，平时连个感冒发烧都很少，怎么会突然生病了呢？林茜也顾不上实习了，连夜买票赶回了家。到家一看，情况比预想的还要严重，满屋子都是亲友，母亲在一旁不断地啜泣，原来父亲已经送殡仪馆了！

丧事办得十分简朴，父亲单位只是象征性地送了几副花圈挽联，追悼会也开得异常简短，和父亲这个局办公室主任的身份极不相称，这让林茜充满了疑惑。她悄悄问过母亲和其他亲友，都说父亲是在楼顶喂养鸽子时失足坠楼摔死的，可林茜在对方那闪烁其词的语气中却似乎感到了一丝不安。

办完丧事，林茜在家待了几天，见母亲情绪已日趋平静，便准备回去实习了。这天，她正在火车站查看车次，突然感到背后有双眼睛在盯着自己，转身一看，原来是位年轻的公安民警，再一打量，不禁惊奇地叫了起来：“张明，怎么是你呀？”

张明是林茜高中时的同学，在省

政法大学读书，现在被分配到本市的公安系统实习。张明见林茜左臂上的黑纱，忙关心地问：“这是？”

“我爸爸不在了。”

张明感到十分抱歉，说“真不好意思……不知伯父得的是什么病？”

“是一场意外。”林茜简单说了一下意外的经过，当提到父亲的名字时，不知怎么，张明神色突然变得有些古怪。林茜马上问道：“有什么问题吗？”“没，没什么。”张明吞吞吐吐说道，“已经定案了呀。”

“可我觉得不应当是这样的！”看到张明那欲言又止的样子，林茜更加证实了自己的怀疑，干脆一股脑儿地讲了出来，“我爸一向做事谨慎，怎么会发生失足坠楼这种事……听说公安部门做过鉴定，你肯定知道一些情况吧？”

“其实……那天，我跟着刑警队去了颐园小区，只是……”张明又吞吞吐吐起来。

“什么，我爸不是在我家楼顶掉下来的？”说着，林茜一把拽住张明的胳膊，不容置疑地追问道，“你一定要告诉我真相，不然，我会遗憾终生的！”

“那、那好吧。”张明犹豫了一下，说，“伯父坠楼身亡不假，但的确不是在你家楼顶，而是从颐园小区五楼梁燕家的阳台掉下去的。”

“啊，怎么会是在小梁阿姨家？”林茜不解地问了一句。要知道，梁燕是父亲办公室里的文员，长得风情万种、性感十足。可不知怎么，林茜就是对梁燕抱有戒心，她总觉得父亲看梁燕的那种眼神不对劲。突然，一种不良的预感冒了出来，林茜磕磕巴巴地说：“你、你是说，我爸爸和小梁阿姨……”

张明点点头：“是的，其实那天伯父是在梁燕家里，梁的丈夫突然回家，急促之间，伯父想爬窗跳到四楼平台上，不料失足坠楼……”

“啊！”林茜大吃一惊，她疑惑地问，“那……我妈就没追查我爸的死因？”张明为难道：“这个……伯母应该知道，听说是她恳求单位领导将这事压下的……”

“不，不！怎么会是这样……”林茜再也控制不住自己内心的悲愤，猛然转身奔出了车站。

初露端倪

林茜失魂落魄地回到家中，见母亲正呆滞地坐在沙发上，便直截了当地问：“妈，我爸和梁燕的事你为什么不告诉我？”林妈妈浑身一震，很快又恢复了平静，说：“人都没了，还提这做什么？”

“总得有个说法吧，我爸可是在她家死的呀！”

“是你爸自己去找她的，是你爸自己要跳楼的，还能有啥说法？公安

部门都鉴定过了，属于意外死亡。”

“意外死亡，意外死亡……”林茜喃喃地嘟哝着，突然，她眼睛一亮，“妈，我爸不是办了人身意外保险吗？那得让保险公司赔偿呀！”

“别、别、别……”母亲急忙阻止说，“咱就别再丢人现眼了，哪有为这风流债埋单的？”

“理归理，法归法。既然咱投保了，那保险公司就得照章办事。”林茜理直气壮地说。

第二天，林茜拿着公安部门出具的死亡证明，和张明一起找到保险公司。谁知对方却提出了拒付，理由是林父作为成年人，是能预见到爬窗可能产生的严重后果，却仍一意孤行，所以只能列为自杀行为，而自杀是不能享受人身意外保险的。

林茜沮丧地走出保险公司大门，张明在一边劝慰说：“小茜，人死不能复生，你就节哀吧。”林茜说：“我是替爸爸感到难过，人不能这样说没就没了，应当有人为他的死承担责任。”

张明若有所思地点点头：“是啊，这事是有点蹊跷。现场我去过，按说五楼阳台距四楼伸出的那块平台只有两三米高，爬窗下去应当没有问题的……”张明话没说完，林茜就一把拽住他说：“走，陪我去梁燕家……”

当梁燕打开屋门，发现面前站的是林茜时，脸都吓白了，她惊恐地连退几步说：“你、你们要做什么？”林茜显得十分平静，她径直走进去坐在了沙发上，语气和缓地说：“想和你谈谈。”

“谈……你、你都知道了？”梁燕的脸顿时一片绯红，她不安地瞅了眼穿警服的张明，说：“这、这位同志已经录过我的口供了。小茜，我和你爸爸是真心的……当、当然，我也知道这、这是不道德的……”

林茜不耐烦地打断说：“我不想听你们这些破事，你就说说出事那天的经过。”

“那天，我老公说好去兰州出差的，谁知傍晚又突然回家了。林主任就扒住背面阳台，想跳到四楼平台上去，谁知道……”梁燕声音哽咽道，“以前他来我家，出去时怕被人看到，也是这样下的，从没出过事。谁知道……”

梁燕所住的楼房在小区最北部，阴面阳台对的是一家企业高墙，两楼间隙处的地面虽说有条通道，但行人稀少，十分幽静。可能是出于消防的考虑，梁燕家阳台的防盗网是可以开关的。打开防盗网探头朝下望去，果见下面四楼阳台上伸出个用预制水泥板搭成的平台，约长出一米，下面焊有铁架支撑，看起来十分牢固，估计是楼下主人准备用来放置花盆杂物的。张明随口问道：“这四楼住的什么人？”

梁燕的脸色顿时阴了下来，说："听说是个做生意的，仗着有几个臭钱，整日醉醺醺的，还爱说些不三不四的话，这里的人都不愿搭理他。"梁燕说罢，又取出一叠钱递给林茜，"小茜，我知道你恨我，其实我也恨自己，如果那天我不叫你爸爸来，他也不会出事……这是我的一点小意思，请你交给嫂子，就说我对、对不起她……"

梁燕话没说完，就被林茜一掌将钱打落在地上，她怒吼一声："谁稀罕你的臭钱，以后不许你再提我爸爸！"说着，她一把扯起还在阳台上观察的张明，打开屋门，就"噔噔噔"走了。

二人来到楼下，林茜见张明还迟迟不愿离开，便没好气地说："还没在小妖精家呆够呀？走！"张明没有答话，却转身绕到了楼后，蹲在地上继续观察起来。林茜见地上有几粒发芽的黄豆，便奇怪地问："这有什么好瞧的？"

张明却轻轻摇了摇头，说："这里怎么会有这个？""这有什么好奇怪的，还不是楼上晾豆子掉下的。"林茜不以为然地说。

"是吗？"张明兴奋地站起身，"如果真是这样的话，那就找到为伯父埋单的人了！"他见林茜一副不解的样子，便解释说，"你想呀，如果按梁燕所讲的，伯父曾多次从四楼平台下楼，从没出过事，那这次为什么会有意外呢？可是，假如伯父跳到正晾晒的黄豆上……"

"是呀，我怎么没想到呢？"梁燕连连点头，可转念一想，又说，"四楼肯承认吗？就算他承认，人家也不是有意的，为这事埋单不是太冤枉了吗？"

"但如果这个假设成立的话，那就属于正儿八经的意外事故了，可以让保险公司埋单呀！"张明一边说

着，一边将那几颗黄豆装进了一个小塑料袋内，满怀信心地说，“我刚才在梁燕家阳台上瞧过了，四楼平台缝隙里还有几粒散落的黄豆，如果和这几粒发芽的品种相同，就不怕他不承认了！”

峰回路转

接下来几天，在公安部门配合调查下，四楼住户承认自己曾在那违章搭建的平台上晾晒过黄豆。这下，林茜父亲坠楼身亡之谜总算云开雾散了！为息事宁人，四楼住户主动承担部分责任，并当场交纳了罚款；而保险公司也根据相关条款进行了赔偿。

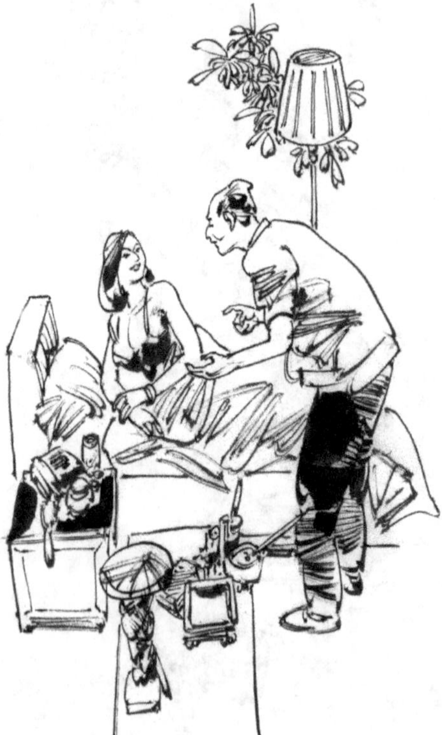

林茜由衷地向张明表示了谢意，谁知张明却紧皱眉头，若有所思地说：“我怎么觉得这事并没这么简单……”

林茜正要发问，手机响了起来，电话是梁燕打的，约她和张明到茶馆一叙，说有重要情况通报。林茜刚要拒绝，张明急忙拦住她，说：“我正想找她呢！”

几日不见，梁燕显得憔悴了许多。她一见到林茜就黯淡地说：“我们离婚了。”“你这是自作自受。”林茜没好气地问，“你约我们来，就是为了说这个？”

“不，我想谈谈四楼那个姓赵的，我觉得林主任的死，应当与他有关……”

“说说看。”张明陡然来了兴致。

梁燕沉默了一下，说出了一件往事……

那是一个炎热的夜晚，正在熟睡的梁燕突然感觉有人在抚弄自己的身体，她本以为是出差回家的丈夫，便没好气地用手划拉一下，却感觉有些异常，猛然一个激灵醒了过来。她拉亮台灯，这才发现面前站的是楼下的赵某。只见他满身酒气地嬉笑道：“宝

贝，我来陪陪你。”

梁燕慌忙用被单遮住自己，厉声喝道：“你、你是怎么进来的？”

“你那个林主任怎么下去的，我就能怎么上来……我不能白搭这座鹊桥呀。”赵某嬉皮笑脸地凑到梁燕跟前，“宝贝，我想死你了……”

“滚！你要再不滚，我可要喊了！”梁燕一边大喊，一边惊恐地缩到角落。

“你喊吧，把邻居招来才好呢，我就把你和姓林的事全抖出来！”赵某正要肆无忌惮地扑向梁燕，忽听楼梯上传来一阵沉重的脚步声，知道是梁的丈夫出差回来了，于是便恶狠狠地抛下一句威胁的话，而后拉开窗户，顺着事先搭好的梯子爬了下去……

为了怕赵某狗急跳墙实施报复，梁燕没敢把这晚发生的事告诉丈夫，也同样没有告诉林茜的父亲。只是请人安装了一副可以开关的防盗网，平时锁住，只供应急使用。那天傍晚，林茜的父亲就是打开防盗网下去的，不料竟出了意外……

梁燕讲完，用肯定的语气说“我怀疑林主任就是姓赵的混蛋害死的！”

“那你有证据吗？”林茜问道。

“我有他的电话录音。”梁燕拿出自己的手机说，“就在老公与我离婚搬走的那天晚上，姓赵的趁着酒劲儿又给我打来了骚扰电话，我就用手机录了下来，不知能不能做证据用？”说到这里，梁燕又补充一句，“据我老公讲，出事那天，他在火车站突然接到一条陌生人发来的短信，让他火速返家捉奸……这短信肯定也是姓赵的发的！”

“如此说来，平台上的黄豆有可能是姓赵的有意撒的。”一直在专注听梁燕述说的张明此时插了话，“我早就怀疑，如果家里的黄豆发了霉，也应该在阳面晾晒，怎么会晾在阴面这么潮湿的地方呢？”说到这里，张明瞅了一眼梁燕的手机，眼睛猛然一亮，“如果他再给你打电话，你就假装答应，然后设法把他的话套出来……”

走出阴影

一个月后，案子终于有了结果。正如梁燕怀疑的那样，赵某早对年轻貌美的梁燕垂涎三尺，见她只钟情于林茜父亲一人，便心生醋意，在他们二人幽会时，故意在自家阳台的平台上撒了黄豆，目的只想狠狠教训一下自己的情敌，不料竟惹上了人命官司。事发之后，开始他心存侥幸，想以简单罚款搪塞过关，谁知梁燕施以美人计，他便酒后吐了真言，在大量人证、物证面前，只得乖乖地认罪伏法。

这天是林茜重返实习岗位的日子，母亲坚持要送她上车。一路上，母

· 外国文学故事鉴赏 ·

根据〔德〕莱奥纳德 · 科普的同名小说改编

能量炸弹

□夏　雨　改编

这天，推销商亨德开车一路疾驰来到慕尼黑市，慕尼黑是他的故乡，但也是他的伤心地。十年前，他满怀仇恨离开此地，今天，他回来只有一个目的：复仇，然后再度消失。

在一家甜食店门口，亨德把车停了下来，下了车，走进店里。这个甜食店，品种多得晃眼，可亨德一眼就看中那只刚烤好的巧克力面包，他对

亲几次张口，想要说些什么，但话到嘴边却都又咽了下去。就在火车进站时，她终于鼓足勇气对女儿说："茜儿，你知道梁燕男人那天收到一条短信的事吗？那是……"

话没说完，就被林茜打断了："妈，您又怎么啦，咱们不是说好以后不许再提这件事了吗？"说着，她一把揽起母亲的肩膀，指着天上那火红的太阳，深情地说，"今天的阳光多美呀，我相信，您一定会走出阴影，重新振作起来的！"说罢，她跳上车厢，挥手喊道："妈妈，再见……"

车徐徐开动了，透过窗户，林茜似乎看到了母亲眼眶里充满希望的泪水。

她在心中默默地说"妈妈，您不要说出来了，我知道那条短信就是您发的，因为那姓赵的早已交代，他根本就不会发短信。是您觉察到爸爸出轨，在多次劝阻无果的情况下，就想用给梁丈夫发短信的方式来拯救自己的家庭，谁知竟酿成了大祸……"

（题图、插图：刘斌昆）

服务员说："请把那只巧克力面包拿给我，对，就是中间夹鲜奶油的那种。"

亨德知道，巧克力面包一直是他叔叔的最爱，每天不吃几个就睡不着觉。亨德是个孤儿，从小就寄养在叔叔家，对此了然于胸。而今天是叔叔的生日，因此，没有什么礼物比送面包更好的了。

可买好面包，亨德却犯了愁，自己不便前往，那么由谁给叔叔送面包呢？突然，他灵光一现，想到了一个人：布罗施医生。

这个布罗施医生，是叔叔的家庭医生，就住在本市最华丽的别墅小区。想到此，亨德一阵激动，忙驱车赶了过去。来到医生家门口，亨德敲了门，等了好长时间，布罗施医生才打开门，一见是亨德，他不由感到意外："怎么是你……"

"没想到吧，哦，今天是我叔叔的生日，我能不来祝贺吗？"亨德说着，绕过医生进了屋。

"是你叔叔叫你来的吗？"

"哈哈，叔叔是不会让我靠近他半步的。而且，还要一打保镖保护他。"突然，亨德变戏法似的从口袋里掏出手枪，"啪"的一声放到桌上。

"亲爱的布罗施医生，我们俩今天就不去参加生日宴会了。不过，我会让晚宴大放光彩的。现在你听我的命令！"亨德说着，递给医生一张贺卡和一支圆珠笔，道，"写下来：祝您生日快乐！我今晚有急事，不能前去祝贺。小小礼物，不成敬意，望您享用。最后，签上你的大名。"

布罗施医生却不听从，他坐在沙发上，一动不动的，脸白得像刚刚粉刷的墙壁一样。

"写还是不写？"亨德一拍桌子怒道。

布罗施医生吓得浑身一哆嗦，嘴里应承道："写，我写！"说着拿起笔，写了下来。等他写好字，亨德打

开面包盒，又从一个小包里取出一支注满了液体的注射器，往面包里注射。他幸灾乐祸地说："可惜呀，毒品的名称我给忘了。不过没关系，两小时后，它的效果就出来了。"

待一切准备工作就绪后，亨德把面包连同盒子放在门口，接着，打电话给快递公司："我这里有个急件，请马上按照地址送过去。因为我赶着要出门，包裹就放在家门口了，麻烦您把账单投进信箱里。"

布罗施医生急得直摇手："亨德，您会把所有的亲戚都杀死的！"

"为什么不呢？"亨德反驳道，"他们那时把我像条狗一样呼来唤去，我唯一的一次爱情也泡汤了。最可气的是，我只不过偷了公司一点点钱，叔叔就把我送进了监狱。我需要钱，他们不帮我。现在我终于有钱了，到了算总账的时候了！"说罢，亨德径自走到酒柜前取出一瓶白兰地，自斟自饮起来。

过了一会儿，亨德抬头看了看表，对布罗施医生说："现在，他们开始享用面包了。好了，我们也不等了，我们开车去兜兜风吧。"亨德嘴上这样说着，心里却在考虑，该如何处置医生呢。

布罗施医生不敢违命，只好老老实实朝停在门口的汽车走去。就在这时，他们身后传来一阵急匆匆的脚步声，亨德转过身，不禁"啊"地叫了一声，他发现叔叔竟然站在面前。

叔叔笑眯眯地看着他："你好啊，亨德，好久不见了！"

"你没死？"

"活得好好的，为什么要死？"

"亨德往面包里投毒了！"布罗施医生声嘶力竭地叫了起来，"你们谁都不要去碰它！"

叔叔依旧心平气和，说："我敢打赌，美味可口的面包一定是亨德你买的，而不是布罗施医生。"

亨德呆了，气急败坏地说"你怎么知道的？"

"怎么知道的？亨德，时过境迁哪！我是喜欢吃巧克力面包，可你不知道，它给我带来了灾难，我因此得了严重的糖尿病。布罗施医生叮嘱过我，今后绝对不能碰它，巧克力面包就像炸弹，会随时把我这条老命给送掉的。所以，接到信和面包后，我马上就产生了怀疑。这不，我就赶来了。当然啦，我还带来一帮保镖。"

（**题图**、**插图**：佐　夫）

□解习贵

赦免杀人犯

婆媳设局

北宋年间，东京开封城里有一对婆媳，由于都死了男人，家里断了生活来源，她们便开了家成衣铺，靠替人缝制衣服来维持生计。

这婆婆年轻时，随行医的丈夫去过不少地方，女人家天性喜欢漂亮，一看到当地的衣服式样，自然就学着做起来穿。没想到，这本事现在倒正好用上了，铺子开出没多久，名声就渐渐响了起来，城里那些达官女眷都喜欢穿她做的衣服，一来二去的，婆媳俩因此认识了不少显贵之人。

有一天，婆媳俩的成衣铺里突然来了个先生，自称是附近清远县人氏，姓蔡名今，因为儿子犯了事，被县府判了个“秋后处决”，听说这婆媳俩和京城达官显贵有来往，于是特地登门拜访，请婆婆无论如何帮忙说说话，替自己儿子免去死罪。蔡今说明来意后，随手送上一千两银子，还道：“事成之后，一定再奉上白银三千两。”

听蔡今说完这番话，再看看眼前这白花花的一千两银子，婆媳俩哪能不动心？婆婆于是应道：“这事儿，其实就是刑部杨尚书一句话。杨尚书我虽不熟，可他的小妾倒是三天两头见得到。我先帮你探探风儿，明日给你回话。”蔡今见婆婆如此爽快，不由心中大喜。

蔡今走后，婆婆立即起身，打算去尚书府，可是刚出门却又转了回来。媳妇不解，婆婆叹口气说：“这银子，看来我们是没法拿啦！”媳妇问：“你是怕杨大人不答应？”婆婆摇摇头，道：“杨大人是什么人我还不知道？银子堆在他面前，他怎么会不答应呢？可蔡今儿子是犯了死罪的，我帮这个忙，不是在造孽嘛！”

媳妇虽然觉得婆婆的话有道理，可送上门来的银子不拿心有不甘，于是便说：“婆婆呀，可我们不帮忙，他也会找别人帮忙的，到时候他儿子不照样……”

这话点醒了婆婆，婆婆想了想，说：“你说的也是，这银子我们不拿白

不拿，倒不如我们诓住他，先答应帮忙，等熬到秋天，就说事情太棘手，实在没办法，到那时候，他再找人也来不及了。”

媳妇听了，有点儿犹豫：“这不是骗他吗？”婆婆笑了：“骗坏人就是救好人嘛！”媳妇一想也是，到那时候至少这一千两银子姓蔡的是拿不回去了。媳妇不由暗暗佩服：姜到底还是老的辣啊！

第二天，蔡今来打听消息，婆婆眉头一皱，说：“那小妾传话来啦，杨大人说了，这事情挺难办，除非你出两万两银子。另外，那小妾也要一万两银子作为酬谢，她说她不能白给你传话。不过……他们让你先不用急着给银子，等事情办好了再给不迟。我寻思着，杨大人定是十拿九稳了，才会这样说。”

蔡今是个商人，商场上向来是“不见兔子不撒鹰”，所以这话正合他意，自然是一口答应。临走时，婆婆再三关照他别将此事走漏风声。

此后，蔡今三天两头来打听消息，婆婆就不断拿话敷衍他。今天说“杨大人叫你不要心焦，他正在想办法。”明天又说：“杨大人说，他帮忙不过是一句话的事，怕只怕别人若是知道他收了你的银子，参上一本，就坏事儿了。所以，这事儿得慢慢来。”婆婆把故事编得像模像样的，那蔡今便信以为真了。

身陷囹圄

这天蔡今又来了，婆婆嫌他烦，斥了他几句："老身怎会不知道你心里着急？可这事急也没用，性急成不了事儿！"蔡今只好赔礼说："望婆婆念在小人救子心切的份上，多担待，多担待！"

正好此时，刑部杨尚书那小妾派人来请婆婆过去做衣服，婆婆咬着蔡今的耳朵说："看到没有，这其实就是喊我过去传话呢！你先回去，有消息我自然会告诉你。"蔡今只好走了。

婆婆跟着仆人来到尚书府，见过那小妾，言语之间，婆婆便问："怎么没见杨大人？"小妾随口道："后天是太后寿辰，皇上要大赦天下，为母后祈福，大人这几天正忙此事呢。"话一出口，她自觉说漏了嘴，又赶紧嘱咐婆婆别声张。婆婆连声应了，假装好奇道："大赦天下，是不是连死罪也赦免呢？"

小妾点点头："听大人说，只要不是谋反之罪，一概赦免呢。"婆婆一听好似五雷轰顶，自己花了这么多心思，难道全白费了？不禁脱口道："死罪也赦免，岂非太不公道？"

回来的路上，婆婆心里一直在思量：蔡今所托之事该怎么收场呢？她想啊想，终于想出了一个主意。

回到家里，她前脚刚进门，那蔡今后脚就跟了进来。婆婆赶紧向他一迭声道："恭喜啊，恭喜啊，这事办下来啦！后天是太后的生日，杨大人向皇上建议大赦天下，为太后祈福，皇上答应了，朝廷后天就下公文，只要不是谋反罪，一概赦免，你儿子自然就列入其中了。杨大人让我告诉你，银子由我转交，你无须与他见面，以免走露风声。你赶紧回去准备吧！只是，我提醒你，银子一两都不能少。要知道，杨大人既然能救你，也就能'送'了你！"

蔡今没想到好消息来得这么突然，喜不自禁地走了。婆婆的媳妇在一旁看着，不由得将信将疑：这是在做戏呢，还是确有其事？蔡今走后，婆婆将事情前前后后对媳妇说了一遍，解释道："我想过了，既然一概赦免没有公道，不如我们将那三万两银子诓过来，拿它去做善事，接济天下穷人，也算是功德一件。"

再说那蔡今，回家后兴奋得一夜没睡。隔了一天，朝廷果然颁下赦令，大街小巷贴满了布告。蔡今真是喜出望外，也不敢耍赖，当即带了三万两银子过来，让婆婆转交杨大人。至于事先说好要酬谢婆婆的那三千两银子，自然也带了过来。

婆婆把银子全收了下来，一再嘱咐蔡今道："此事切勿泄露！不然连累了我和杨大人不说，你儿子也有危险。"蔡今一迭声地答应。

可喜劲过去之后，蔡今想想为救儿子花去的大半家财，不禁又心疼起来。忽然，他觉得这里面有点不对劲：自己和杨大人素昧平生，为救自己儿子，他居然肯闹出这么大动静？似乎有点不合常情。会不会是杨大人原本畏于人言不敢帮忙，现在正好遇上皇上大赦天下，于是就卖自己个顺水人情？要真是这样，自己这银子岂不花得冤枉？蔡今越想心里越觉疑惑。

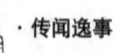

当晚，蔡今在京城的几个同乡知道他儿子得到赦免，一定要设宴为他庆祝，可酒一喝多，蔡今嘴里的话就多起来，把杨大人和小妾收他三万两银子的事也抖了出来。正好尚书府有个差人也在酒楼喝酒，听到后就回去报告杨大人。杨大人得知大吃一惊，责令开封府立刻严查。

第二天一大早，蔡今正要从驿馆动身回清远，忽然进来两个差人，将他拿下带到了开封府里。公堂之上，蔡今开始还不敢说什么，开封府尹一声喝令，几十大板打下去，他再也不敢隐瞒，只好从实招来，开封府尹便命人抓婆婆归案。

官差一到，婆婆就知道事情露馅了，赶紧悄悄嘱咐媳妇：“所有事情我来承担，官府问起来，你就说什么都不知道。”到了公堂上，婆婆大声喊冤：“大人啊，我可从来没有收过这个人什么银两啊！断案凭的是证据，他说我拿他的银子，你叫他拿出证据来！”

蔡今一听顿时傻了眼：送银子的事，当初婆婆一再要自己保密，因为担心儿子救不下来，所以自己就真没对任何人说起过，就连心腹仆人也没敢告诉，现在到哪儿去找证据？

开封府尹见蔡今目瞪口呆的样子，就派人去婆婆的成衣铺里搜，也没见半点银子的影子。原来婆婆早有准备，和媳妇一起把银子藏到她们在城外一所房子的地窖里去了。开封府尹一时无法下判，可案子

是杨大人交办的，又不能随便撤，于是索性将婆婆和蔡今同时收了监。

可没想时隔不久，杨大人在朝中失了势，被贬出京城。这一来，他交办的这个案子就拖了下来，婆婆得知消息，天天在牢房里唉声叹气。

善恶有报

这天，牢房外突然一片喧哗，婆婆见几个犯人把牢房门砸开了，还有人大声嚷嚷道："大家快跑啊，金兵打进城来啦！"

此时是北宋靖康元年，金兵攻进了北宋京城开封。婆婆随人流涌出牢房，果然看见满大街都是金兵，烧杀掳掠，无所不为。

婆婆仗着路熟，抄小路回到铺里，媳妇一见，喜极而泣。婆婆却说："看来城里是不能住了，咱们赶快把那地窖里的银子起了，去江南安身吧？"于是婆媳俩立即动手，将一应东西收拾停当，便雇了辆车上路。

走出没多远，便碰上一队金兵，让婆媳俩大吃一惊的是，那蔡今父子俩居然和金兵在一起。原来蔡今从牢房出来后，立即投靠了金兵，还把儿子也带在身边。

蔡今见了婆婆，哈哈狂笑道："真是老天有眼啊，没想到你今天会落到我的手中！"

他赶紧对翻译说："这两个女人，她们车里装的全是银子，赶快去抢啊！"翻译把他的话一传，那些金兵纷纷跳下马就冲了上去。可他们跑到婆媳俩面前一看，却顿时愣住了，随即满脸喜色，"叽哩咕噜"用金国话和婆婆交谈起来，就连金兵头目也跳下马来。

原来，婆婆以前曾随行医的丈夫去过金国，当时他们住的部落正闹瘟疫，婆婆的丈夫日以继夜精心医治，救活了不少人的命，所以部落里的人把他们夫妻俩当菩萨看。现在，站在婆婆面前的这些金兵，正是那个部落里的人，真是太巧了！

婆婆问他们："你们怎么不在家放羊打猎，要跑到中原来打仗？"金兵们告诉婆婆："狼主说中原宝贝多，平时打一辈子的猎都抵不上到这儿来抢一回，所以我们就来了。"

婆婆正想着怎么劝说他们，这时候一眼瞥见蔡今父子俩对金兵头目那满脸的谄媚样，立刻怒道："就是这两个人，害得我们差点送命！"金兵头目一听这两个人居然敢害婆婆，上去就是一人一刀，结果了他们的性命……

后来，婆媳俩历经千辛万苦，终于到了江南。那里正在闹饥荒，于是，她们就用车里的银子去周边地区买米回来，救活了成千上万的人。

也是善有善报，婆婆后来一直活到九十九岁，高寿而终。

（题图、插图：谢　颖）

一个神秘的箱子，牵连出十五年的千里追踪，两代人的恩怨情仇，风云诡谲的隐秘往事慢慢浮出水面……

不义之财

□黄 胜

1.大喜之日，来了不速之客

青城小吃街上，有家小饭店，店主刘东升是从农村来城的小老板。这天是农历八月初八，是个好日子，刘东升特意选了这个好日子，为儿子办喜事。

喜宴办在盛隆大酒店，酒店大厅很大，除他家之外，另外还有一对新人在此摆设婚宴，而且巧的是，两家都姓刘。为了怕来宾搞混，两家一东一西，在大厅两侧设了来宾接待处，桌面上摆着印有新郎、新娘姓名的牌子，来宾进门即可一目了然。

中午时分，客人们陆续到达。大厅内顿时熙熙攘攘，热闹无比。刘东升喜容满面，与儿子刘大伟、儿媳婷婷一起迎接前来的亲朋好友。

刘东升是十年前举家迁来青城的，城里的亲戚朋友不是很多。刚过十二点，客人已基本到齐，只剩下两个客人还未到。刘东升见时间不早了，就让新郎、新娘先进去，自己在大厅接待处候着。

这时候，只见一个年轻人手里攥着一个红包，快步走进酒店。刘东升见不认识，以为是另一家的客人，就没迎上前去。那年轻人站定，左右看了一下两张桌子上的牌子，然后径直向另一家的桌子走去，但过去跟那边的迎宾员交谈了几句，又转身朝刘东升走过来。

刘东升觉得奇怪：自己根本不认

识此人，若是大伟和婷婷的朋友，他应该看到牌子上新人的名字呀，怎么会走错地方？但他这么想着，还是迎上去问：“小伙子，你是大伟的朋友吧？”

年轻人看着他，问：“您是……”刘东升回答说：“我是大伟的父亲。”年轻人“哦”了一声，又问：“您叫刘东升吧？”被一个年轻人直呼姓名，刘东升心里有些不痛快，但还是点点头问：“你是……”

年轻人似乎松了口气，将手中的红包递到刘东升手里，说：“这就对了，这是有人托我送过来的，说要交给新郎的父亲，名字就叫刘东升。”

刘东升心想：看来是自己的某位朋友不能亲临啊，他连忙热情相邀道：“来的都是客，小伙子，你也进去一块儿喝杯喜酒吧。”年轻人却摆手谢绝，告辞走了。

刘东升翻看一下红包，见封皮上只写了一个“安”字，心中觉得纳闷：自己没有姓安的朋友啊。又见红包很薄，应该没多少礼金，他就撕开红包，却见里面只有一张纸条，打开一看，不由胆战心惊，只见上面写了一句话：“我在交通宾馆406房间恭候，速来见我，否则的话，小心你们的喜事变成丧事。”署名是安宁。

刘东升倒吸一口凉气，心想：安宁是谁啊？怎么没有印象呢？这个“安”姓在本地也很少见，刘东升翻来覆去看着纸条，冥思苦想了半天，脑中突然一闪念，猛地记起一个人。一想到此人，刘东升顿时脸色白了，双腿禁不住发抖，嘴里喃喃自语：“是他，难道是他找上门来了？”他掐指一算，叹了口气，道，“十五年了，该来的终究要来的。”

自己要不要去见对方？刘东升犹豫了半晌，然后走进宴会厅，在老伴耳边说：“我有点急事，要离开一下，你们先开席吧。”说罢，他也顾不得跟众宾客打招呼，就匆匆离开酒店。新娘婷婷望着刘东升的背影，问身边的新郎：“大伟，爸怎么脸色那么难看？是不是出什么事了？”

“没有啊，婷婷。怎么还不上菜啊？我饿了。”大伟边说边用筷子有节奏地敲着桌子。这刘大伟长得挺帅，就是小时候生过一场重病，影响了智商，有时候行为有点出格。今天，他穿新衣戴新帽当了新郎倌，那个高兴劲甭提啦！他跑前跑后跟着忙了一上午，此刻咧着大嘴，不住地问：“怎么还不上菜呢？我饿了……”

婆婆过来，安慰婷婷道：“你爸有点急事要处理，咱们不等他了，马上开席吧。”大伟一听，开心得欢呼起来：“哦，开席喽——”婷婷看了大伟一眼，眉头微皱，显得有些心神不宁，似乎怀了什么心事。

再说刘东升，半小时后，他心事重重地走进了交通宾馆，来到406房间门口站了片刻，按响门铃。

门开了，屋里站着一位年轻漂亮的姑娘，她面带微笑道："你是刘东升叔叔吧？请进。"刘东升感到很意外，问："你是……"姑娘说："我叫安宁。"

刘东升原是壮着胆子，鼓足勇气来此的，深怕对方对自己不利，而此刻见到是位姑娘，不由暗暗松了口气。他走进屋里，神态慈祥地问："姑娘，我不认识你啊，你找我有事吗？"姑娘微微一笑："可你认识我爸爸啊，我爸爸叫安达明，你不会忘了吧？"

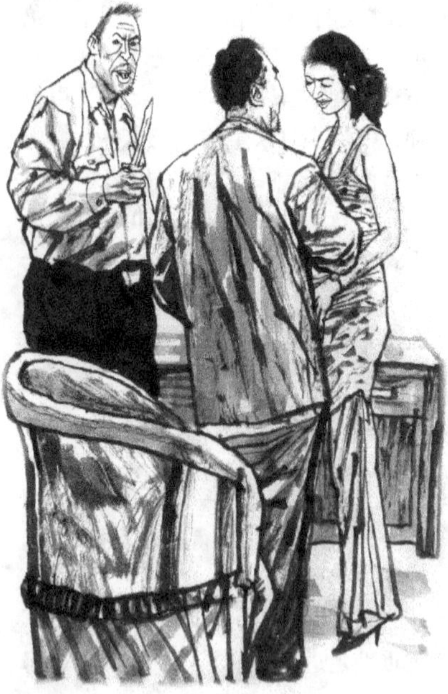

"安达明？"刘东升脑子一转，知道对方有备而来，难以抵赖，就装着冥思苦想的样子想了一会儿，猛地一拍大腿，说，"我想起来了，原来你是安老师的女儿啊，你爸爸现在还好吗？"姑娘说："我爸爸已经去世了。他临终前让我来找你，说他请你代为保管了一样东西，有这回事吗？"

"什么东西？"刘东升又装着诧异的样子回忆，"没有啊，他没交什么东西让我保管啊？你是不是找错人了？"姑娘一听，脸顿时沉下来，说："刘叔，你再仔细想想，我提醒你一下，是一个箱子！"

没等刘东升回答，门突然被人推开了，进来一个满脸横肉、身材魁梧的大汉，他往刘东升身边一站，手里把玩着一把闪着寒光的刀子，斜眼看着刘东升。刘东升心里一惊，脸上却还装作无辜的样子，说："我、我确实记不得了。"

姑娘冷冷一笑，对大汉说："二豹，刘叔岁数大了，记性差，可能一时记不得了，你让他呆在这里好好回忆回忆。对了，今天是刘叔儿子的大喜日子，他那宝贝儿子脑子有点问题，现在刘叔不在他身边，我怕他应付不过来，你就做做好事，带上几个兄弟去酒店帮他一下吧。"

那个叫二豹的大汉扫了刘东升一眼，说："行，我一定好好照顾他！对了，还有新娘子，我也会好好照顾

的！”说罢，转身就要走。

刘东升一听吓了一跳，他偷偷一瞧门外，见有不少人，如果这么多人到婚礼现场一闹，不但好好的婚礼要被搅黄，说不定还会伤害到儿子、儿媳。他想自己老了无所谓了，可儿子却是刘家的希望所在啊！不能有任何闪失！这么一想，刘东升忙道：“慢……再让我好好想想。”说着敲着脑壳，假装一副焦急的样子，一会儿开口道，“我想起来了，是有这回事，你爸曾经让我保管一个箱子。”

姑娘听了，转怒为喜，甜甜一笑道：“我想把箱子拿回去，你看行吗？”刘东升忙说：“当然行，当然行。不过，箱子现在不在我身边，在农村老家放着呢，我也很久没回去了，不知道现在还在不在。”

姑娘又一次冷下脸来：“你少跟我耍花样，实话告诉你，刘家庄我们已经去过了，没找到那个箱子。”刘东升说：“我藏在隐蔽的地方，你们当然找不到。”姑娘盯着刘东升的眼睛，在判断此话的真假。

刘东升躲开她的目光，说：“当时，你爸爸说里面只是装了些衣服、书之类的东西，不值钱。不过他一直嘱咐我要好好保管，我怕带在身边给弄丢了，所以进城之前，就把它藏在了老家一个绝密的地方……”

姑娘说：“好吧，刘叔，我相信你。听我爸说，你们俩是好朋友，你能不能把当时我爸托你保管箱子的经过跟我说一说？”刘东升道：“当然能，不过，事情过去这么多年，我人老了，忘性大，得让我先好好回忆回忆……”

2. 将来，会有人来找你取箱子

说起来，刘东升认识安达明纯属偶然。

十五年前，刘东升远离家乡，在山东沿海一个偏僻小岛上的扇贝养殖场打工。在他的工友中，有一个叫安达明的，此人平时沉默寡言，除了干活，就是坐在海边冲着大陆的方向发呆。两人同住一间宿舍，又在一个劳动小组，每天驾着一条小船在海面上劳作，朝夕相处，时间一长，两人就有了交情。

刘东升渐渐发现，安达明虽然话语很少，但说话文绉绉的，显得很有学问，根本不像那些没读过几天书的大老粗。而且，不管白天多累，晚上临睡前，安达明总会捧着一本砖头厚的《法律大辞典》看一会儿，还写读书笔记。他那手漂亮的字，刘东升以前只在字帖上才看到过。刘东升觉着，这个跟自己完全不一样的读书人，怎么会到这兔子都不拉屎的地方干这种苦活累活呢？

那年的中秋节，不管远近，工友们都回家过节了，只有安达明一个人主动留在岛上值班。刘东升过完节回来，走进宿舍，就见到安达明正对着一张照片发呆，那是一张一家三口的合影。安达明听到动静，一转头，刘东升就看到他满脸的泪水。

当天晚上，两人一起喝了瓶烧酒。临睡前，刘东升见安达明又捧起那本《法律大辞典》，便忍不住问:“老安，别怪我多话，你是不是跑到这儿躲什么？”

安达明一听，手陡然一抖，书掉到了地上。他赶忙强作镇静，捡起书，笑道：“没有啊，你怎么会这样想呢？”刘东升说:“老安，你就别瞒我了。我敢肯定，你以前肯定不是出苦力的人，没干过重活儿，对吧？”安达明不由自主地点点头。

“还有，你从不跟外面的人联系，可你经常看着照片发呆，照片上的是老婆孩子吧，为什么不跟她们联系呢？”

安达明眼神闪烁，说:“其实……我是跟老婆吵了架才跑出来的……躲在这儿不想见她。”

“那你天天研究法律书干什么？你看你床底下那堆书，全是法律类的，难道你想考律师啊？”

安达明对刘东升的唠叨有些生气了，不由脱口而出:“不行吗？”说着，他眼睛扫了刘东升一眼，凶光一闪。刘东升不由一颤，后悔自己多嘴，忙道:“老安，你别多虑，我可不是出卖朋友的人。对了，我得提醒你一句，以后你尽量不要跟别人一起睡觉，你经常说梦话。”

安达明一听脸色大变，惊恐地连声问：“我是不是在梦里说什么了？我都说了什么？”刘东升说:“乱七八糟什么都有，有一次你大喊，‘坦白也是死，不坦白也是死，我决不坦白。’还有一次，你哭着喊，‘宁宁我对不起你，宁宁是你老婆吧？’”

安达明摇摇头，说：“是我女儿……原来，你早就知道了。”他深深地吐了一口气说，“好吧，既然你都知道了，我也就不瞒你了，我确实是一个逃犯。”

“你犯了什么罪？”

安达明沉默半晌，道：“我伤了人，是我老婆。其实，我是一名老师。我老婆嫌我窝囊，背叛了我，我一怒之下就用硫酸毁了她的容，现在警察到处在找我，我只好躲到这儿来，想等风头一过再回去。刘哥，求你为我保密，我不想回去坐牢。”

刘东升见对方不拿自己当外人，连这种事都告诉自己，当即很仗义地拍着胸脯表示:“你放心，我就是做梦都不会说出来，要是告诉别人，我、我就不得好死，出门被车撞死！”

自那以后，两人交情就更深了。三个月后，安达明突然决定要回省城探探风声，临走前，他把一个大旅行

箱托刘东升保管，并说：“我要是没回来，你也不要丢掉，将来我会安排人来找你取箱子。”说着，随手撕开一个琥珀烟的烟盒，让刘东升在上面写下自己的名字和地址，又说，“将来如果有人拿着这烟盒来找你，你就把箱子交给他。”

刘东升提提箱子，很沉，上面还上了锁，便好奇地问：“这箱子很重要吗？”安达明说：“都是些衣服和书，还有我的笔记，对你来说没有用，对我却非常重要。”

刘东升表示：“好，你放心，我一定给你保管好，我在箱在，我亡箱亡。”安达明笑道：“没那么严重。”接着，他从兜里拿出一个厚厚的信封，放到刘东升手里，“刘哥，这是一万块钱，算是你替我保管这个箱子的报酬。我若是不回来，你也不要再在这里干下去了，还是回家吧，用这点钱做点小买卖，也能养活自己。”

刘东升接过钱，心想：原来他是个这么有钱的人啊！

安达明离开后，就再也没有回来。两个月后，刘东升辞了工，提着那个沉甸甸的箱子，返回了家乡。

刘东升把经过对姑娘说完，突然想起那张烟盒纸，便问：“对了，你说你是安老师的女儿，有什么凭证？”他问了这话，心想：你如果拿不出来，我就有理由不还箱子了。可是姑娘当即打开包，取出一张发黄的纸：“这个你应该认识吧？”刘东升一见正是当年自己写下的那张烟盒纸，顿时哑口无言。

姑娘一笑，问：“那只箱子，你打开过没有？”

刘东升立即赌咒发誓：“绝对没有，不是我的东西，怎么能随便打开？我不会干那种对不起朋友的事情。”姑娘点点头，说：“最好如此。好了，咱们这就出发，到你老家去取箱子吧。”

这时，刘东升眼珠一转，央求道：“姑娘，我儿子今天办喜事，要不，过两天再去取怎么样？”姑娘道：“现在什么事情都没去取箱子重要。刘叔，如果完好无损地拿到箱子，我可以付

给你一笔保管费，五万块钱怎么样？”

刘东升立即面露惊喜，说：“姑娘，箱子里到底装了什么？这么值钱！”姑娘说：“也没什么，因为是我爸爸的遗物，所以对我来说，什么都是无价之宝。”

刘东升心急火燎，苦思脱身之策。他心知肚明，今天拿不出箱子，对方绝对不会轻易放过自己，但一时又脱身不了，看来只能走一步算一步了。于是他说：“那好吧，我带你们去，但咱说定了，那五万块保管费你不能赖帐噢！”

姑娘说“当然算数，不过若是箱子不在了，或者你动过箱子里的东西，后果你自己清楚。”

3.打定主意，宁死也不交钱

一个小时后，姑娘、二豹和刘东升坐上了去刘家庄的长途客车。

刘家庄在青城二百公里之外的山区。一路之上，刘东升搜肠刮肚，寻找摆脱两人的办法，可就是想不出一个管用的主意。眼看着老家越来越近，刘东升的心更加忐忑不安了。他在想：到时候真相暴露，还不知对方会用什么手段来对付自己呢。

原来，那个箱子早已经不在了！

当年，安明达一去不回，刘东升就带着箱子和那一万块钱回到老家。那时候，一万块钱是笔大钱，刘东升将钱存进银行，不舍得花，也没拿出来做买卖。没想到第二年，儿子突然生了场大病，为了治病，那一万块钱花得一个子儿也不剩，家里又陷入了困境。

刘东升又想出去打工，可他老婆却盯上了那只箱子，说咱守着一座金山不去挖，还等着饿死不成？开始刘东升不明白，说咱哪来的金山啊？老婆就从地窖里拖出那只箱子来，说：“这就是金山，那人肯花一万块钱让你保管，里面的东西还不知道要值多少万呢。”

刘东升一听，吃惊道：“这箱子可动不得，我答应人家要好好保管的。再说，里面就是些衣服和书，不值钱。”老婆“哼”了一声说：“这鬼话你也信？真是衣服和书的话，干吗要上锁！东升，都这么长时间了，那人也不来拿箱子，我看他八成是来不了了。”

刘东升连连摇摇头：“反正不能动，不然将来人家找来没法交代。”老婆说：“咱也就打开看看里面装的是什么嘛，没事的。”

其实，刘东升对里面装着啥也好奇，不过，他是个老实人，恪守着做人的准则，因此不同意开箱子。老婆无奈，说：“那你也不能出去打工，你得守着这箱子，一步也不能离开。”

刘东升说：“开玩笑，让我一个大男人专门在家看管这破箱子？”

老婆说："要是里面全是宝贝，丢了你赔得起吗？所以说，咱应该打开箱子看看。里面要真是些破书烂报，你就出去打工；要全是宝贝，你就得在家替人家继续看管，否则丢了少了的，咱可赔不起。"

刘东升想想也是这个道理，犹豫了半天，一咬牙，说："好，那就看看。不过，咱先说好了，不管里面是什么，咱都不要动。"老婆答应了。

两人就开始鼓捣着开锁。可那是个密码锁，两人从下午一直折腾到半夜，也没能打开锁，不由大眼瞪小眼，瞅着箱子，一筹莫展。老婆想了想，站起身说："我去找把剪刀，把箱子撬开算了。"

刘东升忙阻拦道："我看还是算了吧，到时候人家看到箱子拆过，咱脸面上就不好看了。"

老婆却不管不顾，找来把刀，在箱子底座"噌噌"下了刀，撬开一条缝，里面的东西露了出来。两人一看，对视一眼，两颗心同时怦怦猛跳，里面竟然是方方正正的一捆百元大钞。

老婆激动之下，又猛砍几刀，箱子"啪啦"破开了，里面的东西完全暴露在两人眼皮底下。原来，箱子里面并没有书，而是五捆百元大钞，一捆足足有十万元。另外，还有几件衣服，其中一件衣服里面包着几张纸。刘东升两口子拿着纸研究了一阵子，觉得这些纸好像是几份股权证。当时，两人还不知道这股权证的价值，就把它扔到一边，一门心思全在那堆钱上。

也不知过了多久，刘东升听到老婆在问："当家的，咋办？"刘东升声音颤抖地反问："你说呢？"老婆说："这么多钱，咱一辈子……不，几辈子都赚不到啊。这些钱要是咱的，咱就是躺着什么也不干，这辈子都够了。"

刘东升抬头看看老婆，见老婆的眼睛像兔子的眼睛一样，通红通红的。他知道，此时自己的眼睛肯定也是通红通红的，面对这么一大堆钱，谁能不红眼呢？这个老实巴交的农民，巨款当前，一瞬间，把什么做人

的原则，什么道德法律，全抛到九霄云外去了。刘东升咬着牙，问老婆：“你说怎么办？”

“当然是留下，傻瓜才还给人家呢。”

“可要是人家来找怎么办？这么多钱，他早晚会来找的。”刘东升有些担心。老婆说：“咱躲得远远的，有这么多钱，哪里不能住啊？咱到城里买套房子，他到哪里找去？”

刘东升摇摇头：“想找一定能找得到的，这么多钱，到时候他肯定饶不了咱们。”老婆突然眼睛一亮：“这人这么长时间不来找你，会不会出了什么事？说不定现在已经死了。”

刘东升听了，眼睛也一亮，说：“对啊。这样，老婆，这笔钱先别动，明天我到省城去找他，看能不能找得到。”

第二天，刘东升就去了省城。他按照安达明留的地址找到那所中学，却查无此人。显然，安达明留的是假单位、假地址，想来，安达明这个名字也可能是假的。刘东升心中不禁懊悔，自己当初也留一个假地址就好了，那对方就永远找不到自己了。

找不到安达明，刘东升就给自己找了个理由：反正我已经找过你，要还箱子给你，但是找不到你的人，那就莫怪我要动那口箱子了。

刘东升回家后，在一个早晨，一家人不告而别，不知所踪。

直到过了四五年，刘东升一个人回到老家，乡亲们才知道他家在城里买了房子。刘东升向乡亲们打听有没有外地人来找过他，听说没有后，他这几年始终悬着的心稍微落下了一些。又过了五年，还是没人来找他要箱子，刘东升一颗悬着的心总算落了地，他深信，都十多年过去了，对方不会再来找自己。

没想到，就在儿子结婚的大喜日子，却祸从天降，对方找上门来了！

坐在车上，刘东升转动脑子想主意。他觉得，现在只有两条路可以走一是豁出去，宁死不交钱；二是认个错，把东西还给人家。

不过，现在想还也不可能全还上了，那些股权证倒还在，可是那五十万早已折腾得差不多了。进城之后，他家买了房子，开了小饭店，这几年小饭店的生意不太好，也没赚到什么钱。还有，为了给儿子娶媳妇，更是花了不少钱。因为他这个半傻儿子，哪个姑娘肯嫁给他，幸亏遇上了婷婷这个贪财打工妹。婷婷是外地人，一年前来到小饭店打工，刘东升第一眼就看中了这个姑娘，有意撮合她和儿子。他心里清楚，婷婷决不会看上自己的傻儿子，但有钱能使鬼推磨，结果或许会不同。于是，刘东升不惜血本，用钱引诱这个小姑娘，他对婷婷暗示，只要她愿意嫁给儿子，就把家里的房子，还有二十万存款都转到他们小夫妻名下。婷婷果然见钱眼开，立刻同意跟大伟结婚。

刘东升心里明白，婷婷是冲着那二十万来的，但他管不了那么多了，只要能给刘家传宗接代，花再多的钱也在所不惜。现在，如果没了那二十万，只怕婷婷立马就要跟儿子离婚，刘家就没指望了。所以，刘东升打定主意，决不能把剩下的钱交出去!

怎么办呢?刘东升想来想去，突然起了杀心，心想安达明既然死了，自己只要将眼前的两人除掉，从此自己一家人就可以无忧无虑地过日子，哪怕自己赔上这条老命，也值了。

刘东升瞄了一眼坐在身旁的姑娘和二豹，暗暗打定了主意：豁出去了，宁死也不交钱!

4.经过鹰嘴崖，刘东升起了杀心

三人坐车到达离刘家庄不远的镇上。下车后，本应住宿一宿，第二天早晨再去刘家庄，但刘东升此时已心怀杀人的念头，不想拖延时间而节外生枝，便提议连夜赶到村里。对方也很心急，自然同意。于是，三个人买了手电筒，步行十多里山路，连夜来到刘家庄。

三人进村后，径直来到刘东升的老屋，只见屋里被翻得乱七八糟，一片狼藉。刘东升见了不但不急，反而暗自高兴，他故作吃惊地大叫道："坏了，坏了，进来小偷了，箱子一定被偷走了。"

二豹抬腿踢了他一脚，骂道："少玩花样!这是前几天老子来翻的，快说，你把箱子藏在哪儿?"刘东升说："我怕被人偷走，藏在地窖里了。"

"地窖在哪里?快去拿来。"

刘东升用手电筒照照地窖的门，说："你们看，地窖门也被人打开了，箱子肯定不在了。"二豹一把揪住刘东升："老东西，还敢耍刁?你别以为我们不知道，你肯定把箱子里的钱拿走了。五十万啊，你给我老老实实交出来，否则的话，你今天别想活着出去!"

姑娘喝住二豹："二豹，别动粗，先松开他。"她用手电筒照着刘东升的脸说，"刘叔，我希望你主动把箱子里的钱还给我们，否则，你就是侵吞别人财物，我们要是报案的话，你肯定要去坐牢的。"

刘东升耍赖道："你有什么证据证明我保管了你们的箱子?"

姑娘一笑，慢慢从随身的包里取出一支录音笔，说："在宾馆的时候，我把我们的对话都录下来了，是你自己承认当年我爸将箱子托你保管的，你想抵赖也抵赖不了。你自己说吧，是想私了呢，还是想坐牢?"

刘东升这才如梦初醒，原来对方让自己叙述当年经过是为了取证据。

他懊恼得心里暗骂自己愚笨，苦着脸问：“怎么私了？”

姑娘说“私了很简单，箱子里有五十万，我可以给你十万，你只要把其余四十万还给我，我就不追究此事。”

刘东升说：“那五十万我都花光了，要不……”二豹一听钱花光了，就急了眼，没容刘东升把话说完，一把揪住他怒吼：“少给我装蒜，你要是凑不够四十万，我拧下你的脑袋。”

刘东升叫道：“你就是打死我也拿不出四十万啊。”姑娘说：“那好吧，你就等着坐牢吧。不过，我要提醒你，即便是坐牢，法院也要判你赔偿我们的钱。”

刘东升硬着头皮，道：“要钱没有，要命一条，你看着办吧。”姑娘说：“你这条破命我还不稀罕呢！没钱你还有房子啊，我已经找人评估过了，现在你那房子也值三十多万，差不多够了。”

刘东升一听急了：“你们不能动我的房子，那是我留给儿子的。”刘东升很明白，没了房子，一家在城里就没有了立足之地，儿媳肯定留不住，这个家也就散了。这么一想，他软下来，说：“咱们再商量一下，我手头真的没有那么多钱，求你们宽限几天，我想办法凑钱给你们，好不好？”

姑娘跟二豹对看一眼，略一沉吟，道：“好吧，我再相信你一次，谅你也玩不出什么花样来。我给你一周的时间，时间一到，我就把证据交到公安局，你就等着坐牢吧。”

于是，三人就连夜往镇上赶。在经过陡峭险峻的鹰嘴崖时，刘东升就起了杀心，他盘算着先把二豹推下悬崖，剩下一个姑娘就好对付了。不料，对方似乎早有了戒心，凡是经过危险地，两人就一前一后跟他拉开距离，刘东升根本找不到下手的机会。

5.看完信，在自己脸上抽了一巴掌

第二天中午，刘东升才回到家。

老伴一见，焦急地问:“到底出了什么事？你昨天到哪里去了？”

刘东升阴沉着脸说出大事了，他让老婆把儿子、儿媳叫来，当着一家人的面，刘东升就把当年的事情简单说了一遍，最后说:“现在人家找上门来了，你们说该怎么办？”

他当然不指望儿子能说出什么主意来，所以眼睛一直看着儿媳婷婷。婷婷却阴沉着脸，一言不发。但从她的表情看，此事完全出乎她的意料，她跟大伟结婚是冲着钱来的，没想到刘家的钱来路不正，是一笔不义之财。她似乎觉得是上当受骗了，眼下没当场翻脸就不错了。

刘东升知道儿媳心里的小九九，只得说:“婷婷，你别担心，我一人做事一人当，我想好了，钱我不会还给他们的，大不了我去坐牢。”婷婷听了，终于开口道:“爸，可你就算去坐牢，他们也会逼着我们还钱的。”

刘东升说:“不怕，我昨天就想好了主意。”“什么主意？”婷婷问。刘东升停顿了一下，仿佛下定了决心似的，说:“我马上就把房子和存款全部转到你的名下。”

老伴一听，悄悄拽了拽他的衣服。刘东升知道老婆是担心儿媳靠不住，就对她解释说:“现在只能这样了。转到你名下肯定不行，儿子呢，也不行，父债子还，那些人还是会逼他还钱的。现在，只有婷婷最安全，她是外姓旁人，没有义务替我还钱，谁都拿她没有办法。这样一来，咱们的家产就保住了。”

婷婷一听，脸上立刻多云转晴道:“爸，这主意好是好，可是你……我不忍心看你去坐牢啊。”

虽然不知道儿媳的话是真是假，刘东升听了，心中还是稍稍感到一丝暖意。他语重心长地说:“我老了，只要你能好好跟大伟过日子，替我们刘家传宗接代，我就是去坐一辈子大牢，也心甘情愿。”

婷婷沉默了一会儿，突然想起了什么，问道:“爸，你说那箱子里还有几张股权证？能不能拿给我看看？”刘东升马上明白了她的意思，说:“对了，这几张股权证也交给你保管。”说罢，他起身走进卧室，一会儿出来，手里就多了几张纸。他把股权证交给婷婷，说:“也不知道这几张纸值不值钱，因为怕暴露，我以前一直也没敢找人问。”

婷婷在接股权证的时候，竟然激动得手有些颤抖，眼睛放光。刘东升见了，奇怪地问:“婷婷，这些东西有用吗？”婷婷假装淡淡地说了一句:“没什么用。”说着，随手将股权证装进了口袋里。

接下来，刘东升当天就到房管部门办理了房屋产权变更手续，然后又去银行，把存款全部转到了婷婷的名下。一切办妥以后，他就主动去交通宾馆找那姑娘和二豹，他要告诉他们自己现在已一无所有，如何处置，全随他们了。

然而，当刘东升赶到宾馆，却得知406房间的客人早已退房走人了。刘东升大感疑惑：奇怪，难道他们不追究自己了？再一想，反正是福不是祸，是祸躲不过，等着吧。他又匆匆回到自家的小饭店，见只有老伴和儿子在，就问："婷婷呢？"

老伴说："回家有点事。对了，她临走时留了点东西，说让你看看，像是封信。"老伴说罢，从抽屉里拿出个信封递给刘东升，"你看看是什么玩意儿？"

刘东升满腹疑惑地嘟囔道："这孩子，什么话不能当面说，还搞这一套？"他撕开信封，先是掏出一个发黄的琥珀烟盒纸，上面歪歪扭扭写着"刘东升"三个字。老伴识字不多，但"刘东升"三个字还是认识的，她问："这不是你写的吗？"

刘东升一看，先是惊异，接着困惑，继而感到了恐惧，觉得后脊背阵阵发凉——这张纸前几天他才见过，分明是在那个叫安宁的姑娘手里，现在怎么会到了婷婷这儿呢？

信封里还有一封信，刘东升双手颤抖着打开，只见信上写道：刘老板，现在你一定想知道我是谁了吧。其实，我才是安达明的女儿安宁。两年前，我按照爸爸当年的嘱咐，到刘家庄去找你，从你邻居口中得知你突然发了财搬到城里去了，就猜到你肯定打开了那个箱子。我知道，你是不会轻易把吃到嘴的肉吐出来的，不得已只好出此下策，设法当了你的儿媳，伺机夺回我家的东西。好在你那宝贝儿子好对付，我没有什么损失。现在，物归原主，钱和股权证我就带走了。对了，我不妨告诉你，其实我的主要目的就是拿回股权证，现在它们的价值说出来，打死你你都想不到。还有，提醒你一下，不要报警，报警对你没什么好处……

看到这里，刘东升跳起来，冲老伴大喊："快，快，赶快回家！"老伴不明白："咋了，纸上写了什么？"

"婷婷跑了！快回家看能不能堵着她！"

老两口一前一后，屁股着火似的奔回了家。但为时已晚，婷婷已经带着自己的行李走了。刘东升两眼一黑，一屁股坐在地上，哀嚎道："完了！这回全完了！"

老伴也傻了眼，忙问："信上都写了啥呀？"

刘东升掏出信，继续看信：前些天找你的那对男女，都是我的朋友。以我这一年来对你的了解，知道你为了儿子什么事都肯做，所以，我才选了和你儿子结婚那天，让他们来逼你还钱。一切不出我所料，你宁愿坐牢，也要把一切都留给你的儿子。你的做法，我很感动。你是一个伟大的父亲，但你又是一个卑鄙的小人，擅自动用了我爸托你保管的财物，发了一笔不义之财。我本来还想惩罚你们的，但考虑到现在已经完璧归赵，而且念在你对我不错，就不再追究了。以后，你们只要用心经营小饭店，一家三口生活应该没有问题。至于房子，你们就先住着，只要不想走，我决不会赶你们走的。安宁。

刘东升看完信，狠狠地抽了自己一巴掌，而后颓然地瘫在沙发上，老泪纵横。

回想这十几年，就如同做了一场梦。自己一个穷光蛋，靠一笔不义之财，从乡下搬到城里，从贫穷到富有，没想到转了一圈，如今自己又成了穷光蛋，不该属于自己的东西，终归又失去了。

几天后，刘东升转让了小饭店，带着老婆、儿子，重新回到了老家。

走之前，刘东升在收拾“儿媳”房间的时候，在一个箱子底下，发现了几张旧报纸。平日他对书报没有兴趣，但一瞥之间，报纸上的一张照片吸引了他。这是一张十五年前的报纸，照片上一个人戴着手铐，旁边还有简单的文字介绍：畏罪潜逃的贪官安建设落入法网，必将受到法律的严惩。

这个人，赫然就是安达明。原来，他的真名叫安建设。

刘东升急忙翻看另外几张旧报纸，无一例外，上面都是有关安建设的信息，其中有一条是：昨日，贪官安建设被执行死刑。

多年来，困扰在刘东升心中的疑团终于解开了。他想：怪不得当年安达明没回来取箱子，原来他是个潜逃的贪官。想来那次他回到省城后，就失去了自由，不久又伏法毙命。那箱子里的五十万元和股权证显然都是赃款赃物，他不敢带在身边，这才冒险让自己替他保管。而且他也没打算亲自回来取，而是预先计划把这笔赃款留给自己的女儿，他让女儿等个十年八年，再神不知鬼不觉地来取走箱子，拿回这笔不义之财。于是，在十

编读往来：你的问题我来答

天津读者李佳：编辑你们好，《故事会》我们全家都爱，每期必买。比如我偏爱情感题材，会经常为了主人公的命运起伏而唏嘘感叹；丈夫则热衷幽默故事，每次看了好玩的段子，他就会忍不住眉飞色舞地跟朋友们讲述；儿子特别喜欢小笑话，每每看到乐不可支。一本小小的杂志却让我们看到了一个精彩的世界，带给我们无尽的快乐，我们都觉得花这三块钱，真值！

绿版编辑部：感谢你们全家对《故事会》的厚爱。编辑部的同仁们都知道，《故事会》的今天，离不开所有一路默默支持我们的忠实读者们，你们的鼓励就是对我们最好的鞭策，相信我们一定会竭尽所能，把《故事会》继续办好。另外，一年一度的杂志订阅将要开始了，读者朋友们可以去各地的邮局订阅，希望《故事会》能够一直陪伴您！

江苏读者高浩泰：生活中，我们常会说一个人“红得发紫”，可为什么不说“红得发蓝”或“红得发黑”呢？ 这里面有什么说法吗？

绿版编辑部：好的。“红得发紫” 是指一个人在某些领域内的地位达到了巅峰，好得不能再好了。在这里，“红”标志着人的境遇良好，而“紫”则更胜一筹。这两种特定的颜色怎会有如此象征意义呢？其实，这与我国古代的服色文化有关。在古代，社会等级森严，连服饰穿戴都有严格规定，各级官员的服色因官职品级不同，而颜色各异，这就叫“品色衣”制度。

就唐朝而言，官分九品，三品以上穿紫色、四品深红、五品浅红、六品深绿、七品浅绿、八品深青、九品浅青。着紫穿红者身居高位，而青色衣着者则官职卑微。唐代诗人白居易有“江州司马青衫湿”的诗句，其中就有遭贬后的官职低微之意。而那些穿红着紫的达官贵人，他们可以经常出入朝廷，于是人们便以红色作为发达的标记，而达到紫色者则是位居皇帝之下的高官了，因而这部分人被称为“红得发紫”。

（本栏目欢迎读者提供新鲜活泼、有代表性的问题，一经采用，即致薄酬。）

五年后，就有了安宁的这条苦肉计，她略施手段，就迫使自己主动地把一切都交还到了她的手里。

同时，刘东升也明白了，为什么安宁在信中不许自己报警，因为这一笔钱，对刘东升来说，是不义之财，对她安宁来说，何尝不是呢？

刘东升左思右想，最后下了决心：“这笔不义之财，我得不到，你们也别想得到！”于是，他抓起电话，伸手按了三个号码：110……

（**题图、插图：**杨宏富）

本期游戏难度指数：★★★★★

福尔摩伍的问题

真假遗嘱

一位富翁死后，他的儿子和女儿为家产争执不休，于是请来福尔摩伍做评判。儿子首先拿出了一份遗嘱，这份遗嘱是用打字机打出来的，工整清楚，上面说要把遗产都留给儿子，而遗嘱后面有富翁的亲笔签名。接着，女儿也拿出了一份遗嘱。这份遗嘱是用圆珠笔手写的，字迹很像是富翁的，只是有些潦草，而这份遗嘱完全否定了第一份遗嘱，说要把遗产全留给女儿。女儿解释说这是富翁生病时，躺在床上写的，所以字迹难免凌乱，但的确是富翁亲笔所写。

福尔摩伍看了看两份遗嘱，指着女儿的那份说："如果写遗嘱的情况真的如你所说，那你这份遗嘱显然是无效的。"

你知道福尔摩伍为什么这么说吗？

（推荐者：萧　小）

世界500强面试题

多少人戴了黑帽子

一群人开舞会，每人头上都戴着一顶帽子。帽子只有黑白两种，黑的至少有一顶。每个人都能看到其他人帽子的颜色，却看不到自己的。主持人先让大家看看别人头上戴的是什么帽子，然后关灯，如果有人认为自己戴的是黑帽子，就拍一下手。第一次关灯，没有声音。于是再开灯，大家再看一遍，关灯时仍然鸦雀无声。一直到第三次关灯，才有劈劈啪啪拍手的声音响起。问有多少人戴着黑帽子？（推荐者：开　心）

超级视觉

看看这幅画，是什么让邮递员如此害怕？你发现大树下的那只动物了吗？

答案

福尔摩伍的问题

如果是躺在病床上写的，圆珠笔很快就会写不出字来。所以，女儿的这份遗嘱是伪造的。

世界500强面试题

3顶。如果只有一个人戴着黑帽子，那第一次关灯时，他看到其他人都戴着白帽子，就应该知道自己戴着黑帽子，但没有声音，说明戴黑帽子的人，还看到其他人戴着黑帽子。如果有两顶黑帽子，第一次两人都只看到对方头上的黑帽子，不敢确定自己的颜色，但到第二次关灯，这两人应该明白，如果自己戴着白帽子，那对方早在上一次就应该拍手了，因此自己戴的也是黑帽子，于是就会拍手，但还是没有声音，说明现场不止两顶帽子。可事实是第三次才响起了拍手声，说明全场不止两顶黑帽，依此类推，应该是关了几次灯，有几顶黑帽子。

·开卷故事·

陈平过河

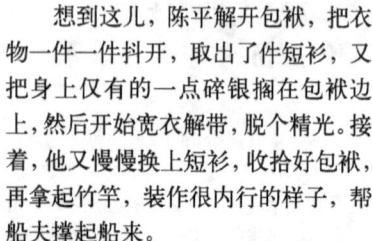

陈平是西汉的开国功臣，为刘邦南征北战，立下了汗马功劳。可就是这么一个叱咤风云的大将，当年投奔刘邦的时候却险些丧了命。

话说一次楚汉两军在黄河两岸对峙，陈平好不容易瞅准了个机会，背了身衣服溜出楚军大营。到了黄河边，他见岸边停着一条小船，便和船夫商定了价钱，准备渡河投奔汉军。

可船没行多远，陈平就发现有点不对劲。那船夫的心思全不在渡船上，而是不停地上下打量自己。陈平一下明白过来，原来，自己穿的是锦衣绸缎，还背了个包袱，船夫定是把自己当作富商，想要借机谋财。陈平心想：自己现在被困在湍流之上，虽说会点水，打斗起来却未必有胜算，这该如何是好？忽然，他灵机一动，计上心来，自己何不干脆来个自亮底细？

想到这儿，陈平解开包袱，把衣物一件一件抖开，取出了件短衫，又把身上仅有的一点碎银搁在包袱边上，然后开始宽衣解带，脱个精光。接着，他又慢慢换上短衫，收拾好包袱，再拿起竹竿，装作很内行的样子，帮船夫撑起船来。

这船夫虽不吭声，却把一切看得明明白白。他原本打算在河心动手，把陈平打下船再抢钱，可看清了陈平囊中羞涩，水性仿佛也很了得，便打消了原先的念头，把陈平平安地撑到了对岸。

很多时候，只要我们沉着应对、机敏行事，就能避免生活中的一些风波。　　（**推荐者**：杭其平）

关键词：自亮底细

（**本栏插图**：安玉民　梁　丽）

钱币上的苍蝇

提起苍蝇，相信一般人都不太喜欢。然而，这个令人讨厌的东西，却堂而皇之上了澳大利亚的纸币。这里面，其实有一段故事。

从前，澳大利亚有许多污秽不堪的地方，苍蝇生于斯而乐于斯。然而，经过数代人的努力，澳大利亚从城市到乡村，从山谷到河畔，举目是云朵般的鲜花和地毯一样的绿草。苍蝇渐渐失去了它们的家园。

最终，澳大利亚苍蝇绝望了。在

这个国家，它们再也找不到一处肮脏恶臭的地方。为了活下去，它们不得不痛苦地改变了饮食习惯，经过无数次的尝试，它们终于找到了新的食物——植物浆汁。

就这样，经过一代又一代的改良，澳大利亚苍蝇早已忘记了吃腐臭食物的习惯，到最后，竟与蜜蜂一样采食起花蜜来。同时，苍蝇也承担起蜜蜂的职责——传授花粉。从此，澳大利亚苍蝇摇身一变，成为了可爱的小天使。

后来有人提议，既然人们喜欢苍蝇，为什么不让它登上澳大利亚货币呢？提议很快就获得了通过。苍蝇终于登上了澳大利亚五十元纸币。

生活中，当我们抱怨时，应该想想澳大利亚人改造苍蝇的办法。你想，连苍蝇都可以改造，世界上还有什么不能改造的东西？

关键词：澳大利亚苍蝇

（**作者**：王书春；**推荐者**：邹丽云）

跨时代的智慧

从前，有位叱咤风云的老国王。这天，他召集了王国里最聪明能干的大臣，说："我老了，想要你们编撰一本各个时代的智慧录，好留给我的子孙用来治理国家。"

大臣们接受了任务，竭尽所能编撰了一套十二卷的鸿篇巨作，献给了国王。国王只看了一眼，便说："我相信这些都是智慧的结晶，但它太厚了，还是浓缩一下吧。"

不久，大臣们又献上了新的成果，这次只有一卷书，可国王还是摇摇头嫌太长。接下来，大臣们将这书一删再删，一章、一节、一页，直到删成了短短的一段，也不合国王的心意。

最后，一个其貌不扬的大臣献上了他的成果——一卷羊皮纸。国王打开羊皮纸，只见上面赫然写着一句话：天下没有免费的午餐。

这时，国王的脸上才露出了会心而得意的笑容。

关键词：免费的午餐

（**推荐者**：杭其平）

一张社保卡

□宋 桓

有个叫张羊根的昆山人得了重病，女儿兰兰陪着他来上海求医。医生检查下来说，病情不稳定，需要住院观察两天，兰兰听完，转身就去办手续。谁知，一摸皮包，发现他们带来的钱，不知什么时候弄丢了。没钱，可住不了医院哪！正在犯难呢，兰兰突然想起在上海有个堂房叔叔，叫张祥根，便决定去找他。

再说这张祥根，这几天他的膝关节有点痛，走路一拐一拐的。他老婆拿了社保卡，催他快去医院针灸。谁知这祥根，天不怕地不怕，就怕扎针。他接过社保卡朝台子上一放，硬说针灸没用，就是赖在家里不肯去医院。

这时，兰兰找上门来，见了祥根，她开门见山就要借五千块。张祥根夫妇俩都是退休工人，身边哪来这么多钱？正当老两口一筹莫展时，兰兰一瞥眼，发现了桌子上的那张社保卡，便心想：自己父亲和叔叔的名字非常接近，何不借用这张社保卡，先把父亲送进医院，等筹到钱了，再把社保卡续回来还给他们，这样岂非两全其美？于是，兰兰问张祥根拿了社保卡，说：“我拿去用一用就来。”说着，头也不回，直奔医院。

可没想到，兰兰的父亲上午十点半进的医院，下午两点半就死了！被送进太平间的是昆山的张羊根，但医院的电脑里，却明白无误地记录了上海的张祥根死了。医院和医保局是联网的，张祥根一死，医保局马上就知道，便把他的社保卡给吊销了。张祥根的单位也马上得知消息：他们的退休职工张祥根死了。

兰兰这边呢，她想把父亲的遗体运回昆山去。可是，市政府有个规定遗体不准运出上海，必须在上海火化。兰兰只好留下来为父亲大殓。这下，张祥根老夫妻俩忙开了。先要给堂兄设个灵台啊，昆山的亲戚朋友都到上海来了，总要给他们提供可以祭奠的场地。于是，他们把客厅让出来，设了灵堂。同时又去殡仪馆联系，确定追悼会的事宜。

这天一早，张祥根又去殡仪馆，想争取早点把后事办了，让兰兰可以早点回家。张祥根刚走，家里就来了一批昆山的亲戚朋友，他们来到灵台前，扶着张羊根的遗像就哭了起来，哭声此起彼伏，一直传到小区的弄堂口。

这时，张祥根厂里的工会主席阮志良，骑了黄鱼车，车上驮了个大花圈，也来吊唁了。黄鱼车刚进弄堂，他就听到了哭声，心想：老张的一生乐于助人，是出了名的热心人，难怪有这么多人哭得如此伤心啊。

阮志良今天送来的花圈，不是买的，而是厂里每个职工用花、绢和纸亲手扎的。花圈特别大，有一人一手高，比门框还高呢，所以进不了屋，阮志良只好把花圈竖在门外的墙上。

屋内，张祥根的老婆头上戴着白花，手臂箍着黑纱，坐在灵台边上，两眼哭得又红又肿。阮志良来到她的面前，说：“张婶，人死不能复生，您要保重身体，节哀顺便！”

张祥根的老婆认得阮志良，心想：老头子厂里的领导真够关心人的。兰兰的父亲是我家老头子的堂兄，他死了，老头子厂里竟然还派人来慰问。张祥根的老婆心里很感激，便说：“小阮，你们工作挺忙的，还过来。”

“张婶，您别见外。眼下家里出了这么大的事情，有什么困难，别客气，说出来，我们不会袖手旁观的。”

两人说了一会儿话，阮志良突然问：“张婶，祥根师傅现在在哪里？”

“殡仪馆。”

“啥时候大殓？”

“要等他回来才知道。”

“要等他回来？”阮志良听不懂了：这地方去了还能回来？

就在此时，张祥根满头大汗，急匆匆地赶回来了。他到了门口，先看到那个大花圈，心想：这么大的花圈，谁送的？又去看花圈上的两条票签，只见一条上写着：沉痛悼念张祥根师傅。

张祥根一愣，心说：我活得好好的，已经要悼念了？谁恶作剧在咒我？又去看另一条票签，他呆住了，是自己厂里工会送的。再朝屋里看去，一眼看到了阮志良，心想：你当了工会主席，来看望我们退休工人，西瓜不送，送我一只花圈啊？这不是存心和我过不去吗？

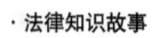

张祥根心里有气，进了屋，朝阮志良的肩胛上一拍："小阮，你来了？"

阮志良回头一看，见是祥根师傅，吓得他顿时魂不附体："祥、祥根师傅，我们平时相、相处还、还可以的，你别吓、吓我，人吓人要、要吓死人的！"

"你还算和我相处可以的，如果相处得不可以，你准备抬口棺材来了！"

"可是，他、他们说你死了，死在医院里。"阮志良结巴地说。

"我连医院也没去过，怎么会死在医院里呢？"

两个人搞了半天，才弄明白，原来是张祥根把社保卡借给了人家。阮志良便说："祥根师傅，社保局打来电话，说你死掉了，你的社保卡也被吊销了。"

"啊，那叫我怎么办？我看病要用的！小阮，你是工会主席，帮帮忙，帮我再补一张。"

阮志良真是哭笑不得，跺着脚说："我们每个人享受的医保，都是受到法律保护的。但是，我们只有享用权，没有支配权。你把社保卡借给了别人，就等于把你享受的医疗基金挪作他用，侵害了公众利益，社保局要追究你的法律责任的。"

"真的？哎——"张祥根后悔莫及，自己真的太不懂法律了……

律师点评：

这个故事主要是讲"借用社保卡"所产生的法律后果问题。我们肯定社保卡是不得借用的，否则就应当承担相应的法律责任。除责令其限期改正、追回已经支付的有关医疗费用外，还可处以警告、罚款。当然，罚款的具体金额，各地根据实际情况有所不同，一般处以100元以上、2000元以下不等罚款。

（**题图、插图**：安玉民　梁　丽）

等等再说

□马凤文

阿良和妻子都是京漂一族，平生最大的愿望就是能在北京买套房子。特别是最近，妻子就要生孩子了，千叮咛万嘱咐，一定要把小宝宝生在自己家里，因此，买房子的事情十万火急。

一个周末，阿良去郊区看房子。好不容易相中一套房子，喜滋滋地掏出手机正想告诉妻子，谁知一开机，屏幕上显示一行字：河北移动欢迎您……阿良气坏了，立刻打道回府。这房子不买了！可房子好等，妻子肚子里的孩子不等人啊，怎么办？阿良急得头发都快白了。

这天，阿良正在上班，忽然接到医院打来的电话，说他妻子已经进产房了。阿良吓了一跳，马上请假赶往医院。到了妇产科，大夫说他妻子难产，需要做剖腹产手术。可过了片刻，大夫又出来了，摇摇头为难地说："手术时需要注射麻醉药，可你妻子对麻醉药过敏，看来只能自然生产了。"说完，又转身进了产房。

阿良左等右等，就是听不到产房里传出喜讯，急得像热锅上的蚂蚁一般。就在这时，大夫满头大汗地跑出来，冲着他两手一摊，惊诧道："莫名其妙！我干了近二十年，还头一次遇到这样的事。能用的办法都用了，可孩子就是不出来！你说怪不怪？"

阿良大吃一惊，又气又急地说："不出来，那我就去把他拉出来！"说着，他不顾大夫的阻拦，冲进了产房。看见妻子痛苦的表情，阿良心疼死了，他抚摸着妻子的肚子，带着哭腔求告道："孩子啊孩子，你快出来吧，可别折磨你妈妈了……"

哪知话刚说完，奇迹出现了。只听一个奶声奶气的声音回答："等等再说吧，我怕出去没地方住啊！"

你没办证吧

□田中长

小沈自打上了省电视台的春节晚会，一夜之间成了“名角”。名人嘛得有点派头，这不，他嫌自行车太土，便买了辆踏板摩托，这下风光多了。

这天下午，小沈赶去剧场演出，来到一个路口，刚要拐弯，就被交警拦了下来“同志，请出示驾驶证。”小沈摸了摸口袋，说：“哎哟，忘家里了。”说完，又补了一句，“我是小沈呀，上过省台的春晚，你不认识我？”

交警眼睛一亮：“哦，是演小品的小沈呀，你没办驾驶证吧？”小沈不想挨罚，支支吾吾道：“办、办了，忘带了……”“那你稍等会儿。”那交警说完，又去忙着处理别的事了。

小沈等了一阵儿，见对方依旧没有放行的意思，便又凑上去请求道：“我今晚有重要演出，先让我走吧。我和你们支队长、政委可都是好朋友……”谁知那交警毫不通融，仍旧问：“你没办证吧？”

“办、办了，真办了……”“那你就再等会儿。”那交警还是那句老话。

小沈没辙了，眼看演出时间越来越近，只好涎着脸承认说：“对、对不起，我没办……”“真没办？”小沈头点得像小鸡啄米“没办，真没办……”

“马路上人这么多，不办驾驶证多不安全呀。”交警看了下手表，推起一辆摩托车，“我下班了，送你去剧场吧。”“那……我的车咋办？”小沈急了。

“演出结束后，我把车给你送过去。不过，你可得抓紧时间培训，办完证后再骑。”

小沈心头一热，乖乖地坐在了那交警的车后座上。路上，他还是憋不住问道：“同志，我又没违反交通规则，你怎么知道我没驾驶证呢？”

交警哈哈笑了起来：“摩托车拐弯都用转向灯，哪有像你那样伸手示意的？一看就知道是个生坯儿！”

眼前利益

□阿 凤

比尔、杰克和汤姆三人一起来到海滨度假。海滨沙滩上人群熙攘，当然不乏很多美女。比尔便提议说："就我们三个太无聊了，要不找几位美女过来聊聊天吧。"其他两个都表示同意。

正好，不远处有三位年轻漂亮的女孩。杰克想了想，说："不如我们三个赌一把，看谁最先把女孩子骗过来，我们每人就给他一百块，怎么样？"

"这主意不错！"平时喜爱挑战的比尔立即响应，老实巴交的汤姆也点点头，说："好吧。"

比尔自告奋勇第一个出马。只见他信心十足地走到女孩们的身边，可费了好大工夫的口舌，三个女孩儿也不为所动，只好垂头丧气地走回来。杰克问他："你是怎么跟她们说的？"

比尔耸耸肩，说："没什么，我就说你得了绝症，没几天活头了，让她们看在上帝的面子上，过来陪陪你。"

杰克一听，生气地大喊起来："你才没几天活头呢！就你这智商，还能骗到女孩？看我的！"说着，就走了过去。

杰克摇头晃脑地和女孩们比划了半天，可她们仍然一动不动，也只得神情沮丧地回来了。比尔问："你又是怎么说的？"杰克说："我告诉她们，你是百万富翁的儿子，陪你聊天说不定会得到意外的好处。哪知人家都是千万富翁的女儿！我可没招儿了。"

比尔和杰克一起看向汤姆，怀疑地问："你能有办法吗？"

汤姆摇了摇头，叹口气说："不知道，试试看吧。"于是，朝女孩们走了过去。哪知才不到一分钟，三个女孩竟然都跟着汤姆过来了。

比尔和杰克大吃一惊，急忙问："伙计，你是怎么说的？"

汤姆说："很简单，我答应把赌金分给她们一半。"

急中生智

□云　帆　推荐

一次老干部聚会，相声演员给大家讲了一个故事。

说是有个孤寡老太太，靠给人浆洗衣裳挣几个小钱儿。每天略有节余，就把钱卷成一卷儿，往床边的一个墙窟窿里一塞攒起来。

过了半年多，老太太想点点钱数，用手往墙窟窿里一摸，糟了，什么都没有！老太太急了，前后查看，屋门不像有人撬过，再往窗户上一瞧，发现了毛病。原来，那墙窟窿靠近窗户，而窗户下面有个地方磨得油亮，显然是每天有人从窗户中伸进手来把钱掏走的。

老太太非常生气。这天晚饭后，她照例把一卷钱塞进墙窟窿里，然后吹了灯，假装睡下了。其实她准备了一把剪刀，在窗户一侧等着。夜深人静时，黑暗中果然有一只手从窗户里伸进来，准确地摸到墙窟窿，熟练地把钱用两个指头夹出来。正当这只贼手要抽出窗外的一刹那，老太太双手紧握剪刀，咬牙切齿，狠命一扎！

这下子，小偷想逃，手却被扎在了墙上；想赖又赖不掉，只能等着人来捉他了。可就在这时，却出现了一个意外。小偷只说了一句话，老太太就拔出了剪刀，而小偷也乘机逃走了。

大家正听得入神，相声演员却“嘿嘿”一笑，说：“我已经说完了。想问问诸位，小偷究竟说了句什么，使老太太拔出了剪刀？”

下面议论纷纷，开始各自推测起来。有的猜：“小偷说：‘我是你儿子。’”有的猜：“小偷说：‘我也穷得很，饶了我吧。’”有的猜：“小偷说：‘不放了我，改天杀了你！’”

可大家猜了很久，一个也没说中。相声演员忍不住揭开了谜底：“告诉诸位吧，小偷当时只喊了一句：‘没扎着。’”

绝对保镖

□翠　翠

小伟的老婆小芳在化工厂上夜班，她不怕鬼，不怕黑，就怕遇到坏人。因为每天都要接送她，小伟的休息就成了问题，一上班就无精打采的，他为此伤透了脑筋。

这天，小伟在回家路上，大老远地就看到哥们周志强，他忽然心里一动：这小子也是化工厂的夜班工人啊，而且两家相距不远，他又生得膀大腰圆，要是请他跟小芳一起上班下班，老婆不就有保镖了吗？想到这里，小伟急忙大喊了声："志强！"

周志强正低着头想心事儿，听到喊声便停下脚步，愣头愣脑地问："有事儿？"

为这事儿求人，小伟也怕人家用什么话寒碜他，于是赔着笑脸结结巴巴地说："其实……也没啥大事儿……"周志强一脸轻蔑："有话就说，一个大男人扭扭捏捏的，也不怕人笑话？"

他这一激，小伟的胆子也壮了，三言两语把事情说完，而后忐忑不安地看着对方的表情。没想到周志强一拍胸脯，痛快地说："好说好说，咱哥儿俩谁跟谁呀？以后你老婆的安全，就包在我身上了！"

小伟心里一阵激动，一把拉住周志强的手，连声说："兄弟，那可真谢谢你了！走，咱哥儿俩喝酒去，今天不醉不归。"那天，两人都喝得很尽兴，最后买单的时候，周志强死活不让小伟掏钱。小伟争不过他，只好由他去。

此后，小伟轻松了许多，再也不用半夜起来接送小芳了。每隔些日子，小伟就约周志强吃点儿喝点儿；周志强也经常请他出去撮一顿。仔细算起来，周志强请小伟的次数，居然比小伟请他还多，这让小伟心里很是过意不去。

日子就这么一天天过去。转眼到了第二年，小芳换了岗，再也不用倒夜班了。小伟高兴极了，跟小芳说：“这一年来，多亏了人家周志强帮忙，要不早把你老公折腾死了。就冲这点儿，咱也得好好表示表示。”

小伟在镇上最好的酒店摆了一桌，请了周志强和他的老婆。在酒桌上，小伟诚心诚意地表达了自己的感激之情。可奇怪的是，周志强的老婆却一个劲儿捂着嘴偷乐。周志强的表现也有些异常，只管闷闷不乐地一杯接一杯喝酒。

小伟觉得不大对劲儿，提议大家早点回家休息。没想到周志强的老婆“嘿嘿”一笑，说：“你就让他喝吧，今天不把自己灌醉，他是不会罢休的。”

小伟正摸不着头脑，就见周志强猛灌了一口酒，说：“兄弟啊，说句实话，自从弟妹陪我一起上班后，我就

觉得好像有了依靠似的。哪想到才一年多，弟妹就……”

“什么？”小伟吃惊地看着周志强，满脸狐疑。

“你、你别误会。”周志强大着舌头继续说，“哎，兄弟你不知道，我这个人天不怕地不怕，就怕鬼……以后没有弟妹陪着一起走夜路，这日子可怎么过啊……”

（本栏插图：顾子易　包丰一）

448 2009 SEMIMONTHLY 上半月刊 10月

欢迎登录本刊主办的“故事中国网”（www.storychina.cn）

故事会

—STORIES—

2009年10月

上半月·红版

社 长、主 编：何承伟

常务副主编：吴 伦

副主编：姚自豪（上半月·红版）

副主编：夏一鸣（下半月·绿版）

本期责任编辑：叶小萌

电子邮箱：xiaomeng.ye@gmail.com

红版发稿编辑：

姚自豪 郑继文 吕 佳

美术编辑：李宝强

电脑制作：郭瑾玮

通 联：归依玲

本社办公室电话：021-64375030

上半月刊编辑部电话：021-64332325

下半月刊编辑部电话：021-64336469

（上海市绍兴路74号 邮编：200020）

主管、主办：上海文艺出版（集团）有限公司

出版单位：《故事会》杂志社

制作、发行总监：张 凯

电话：021-64313938

广告业务：上海故事会文化传媒有限公司

广告总监：张 淮

广告业务：021-34010383

广告投诉：021-64333738

广告经营许可证

沪工商广字3100320050022号

发行：中国图书进出口上海公司

·笑话·

时代感

有个小学生写了一篇作文，作文的开头是这样的：周日，我去公园玩，在公园门口花五分钱买了一根绿豆冰棍……

老师看后批评他，说：“这是从老的作文书上抄的吧，写作文最起码要有时代感，现在哪还有五分钱的绿豆冰棍啊！”

小学生点点头，不一会儿就把改好的作文又交给老师，上面写着：周日，我去公园玩，在公园门口买了一瓶矿泉水，一看生产日期是2009年9月22日……

（李英梅）

（本栏插图：李　加）

不可思议

有一位著名的魔术师，他表演的魔术节目让人叹为观止。这天，他又在舞台上表演了一个个精彩的魔术，台下的观众看得目瞪口呆，一时间空气仿佛凝固了。突然，魔术师打破了安静，问观众：“今天的表演最不可思议的，大家知道是什么吗？”

观众面面相觑，陷入了思考。

魔术师笑道：“最不可思议之处在于——魔术都表演完了，还没听到掌声！”

（梅　子）

班干部

儿子在学校是个班干部，这天班里重选了班干部，放学后，儿子兴高采烈地回到了家。妈妈见了，问：“看你这么高兴，一定还是连续当选班干部吧？”

儿子笑嘻嘻地说：“没有，这次我什么职务都没选上。”妈妈不解地问：“那你还这么高兴？”

儿子解释道：“我算是前领导，现在被称为‘退休干部’了。”

（刘　立）

什么交往

赵大妈回到家，见女儿女婿正在吵架，赵大妈问事情的起因，女婿解释说：“妈，是这样的，我昨晚和一个老同学去喝酒了……”赵大妈大度地说：“和老同学喝酒很正常啊，这都是人情交往嘛！”没想到女儿哭着嚷道：“妈，他昨晚是去和一个女同学喝酒了！”

“什么？”这下赵大妈不高兴了，她瞪着一双大眼，冲着女婿嚷了起来，“你晚上去和女同学喝什么酒啊，这就不是人情交往了，这是情人交往！”

（乃　铭）

花了多少钱

几个遛狗的在一起谈论自己的狗。甲说：“我这条狗有英国血统，花了我四千多块！”

乙说“我这条狗有法国血统，花了我六千多块！”

丙说：“我这条狗有意大利血统，花了我八千多块！”

最后，丁说：“我这条狗没什么血统，可我花的钱都比你们多！”

“怎么会？”大家看着丁那条不起眼的小土狗，都有些不相信，丁叹了口气，说：“是真的，这条狗去年把邻居咬了，我足足赔了人家一万多块！”

（李英梅）

集齐一套

有个年轻人在看游泳比赛直播，他喜欢的一名运动员在这次比赛中，连拿了八枚金牌。年轻人欢呼雀跃道：“真厉害，连拿八金！”

爱好集邮的爷爷问：“八金？这金牌是一样的吗？”

年轻人被问得莫名其妙，说道：“那还用问？当然都是一模一样的金牌！”

爷爷摇摇头，说道：“要是我，宁愿得一金一银一铜。从收藏的角度讲，还是收集齐一套比较好。”

（史顺利）

·笑话·

卡门

磊子到新公司上班，发现办公室里美女如云，而且每个女同事都有个别致的外号。磊子看到自己对面的位子空着，于是问同事。同事说，这个位子是“卡门”的，这几天她正好请病假。磊子心想，“卡门”应该是一个有着西班牙风格的漂亮姑娘吧。

几天后，“卡门”来上班了，磊子却大失所望，“卡门”竟是一个相貌平平、非常肥胖的姑娘。他带着疑惑偷偷问同事：“她就是卡门？”

同事点头，说：“是呀，胖得都快把门卡住了！”

（董　行）

晚年

新年已经过了一个月，父母才带五岁的儿子去拜访一位朋友。见面后，父亲给儿子介绍：“这是王叔叔，给他拜个晚年吧！”

儿子立即朝着王叔叔鞠了一个躬，很有礼貌地说：“祝王叔叔晚年快乐！”

（刘　立）

爸爸是省长

老师正在帮一个小学生填写报名表格，她问：“你爸爸是干什么工作的？”

小学生骄傲地说：“我爸爸是省长！”

老师吓了一跳，问：“是哪个省的省长啊？”小学生回答道：“我上幼儿园的时候，爸爸从来不给我买玩具，能省就省，阿姨们都说我爸爸是最省钱的家长，后来就叫成了省长。”

老师听了“哈哈”大笑，于是又问：“你爸爸到底是干什么工作的？”

小学生又骄傲地说：“我爸爸是白领！”

老师问：“是什么白领啊？”

小学生大声地说“每到月初，爸爸就把领了的工资全部交给妈妈，叔叔们都说我爸爸领了工资自己捞不着花，领了也是白领，后来就叫成了白领。”

（李彦锋）

原因

有位女士在高速公路上超速行驶，但一辆辆轿车还是从她的车旁飞驰而过。

突然，她听到警笛声从车后传来，交警命令她将车停靠在应急停车道内。

交警走下警车一边检查她的驾驶证，一边问道：“小姐，你知道我为什么要让你的车停下来吗？”

“我知道，警察先生，”这位女士生气地回答道，“因为别的车你一辆也撵不上！”

（赵景亮）

快和慢

那一天，蜗牛和猎豹在聊天。

蜗牛望着猎豹强健的体魄，羡慕地说“动作快真是好呀，可是我……唉，上周末和女朋友去看电影，快开场的时候我去了趟洗手间，回来时电影都散场了，白买电影票了！”

猎豹叹了口气，郁闷地说道：“这有什么！昨晚我饭后想散步，随便在马路上走了走就收了六张超速罚单，还被扣了12分，年内都不许走路了！”

（杨沁仪）

担心

大伟长相一般，几次相亲都没有成功，这次，大伟又要去相亲了，家里七大姨八大姑全体上阵，七手八脚地把他打扮了一番。

大伟焕然一新了，老妈看了，说“猪鼻子插葱，装象！”大伟不服气地说：“这叫包装！”

老妈摇摇头，对着那些亲戚说：“咱是二等品，非要整成特等品，坑害消费者啊！”

（惊　人）

本栏欢迎来稿，读者、作者可将有新鲜感、有精彩细节的笑话佳作投寄给我们。来稿一经采用，最高稿费为一则100元。本期责任编辑电子信箱：xiaomeng.ye@gmail.com。

·新一千零一夜·

另类讨债

近日，董事长他们公司的一个业务员为了讨债，不得不陪着对方喝酒，最终竟因酒精中毒而猝死。

那天，董事长正在给下属打电话交代这事的善后事宜，席先生坐下后，自然而然就谈起了“讨债”的话题，他说：“其实，债也可以是另一种讨法，可以化‘敌’为友，化仇为情，化悲剧为喜剧的……”

董事长不解：“有这样的讨债？”

于是，席先生的故事开始了……

不管你信不信，很多老板都怕过年，因为过年时有两件事情特别闹心，一是要债，二是躲债，这不，都腊月二十九了，朱老板在外面躲了几天的债，刚回到家睡了一个囫囵觉，一大早就被堵在了家里，被谁堵呀？他的老冤家——广告公司的赵老板。你别看这家伙一身肥肉，慈眉善目，像个弥勒菩萨，可到要钱时，他可狠了，任你怎么哭穷，怎么解释，他老兄油盐不进，你走一步他跟一步，不气不恼，一副死猪不怕开水烫的样子。

朱老板冷着脸对赵胖子说：“明天就要过年了，我实在没招了，我不就是欠了你一万五千块钱吗？你没有这么点钱会死呀？别人欠我十多万了，我也没有追着赶着不让人家过年！”赵胖子挤进屋，苦笑着说“朱老板，我不拿到这笔钱，这年根本没法过，省城的张总就派人等在我家里，我欠人家的材料费，不给人家，人家就不让我安安生生地过这个年！”

朱老板说：“可我现在实在没有钱，我要是有钱哪个王八蛋不给你！”

赵胖子还是笑嘻嘻的，说“这我知道，可是你得向那些人要账呀，你不去要，谁会给你送上门？”

朱老板想了想，也是，可一琢磨，

只有省城刘大头欠的账，早就该还了，于是就说：“要不，我现在就到省城去，你等我回来，要来了就给你！”

朱老板本想甩开赵胖子，谁知赵胖子乐呵呵地接着说道：“那我跟你去，反正家里我也没法回去。”

朱老板一听，真想扇自己几个嘴巴，他赌气地说：“好，好，我俩一起去！不过，要不到钱你不要再缠着我！”

赵胖子连声说：“好说，好说！”没有办法，朱老板只好带着赵胖子上路了。到了省城，朱老板没敢提前打电话约刘大头，因为这时候打电话约他要钱，就等于提前通知他“逃跑”，特别是这个刘大头，油滑得很，所以，两人就直奔刘大头的公司，想给他来个突然袭击，谁知还是扑空了，公司和家两处都是铁将军把门。两人一合计，决定就在刘大头家的大门外守候。等了两个多小时，眼看天已发黑，赵胖子急了，说：“朱老板，在这干等着也不是办法，你还是给他打个电话吧，也别说我们在省城，看他在哪里。”

朱老板只好从命，拨通了刘大头的手机，响了半天，刘大头总算接了，声音热情得像遇见了亲哥哥：“哎呀，是朱老板啊！你是讲那笔账的事吧？早给你准备好了，可我现在忙得很，回不了家，等过了年我就给你送去，年货办齐了吧？”朱老板不想听他那一套，没好气地问：“你现在在哪呢？”

那边刘大头说话的声音精气神十足：“我在东北哈尔滨呢，来这签一笔大业务，他们要我十万件游泳裤，正在这验货呢，恐怕过年也回不去了。”

朱老板气不打一处来，心里嘀咕着：寒冬腊月，你到东北送游泳裤？你当东北人都是北极熊？朱老板“啪”地关上手机，看着赵胖子，说：“怎么弄？”赵胖子几乎要哭了，愣了半天才说：“现在回去也没车了，好歹我俩得找个地方住一夜呀，明天回去，唉……”

朱老板叹口气，只好和赵胖子在大街上转悠，看看宾馆，住不起；住

小旅社，又怕不安全。赵胖子说：“我俩干脆去洗个桑拿吧，又能洗澡又能睡觉，还暖和，也不贵。”

朱老板想想，也好，于是就开始找浴场，不知找了多少家，最后找了一家最便宜的，连洗澡带睡觉，一人十块钱。服务生说“其他包厢都让老板们住上了，还有一间四人的，二位要不嫌，就跟我来吧！”唉，人都到这一步了，还有啥臭讲究的？两人跟着服务生来到浴场的一个包厢前，服务生敲门后里面开门了，原来包厢里已住上了两个人，其中一个穿着裤衩，脑袋大大的，他见有人来就起了身，朱老板一看，眼都直了，咦，刘大头？

刘大头也认出了朱老板，脸涨得通红，尴尬地笑了：“是、是朱老板？怎么这么巧？”朱老板嘲讽地说道：“刘老板，怎么这么快就从哈尔滨回来了？是坐的飞毛腿还是神舟七号？”

刘大头脸更红了，连忙过来递烟，难为情地干笑着。里面床上还躺着一人，是一位瘦高个，这当儿，那瘦高个也睁开了眼，他看到了赵胖子，眼睛也直了，赵胖子也看到了瘦高个，回身就走，瘦高个动作十分麻利，翻身下床，紧跑几步，一把抓住了赵胖子：“好你个赵胖子！真是踏破铁鞋无觅处，得来全不费工夫，你小子送上门了！还钱吧！”赵胖子哭丧着脸，指着瘦高个对朱老板说：“这就是张总，你看怎么弄吧！”

朱老板把目光转向刘大头，说：“刘老板，你看我被赵老板追到这里要钱，你那笔账怎么弄？”刘大头不住地叹气，他见瘦高个——也就是那个张总还抓着赵胖子，就虎着脸说：“你横什么？你欠我的钱怎么弄？”

怎么弄？朱老板欠赵胖子，赵胖子欠张总，张总欠刘大头，刘大头欠朱老板，他们几个你看看我，我看看你，全都傻了眼。

这下四个人全都火不起来了，气恼一场，大吵一气，最后又都笑了。刘大头说“看来我们四个，大哥别讲二哥了，都是难兄难弟，都别追了，我们就在这过个年吧，也好商议商议明年怎么弄，明年再怎么着，也不能像这样窝窝囊囊过年了！”刘大头的话得到大家的一致赞同，张总和刘大头说他俩应尽地主之谊，于是掏干了腰包，才凑了二百块钱，刘大头叫来了服务生，说：“去！就照这二百块钱，让饭店给我们送些酒菜来！”

服务生看看他们，不解地说“怎么？明天就是年三十了，你们不回家过年了？”张总端起了老板架子，大声对服务生说：“你没看见我们在谈业务吗？我们就在这过年！还买挂炮，炸炸今年的晦气！”

（**本期作者**：朱少华）

（**题图、插图**：安玉民　梁　丽）

孩子的十万个为什么

问： 为什么儿童节要定在6月1日？

答： 其他日子都没空。

问： 人为什么不是蛋孵出来的？

答： 小鸡有尖嘴巴，人没有尖嘴巴，我们没办法从壳里钻出来的。

问： 为什么小树不会走路呢？

答： 哦，因为它只有一条腿。我有两条腿，太好了。

问： 吃包子时，包子为什么会流油呢？

答： 对不起，是我把它咬痛了，它哭了。

问： 月亮为什么有时候胖，有时候瘦呢？

答： 它有时候听妈妈的话，好好吃饭；有时候淘气，不好好吃饭。

问： 大海为什么不停地喊呢？

答： 有的浪跑得太远，大海叫它们回来。

问： 为什么会有黑夜呢？

答： 晚上太阳要休息。

问： 汽车的四个轮子赛跑，谁是冠军？

答： 往前跑，前面的轮子是冠军；倒车时，后面的轮子是冠军。

问： 人为什么有两只耳朵呢？

答： 奶奶说，可以一个耳朵进，一个耳朵出。光进不出就装不下了。

问： 为什么动画片《猫和老鼠》里的老鼠要比猫厉害？

答： 因为这部动画片是老鼠写的。

问： 松鼠的尾巴有什么用？

答： 可以当被子盖，当降落伞用，还可以扫地，当枕头。

（**作者**：佚　名　**推荐者**：钟　明）

这哥们真逗

□陈雄

人与人之间需要理解，需要关爱。多为别人考虑是一种胸怀，一种博爱，更是一种责任……

我是个业务经理，经常走南闯北，辗转商场，接触的人不少，可印象最深刻的，还属这一回。

这天，我出了机场，钻进了一辆正在等客的出租车，对司机说了声“环球酒店”，然后就给老婆发报平安的短信。以往，我一关车门，车就开动了，而今天我都发出一条短信了，车子还是没有动，我挺纳闷的，怎么搞的？我把视线从手机屏幕移到司机身上，只见他正伸着脖子，手忙脚乱地翻着前座的各个角落，好像在找什么东西。

我有些不高兴：“哥们，你这是怎么了，这车还开不开？”

“开开开！”司机连声说着，启动了车，车子就在机场高速路上跑了起来。

司机一边开车，一边还念叨着：“怎么就没了呢？”一副很不甘心的样子，我刚想问他在找什么，我的客户来电话了，我们约好下午四点见面，这样我到了酒店还有充足的准备时间。

我刚挂了电话，司机就说：“先生，能不能和你商量一件事？”

我问什么事，他说一会到了城区，他想先去取点东西，然后再送我去环球酒店。

司机怕我不同意，接着补充了一句："最多延误你两分钟，多跑的路我不收你的钱。"

司机说得很有诚意，想想他刚才方寸大乱的举动，我猜想他说的那东西对他肯定很重要，而我的时间还有一些充裕，就同意了，司机连着说了很多感谢的话。

车子渐渐地进了城区，不久，司机开着车拐进了一条街道，然后把车停在一间图文制作店门口，他"叭"一声打起了计价器，说"后面的路就不算你的钱了，麻烦你稍等一下。"说完，司机匆匆地下了车，他小跑着进了店，不一会就见他提着一个白色塑料袋出来了。

上车后，司机又是道歉又是感谢的，接着，他打开了那个白色塑料袋，那袋中竟然是好几盒名片！

司机熟练地掏出一盒，打开，取出两张名片，转过身来，用双手捧着向我递来，说道："先生，这是我的名片。"

我礼貌地接过他的名片，说"名片一张就够了，免得浪费。"

司机坚持让我把两张都收下，并且希望我放在不同的位置保管，他过度认真的样子使我觉得有点好笑，我说："哥们，你刚才在机场紧张兮兮的，就是为了找名片？"

司机微笑着点点头，说是之前印的名片用完了，这是前两天定的十盒；还说现在给乘客发名片太重要了，他必须保证每一位客人都有他的名片。

这哥们专程绕路，竟然是为了给我派送两张名片，没想到出租车行业的竞争这么激烈，逼得司机用这种方式揽客。

眼前这位司机的名片，可让我开了眼界，这是我所见过的信息最丰富的名片了：上面有司机本人的相片，手机号码有两个，号码后面还用括号注明"24小时开机"；另外还有固定电话三个，相对应的括号都有说明：一个是他家的，一个是出租车公司的，还

有一个竟是他丈母娘家的；地址也留了三个：他家的，出租车公司的，还有丈母娘家的，还有E-mail地址；名片的另一面内容一样，只是换成了英文。

我乐了，说：“哥们，你这名片可真逗，这联系方式也留得太详细了吧！”

司机一本正经地对我说：“这哪能开玩笑啊，当然是越详细越好，万一别人找不到我就麻烦了！”

这司机可真有意思，竟然以为乘客坐过他的车之后，就非他的车不坐了，我不以为然地说：“不至于吧，哥们，出租车这么多，别人不可能每次都叫你的车吧？”

司机抬起头来，看了一眼后视镜中的我，说：“先生，你可能误会了，我发名片并不是为了方便客人召我的车。”

他这么一说，我倒糊涂了：“那是作什么用啊？”

司机接着说：“你没有看报纸吗，现在甲型H1N1流感确诊病例都上万了……”

我觉得司机的话不着边际：H1N1跟你的名片有什么关系？

司机接着说：“我们出租车司机天天拉不同的客人，说不准哪天拉到的就是H1N1病毒的感染者。我们不能随便拒载，万一被投诉就白干了，可有了名片，就算载到了H1N1流感病人，也不用担心防疫人员找不到我进行隔离呀，那样我就不会把病毒传染给其他客人了。”

司机的话让我恍然大悟。

说话间，环球酒店到了，我推开车门下了车，刚要进酒店大门，突然听见司机大叫了一声：“先生，稍等一下！”

我转过头，司机已经下了车，冲着我喊“H1N1流感病毒的潜伏期是七天，请你一定将我的名片保留七天……”

（题图、插图：安玉民　梁　丽）

变钱魔术

一个江湖艺人在摆摊变魔术，有个打快板的小男孩问艺人：“你能变出钱吗？”“当然能！”艺人转身对众人说，“我需要一个助手，谁愿意帮我？”所有的人都沉默了，生怕这是个骗局，只有小男孩举手。艺人问小男孩：“小朋友，上学了吗？”小男孩回答道：“我还没上学。奶奶说，我只要能赚到两百元钱，今年就可以上学了。”艺人又问：“是你爸爸妈妈让你出来打快板挣钱的吗？”小男孩说：“我只有奶奶，而且我不会打快板，今天我只挣了一元钱。”

艺人拿出一顶帽子，让小男孩把挣的一元钱放在帽子里。男孩照做了，艺人口中念念有词，突然把帽子揭开，帽子里除了一元钱外还多出了五角钱……反复数次后，帽子底下变出五十多元钱。艺人将钱捡起来，塞到小男孩的口袋里。小男孩高兴极了，但他没有注意到艺人装钱的塑料盆里，已是空空的了。这时，人群突然骚动起来，只见十元的、五元的钞票落在小男孩的身边。艺人没有想到这个魔术会有如此神奇的魔力，焐热了所有人的心……

（**作者**：秋雨如弦；**推荐者**：梦鱼芊芊）

（**本栏插图**：安玉民　梁　丽）

卖烤鸭的智慧

有个卖烤鸭的老伯，第一天摆摊，生意欠佳，挨到晚上，还有一只鸭子没有卖掉，这时，来了一男一女，各要半只烤鸭，并且还要连带着鸭头的，老伯只得把鸭头从中间劈开，一人一半。老伯回家决定明天让儿子替他出摊，他告诉儿子把摊头挪开100米，出摊前，先把鸭头统统砍掉，鸭头卖一元钱一只。第二天晚上，儿子收摊回家，对父亲说“今天多赚了20元，那是卖鸭头赚的。”老伯惬意地笑了，他让儿子明天不用摆摊了。老伯重新摆上摊头的当天，在摊前挂着一块硬纸板，写着：鸭头一元两只。

（**作者**：佚　名；**推荐者**：余　卫）

逃跑的爱

老李在妻子的鼓励下，报名参加了一场“真好男人”活动。报名的有几百个男人，一共要通过三道关，老李顺利地通过了前两关。

进入第三关时，主持人将参赛者和他们的妻子带到一个阁楼上，正要宣布第三关的内容，突然阁楼一阵摇晃。主持人叫道：“不好，是地震。”话音刚落，有几个男人抛下自己的妻子撒腿就跑，老李跑得比谁都快。主持人摇摇头，说：“朋友们，地震是假的，这就是第三关的考题。”

这时，主持人指着全场唯一不动的一位男人，宣布他是胜利者。那个男人足有60岁了，是老李的邻居。男人红着脸说：“不，我只是由于耳背，没有听清，所以没有跑，而且，我的腿脚不方便。其实，真正的获胜者是这个人。”男人指向了老李。

主持人疑惑不解，说：“当我喊出‘地震’两个字时，他恰恰是第一个逃离的人，怎么能算是获胜者？”

“不。”这时，一直没有说话的老李妻子走上前来，眼睛红红地说：“他不是逃离，因为我知道，他是急着要回家，背出我那瘫痪在床的母亲。”

顿时，在场的人都恍然大悟：这个逃跑的男人，有孝心的男人，才是真正的好男人。

（作者：刘东伟；推荐者：菡　萏）

三秒钟的机遇

小静是一个高档楼盘的售楼小姐，业绩突出。那天，一个看房团到售楼部看房。凭着客户的穿着打扮，小静和同事们抢着去接待她们眼中的潜在客户，而唯独冷落了一位中年女士。那位女士是坐看房大巴来的，也缺乏灼灼逼人的架势。她等了一会儿，然后卷了卷袖口，看了看手表。这三秒钟的举动，立刻使小静改变了主意，她主动和那位女士交谈，最后，中年女士爽快地买下了两套别墅，是这批看房团中唯一出手买房的客户。

事后，有个新员工问小静：“你怎么就知道她会买房呢？”小静说：“她戴的是一款江诗丹顿贵族表，要三十万，足以说明她的经济实力。”新员工羡慕地说：“你可真是幸运啊！”小静感慨地回答：“平时为了能更好地了解客户，我费尽心血记住了几乎所有奢侈品，如果没有平时的积累，即使那块表摆在我的面前，我也认不出来啊！”的确，三秒钟的机遇缘于平时的用心和努力，机遇只给有准备的人，财富也是一样。

（作者：余　平；
推荐者：董　行）

学写作文，
从读故事开始

驴子可以这样赶

□尹全生

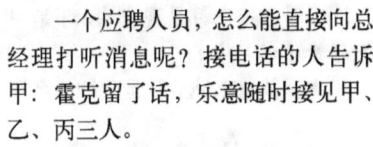

都说就业难，可不，现在的公司招聘面试都要像中医问诊一般“望、闻、问、切”一番，来个全面系统的筛选。最近，外企柯仑公司要招聘一名人力资源主管，月薪一万元，报名应聘这个职位的人成百上千。经过筛选、笔试，最终进入面试的只有甲、乙、丙三个人。

进入面试的三个幸运者既兴奋又紧张，悬着颗心，等待着面试，可时间一天天过去了，还是没有动静，连面试日期都没有明确。

甲忍不住了，打电话给柯仑公司询问，得到的答复是：面试的日期和内容由总经理霍克亲自安排，要甲去向霍克当面问问清楚。

一个应聘人员，怎么能直接向总经理打听消息呢？接电话的人告诉甲：霍克留了话，乐意随时接见甲、乙、丙三人。

这天，甲打听到霍克在市郊一个子公司的基建现场办公，便硬着头皮前去咨询。

甲找到霍克，自报家门后，便壮起胆子询问什么时候面试。

霍克虽然是个老外，但中国话说得十分流利：“面试嘛……等等再说吧，不过这基建工地上现在正缺人手，你既然来了，就先帮着做件事。”

甲满心欢喜：第一次见面就安排事情做，说明总经理对我信任哪！他说：“总经理您有事只管吩咐，我一定尽力做好！”

霍克安排的差事是搞运输：基建工地急需一种特殊的石材，而到石材场的一座桥因发生险情而临时封闭了，眼下去石材场只能走乡间小路，汽车派不上用场，基建工地唯一可用的运输工具是毛驴拖的板车。

霍克说：“驾驴车的师傅脚扭伤了，你今天就代他去运500公斤石材过来。”

甲什么车都开过，可偏偏就没有驾过驴车，不过，为了给霍克留个好印象，他还是爽快地答应了，他心想：不就是运500公斤石材过来嘛，这有什么难的！

毛驴和板车都是现成的，于是甲就赶着驴车上路了。

离开基建工地后就是泥泞的乡间

小道，两边全是绿油油的麦田。那毛驴本来还挺老实，可见了嫩绿的麦苗就嘴馋了，停下脚去啃路边的麦苗。

甲的任务是运石料，而不是放驴，他便用鞭子抽打毛驴。

那毛驴吃得正欢，挨了打不但不停嘴，反而拖着板车在麦田里跑，一边跑一边吃。甲急了，边追打边骂道：“我让你这畜生嘴馋！我让你这畜生耍滑……”

毛驴被打得在麦地里乱窜，甲火冒三丈，又挥起鞭子追了上去，后来终于追上了，甲还没动手，毛驴却先扬起了后蹄儿，一蹄子踢在甲的大腿上，甲捂着大腿跌倒在地，疼得喊爹叫娘的。

霍克闻讯赶来，让手下捉住了毛驴，又将甲送到医院治疗，嘱咐他安心养伤。

甲还没有赶到石材场就被毛驴踢伤，看来这次应试是完了。

第二天，乙也来询问面试的时间，霍克也让他独自赶驴车去运石材。

乙赶着驴车，走上了泥泞的乡间小道。那毛驴看到路两边绿油油的麦田，照例又停下脚去啃麦苗。

乙出身书香门第，是个温文尔雅的书呆子，他也不管毛驴是否听得懂人话，又哄又劝又是求，一只手轻轻地拍打着驴屁股——不是拍马屁，另一只手牵着缰绳，哄着毛驴边吃边往

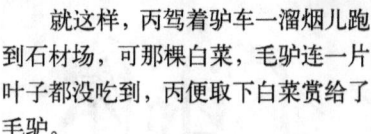

前走。就这样，足足用了两三个小时，才走完五六公里路程，来到了石材场。

石材装上车，往回走的路上毛驴旧病复发，磨磨蹭蹭，拖拖拉拉，乙见天色已晚，怕天黑前赶不回基建工地，万般无奈，乙只得将毛驴拴到板车后面，自己拖车往回走。

脚下是坑坑洼洼的泥泞土路，车上装的是500公斤石料，你想想，这一路上乙该有多苦多累，回到基建工地时，毛驴像散步一般跟在后面，而乙却累得浑身的骨架子都散了，一屁股坐到地上，连站起来的力气都没有了，自然，这次应试也砸了。

第三个前来询问面试时间的是丙，霍克还是让他独自赶驴车去运石材。

丙有几年的企业管理经验，又出身农家，对驾驴车不陌生，他先到基建工地厨房拿了两棵小白菜，用绳子系上其中的一棵，绳子的另一头系在一根棍子上，然后，他自己在板车上坐稳，一摔鞭子，毛驴便拉着板车上路了。

毛驴一上路，丙就用棍子挑着那棵白菜在驴子的眼前晃悠，毛驴嘴馋呀，它见鲜嫩可口的白菜就在眼前，伸出舌头几乎就能舔到，便伸长脖子撵着吃白菜，吃不到它就撒开四蹄奋力去追，而对路两旁的麦苗却视而不见。

丙坐在板车上哼着小调，“把方向、管路线”，轻轻松松，一路前行。

就这样，丙驾着驴车一溜烟儿跑到石材场，可那棵白菜，毛驴连一片叶子都没吃到，丙便取下白菜赏给了毛驴。

石料装上车后，丙又将另一棵白菜按原样系上，拿棍子挑在毛驴眼前，板车一上路，那棵白菜又开始晃悠，毛驴又撒开四蹄去追。毛驴跑得浑身大汗，而丙仍然坐在板车上哼着小调唱着歌，悠然自得地将石材运回了基建工地……

霍克知道了丙运石材的过程后，当即乐得连连叫好，他拍着丙的肩膀说：“我宣布，你被聘用为我公司的人力资源主管了！”

丙又惊又喜，目瞪口呆，好久才问了一句：“不是还要经过面试吗？”

霍克说丙已经通过面试了，他还告诉丙：“你以后就要用对付驴的办法，来管理柯仑公司的员工，我会给你丰厚报酬的！”

丙听了这句话，脸红一阵白一阵的，他从头到脚把霍克打量了一遍，而后冷冷地说：“对不起，你的人力资源主管岗位，我放弃了！”

这回轮到霍克目瞪口呆了：“为什么？”

丙甩下了掷地有声的一句话：“员工不是驴！”

（**题图、插图**：安玉民　梁　丽）

·中国新传说·

不让你进屋

□赵丽娟

李丹是公司的业务经理，每年有几个月在外地，她的老公陈雷是房产局的二把手，夫妻俩平时工作太忙，虽说最近买了一套二手房，房子很新，结构、采光、通风样样俱佳，可两人都不常在家。这天，李丹从外地回来，刚走到新家门口，就被一个陌生女人拦住了。这女人看上去很年轻，大眼睛，皮肤白皙，穿得也很大方。李丹奇怪地问:“你是谁？想干什么？”

那女人似乎很是委屈，支支吾吾，半天也没说出一句完整的话。

李丹有些火了，指着房子说:“这是我的家，你干吗拦着我？你到底是谁？”也许是李丹的气势吓住了她，女人往后退了几步，愣了几秒钟后，居然转身跑了。

看到她这样子，李丹皱起了眉头：这女人是谁呀？不会和老公有什么关系吧？陈雷年富力强、实权在握，长得又帅，常听说单位有些女员工总向他献殷勤。想到这里，李丹生起了闷气。

等陈雷回到家里，发现老婆脸色铁青地干坐着，赶紧搂住她，连哄带问。李丹见老公如此，心里的火消了一半，便问起了那个女人。

陈雷一脸无辜地说:“老婆，你可别吓我，你不在家这些日子，咱家从来没进过女的，就连那个收水费的，我都让她在外面等着。”

李丹不信，把刚才的事原原本本一说，陈雷想了片刻，反问:“那个女人是从屋里出来的吗？”

李丹愣了一下，的确，那女人是突然从墙角闪出来挡在她面前的。李丹又问:“你真的不认识她?”

陈雷举起了左手，说“要不要我发誓？你说的这个女人我从来没见过，你知道我工作很忙，应酬又多，哪天回到家不是十点多了?”他突然想起了什么，“她会不会是小偷？这些天，我好像经常看到有个女的在咱家门口转悠，看到我就躲，可能就是她。”

李丹有些担心:“那赶紧报警呀!”

陈雷摇了摇头，说没有证据，警察是不会随便抓人的。

没过几天，李丹又看到了那个女人，她暗暗留了个心，可接下来的日子，小区里太太平平，什么事也没发生。不过，李丹听到了一个更让她担心的消息，她的邻居跑来告诉她，这个莫名其妙的女人其实是个疯子！从此，李丹的神经绷得紧紧的。

这天，陈雷到外地出差，李丹和同事在外面吃过晚饭才回家。到了家门外，李丹一惊，随即躲到了墙后。只见一男一女在门口推推拉拉的，不知道在干什么，其中一个正是那个女人，另一个是陌生的男人，那男人正低声下气地说“嫂子，我求你别再为难我了好吗？你先让我进屋行不？有什么话咱进屋再说。”

那女人很坚决地说:“不行，这房子你们都不许进去，把你的东西赶紧拿走!”

男人有些无奈，拿出手机拨了个号码:“刘总，他的老婆说什么也不让我进屋，您看这可怎么办?”

不知道电话里的人说了什么，男人一迭声地说了几个“好”，然后挂上了电话，对那女人说:“嫂子，我先回去了，我会再来的。”

女人见状，憨憨地笑了笑，说:“我不会让你们进去的，你们也不要再来了。”

李丹诧异地走过去，问那男人：“你找谁？”

男人愣了一下，说谁也不找，就急匆匆地离开了。

李丹又问那女人：“你到底是谁呀？为什么老出现在这里？”

女人尴尬地摇了摇头：“我、我、我是……不能让他进屋！”说完，她逃似的朝小区外跑去。

李丹越喊她，她跑得越快，很快就没影了。

几天后，陈雷出差回来，一进屋就问最近家里有没有人来，李丹不想让老公担心，就说没有。

这时，陈雷的手机响了起来，他一看来电号码就皱起了眉头，拿着手机走进卧室，关上了门。李丹听见陈雷说话时似乎有些激动，隐隐约约听到他说了“不可能”“不行”之类的话，这电话足足打了一个多小时。

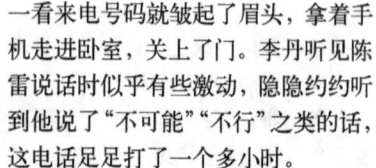

陈雷出来后脸色很不好，李丹勉强笑了笑，说“不要把工作带到家里啊，这可是咱俩约定好的。”

陈雷歉意地笑笑“好的，下次一定改。从现在起我把手机关了，谁找我都不理。下周就是十一长假了，你去银行取些钱，我们去北京玩几天。”

李丹高兴地点了点头，他俩已经好久没一起出去了。

周六这天，李丹准备去银行，出门时特意背了一个大包，她想取完钱后，再去买一些出门用的东西。

银行就在小区附近，李丹没走多少路，很快就到了，她正要推门进去，突然有人一把抢过她的大包，转身就跑。李丹顿时傻了——抢包的正是那个不让她进屋的奇怪女人！

李丹气愤极了：你果真是小偷！她立刻追上去，但奇怪的是，那抢包的女人竟然跑进了李丹住的小区，在小区门口，女人摔倒了，李丹跑上去抢回了自己的包，然后报了警。

十分钟后，李丹和那女人被带到了派出所，那女人刚才摔得不轻，胳膊破了一大片，正往外渗着血，看着她现在的样子，李丹心里竟有些不忍了。

警察问了情况后，说“你误会她

了，她不是真的要抢你的包，她是怕你去银行存赃款。”

李丹不解地问：“赃款？什么意思？”

警察告诉李丹，她现在住的地方，原先是这个女人的家，她的丈夫曾经是工商局的副局长，因为贪污被判了无期，这套房子也被拍卖了。女人因此受了严重的刺激，每天重复着一句话：“不应该让他进屋。”意思就是当初不应该让那些送钱的人进屋，不然她丈夫也不至于犯这样的罪。后来家人把她送到精神病院治疗了一段时间，出院后她还是经常回到小区，在原先自己住的屋外拦着陌生人，不让他们进屋。前一个住户就是因为受不了，才把房子又转卖给了李丹的老公。因为她丈夫当初贪污的钱，大部分都以亲戚朋友的名义存进了银行，所以那女人见李丹去银行，以为也是去存赃款的，便抢了李丹的包。

李丹出了派出所，心里一直沉沉的，满脑子想的都是那个女人无助的样子。她回到家里，见老公也在家，一想不对呀，他今天应该在单位值班的！

李丹正在奇怪，陈雷气愤地说，单位里出事了。最近他们准备上一个大项目，一家公司为了得到这个项目，出手非常大方，要给他五十万元酬劳，被他拒绝了。这几天，对方天天找他，他手机都不敢开，更不敢出门。他单位的吴副局长也拒绝了这笔钱，可这帮人竟然把钱送到他家，还录了像，吴副局长只得收下，没想到的是，这件事昨天被人给捅出去了，接受贿赂的几个领导全都停了职。那个送礼的人交待：陈雷家他们也来了几次，都被陈雷的妻子拦在门外！

说完，陈雷后怕地擦了擦额头上的汗：“幸好你没让他们进屋，否则我的下场就和吴副局长一样了！”

李丹听了，想起那天那女人拦着一个陌生男人的情景，说：“不是我拦的，是那个女人，是她救了我们……”

李丹说完，拉着陈雷就往外走……

（题图、插图：魏忠善）

·中国新传说·

爱情扣

□马　超

田新是一家知名外企的小领班，是个白领，有命挣钱没命花钱，更没空闲去谈恋爱找老婆。这天下午下班，他准备好材料去见一个客户，突然发现衬衣少了个纽扣。早晨从家里出来时，就看见那粒纽扣快脱落了，他想再应付一天应该没问题，没想到那粒扣子还是掉了，眼下离他约见客户吃晚饭的时间只有半个小时了，节骨眼上掉链子，急人哪，他总不能穿一件少了一粒扣子的衣服去见客户吧？最糟糕的是，单位里连一件备用的衬衣都没放！

田新赶紧弯腰找起了纽扣，可办公区几十个工位，那么大一片地方，找一粒纽扣，谈何容易啊！

这时，坐在田新工位斜对面的安倩见他急得满头是汗，便关切地问他找什么，田新说了丢纽扣的事，安倩眉头一皱，问道："你的扣子是什么颜色的？"

田新用手指了指扣子："喏，就是这种浅白色的。"

安倩让田新到休息室把衬衣脱下来，先穿着西服，扣子的问题由她来解决。

田新一听，心花怒放，几分钟后，他滑稽地穿着一件西服外套，手里拿着那件少了一粒扣子的衬衣从休息室出来了。等他来到安倩旁边，一看呆住了：安倩正得意地冲着他笑，她的指头上居然捏着一粒乳白色的纽扣，她的工位上，还放着一小团线和一根亮闪闪的针！

安倩显然不太会缝扣子，即使如此，她也只用了两三分钟，就把那粒和原先的颜色十分相似的扣子缝到了衬衣上，几乎是天衣无缝、浑然一

体！

田新感激地换上衬衣，打好领带，临走时，他感激再三地冲安倩说："谢谢美女，谢谢美女。"也许是这粒神奇的扣子带给了他"魔力"，当天晚上和客户谈得非常顺利，确定下周就正式签订合同，因为高兴，田新不由多喝了几杯，等他晚上刚回到家里，手机便响了，是安倩打过来的："那粒扣子……"

没等安倩说完，田新借着酒劲说："哦，送我啦！"

安倩在电话那边沉默了一下，吞吞吐吐地说道："要不我给你换粒跟你衬衣上一样的？"

田新越说越带劲："不用了，我觉得这粒就很合适。"

两人聊了几句，安倩满怀心事地挂上了电话。

过了几天，田新和朋友聚会的时候，偶然说到了扣子这件事，他的一个朋友笑嘻嘻地说："田新，你真是个大笨蛋，这说明那女的看上你了呗！"

田新不太明白地问："送一粒扣子就表明她看上我了？"

那个朋友说："看来我真得给你普及一下了——最近这段时间，女人中流行戴一种叫'爱情扣'的首饰，扣子是用玉石之类的材质磨成的，上面还刻着'我爱你'之类的英文缩写，田新，你有没有仔细看看那粒扣子是啥样的？如果真是这样的扣子，你小子可就走桃花运了！"

田新听了这番话，顿时傻了，说实在的，他还真不知道有"爱情扣"这么一说，更没去仔细看那粒扣子，现在听朋友这么一说，他也开始觉得有点蹊跷了，是呀，一个女人，怎么会在办公室里藏着一粒男式衬衣的扣子呢？再说，那天安倩打电话的语气也确实有些怪怪的！

当天回到家里，田新做的第一件事就是把那件衬衣翻了出来，仔细一看，天哪，上面居然刻着"安倩"两个字，看来这果然是一粒爱情扣！怪不得那天自己说要留着这粒扣子的时候，安倩吞吞吐吐、不好意思呢。这天夜里，田新失眠了，也就在这天晚上，田新决定追安倩，让这个漂亮的女人做自己的女友！

安倩是大龄剩女，人很漂亮，可不太善于交际，一直没有男朋友。

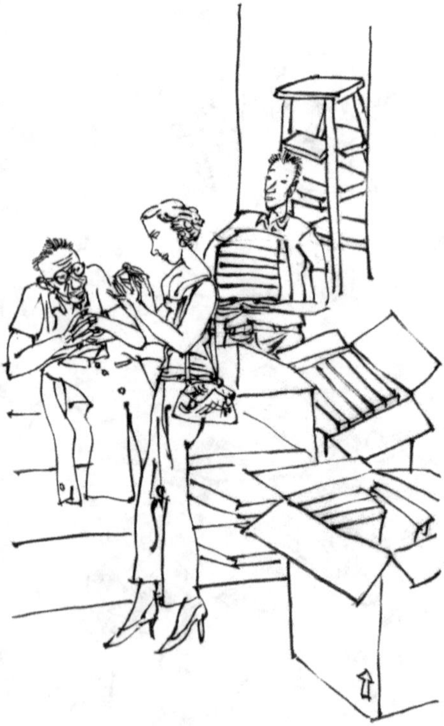

这一次，扣子做了红娘，田新主动展开攻势，安倩也没有拒绝这个高大的帅哥，一来二去，两人很快陷入了热恋之中，可就在这时，两人之间突然发生了一件不愉快的事情，而起因还是那粒扣子。

一天，两人一起去体育馆里打保龄球，在寄存手表首饰的时候，安倩飞快地从脖子上解下一个小玉佛放到自己的小包里，一起寄存。

田新无意中看到，和这个小玉佛一起用丝线串着的，居然还有一粒浅白色的扣子，看上去竟然非常眼熟！

田新趁着打球的间隙，拿着寄存牌来到服务台，偷偷看了和小玉佛串在一起的那粒纽扣，纽扣上面一行黑色的小字母，那是一个服装品牌的英文名字，这扣子就是田新最初丢的那一粒！田新是多么聪明的年轻人，他稍微一想，就全明白了：那天中午，自己穿上T恤去顶楼健身房锻炼了一会儿，而衬衣就放在工位上，是安倩故意把纽扣从衬衣上弄了下来，给自己下了一个爱情圈套！

打完保龄球，两人准备一起去饭店吃饭，路上，田新鼓足勇气问："安倩，我问你，当初我那粒扣子是不是你故意拿走的？"

安倩惊讶地说："我拿你扣子干吗？"

田新口气咄咄逼人："我看了你挂在脖子上的小玉佛了，上面的那粒

扣子和我上次丢的一模一样！”

安倩顿时急了：“你怎么能偷看我的东西？再说你怎么可以随便怀疑我拿走了你的扣子？”

田新说：“拿不拿是你的事，只是我觉得感情这东西不能从一开始就设个小圈套……”

安倩生气了，不等田新说完，她拿起身边的包就要走，临走的时候，她好像想起了什么，从包里翻出一张购物小票，扔到田新面前，冷冷地说：“田新，我建议你回去看看那粒扣子的背面，不要自作多情！”

田新回到家里，从衣柜里拿出那件衬衣，把那粒纽扣翻过来一看，整个人顿时像被雷击中了，原来纽扣背面还有字——“刘白冰”，刘白冰是安倩的妈妈，前几年得了脑溢血，命保住了，人却从此痴呆了，安倩把妈妈和自己的名字刻在扣子上，带在身上，是在为母亲祈福啊，这是一粒母女之间的亲情扣，哪是什么爱情扣！

田新随即又来到了那家衬衣专卖店，他掏出了那张小票，经过打听，才弄清了安倩脖子上那粒扣子的来历。

那天，安倩把刻着她们母女名字的扣子给田新缝上，救了他的急，但那粒扣子对她来说太重要了，她必须换回来，于是她就找到了那家衬衣专卖店，可店里没有和田新丢的那粒一模一样的扣子，安倩再三恳求，店员才从库房里找到一件滞销的老式衬衣，但扣子却是一模一样的。安倩毫不犹豫就买下了这衬衣，付了钱，但只要了一粒扣子，她本想用这粒扣子去换回另一粒，没想到田新却死皮赖脸地不愿换。

再说安倩离开田新后，早哭得梨花带雨，她怎么也想不到田新会把她看成那样有心计的一个女人。她迷迷糊糊地回到家里，倒头栽在床上，哭一会，傻一会，呆一会，一会儿恨田新，一会儿又想着田新。

十二点刚过，门铃突然响了，安倩吓了一跳，这么晚了，肯定是田新，她赌气不去开门。

门铃接二连三地响着，安倩最终心软了，她穿着拖鞋，来到门前，从猫眼里往外看，没人，想了想，她还是打开了门，果然门口空无一人，安倩失望极了，正准备关门，突然发现防盗门上拴着两条红丝线，再仔细一看，红丝线上各拴着一粒扣子，其中一粒乳白色的，刻着“安倩”和“刘白冰”；另外一粒是浅红色的，歪歪斜斜地刻着“安倩”和“田新”，一看就知道是田新自己手刻的。

安倩的泪瞬间又涌了出来，这时，一大团火红火红的东西从楼上的拐角慢慢移动下来，安倩抬头一看，一个人正捧着一大束玫瑰慢慢朝她走来，他，正是那个今天气了她、却又让她十分挂念的男人……

（题图、插图：魏忠善）

·中国新传说·

东北来的客人

□康　希

这是发生在上海郊区一个出租小院里的故事，来自天南海北的几家人，每天都有故事发生……

俗话说，万事开头难。李涛大学刚毕业就自己开了个公司，没想到公司经营惨淡，被迫关门歇业。“下岗”后的李涛一个人搬到了郊区的一个出租小院里，每天早出晚归，请客送礼跑资金，打算从头再来。

这天，李涛从外面带回几个东北的客人，这几个人从前在生意上跟李涛有过来往，李涛公司倒闭后四处跑资金，他们就是过来考察的，李涛明白把客人招待好了意味着什么，所以特别地尽心，在吃饭的问题上，他想到了一个巧招：去一般饭店吃饭没什么新意，他知道房东老太太会做很地道的上海小吃，于是就花钱请她帮忙做了几道小吃，在院子里招待客人。

小院虽然在郊区，却可以远远地欣赏上海夜景，周围花草树木被老太太打理得很好，鸟叫虫鸣，小环境快赶上度假村的水准了，东北客人挺满意李涛的用心。

李涛本来打算在家招待一下，表示一下诚意，再出血本到市区星级饭店请几顿，几天考察结束，给人留下一个好印象，事儿也就成了一半了，没想到东北客人对房东老太太的小吃上瘾了，不愿意去别的饭店了，几个人天天在院子里喝酒聊天侃大山，喝

到深夜还不尽兴，可他们是高兴了，没三天，院子里其他两家住户有意见了，尤其是王峰家，孩子正准备高考呢，这些人天天在院里喝酒，吵得孩子没法复习；还有一对小夫妻：庄庄和吴静，正漂在上海等戏拍，虽然白天没什么事，大半夜睡不着，还是挺烦的。

两家人商量了一下，一起向李涛摊牌了，要求他把客人们带到别处去招待，不要天天吵得大家睡不了安生觉。

李涛其实也挺为难的，这几天他也看出邻居脸色不对了，只是这几个东北客人捏着他的命呢，万一对他有了点成见，那可不是闹着玩的，他不敢得罪啊！

王峰和庄庄两口子也理解李涛的难处，四个人坐在一起想办法，看有什么法子能让客人不在院里闹到半夜，又不至于得罪他们。

想来想去，还别说，三个臭皮匠真能顶个诸葛亮，毙掉几个馊主意后，还真想到一个可行的法子。

什么法子呢？庄庄和吴静是学表演的，就让他们来一场现场表演——吵架！等东北客人从外面一回来，就让他们两口子在院里吵架，再怎么着，他们也不好意思在生气的小两口旁边喝酒聊天吧？就这么定了。

临别时，李涛对庄庄和吴静千叮咛万嘱咐，一定不能演砸了，自己的将来可捏在人家手里呢。几个人先“彩排”了一遍，确定没问题后，就静等着客人来了。

傍晚，东北客人的车来了，随即他们几个人就边说笑边走进了院子，吴静瞅准机会，将一个碗“啪”一声在屋里砸碎，哭着跑到院子里，庄庄紧跟着追出来，小两口在院子里大吵大闹起来。

王峰听到信号，赶紧跑出来劝架，房东老太太也听到动静了，顾不得做饭，也跟着来劝架。

庄庄和吴静不愧是学表演出身，这架吵得水平太高了，吴静边哭边埋怨庄庄，庄庄时不时吼两句，脸色铁青，任王峰和房东老太太怎么劝，两人的火气就是消不下来。吴静话越说越难听，庄庄的脸色则越来越冷峻，最后一扬手，竟然狠狠给了吴静一个大嘴巴！

李涛吓一跳，这两口子不是假戏真做了吧？这可不得了！几个东北客人也被这一巴掌打得愣住了，他们赶紧上来把两口子拉开，连哄带劝的，可吴静像发疯了一样，要不是房东老太太和王峰两人拉得紧，就得扑上来跟庄庄玩命了。

李涛和几个东北客人把火气正旺的庄庄拉出了院子，塞进车里，一溜烟儿开到了附近的饭店，李涛心想，甭管真吵假吵，火气这么大，先把两人分开是最明智的。

东北客人里有位叫张铁的，四十来岁，他给庄庄倒了杯酒，说：“兄弟，两口子哪能真动气，打媳妇可不对，啥事儿解决不了啊？来，喝杯酒，消消气。”

其他几个东北客人也纷纷劝解，轮番给庄庄倒酒，几杯酒下肚，庄庄的脸色好多了，他酒量也不小，可跟这几位东北客人那是没得比，不一会儿，就晕头转向的，说话声音都变了，

他举着酒杯，跟李涛说“李哥……咋样？还行吧……我上戏毕业，说表演，咱强项啊！”

李涛吓了一跳，想捂庄庄的嘴可来不及了，神情尴尬地看了看几位东北客人，几个东北客人倒没往深处想，张铁一听庄庄是学表演的，很感兴趣，问“兄弟，你是演员啊？哎呀，我老稀罕你们这职业了。”

庄庄一乐，说：“告……告诉你，我媳妇她也是演员，今儿个这戏，不错吧……李哥还不放心，怕让你们看出来，我是谁呀，别的不敢说，演戏，咱还没有怕过……”

李涛抬手抹了把头上的汗，得，全露馅了，没想到这庄庄的酒量竟然这么小，这下是完了，李涛抬头看了看张铁的脸色，知道也瞒不住了，干脆把事情的经过竹筒倒豆子，全说了，说完，李涛向几位东北客人道了歉，心想，这就是命，算了，大不了从头再来，就当人生多了一次磨砺吧。

张铁他们几个交换了眼色，张铁对李涛说：“本来，通过这几天的考察，我们对你说的项目挺感兴趣的，已经打算投钱给你了，没想到……”李涛深深地叹了口气，唉，命运真会捉弄人呐！

张铁又气又笑地接着说：“没想到你这么个大老爷们会给我们使这样的招！我们大老粗，没注意这些事

儿，你有啥就说啥呗，整这一出戏干啥呀，不过……”张铁看了看身边的几个同伴，笑了：“你这么一来，倒使我们更想投钱给你了……”

李涛一听，眼睛瞪得老大，心揪得紧紧的，眼睛一眨不眨地注视着张铁。

张铁说：“咱们原本就合作过，你的能力我们都知道。你为了邻居能休息好，敢想招对付我们，人品我们信了；你做事有手腕，哪头都不伤，这灵活劲儿，我们更欣赏，把钱投给你，我们也放心了。”

李涛心情这个激动呀，简直无法用语言形容了，找不着话说，李涛干脆就把酒杯端起来了，说：“张哥，几位大哥，啥也不说了，这项目要做不好，我李涛提着脑袋给你们送去，我干了！”说着，李涛一仰脖，把一杯酒灌进肚子。

几个人“哈哈”一笑，也陪着干了一杯。

庄庄抓了几下，好不容易抓住酒杯，也要跟着喝，张铁把酒杯抢了下来，笑着说：“得了，兄弟，你可别喝了，赶紧回家看看媳妇吧，为了这出戏，媳妇都打了，真不容易啊！”

庄庄一乐，说“没事儿，我练过，巴掌响，但不疼，呵呵……”

几个人都被逗乐了，张铁对李涛说：“这事总是我们不对，明天，咱们还得在院子里摆顿酒，把全院都请上，算是赔罪吧……这钱可得你出啊！”

“一定一定！”李涛边答应着边斟酒，几个人高高兴兴地举起了酒杯……

（题图、插图：谭海彦）

·本刊信息传真·

“说说我与《故事会》的30年”征文

在建国60周年大庆即将到来之际，《故事会》也迎来了一个特殊的时刻，自1979年复刊并将刊名改回《故事会》，至今已经整整30年。在这30年中，无数读者和《故事会》结下了不解之缘，还有数千位作者为《故事会》的成长付出了心血和汗水。

为此，故事中国网举办“说说我与《故事会》的30年”特别征文，欢迎各位新老读者和作者撰文畅谈与《故事会》相伴的往事，文体、字数不限，可以只是一件小事，一个细节，或者一个未曾透露的小秘密，只要有真情实感即可。本次活动由sina新浪读书独家支持，优秀作品将在故事会新浪博客上发布。

征稿时间：2009年8月25日－10月10日

奖金设置：征文设一、二、三等奖各一名，奖金分别为500元、300元、100元，另设优秀奖若干，奖励《故事中国——30年来流传在老百姓心中99则故事》一书。

投稿方式：1、登录故事中国网(www.storychina.cn)论坛，进入“《故事会》30年征文”专区投稿；2、发送邮件到 storychina@gmail.com。

五天后的秘密

□杨启范

山东省泰安市西南五十里处，有一个茶棚村，说起这个小山村名字的来历，还有一段感人的传说呢。

清朝康熙年间，在泰安城的岱鲁书院内，有一对同窗好友，一个叫刘文，一个叫张智，两人同年而生，刘文家境贫寒，张智家中富足，张智没少接济刘文，两人虽不同姓，感情却比亲兄弟还深厚。大比之年，他们一同赴京赶考，同榜题名高中进士，又同进户部任司务之职。

那时，鳌拜在朝中操纵权柄，结党营私，藐视少年康熙，滥杀无辜。张智投靠鳌拜，为鳌拜出谋划策，干了不少坏事，深得鳌拜信任，官职一再升迁，短短几年升为员外郎。

刘文多次规劝，要他远离鳌拜，但张智官迷心窍，置若罔闻。

祸事说来就来了，鳌拜通过张智侵吞国库银子，少年康熙早就想剪除鳌拜，掌握了确凿的证据后，联合众大臣要将鳌拜治罪，鳌拜得到了内线的消息，命在户部的爪牙做了假账，来了个金蝉脱壳，结果张智成了替罪羊，鳌拜为示清白，将张智打入了死牢。

这天，鳌拜下朝后正在书房赏花，护卫来报:“大人，户部司务刘文求见!”

鳌拜瞪了护卫一眼，说“小小的司务有何资格来拜见我？不见！”

护卫结结巴巴地说:“那刘文说，他有大人最想得到的礼物。”

鳌拜听了，心头疑惑，他不知道刘文说的礼物是什么，于是便传刘文

进来，刘文进来后，不卑不亢地施了礼，鳌拜见他傲慢地坐在太师椅上，而且又是两手空空，心中不悦，便冷冷地问刘文有什么事，刘文说:“我想求鳌大人放了张智！”鳌拜一拍太师椅扶手，大笑起来:“张智贪污国库银两，犯的是死罪，岂能说放就放？”

刘文凑上前去:“鳌大人，我想用我的两件礼物来换回我兄弟的性命！”鳌拜的眼睛在刘文身上瞟来瞟去，没见他身上带着什么礼物，正在疑惑，刘文一笑，说:“我的礼物是瞧不见、摸不着的——我知道您五天之内有两桩祸事，如果我告诉了您，这可算得上是礼物？大人可否放过张智？”

鳌拜一听，吓了一跳，忙问是什么祸事，刘文指着鳌拜的胡子说:“今晚子时，您将没有胡须！”

鳌拜捋着胡子放声大笑:“谁敢在我的嘴边‘虎口拔须’？这第二桩呢？”

刘文连连摇头:“这第二桩祸事小人就更不敢开口了……”鳌拜一定要他说，刘文这才小心翼翼地说:“明日巳时，您的小孙子会被一枚山楂噎住气管而夭折！”

小孙子才刚刚两岁，是鳌拜的心肝宝贝，从早到晚一大群丫鬟、仆役哄着、护着，他怎么可能会被一枚山楂噎住气管而死？鳌拜顿时勃然大怒，一声喝令，一群如狼似虎的护卫扑上前来，拳打脚踢地将刘文轰出书房。

当夜，鳌拜上床安歇，一群护卫举着火把在院子里巡夜，就在这时，一只老鼠钻出洞来，一下跳进灯油盆，又奋力一跃，跳出了油盆，护卫们追老鼠，有的还用火把抽打，老鼠身上满是灯油，一下就点着了，老鼠变成了火球，它尖叫着逃窜，慌不择路，竟然从缝隙里钻进了鳌拜的寝室，又蹿到了鳌拜的床边，很快把床幔子烧着了。

鳌拜正睡得香甜，被烟呛醒，在护卫的保护下跑出寝室，而这个时候，鳌拜才发现胡子被火烧光了，他惊异地问道:“现在是何时辰？”

一个护卫胆怯地答道“大人，是子时！”

鳌拜一阵惊骇，他没想到刘文预料的第一桩祸事竟然会如此神奇地应验了，鳌拜立刻想起了刘文预测的第二件祸事，他当即传下令去:不准府中任何人存有山楂，违令者严惩不贷！好生照看小少爷，小少爷周围不准有任何可吞咽之物！

鳌拜的命令谁敢违抗，于是鳌拜府上丫鬟、佣人、家丁、侍卫全都战战兢兢，严阵以待。

鳌拜被烧光了胡须，羞于见人，第二天未去上朝，他在家里闲着无事，对小孙子更是放心不下，便让丫鬟将孙子抱来自己亲自照看。

鳌拜抱着孙子在花园里玩耍，孙子一口一个“爷爷”，叫得鳌拜心花怒放，鳌拜伸出嘴去，去亲怀中孙子的笑脸，鳌拜满腮被烧光的胡子渣，弄得孙子痒了，孙子“咯咯”大笑，恰在这时，一只乌鸦飞过花园上空，“啊”地叫了一声，嘴里叼着的一枚山楂掉落下来，鳌拜的孙子正仰面大笑，那枚山楂偏巧就掉进嘴里，噎住了气管，哭不出，叫不得，涨得满脸青紫，等到郎中赶到，小孩已是没有气了，鳌拜顿时撕心裂肺地大叫起来……

鳌拜冷静下来，心想：刘文说的两桩祸事都应验了，莫非他是个妖人？

鳌拜命护卫去将刘文拿来，不料护卫回来报告，说是刘文携妻带儿逃走了，家里空无一人，他只是在书案上给鳌拜留了一封信，鳌拜展开书信，上面写道：“当今少皇，乃真命天子，上天察你图谋不轨，命我护佑少皇，今略施小术，以示惩戒。倘不思悔改，定将你天诛地灭！放出张智，不可食言！”

鳌拜见了这信，不敢怠慢，马上将张智从死牢放出。

张智经此大难，认清了鳌拜的面目，便痛改前非，与鳌拜分道扬镳，帮助康熙设计擒住鳌拜，铲除余党，重振朝纲。张智忠于皇上，恪尽职守，官至户部侍郎，年过花甲告老还乡。

张智还乡那时正是盛夏，酷热难当，张智的车马行至泰安市西南五十里一个山口处，见路边有一个简陋的茶棚，而茶棚的主人竟十分眼熟，张智仔细端详，越看越像刘文，上前一问，果然是他，张智立刻双膝跪地，纳头便拜："多谢兄台救命大恩！"

刘文双手将张智扶起，张智疑惑地问道："兄台离开京城后，满京城传得沸沸扬扬，说你是仙人，施展道术惩戒了鳌拜，这到底是怎么回事？"

刘文饮一口茶，道出了其中的原委——

刘文小时候贪玩调皮，不肯好好读书，他父亲脾气暴躁，经常拿树条抽打他的屁股。有一天，刘文在学堂里受了先生的责打，小手被打得又红又肿，他怕回家后让父亲看到，还要打他，放学后就不敢回家，就到城边一个小山林里闲逛。在树林里，刘文遇上了一只中了箭的狐狸，刘文心疼它，就把它抱在怀里，拔去了箭，包扎好伤口。就在这时，那狐狸从刘文的怀里跳出来，化作了一位美丽的少女，少女说，她要报答刘文的救命大恩，她可以满足刘文的一个心愿。刘文见那少女慈善，便鼓足勇气说："我爹老是打我的屁股，疼得我不能坐凳子，你能不能让我提前知道我爹什么时候打我，我好在裤子里藏块棉垫子！"少女被逗得"咯咯"大笑："小弟弟，我修行太浅，只能让你提前知道五天内将要发生的事情。"就这样，少女把咒语教给了刘文，并再三叮嘱他：这只能作为自己的防身之用，心知而不能言传，一旦说出去，就会在五天后双目失明。刘文年少时，依仗了这个特异功能，少受了不少皮肉之苦。

张智被鳌拜陷害入狱后，刘文便靠着这个法子救了张智，向鳌拜说出了五天内即将发生的事情。刘文知道五天后自己将要双目失明，难以在京为官，便远离京城，隐姓埋名，又偷偷将父母接出，搬进了这里的茅草屋，为二老养老送终。

张智想到刘文为了救自己而心甘情愿地舍弃了一双眼睛，禁不住泪流满面，他诚恳地请求说："我想和兄台共同经营这个茶棚，你我早晚畅谈，共叙友情，可否接纳？"

刘文朗朗一笑："兄弟若肯屈驾，求之不得！"

从此以后，两人在这个茶棚里煮茶待客，谈古论今，日子过得逍遥自在。八十岁那年，两人同床彻夜长谈，第二天，日上三竿还没起床，儿女们进卧室一看，才发现两人竟然双双驾鹤西去。

刘文、张智的后人在这个小山口繁衍生息，形成了现在的茶棚村。两姓家族世代和睦相处，"兄弟茶棚"成为一段千古佳话……

（题图、插图：黄全昌）

爱你一万年

□杨　格

常言道，病来如山倒。爸爸就是这样，半年前，他还像一只上紧发条的闹钟，忙忙碌碌着，可是一场感冒引发了中风，将他撂倒在医院的病床上，他躺在床上，手脚还能动，但嘴歪眼斜，不能说话了。

爸爸不老，也不过65岁，但他现在几乎成一个植物人了。他瘫痪后，除了一日三餐，很少要求儿子、媳妇为他做什么。爸爸不能说话，又不识字，实在需要帮忙时，他就在白纸上画东西，比如，他想喝点白酒，就在纸上画一只酒瓶；想吃芋头，就歪歪扭扭地画一只芋头。只是爸爸很少向儿子、媳妇提出要求，他床头的白纸上，几乎很少出现什么信息。

那是一个周日，儿子和媳妇睡了个懒觉，起床后，儿子走到爸爸床前，看见白纸上画了一个椭圆，他想了想，爸爸大概是想吃煮鸡蛋吧？于是，儿子拿了两个鸡蛋，朝他示意，爸爸的嘴角露出了模糊的笑意，这说明儿子的判断是对的。一会儿，媳妇煮好了鸡蛋送过来，儿子要剥壳，爸爸的脸上立刻有了模糊的焦急，他是不让儿子把鸡蛋壳剥了，儿子有点奇怪：爸爸不想吃，为什么还要煮鸡蛋呢？白纸和铅笔就在爸爸手边，爸爸摸摸索索地拿起笔，又吃力地画了起来。爸爸画的是一根根细线，儿子想来想去猜不明白是什么东西，还是媳妇机灵，她猜想爸爸是想吃面条，儿子马上拿了一桶面条过来，爸爸的脸上又有了隐隐的笑容。

面条下好了，媳妇端过来，要喂爸爸，爸爸不吃，这真是奇怪了，爸爸要了煮鸡蛋，不吃；要了面条，又不吃，他到底想要做什么呢？

儿子和媳妇面面相觑，想不出答案，爸爸也着急，可他说不出来啊，儿子和媳妇对着爸爸一次次地拿着东西比划，还是找不出答案，急得满头大汗。

爸爸东张西望的，显然是在寻找着恰当的表达方式，过了一会儿，他似乎想到了办法，右手又哆哆嗦嗦地画起来，这回，他画的是一个长长的圆柱体，头上还顶着一团不规则的圆形。媳妇分析，爸爸画的可能是蜡烛，于是儿子急忙跑到楼下的小超市里，买了一根蜡烛回来，展示给爸爸看，爸爸一看，果然开心起来了，但他又拿着笔在纸上写起来，这回写的是一个阿拉伯数字“6”——爸爸不会写字，但阿拉伯数字还是会认会写的。

两口子仔细分析，猜想爸爸的意思是要6根蜡烛，于是儿子又跑到楼下，买回5根蜡烛，加上刚才买的那根，攥在一起给爸爸看，爸爸的脸上又露出了隐隐的笑意。

平时，爸爸很少要求别人做什么，今天一大早一反常态地提了这么多要求，一定是有重要的事情要做，煮鸡蛋、面条、蜡烛……想着想着，儿子忽然灵光一闪：爸爸莫不是要过一个生日？在老家，过生日是要吃煮鸡蛋和长寿面的！

为了证实这一猜测，儿子又“噔噔噔”跑下楼去，到蛋糕房买了一个生日蛋糕，急匆匆地跑了回来。儿子和媳妇把蛋糕举在爸爸面前，爸爸笑了，嘴角还动了动，这说明他真是要过生日呀！

但是，爸爸今年65岁，生日是农历十一月，今天不是他的生日；儿子和媳妇的生日也不是今天，家里就这三口人，爸爸到底在想什么呢？

就在这时，爸爸又拿起了笔，儿

亲眼看到的故事

□林嘉呈

俗话说得好:“耳听为虚,眼见为实。”以下就是我亲眼所见的故事……什么?你问我是谁?呵呵,先别问,听完故事,你就自然知道我是谁了……

老 人

那是一个星期六的傍晚,我正在王镇长家的客厅里,突然,传来震耳欲聋的拍打防盗门的声音,王镇长和他老婆一听那声音,知道是谁来了,立刻惊慌失措,躲进了小保姆睡觉的小屋里,轻手轻脚地关上了房门。

接着,小保姆不紧不慢地打开防盗门,对门外的人说:“镇长不在家,他到外地考察去了。”她说完就要关门,门却被“咣”的一下推开了。

一个满头白发、衣服湿透的老人闯了进来:“你哄鬼去吧,他的车还在楼下淋雨呢!”说着,老人气冲冲地看了卧室和书房,最后,目光停留在那间房门紧闭的小屋上。

小保姆故作镇定地挡在房门口,说:“那是我睡觉的地方,您老人家也想看一看?”

老人拉过一张椅子坐下:“不管他耍什么鬼花招,今天我就是坐死在这里,也要逼他现形!”

“镇长真的不在家,他是坐别人的车子去考察的……”

“那就奇怪了,难道门卫见鬼了

不成？”老人擦了一把头上的雨水，“刚才门卫亲口告诉我，这小子昨天半夜三更回来以后，就没见他再出去过！”

小保姆很尴尬，但她很快镇静下来，转身打开房门，说：“您老要是不相信，就尽管看个清楚好了。”

老人一眼望去，小屋里黑灯瞎火的，什么都看不到，老人正要走过去，却见小保姆在解外衣：“对不起，我要洗澡了，您看……”

老人叹了口气，说：“我这就走，临走前麻烦你帮我传个话——雨下了多少天，山里的孩子就被淋了多少天，满教室都是水呀！救救学校，救救孩子吧！”

“哦，我会转告的，但也得等镇长回来再说。”

小保姆漠然地把老人引出屋外，正要关门时，老人眼泪汪汪地说：“最后送他一句话——他也是从山里走出来的，做人可不能忘本，不能没了良心啊！”

“知道了！”小保姆重重地摔上防盗门，巨大的撞击声震得我头晕脑涨……

交　易

在确定老人已经离开后，镇长的老婆骂骂咧咧地从屋里走出来：“这倚老卖老的贱骨头，他算哪根葱？三天两头跑来寻晦气，这日子还过不过了？他要钱修学校，你就批给他算了，何必自找麻烦呢？”

“妇人之见！”王镇长斜靠在沙发里低声骂了一句，“连一个退休教师都能从我这里讨到钱，你叫我今后还怎么开展工作？”

正说着，门铃响了，小保姆对着猫眼往外窥探了一会儿，也不用请示，就把防盗门打开了，进来的是一个西装革履的秃头，他一见王镇长就直奔主题：“老大，那彩虹大桥的工程你可千万不能给别人，如果给了我，我至少可以孝敬你……”

接着，两个人就为工程的回扣问题开始讨价还价，最后，确定了数额，王镇长让秃头在三天内把钱打过来，整个过程中的所有环节只能和他老婆接头，秃头连连点头，随后就春风满面地离开了。

秃头走后，王镇长把捞到好处的数额告诉了老婆，他老婆好半天没回过神来，激动得浑身直发抖：“我没看错人，当初嫁给你就知道我会享福的！”

“这算什么？往后还有更多的旧城改造、新区建设项目，有数不清的公路、桥梁和大楼，哈哈哈……”

王镇长和他老婆都开心得极度亢奋，他们没有想到，在厨房旁边的小屋里，正有一双瞳孔放大的眼睛透过房门的缝隙，恶狠狠地瞪着他们。我在一旁看着，不由得脊背发冷……

隐 情

第二天早上，王镇长的老婆前脚刚出去做美容，小保姆后脚就把王镇长摁在客厅的沙发里："你真打算把几百万回扣全给母夜叉？"

王镇长吓得脸色如土："快放手！当心母夜叉杀个回马枪！"

"现在知道害怕了？当初为什么把人家肚子弄大？你看怎么善后吧？"小保姆依然把王镇长摁在沙发里。

王镇长抹了一把额上的汗，吃力地说："我想跟你结婚，可你不是还没到结婚年龄嘛？所以只能再等两年了。"

"你能等，我肚子里那块肉不能等！把老娘逼急了，我要你王家断子绝孙！"

这下王镇长有些紧张了，他沉吟了片刻，从兜里拿出一个袖珍遥控器，朝着电视机的方向摁了几下，小保姆顺着望去，两眼都直了——电视机旁边的墙壁上，缓缓出现一个半平米大小的方格，方格里放着几大捆钞票和一堆光芒闪烁的金首饰。

王镇长说："只要你给我生下儿子，里面的东西全归你，而且两年后一定给你个名分。"

小保姆顿时眉开眼笑，一下扑到王镇长怀里，就在这时候，门外突然响起了急促的开锁声，王镇长的老婆竟然不可思议地回来了，她怒气冲冲地走上前来，抬手就给了王镇长两耳光，接着连哭带骂地把小保姆踢翻在地。

王镇长见老婆一脚正踢在小保姆的肚子上，踢得小保姆连声惨叫，他虚张声势地吼道："你发什么神经，干吗乱打人？"

"你跟狐狸精鬼混，连肚子都搞大了，还敢说我发神经？"王镇长老婆边打边骂，"我要到县里告发你，我要你身败名裂、永世不得翻身……"

王镇长的老婆突然间说不下去

了，她没法说了，因为她的头上挨了一击，鲜血四溅，倒在地上，那是小保姆乘她不备，拿着铁锤偷袭了她，一旁的王镇长见了，当场吓得浑身筛糠。

“不是她死就是我们遭殃，还愣着干什么？把她拖到厕所去！”说着，小保姆就要动手，可就在这时，她“哇”地呕吐起来，王镇长担心她的肚子，赶忙把她扶进小房间，让她躺下休息。

半晌之后，小保姆恢复了过来，

可两人刚走出小屋就傻眼了：原先躺在客厅地上的王镇长老婆不见了，两行带血的脚印一直延伸到门外……

天　网

小保姆倒沉得住气，她一边清洗地板，一边给王镇长打气：“放心，母夜叉没有证据，顶多只能算个家庭纠纷、夫妻矛盾，只要我们死不认账，她也拿我们没辙！”

这番话如同强心针，王镇长立刻振作起来，赶紧和小保姆一同清洗地上的罪证。

很快，王镇长的老婆带着县委张书记、警察来了，显然，她是先去找了张书记。她头上缠着绷带，走进屋里，弯腰捡起沾血的袖珍遥控器，熟练地打开墙壁里的暗格，对张书记说：“另外还有两个藏赃款的，具体地方就让这败类自己坦白吧。”

王镇长歇斯底里地嚎叫着：“她栽赃陷害、打击报复！我发誓，我绝对没有什么赃款！”

他老婆冷冷一笑，在她的指点下，警察很快查到了无可辩驳的铁证，随后，王镇长和小保姆都被戴上手铐，押走了，王镇长的老婆也被带进了警车里。

往后的事我就看不到了，为什么？因为我是一个不能动弹的微型摄像头啊！

其实，在王镇长由副转正的第三

第四届"梅陇杯"全国法律知识故事征文暨评奖启事

为鼓励创作，更好地发挥故事在法制宣传教育中的作用，司法部法宣司、上海市法宣办、《故事会》杂志社在上海市闵行区梅陇镇人民政府的大力支持下，决定举办第四届"梅陇杯"全国法律知识故事征文暨评奖活动。

征文时间： 即日起至2009年12月31日结束。

评奖范围： 1. 2008年10（上）至2009年12（下）发表在《故事会》上的法律知识故事;2. 所有法律知识故事征文稿。

征文要求： 来稿要符合口头文学特点，必须包含明确的法律知识点。尽可能依据现实生活中已经发生的案例或者可能发生的涉法事件进行创作，重点关注那些在日常生活中为人们所忽视或不易掌握的法律知识或法律程序。有关稿件的具体要求，请参考发表在《故事会》上的"法律知识故事"。

奖项设置： 本次评选活动设一等奖1名，奖金5000元；二等奖2名，奖金各3000元；三等奖3名，奖金各2000元；优秀奖30名，奖金各500元。

来稿请详细注明作者姓名、地址以及邮政编码，并在信封上注明"法律知识故事征文"字样。本刊地址：上海市绍兴路74号，邮编:200020；也可通过电子邮件发送给：wulun@vip.sohu.net。

天，我就被他老婆安装在客厅的吊灯里。我属于最新一代的数码摄像机，光能充电，可以不间断地自动摄录三万个小时。我的传送信号直接连通王镇长老婆的手机，她只要打开手机，就可以看到客厅里的画面，尽管她这样做只是为了监视自己的老公，客观上却让我得以记录下王镇长腐化堕落的许多铁证。

就在警察们即将把我从吊灯上拆卸下来的时候，一个满头白发的老人走到了防盗门边，但立刻被警察拦住了，这时，张书记挡开警察，面带微笑地对老人说："我认识你，今天早上是你给我家塞举报信的吧？上面有你的身份证复印件。"

"没错，是我！"老人激动地说，"我就是要举报这小子渎职！知道不？山里好几间教室都是危房，上百个学生在雨中上课呀！"

"那你现在过来是……"

"我是来告诉这小子，好好交代、坦白从宽，争取早日出来，重新做个好人！可惜呀，来晚了一步！"老人叹了口气，眼里泪光闪闪。

张书记点了点头，有些动容地说："据我了解，他可是你唯一的亲人，你一点都不心疼吗？"

老人长叹一声，没有说话，只是用衣袖抹了抹泪。张书记的眼睛有些湿润了，他紧紧地搀着老人的手，陪着他坐进车里，朝烟雨朦胧的大山行驶而去……

（题图、插图：谭海彦）

·情节聚焦·

非常推理

□九 斗

那天正值五一，石小磊约上几个朋友一起去山间别墅度假，大家快乐地玩了五天，第六天发生了一个小意外，石小磊不小心把脚给崴了，大家只好送他下山就医，没想到车刚到山脚就熄火了，幸好不远处就有人家了，李山和王全自告奋勇地去找人帮忙。

不一会儿的工夫，李山气喘吁吁地跑回来，远远就开始喊了："快来人啊，出大事了！"

他们几个吓了一跳，忙迎上去问个究竟。原来那边只有一户人家，门没锁，却一个人也没有，王全怀疑这家人被绑架了。王全是写推理小说的网络作家，平时就神神道道的，众人一听就笑了，说王神探又发神经了，可说归说，大家还是忍不住一窝蜂似的跑过去，到了那里，王全正一本正经地在守护着现场。

有人不屑地说："也许人家是出门一会儿，没锁门，别大惊小怪的。"

王全不慌不忙地向里面一指，娓娓道来："你看这个饭桌，上面摆着四套餐具，饭菜也是吃到一半，其中一只筷子掉在地上。从饭菜的腐烂程度看，至少有五天了，你说会有什么情况让一家四口人一起离开、饭都不吃完？"

有人狐疑地问道："会不会只是有急事离开几天呢？"

王全接着头头是道地分析起来："我刚才走进里屋看了一下，房间的柜门大开，一些衣物散落在地……对了，我还在草丛中发现一只小孩子的

鞋，鞋子有被雨水淋过的痕迹，应该是被绑架时掉落的！”

王全领着他们走到院子里，指着地上的脚印接着分析：“这几天只有昨天下了雨，可是地上却有脚印，就是说主人离开后又有人来过，联想到房间被翻乱，就算是这家人没有被绑架，也遭过贼了，我们还是报案吧。”

众人听着听着，不由得点起头来，别说，听王全这一分析，还真挺可疑的，于是便七嘴八舌地商量要不要报案。

这时，李山扶着石小磊一瘸一拐地走了过来，石小磊听罢王全的分析连连摇头，王全不高兴了，说：“你有什么理由反驳我的推测？你是写言情的，不懂推理。”

石小磊笑道：“我来分析一下给你们听——大家看客厅的餐具，有一套是小孩用的，那只塑料碗还翻在桌上，房间里散落的衣服也多半是小孩的，这说明什么？”

李山恍然大悟道：“我明白了，被绑架的是个孩子！”

石小磊往李山的头上猛敲一记，说道：“绑你个头！我告诉你吧，这是一家人正在吃饭，突然孩子发了急病，于是大家扔下饭碗就奔医院，忙中出乱，孩子鞋掉了都不知道。孩子果然是重症，被留下住院了，父母、亲人不放心，日夜留在那里陪护，都没有回家，只派了一个亲戚回来取孩子的衣物。这人对情况不熟悉，只能乱翻一下，出门还忘了锁门。”

众人听得瞠目结舌，石小磊见王全不信，就一扬手里的手机说：“不信我这就给房主打个电话，通知他回来锁门。他是我的远房表哥，他的儿子突发急性阑尾炎，五天前就告诉我了。你们也别不信，哪家的孩子生病了，家里都是鸡飞狗跳的。”

王全沉思不语，半晌才开口道：“别说了，我们还是拦个车回家吧……原来的成长过程早就淡化了，突然提起才发现——我们的一点小事，在父母就是惊心动魄的！”

（题图、插图：安玉民　梁　丽）

·情节聚焦·

提前一天

□云　玲

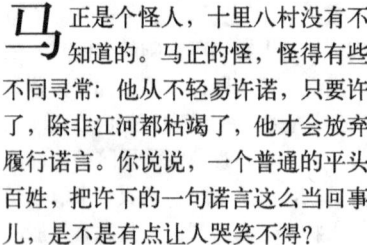

马正是个怪人，十里八村没有不知道的。马正的怪，怪得有些不同寻常：他从不轻易许诺，只要许了，除非江河都枯竭了，他才会放弃履行诺言。你说说，一个普通的平头百姓，把许下的一句诺言这么当回事儿，是不是有点让人哭笑不得？

最典型的一件事，就是马正的老婆生孩子。

那一回，马正的老婆小兰要生孩子了，提前四五天，马正就把小兰送进了乡医院。预产期的头一天，做了各项检查后，护士告诉马正，各项指标正常，胎儿体位很正，没有脐带绕颈现象，完全可以顺产。

马正听后，着急地问："护士，你看孩子什么时候能生？"

护士看马正猴急的样子，笑了笑说："这个不太好说，明后天的可能很大。"

马正追根究底地问："那明天的可能性大吗？"

护士疑惑地看了马正一眼，说："我这么给你说吧，现在这个情况，你老婆随时都有生产的可能，当然也有可能明天生。"

听说明天也有可能生，马正的脸色马上变了，他用手指捏着下巴寻思了一下，突然说："不行，我要剖腹产，就在今天！"

现如今，挑日子生孩子不算新奇事，但护士觉得像马正老婆这样的情况，实在没有必要剖腹产，可马正编出了种种的理由，坚决要求剖腹产，护士让马正好好和老婆商量商量，可马正的老婆啥事都听丈夫的，商量个啥？

于是护士请来了主治大夫，终于敲定了生产方案——剖腹产。

当天下午三点，产房里一声啼哭，一个白白胖胖的小子落地了，马正那个高兴哟，平时基本不会笑的一张脸，此时此刻就像一朵突然盛开的鲜花，就这样，马正满面笑容地把这一喜讯通知了亲朋好友。

亲朋好友陆续赶来，纷纷向马正夫妇表示祝贺。

晚饭时，马正在外面的饭店摆了一桌酒，席上，马正喝了不少酒，这酒一多，嘴就把不住门了，马正醉醺醺地说："今天，我非要剖腹产不可，你们知道为啥吗？"

一个朋友说："你不是说了吗？你和小兰都觉得顺产太危险，所以才剖腹产的嘛！"

马正说"这不是主要原因，主要是因为我原来养的那条狗。"

马正这么一说，大家全傻眼了。马正说的那条狗，大家倒是都知道，那条狗还救过马正一命呢，那是在前年春天的一天夜里，马正喝醉了酒，摇摇晃晃地往家赶，一不小心掉进了一个水坑里，水坑里全是水，而马正又不会游泳，多亏了那条狗，跳进水坑里，生生地把马正拽了出来，可是，这事儿和生孩子有啥关系呢？

马正接着说："猜不出来了吧？因为我给那条狗许过一个诺言。"

许过诺言？大家面面相觑，要知道，马正许下诺言，那可是要命的！

马正霍地站起来，一拍胸脯，说"我马正许诺言，那可是一言九鼎。去年我的那条狗死了，埋葬时，我在它的坟前曾发过誓：狗忌日这天，不管何事何地，何因何故，我绝不举办任何庆祝活动，而明天就是狗的忌日了，如果让儿子明天生，那以后每年的这一天就要为我儿子庆祝生日，那我为狗许下的诺言咋办？言而无信，我还是人吗？"

众人听了，面色肃然，久久说不出一句话来……

（题图、插图：佐　夫）

这年头，“宅经济”火热，网购显得格外抢眼，有钱的人关注上网店，没钱的人关注开网店。“宅”人可以享受生活，也可以使自己钱包鼓鼓……

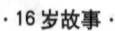

永远的差评

□左文萍

芳芳和小雨是同班同学，她们的妈妈是多年的朋友，在淘宝网上合开了一家网店，网店取名为“爱心妈妈”，专门销售流行服饰。

你还别说，这网店竟然越开生意越好，而且难得的是一个差评也没有，要知道，网上的店铺都设置了买家的反馈信息，有“好评”、“中评”、“差评”三档，“差评”越多，说明店铺信誉越不好，网店店主对“差评”都很忌讳，信誉不好，啥都完了。

芳芳和小雨也会关注“爱心妈妈”网店，这天周一，小雨来到学校，郁闷地对芳芳说：“上周五你妈妈来我家了，还和我妈妈吵了一架，你妈妈决定不跟我妈妈开店了！”

芳芳说“可不是嘛，你妈妈要进日韩服饰，我妈妈偏偏喜欢民族风，现在我妈妈在网上自己开了个服饰店，叫‘时尚小屋’。我妈妈为了跟你妈妈较劲，精力全放在网店上了……”

话说两位妈妈自立门户后，网店买卖都不错，谁也不服谁。

冬天来了，小雨的妈妈杜兰到外地淘到了一批货，有棉服、手套和围巾。杜兰在网店主页上发布公告，新品一律八折优惠，于是生意更加红火了起来。

一天早晨，杜兰打开电脑，上了

自己的网店主页，一看，一下子愣了：店铺评价中，赫然出现了一个差评，差评栏的标题是一朵蔫了的黑色小花！百分百好评，一直是杜兰的骄傲，这个差评把她的好心情彻底摧毁了。杜兰点开详细信息，差评来自一个叫“小布丁”的买家，她买了一副毛线手套，差评理由是“不暖和”。

杜兰很生气，这批手套是她亲自挑选的，在同类货物中性价比是最高的，而且保暖性很好。她急忙拨打买家的电话，希望能解决一下这个差评。

电话接通了，“您好，我是‘爱心妈妈’的店主……”杜兰刚说了这么一句，电话就被挂断了，再次拨打就是忙音。杜兰上网给买家留言：“亲爱的顾客，要是您对手套不满意，可以无条件退货。”可是买家一直不给回音。

这一来可坏事了，有些老顾客想买手套，但看到了这个“不暖和”的差评，都有所顾虑，几天过去了，手套没有人买。杜兰很郁闷，但也只好自认倒霉。

几天过去了，有一天上午，“小布丁”又从店里买了一条围巾，杜兰忽然心生一计，买家地址就在本区，不算远，她决定下班后亲自去送货，看看这个小布丁到底是何许人。下午，杜兰下了班，包好那条围巾，骑上自行车出发了。

杜兰越走就越觉得奇怪 路好熟悉呀，好像芳芳的妈妈陈静的家就在这条街上。到了送货地址的小区门口，杜兰似乎明白了什么，陈静家就住这个小区里！她拨通电话，说：“您好，我是快递公司，请到门口取货。”那边“嗯”了一声就挂断了。

杜兰心情复杂，愤怒里还夹杂着一丝兴奋，她要亲眼看着这个“小布丁”现出原形！一会儿，远远的，一个穿红色羽绒服的女孩走了过来，杜兰认出她就是陈静的女儿芳芳！

芳芳见到杜兰，惊讶地问：“杜阿姨，您怎么来了？”

杜兰反问:“芳芳，你就是‘小布丁’？”

芳芳的脸一下子变得通红，支支吾吾地说不出话来。杜兰见状，明白了个大概，她把围巾塞给芳芳，努力挤出一个微笑，转身骑车走了。杜兰暗自想道，好你个陈静，见我的买卖好，竟然想出这么卑鄙的手段败坏我的信誉！她气呼呼地回到家，见女儿小雨在吃泡面，一问，才知道丈夫在加班，女儿就自己做东西吃了。杜兰心疼，赶紧下厨炒了俩菜，看到小雨津津有味的吃相，不由暗自愧疚，这些天忙着生意，好久没有给女儿做饭了。

周五下午，杜兰早早关了店铺，去接女儿回家，她想好好陪女儿度一个周末。

学校门口已经围了很多接孩子的家长，杜兰一眼就看到了陈静，陈静也看见了她，两人你看我，我看你，全都没搭理对方。一会儿，小雨的班主任张老师走了过来，她刚大学毕业，是个青春时尚的女孩，从“爱心妈妈”店里买过不少东西。

张老师问杜兰最近生意怎么样了，杜兰朝陈静那边望了望，故意提高音量，说:“唉，张老师您不知道，最近我可是得到了个差评啊！”

张老师感到很奇怪，说:“您店铺里的货质优价廉，怎么会得差评？会不会有人恶意评价啊！”

这话正迎合了杜兰的心思，她又瞟了陈静一看，放大嗓门说:“可不是嘛，知人知面不知心呐!”

陈静听不下去了，走上前来，气鼓鼓地反唇相讥:“还好意思说，前两天有人从我店里买了几双袜子就给我打了个差评，不知道是谁那么缺德！”

杜兰更火了，两人吵了起来，周围的家长都好奇地围过来看，张老师急忙在旁边好言相劝，可两个人全憋了一肚子火，越骂越起劲，谁也不让谁，这时候，芳芳和小雨背着书包走出校门，见两个妈妈竟然在当街吵架，都急忙上前把自己的妈妈拉开。杜兰和陈静都怕女儿在同学面前丢脸，这才收住话头，气呼呼地各自拉

着女儿走了。

回到家里，杜兰还是怒气未消，吃过晚饭，丈夫知趣地拉着小雨到超市买东西去了。一会儿，杜兰闲着无事，就走进女儿房间，想帮她整理床铺，忽然，杜兰在枕头下面摸到了什么东西，拿出来一看，是一副粉色的毛线手套，和自己店里卖出的那副得了差评的手套一模一样!

杜兰一下子愣住了，等小雨回来后，她便追问手套的来历，这时，小雨的脸立刻红了，她咬着嘴唇，说出了事情的原委：这副手套确实是她买的，差评也是她给的。近些年网购盛行，她和芳芳都把压岁钱存进了网上银行。有一次，她对芳芳抱怨说，自己妈妈的网店越做越好，经常去外地进货，连周末也见不到人影。芳芳说她也是那样，家长会都是爸爸去开的，要是妈妈的店没有那么忙就好了。两个孩子一商量，主意就来了：买她们店铺的东西，再给差评，这样店里生意肯定受影响，就不会那么忙了。当然，她们把送货的地址填了对方的，可是没想到竟然会给两个妈妈带来这么多的误会。

杜兰看到女儿委屈的样子，心里酸酸的，她又问："那你为什么要把差评理由说成'不暖和'呢，这副手套，可是妈妈进的最好的货。"

小雨抬起头，眼里满是泪花，说"小时候，一到冬天，妈妈你就给我织厚厚的毛线手套，还让我把手伸进你的怀里暖和，可舒服了，但是现在，你都多久没有抱过我了？这副手套再好，也没有妈妈的怀里温暖。"

杜兰愧疚不已，她伸出手把小雨搂进了怀里。

又过了一天，"爱心妈妈"店铺粉色的首页上贴出了这样的公告："亲爱的顾客们，前几天'爱心妈妈'得到了一个差评，这个差评来自我的宝贝女儿，对这个差评我心服口服，我不是个称职的妈妈。即日起，周六、周末两天不接单、不发货，敬请大家谅解！我希望这两天里能和女儿在一起，直到女儿愿意给妈妈好评！"

公告下面贴着母女俩的合影，她们站在雪地里，笑得很灿烂。旁边的友情推荐栏里，陈静的"时尚小屋"排在第一个。

后来，小雨不好意思地对妈妈说："我把差评给你改掉吧，多难看啊！"杜兰笑笑，刮刮女儿的鼻子说"不用了，这个差评对妈妈来说意义非凡……"

（题图、插图：佐　夫）

红版编辑部各编辑邮箱：

姚自豪：yaobianji@126.com;
郑继文：zjw002@vip.163.com;
吕　佳：lujia411@yahoo.com.cn;
叶小萌：xiaomeng.ye@gmail.com。

· 法律知识故事 ·

蜜月里的车祸

□范大宇

金秋十月的一天下午，在云南一条二级公路上，飞驰着一辆红色“马自达6”轿车。开车的是个戴着一副时髦太阳镜的年轻女子，副驾驶座上坐的是一位挺有风度的男子。

这是一对旅游度蜜月的新婚夫妻。男的叫张志敬，是一个小有成就的IT精英，女的叫黎英，是北京某部的公务员。他们早就想去看看丽江的风光，可是因为工作忙总是没时间，就一拖再拖。正好要结婚了，他们就同时想到了到丽江旅游结婚，以圆这个长期的梦想。黎英她刚刚拿到驾驶本，见到车就想过把瘾。从北京到丽江，来回少说也得有七八千公里，就是生瓜蛋子也能练成驾车高手了。

此时，黎英一边开车，一边看着路两边的景色，突然，她一走神，手下意识地把方向盘向左打了一下，汽车多快呀，“呼”地越过公路中间的黄线，逆行了，而巧的是，几乎是同时，对面高速开过来一辆大货车，直直地撞了过来。呀，正面冲突！黎英向右打方向盘，但已经晚了，大货车在“马自达”车的左前侧重重地撞了下。

在公路上超速行驶撞车可不是闹着玩的，但万幸的是人都无大碍，张志敬小夫妻俩钻出车，好半天没回过神来，直到交警赶来，张志敬才想起一件事，赶紧拿出数码相机，对着双方的车辆，对着公路，对着车辆牌照，远景、近景“啪啪啪啪”拍了几张照。

经过勘察，警察将一份“交通事故认定书”交给双方，张志敬一看，对方负事故百分之二十的责任，而他们要负百分之八十的责任。张志敬他们

逆向行驶，自然理亏，只好无奈地服从。大货车司机是本地人，又很有经验。他没有过多地埋怨张志敬夫妇，而是及时地叫来了当地的保险公司，对双方车辆进行了定损，然后主动把他们带到最近的一个修理厂修车。

这车一修就是两天，到第三天，张志敬小夫妻俩才到达丽江。在登了玉龙雪山回到了丽江古城后，张志敬突然想起来了，天，从发生车祸到现在三天了，自己还没有向投保的保险公司报案呢。于是，他立即掏出手机，向保险公司报了这起事故。

回到北京后，张志敬第一件事，就是去保险公司进行理赔。这次修车他共花费1万多元。虽然汽车受了损伤，好在投了车辆损失险、第三者综合责任险和两项附加险。按规定，这一切费用全由保险公司承担。办事员接下单子，让他等待。因为需要核实。

十几天后，张志敬接到了保险公司的回复，不过是一纸“拒赔通知书”。张志敬不相信，翻过来掉过去地看，没错，保险公司不赔，一分不赔。理由是：张志敬的报案时间超过了保险合同上约定的48小时。根据《机动车辆保险条款》第26条、28条的规定，此案拒赔。

张志敬拍着脑袋，懊恼不已。自己怎么聪明一世，糊涂一时，为什么没有在48小时内报案呢？现在，通讯多方便，一个电话，一分钟就能敲定的事儿，却因为一个小小的疏忽，现在一分钱也拿不到了。张志敬不死心，跑到保险公司，与理赔人员交涉，希望他们通融通融，哪怕少赔点也行啊，可是人家指着保险合同说：这是双方签字认可的，保险合同是有法律约束力的，不能随便改变！

张志敬垂头丧气地回到家，跟黎英一说，黎英也恼火，蜜月里出了车祸，还要搭进去1万多块钱。小两口不由得互相埋怨，越说越急，弄得好几天谁和谁都不说话。

这天下班后，张志敬和黎英回到家，突然接到一个电话，是黎英接的。一听，是她的同学打来的，问她这个蜜月度得如何。这下子可算是触动了她最敏感的神经，黎英不由眼里含着泪，“哇哇哇”地大吐苦水。

黎英那个同学是名律师，在仔细听了她说的案情后，说：“虽然你们的保险合同上约定了48小时要报案，但是事情可能还有转机。”“啊，真的？”

于是，黎英在律师同学的指点下，向法院提起了诉讼。法院经过调证、核实，最后判决如下：虽然张志敬没有按照保险合同的要求及时履行通知保险公司的义务，但并未使保险公司无法核实保险事故的性质、原因和损失程度等，因此保险公司仅以张志敬未在保险合同约定的保险事故发生后48小时内进行报案为由拒绝赔付，于法无据，并且有违公平原则。故法院判决保险公司的保险合同条款应认定为无效，保险公司应赔付张志敬车损费一万两千余元。

张志敬夫妇得到了赔偿款，非常高兴，请那律师同学在“全聚德”吃烤鸭。席间，那律师同学说：“你们虽然胜诉了，但是险中取胜呀！说实话，虽然此案认定了该条款无效，但保险公司的此项合同惯例并不都应认定无效，仍然需要考虑到具体的情形才能进行认定，因此你们还是应该熟悉相关合同条款，及时履行相应义务，以保护自身权益啊！”

张志敬一个劲儿地点头。黎英呢，对老公在事发第一时间的拍照由衷地佩服，没有那些照片，如果双方再有争执，那交警就很难认定事故，没有交警给予的《交通事故认定书》，就是找天王老子也讨不回一分钱来。

律师点评：

本故事主要解释这么一个法律问题：即保险合同中有“保险事故发生后超过48小时不报案拒赔”条款，但是，法院为什么没有支持保险公司这一主张呢？

一般情况下，保险合同（当然包括保险公司设置的拒赔条款等）都是预先已经设定，投保人只需在合同的空格中填写即可，这类合同就属格式条款性质。而提供“格式条款”一方往往隐藏着免去自己责任却又加重对方责任或排除对方主要权利的条款。从公平原则角度出发，作为设置条款的一方就应当作出特别告知申明，否则，就很有可能导致条款无效的法律后果。故事中最终判决就是一个很好的说明。

同样，作为签订“格式条款”的另一方来说，在实际操作中仍需谨慎对待条款中存在的风险，特别是免责条款等，因为法院并非绝对排斥“格式条款”的有效性。

（题图、插图：刘斌昆）

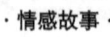

子和媳妇目不转睛地看着，天哪，这次爸爸不是在画画，而是在写字！

几分钟后，白纸上出现了歪歪扭扭的三个字——“刘兰花”！

刘兰花就是爸爸早已过世的妻子，是儿子的妈妈呀！大字不识一个的爸爸，什么时候学会写妈妈的名字了？

原来爸爸是要给他的妻子过生日啊！是的，如果妈妈没有过世，她今年60岁，今天是农历六月初九，正是妈妈的生日！儿子陷入了深深的自责中，纵然有千个万个理由，一个儿子都不该忘记妈妈的生日，这是不可原谅的，但是爸爸，一个垂危的老人，一个深情的丈夫却记得那么清楚！

这时，爸爸又画了一个不规则的长方体，这会儿，儿子马上猜想到这长方体一定是指爸爸的那只老皮箱，那皮箱里一定有妈妈的照片，于是，儿子从爸爸的床底下掏出了那只印有“上海旅游”的皮箱，打开皮箱，在最底层找到了妈妈的一幅画像，画像上的妈妈正朝着儿子微笑着，似乎在说：“儿子，你过得好吗？你爸过得好吗？”

儿子泪如雨下，媳妇也满脸是泪，两人将妈妈的画像摆好，画像的前面放着生日蛋糕，左右放着煮鸡蛋和长寿面。媳妇颤抖着手，将6根蜡烛插在蛋糕上，一根根点燃……

就在这刹那间，令人惊讶的事情发生了，从病床那里，从爸爸的口里，传来了不太清晰的一句话：“生日快乐……”那是爸爸说的，那是他身体瘫痪后说的第一句话……

媳妇哭成了泪人，她依偎在丈夫的怀里，小声地说：“如果你像爸爸爱妈妈那样爱我，哪怕是一天，我也会爱你一万年……”

（题图、插图：刘斌昆）

善心作舟

□童存云

有一年，洛阳遭了大旱，庄稼颗粒无收，一时间城内城外饥民遍地，到处是一片哀号声，树皮、草根，都成了充饥之物。

洛阳城里有一个叫郭环的大财主，他家里有口深井，宽达三丈，深不可测，每天可取百多担水，但自从干旱以来，他怕难民抢水，就命人给井加了一个大盖，还令家人到处散布消息，说自家的井枯了。

郭环家财万贯，但年近半百了，膝下却无一男半女，虽然他有几房夫人，又长年烧香拜佛，怎奈几个肚子就是不见动静。

这天，夫人们又去庙里求来了签，郭环一看，是个中平签，道是："子息相关善心缘，枯木逢春运来转，廿年恩怨了结时，天降甘霖梦得圆。"大意是得子有望，但需广结善缘。

郭环看着签文，寻思道：既然要广结善缘，唯有起了井盖、开了粮仓，接济难民。

于是，他便命家人在城外搭了个十来丈长的粥棚，每天用井里的水煮粥，施舍给难民们，一时间，他被难民们称作"郭大善人"。

这天，郭环巡视粥棚，只见炎炎烈日下，成百上千的难民井然有序地排着队领粥，不由暗暗称奇。

管家告诉他，前几天，难民为了争粥，时常互相厮打，几乎要闹出人命。后来不知哪里跑来个小伙子，安抚难民，维护秩序，做得像模像样儿的。郭环顺着管家所指望去，果然有一个衣衫破旧的小伙子，戴着一顶破帽子，跑前跑后地约束队伍，直干得大汗淋漓。

郭环命人去唤小伙子过来，过了好久，小伙子才扭扭捏捏地走过来，却不愿抬头。

管家介绍说：这位是欧阳春小兄弟，今年十八岁。郭环一惊，细细一看，只见他脸上怒气暗生，眉眼间似有几分熟悉，就问：“小兄弟，欧阳敬明是你什么人？”

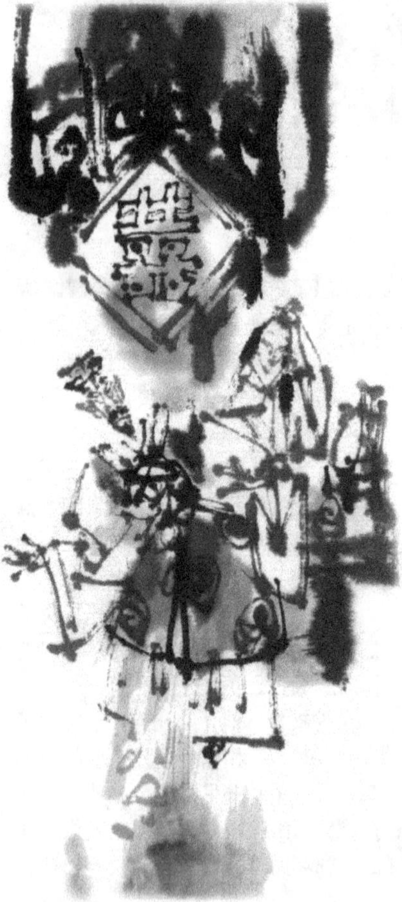

谁知欧阳春一听这话，立刻泪如雨下，撒腿就跑……

郭环见状，很是惊讶，便一路尾随欧阳春，只见欧阳春来到一座破庙里，地上躺着个老人，奄奄一息，欧阳春将一点稀粥往老人嘴里送，老人把头扭到一边说：“我就是饿死，也不会吃郭环家的一粒米……”

欧阳春哭道：“爹已经六天没吃东西了，既然爹不肯吃，那我明天也不去吃了！”

“不行！如果你……你饿死了，谁……谁替我和你娘报仇？”

父子俩正在争执着，忽听背后有人说道：“欧阳敬明，你还真小气！二十年前你拐走了芸香，我不跟你计较，你倒记恨起我来了！”说话的正是郭环，他尾随着欧阳春一路跟来了。

欧阳敬明看见郭环，捏紧拳头，郭环扫视四周，说：“怎么只有你？芸香呢？”

欧阳春对着郭环怒目而视：“我娘早在十八年前就被你害死了！”

郭环一愣，不由想起了二十年前的往事。

那一年，郭环已成婚数年，夫人却怎么也生不出个一男半女，郭环无

计可施，便差人选了吉日，要把丫头芸香纳为小妾。不料，芸香早就跟郭府的下人欧阳敬明好上了，两人在一个月黑风高之夜私奔了。

这一逃，郭环自然不会放过他们，一年后，他终于打听到两人的藏身之地，待郭环率人去追拿时，芸香已经快要临盆，却只好拖着有孕之身逃命，路上，芸香拼尽最后一口气生下孩子，就死在了欧阳敬明的怀里。

欧阳春说完真相，郭环懊悔不已，连连摇头："唉，怪只怪我当年太小气，早知道如此，我当年放你们一马又如何？其实，我早就原谅你们了！"

欧阳敬明听了他的话，忽然仰天大笑，良久，他声嘶力竭道："郭环，我就是做鬼也不会放过你的！"说完，他两腿一伸，闭了眼，断了气。

可怜欧阳春一下子成了孤儿，他不由失声痛哭起来，这一哭哭得好伤心，呼天抢地的，却不小心弄掉了头上的破帽子，露出一头青丝来，郭环不禁一呆：欧阳春竟是女儿身!

郭环心中一转："枯木逢春运来转"，这不是应了签文吗？自己年近半百，没有子女，形同枯木，碰上欧阳春，不正是"枯木逢春"吗？

他抢上前扶起了欧阳春，自责道："你爹娘的死，我有大错，这样吧，他的后事我来料理，你呢，以后就住进我家，也好有个照应。"

欧阳春抬起一双泪眼，怨恨地说："你难道不怕我替爹娘报仇吗？"

郭环满脑子想的都是那句签文，哪里听得进去？他把欧阳春带回了家，命人服侍她沐浴更衣，等她再出来时，真叫人满目生辉：好个难得一见的绝色女子!

接着，郭环召来几位夫人，把遇上欧阳春的经过一说，众夫人也心领神会，纷纷给老爷道喜。

第二天，众夫人便带着聘礼、签文来到欧阳春房里，把天赐良缘、荣华富贵之类的话对她一通好说。

欧阳春听罢，沉默了片刻，点了点头，但请夫人们回禀，郭环必须先以半子的礼数给她父亲披麻戴孝，厚葬欧阳敬明。郭环犹豫了一下，也答应了她的条件。

一切办妥，郭环就将欧阳春收作了第六房夫人。

成婚那晚，郭环连酒都没敢多喝，早早地来到了六夫人房里。

门一开，欧阳春背对着他，正对着铜镜梳妆。她手捏牛角梳，微微颤抖，梳得又重又慢，好像在头皮上犁地一般。她见郭环进来，回头一笑，说："老爷，桌上有碗参茶，是我亲手泡的，您喝一口，待我梳妆好就过来。"

郭环见欧阳春笑脸相迎自然很高兴，他端起参茶刚要喝，不料欧阳春突然大喊一声："别喝！"

郭环手一歪，"哐当"一声，茶杯摔碎，茶水中冒出一股黑烟，有毒！

郭环吃惊不小，再一看，只见欧阳春已转过头去，继续梳着头，只是越梳越慢，越梳越慢。

郭环暗觉不妙，夺过她手中的梳子一看，只见上面已经沾染了一丝丝黑血，梳子上也有毒！

欧阳春见郭环发现了自己投毒的秘密，长叹一声，身子往后一倒，无奈地一笑："最终你还是竹篮打水……"

郭环顾不上跟她计较，忙大声喊人找郎中，顿时府里乱作一团。

原来欧阳春女扮男装混入粥棚，就是为了接近郭家，但她心知自己一个弱女子，要报仇真是千难万难。正巧郭环求子心切，向自己求婚，便假意答应，先让他替自己的父亲披麻戴孝，借机羞辱他一番，再偷偷下毒，拼个同归于尽。她见郭环将要喝下毒茶，猛地想到郭环一死，难民可怎么办？这才大喊一声。但她绝不愿给郭环作妾，只求一死了账，早早和父母团聚。

幸好欧阳春中毒不深，经过郎中的救治，慢慢地醒了过来，但她一心求死，不肯服药，也拒绝进食，眼看她一天天消瘦下去，郭环十分心疼。

这几天，郭环思量旧事，不禁羞愧交加：当年芸香因为不愿为妾，铁了心和人私奔，以至酿成了后来的惨剧，现在自己又逼人家的女儿，万一她真有个三长两短，那岂不是又要铸

成大错？

郭环左思右想，一时不知道该怎么办了。

这天，他正在园中散步，忽然听到后院传来一阵喧哗。原来，老管家在街上见一个猎人在卖一只刚出世的小狼崽，这狼崽还没断奶，很是可怜，于是买回家，抹上点狗尿，把它悄悄地放进了狗窝，母狗居然真的给它喂起奶来。大夫人知道了，让老管家赶紧把小狼崽抱走，不料却惊动了母狗，它扑上来抢回小狼崽，放在自己身边，小狼崽也亲昵地在母狗身上蹭来蹭去，显然把它当作了自己的母亲。

郭环见此情景，忽然有了主意，他吩咐下人明天准备酒席，他要大宴宾客。

第二天一早，亲朋好友都来了，郭环又请来了族中尊长，郑重其事地拉过欧阳春，当众宣布要认她为义女。

众人一听都惊呆了，长辈们更骂郭环胡闹，刚以半子的身份葬了欧阳春的父亲，又三媒六聘娶她为妾，现在怎么又改认义女了？众夫人也都听得稀里糊涂的。

只有欧阳春大受震动，热泪盈眶，她想不到自己如此侮辱郭环，他不但不记恨，反而处处为她着想，又见郭环跪在地上，向族中长辈坦陈，欧阳春本为故人之女，强行纳妾有悖伦常，现在只有将她认为义女，才能化解两家的恩怨。他说得头头是道，在情在理，大家也不好再说什么了。就这样，郭环认下欧阳春做了义女。

第三天午后，天突然阴了下来，很快就狂风大作，下起了倾盆大雨，旱情一下子缓解了，老百姓在雨中欢呼雀跃，载歌载舞。

没过多久，官府的大批救灾粮也拨了下来，“郭环认女”的故事在当地传为美谈。郭家对“天降甘霖”一事暗暗称奇，一家人从此和和睦睦地生活在一起，郭环和欧阳春始终以父女之情相待。

半年后的一天，郭环正要出门，忽听各房的丫头来报，说几位夫人同时病倒了。

郭环大惊，忙派人请来大夫，大夫给众夫人把完脉后，连声道喜，原来是几位夫人同时怀孕了！

其实，郭环认女、天降甘霖，两件事全无相干，碰到一处，纯属巧合。郭环过去为人吝啬，斤斤计较，操心过度，伤了元气，所以没有子女。经过这一遭，他从此和气待人，心也宽了，又加上欧阳春的悉心照料，身板直了，脸色也红润了，夫人们的肚子自然也“争气”了。

数月后，郭环喜得二男一女，终于了却了这桩心愿。

（题图、插图：黄全昌）

一场离奇的失踪谜案，隐藏了多少惊天秘密？跨越数十年的爱恨情仇，暗藏着多少不为人知的故事……

本案宣告终结

□盛柳阳

1．临死前的愿望

方建纬本有个幸福的家庭，但自从二十年前妻子黄娟去外地旅游，一去不返，生不见人，死不见尸，方建纬就伤心至极，没有再娶，含辛茹苦地把女儿拉扯大、嫁了人，自己也熬成了老方。还没享几天清福，他就被查出患了脑癌，只有两个月的时间了。方建纬别的没什么放不下的，唯一叫他耿耿于怀的，就是自己妻子的失踪。他一定要在死之前，把妻子失踪的真相弄个水落石出。

方建纬收拾好行李，乘火车去了妻子失踪的地方。

来接站的是方建纬的大学同学何勇毅，两人是二十多年的好朋友，何勇毅的妻子王晓琳，就是方建纬介绍的。

刚刚安顿下来，方建纬就找到他过去的学生——当地公安局的一个领导，请他派一名优秀的刑警来调查黄娟的下落。

被派来的刑警名叫蒋游竹，年纪轻轻就破过数个大案。在他的引导下，方建纬慢慢道出事情的经过：

方建纬和黄娟是大学同学，情投

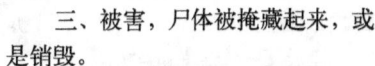

意合，毕业之后一起留校，结了婚，不久有了小孩。因为都忙于工作，两个人甚至没有去蜜月旅行，方建纬心里一直存着愧疚。结婚数年后一家三口本来决定出去旅游，但一项紧急工作，把方建纬耽搁了下来。他不想让妻子扫兴，于是说服妻子一个人出行，心想正值“严打”时期，而那个旅游胜地，人烟稠密，应该没有什么问题吧！那时，打长途电话还是一件很奢侈的事情，所以为了保持联络，他和黄娟约定，让妻子每天都写一封信寄回来。刚开始，日日如此，但是过了一个礼拜，黄娟忽然音讯全无。三天之后，焦虑不堪的方建纬向当地警方报了案。警方经过严密的侦查，只能查到黄娟最后的落脚点是景区附近的一家招待所，有人看到她傍晚的时候挎着一只照相机出去了，从此就再也没回来。

听完陈述，蒋游竹面色严峻：“恕我直言，事情过去二十年了，黄娟极有可能早已不在人世，你要做好最坏的心理准备。”

方建纬心中一颤。他深吸一口气，转念一想，自己都快死了，还有什么放不下的，他现在只要知道妻子的下落，无论是生是死，他都可以瞑目了。方建纬定了定神，说：“我没事，您说。”

根据案情，蒋游竹列出了三种可能：

一、私奔，跟人跑了。

二、遇到意外事故，尸骨无存。

三、被害，尸体被掩藏起来，或是销毁。

第一种可能性极小，夫妻两人感情甚好，何况黄娟刚刚生下一个女儿，正初尝着做母亲的幸福。

第二种可能也不大。黄娟失踪的白丁村离市区不远，是著名的湿地风景区，根本没有危险的自然地形，除非是溺水，但黄娟水性也很好。

最后一种可能性，也存在着种种疑点：当年正值“严打”，治安良好，黄娟为人又十分谨慎，而身为排球爱好者的她身高将近一米八，体格健壮，寻常男子都未必能制服她。

那么是谁、又是为何要谋害她呢？为色？为财？

论姿色，黄娟相貌一般，身材高大，并不是一个美人。

论财，黄娟和方建纬都是搞科研教学的知识分子，生活清贫，唯一值钱的东西，就是当年夫妻俩节衣缩食买的一架凤凰牌单反相机，但这种专业相机，除非是行家，才懂得它的价值。

经过反复论证，蒋游竹决定：“线索是在白丁村断的，我们就去那边瞧瞧，说不定有新的发现。”

2. 凤凰相机

从市区向西十公里，就到了白丁

村。过去这里只是一片湿地改造的农田，现在已经被开发成繁荣的旅游区了。二十年前黄娟最后出现的招待所，也早被拆除，变成了一个家庭博物馆。当初湿地开垦的时候，有很多文物被挖了出来，但是这些小玩意儿的历史价值不高，官方的博物馆不要，就由当地一个附庸风雅的农民企业家搜集起来，建成一个家庭博物馆免费展出，吸引了不少游客。

三人在湿地里面转了半天，也没看出什么门道，天热得很，方建纬和何勇毅都是老年人，就来到博物馆一边吹空调，一边饶有兴味地欣赏那些展品。看着看着，方建纬霍地愣住，死死盯住一件文物，是摆放在玻璃柜里面的一个凤凰牌照相机，说明牌上写着：

历史的遗迹——改革开放前的凤凰相机

村民 王大海捐赠

方建纬哆哆嗦嗦从口袋里掏出老花眼镜，手抖得几乎戴不上，当他看到照相机背后的编号时，终于激动地叫起来：“找到了，找到了！”

蒋游竹和何勇毅好奇地走了过来，方建纬指着照相机说：“这架相机，是我和妻子一起买的，上面的编号，我记得清清楚楚！”

由于照相机属于贵重物品，每一架凤凰相机，都有独一无二的编号——这肯定是黄娟的遗物。

方建纬的叫声引来了博物馆的管理员，那是个姑娘，剪着一头清爽的短发。她皱着眉头说：“对不起，这是博物馆，请保持安静！”

蒋游竹赶紧掏出证件：“对不起，我是刑警，这件东西，很可能涉及一起谋杀案。”他指指相机，“那个捐赠者王大海，他人在哪里？我们要问他几个问题。”

“王大海去年就已经过世了。”

“什么？”方建纬一阵失望，刚刚找到的线索马上断了。

管理员关切地问道：“到底是什么杀人案件，需要我

帮忙吗？我是本地人，姓朱，你们就叫我阿朱好了。”

“我叫蒋游竹，叫我老蒋好了。”蒋游竹笑眯眯地回答。

阿朱说：“有些东西你们或许会感兴趣。跟我来吧！”

四人拐到一间大厅，那里挂的都是展示湿地历史风貌的照片。

阿朱指着几幅颇有艺术感的黑白风景照说道：“十多年前王大海说从地里挖出一个照相机，一直放在他家里，三年前博物馆成立，他就当作文物捐给了我们。当时我发现里面有一个胶卷，万幸的是照相机密封性非常好，所以胶卷几乎没有损坏。我就把胶卷洗了出来，挑了几张照片挂在这里。”蒋游竹反复打量着这些照片，出于刑警的直觉，他注意到照片的角落里打印着一个日期：1984.07.07。他猛然想到，这正是黄娟失踪的日子，难道这些照片的拍摄地就是她最后出现的地方？阿朱找来了村里的几位老人，他们看了照片，认出这是村东一里路的一片芦苇塘，以前长满了芦苇、野莲花，无数飞鸟走兽在此栖息，风景秀丽。

十多年前村民们曾试图将此地开垦为农田，但是因为水排不干净，最终放弃，芦苇塘也变成了泥塘。王大海或许就是在开垦农田的时候，无意中找到相机的吧！

四人来到那里，一见芦苇塘，不由得心底一沉。这片芦苇塘不下数千亩，假如下面真的埋有一具尸体，找起来谈何容易！蒋游竹估计了一下，说：“就算我们刑警队全体出动，也得花两三个月才能把整个芦苇塘翻一遍。”方建纬沉默不语，他等不了这么久了，医生说过，他最多只能活两个月。

这时，从芦苇塘附近跑出来一个老头，冲他们大喊大叫：“喂，你们是干什么的？这是私人的地皮，不要过来。”阿朱用当地土话说：“啊，是林大伯啊，您怎么在这里？怎么说这块地被人买下了？”

林大伯看是熟人，口气缓和了下来：“这块荒地本来是没人要的，种地不行，造房子也不成，后来附近村里的能人王卫平把它买下了，我寻思他可能要搞旅游开发吧，但是过了好几年，都没有什么动静。后来他雇了我这个老头子看守，要我千万别放任何人进来。”

蒋游竹心里“咯噔”一下，说道：“这麻烦了，如果我们要搜查的话，还得由上级批准，又要多耽搁几天了。不过这也说明，这块地肯定是有问题的！”

3. 妙计找线索

第二天，芦苇塘里来了两个奇怪的老头，他们穿着野外探险的服装，手里拿着金属探测仪之类的仪器，在里面走来走去地不知在干什么，看守的林大伯急忙上前拦住他们：“喂，你们在干吗？”

这两人正是化了装的方建纬、何勇毅。在林大伯的再三追问下，他们才一本正经地低声说道：“我们是政府派来的考古专家，在执行秘密任务！”

两个老头在芦苇塘里找了半天，一无所获，又小声交谈了几句，就上岸走了，但是他们一走，又“呼啦”来了一帮穿着各式衣服的人，都拿着金属探测仪转来转去，林大伯怎么也拦不住，他越发好奇了，于是上前递了几根烟给一个人，攀谈起来。

那人叼着烟说道：“看你是个老实人，我就告诉你，我爸爸是大学考古系的，前几天卫星上发来照片，这底下埋的是个王宫！你想，王宫啊，里面不知道有多少宝贝。捡到一个就发了！”

林大伯恍然大悟，暗骂道：“他妈的，怪不得王卫平这臭小子非要买这块荒地，原以为他脑袋有问题，原来这泥塘下面埋有宝贝啊！”

芦苇塘下埋着王宫！这个消息一传十，十传百，一下子在城里传开了。

第二天，芦苇塘里就挤了好几千人，有的拿着个仪器走来走去，林大伯等没仪器的干脆拿出锄头往地里乱刨。阿朱又在岸边设了一个收购点，挖到什么东西都要，就等着和黄娟有关的东西了。

到了下午，“呼啦”一下子开来十多辆面包车，从上面下来一百多个气势汹汹的年轻人，个个手中拿着钢管、斧头，喝道：“有没有王法，这是有人买下的地皮，你们怎么敢随便挖？滚滚滚，不然别怪我们不客气！”说完就举起手里的家伙轰赶众人。

众人被他们凶神恶煞般地一吓，不禁一呆，这时林大伯骂开了：“混账，有财大家一起发，不能让你们独吞。这地皮是你们老板买下的，地里

的宝贝可是归大家的，你们要是敢再废半句话，大家决不饶你们！”

这一骂，顿时群情激昂。“对！对！”几千人大声附和着，见对方不过百来个，顿时胆子也大了，抄起工具把他们围了起来。这帮人一看情况不妙，就灰溜溜地坐上车逃走了。

第三天，那帮打手也来了，只是这次不再驱赶众人，而是闷着头皮，在塘里拼命地挖，一边挖，一边扔，显然也在寻找什么。到傍晚，人越来越少，整个芦苇塘也差不多被翻了过来，杂物遍地都是，然而和黄娟有关的线索却一点也没有找到。方建纬正感到绝望的时候，突然有人惊呼：“挖到死人骨头了！”

蒋游竹等闻声赶去，却看到那帮打手也奔了过去，气势汹汹地嚷着：“这些骨头不吉利，快交给我们，我们给你们钱！”

蒋游竹大声呵斥：“住手，这是人的骸骨，不能随便处置！”

那带头的人是一个四十岁左右的高大汉子，见蒋游竹神色坚毅，哼了一声：“你是什么人，敢管我的事情？”

“警察！”蒋游竹亮出了证件，那人脸色一变。

当蒋游竹要收走骨头的时候，那人递上来一支“中华”，蒋游竹推开他的手，冷冷说道：“你还有什么事情？”那人说：“敝人王卫平，地是我买的。想必你也知道了，这块地我一直没敢动，就是听说这里以前有人淹死过，风水不好。现在骨头挖出来了，就交给我来处理吧！”

蒋游竹摇摇头，一口拒绝。王卫平脸色越发惨白。

蒋游竹神色凝重地对方建纬说：“尸骨我初步看了一下，是一个身高在一米八左右的女子，我已经叫人送到公安局检验科去了。这些随身物品，你看看，是不是你妻子的？”

方建纬在一堆物件旁细细看着，他拈起一个银戒指，呼吸加快，手臂颤抖着：“这是我们的结婚戒指，上面还刻着一行字：死生契阔，与子成悦。这就是黄娟的，不会错的！”

方建纬没有注意到，此刻何勇毅的脸上，却显出了不应该有的痛苦神情。

4.意想不到的事实

经过法医的检验，确认尸体就是黄娟，死因是后脑勺受到重物打击，导致颅骨破裂而亡。

方建纬的心愿已经完成了一半，但到底是什么人、为什么要杀害黄娟？

蒋游竹又忙碌起来。他无意中注意到：何勇毅的脸色一直非常阴郁，甚至有些可怕。可过了一会儿，何勇毅又突然镇定下来，仿佛下定了什么决心一样，拍着方建纬的肩膀，请他去家里喝杯酒庆祝一下，方建纬欣然应允。

何勇毅家只有他一个人，妻子王晓琳红颜薄命，结婚没几年就因病去世了，连个子女都没留下。和方建纬一样，何勇毅也没有再娶，平常他都住在学校，难得回家一趟。

两人坐下来，何勇毅斟了一杯酒递过来，方建纬一饮而尽，再要喝第二杯，忽然觉得天旋地转，眼睛怎么也睁不开……等到他再次张开眼睛的时候，倏然发觉自己被绑在椅子上，何勇毅就坐在对面，手中拿着一个酒瓶子，双眼通红，瞪着自己。

方建纬惊呼：“何勇毅，你这是干什么？”

何勇毅反问：“你知道王晓琳是怎么死的？”

“王晓琳不是病故的吗？”

何勇毅苦笑着摇摇头：“哪有那么简单？王晓琳的死，说来说去，还得扯到你头上。”

方建纬懵了，实在不明白这话从哪说起。何勇毅流着泪告诉他，当年王晓琳苦恋方建纬，但是方建纬却把她当妹妹一样看待。也难怪，王晓琳只有一米五五，和身高超过一米八五的方建纬比起来，实在跟布娃娃一样。后来，方建纬和同样爱好排球的黄娟结了婚。

不久，何勇毅偶然见到娇小的王晓琳，一见钟情，便托方建纬撮合，两人成为夫妻。其实王晓琳早知自己是单相思，失望之余，便借嫁人远走他乡。这些事情方建纬并不知道，身为丈夫的何勇毅却逐渐了解，成了他的心病。直到黄娟失踪的那天，王晓琳离家不过几个小时，回来时却满面惊恐，连话也说不出来了，更是让何勇毅疑虑重重。几天后消息传来，黄娟失踪了，联想到王晓琳和方建纬的关系，他暗自惊心：莫非王晓琳嫉妒成恨，杀了黄娟？何勇毅决心为妻子瞒下这件事，一年后，王晓琳郁郁而终。他本已逐渐忘记此事，但黄娟的尸骨

一下子证实了他二十年来的担忧，这对他打击很大，为了保护王晓琳的名誉，他决定铤而走险。

何勇毅说：“老方啊，你活也活够了，我会杀了你，然后再自杀，留下遗书说黄娟是我杀的，既然苦主和凶手都死了，这件事情就没有人再会追究，晓琳的名誉，也就保住了。”

方建纬叫道：“你疯了吗？快放开我！”

何勇毅淡淡地说：“不用担心，我会开煤气自杀，这样大家都不会有痛苦。”

偏偏在这个时候，有人不识相地敲门，大喊道：“收煤气费的，赶快开门，再不开门，我就停你煤气！”

何勇毅迟疑了一会儿，终于去开门，只听门口乒乓几声，蒋游竹冲了进来：“好险！我看何勇毅的脸色有点不对劲，就偷偷跟来，想不到他真的干了蠢事！怎么回事？”

何勇毅一言不发，心中颇有愧疚。听了方建纬的转述，蒋游竹责备何勇毅：“你这样做是违法的。”接着他肯定地对何勇毅说，“你的妻子不可能是凶手！”

何勇毅一愣：“为什么？”

蒋游竹说道：“黄娟是在行走过程中，被人用重物从背后砸中了头顶。由此可以断定，凶手的身高在一米八以上，但你妻子却是一个不到一米六的矮个子，根本打不到。”

何勇毅稍稍松了一口气，想到妻子的过世，又是叹气又是流泪。

方建纬问道：“那么你们知道凶手是谁了吗？”

蒋游竹摇摇头，说道：“还不能完全断定，不过凶手的特征我们大体上已经掌握了。当年，由于户籍管理严格，又在严打期间，人口流动很少，基本可以确认凶手是本地人，又比较清闲。”方建纬非常奇怪：“这又怎么说？”

蒋游竹分析道：“黄娟最后一张照片是在七月七日拍摄的，她拍的是太阳落山，根据时节来推测，那时候大概是晚上七点左右。当地农民干了一天的活，大多已经吃完饭，准备上床了。谁会在这个时候跑到这个荒凉的芦苇塘边来呢？”

方建纬和何勇毅茫然地摇摇头。

“七月七日，是高考的第一天。如果我的推测没错的话，只有高考生，才可能会在那个时间有空闲。一般的中学生，不是帮父母做家务，就是在做作业。”方建纬不明白，这和凶手有什么关系。

5.真凶暴露

蒋游竹顿了顿，说“黄娟到本地旅游，这件事情何勇毅先生和妻子王晓琳事先是知道的。由于方建纬先生的缘故，王晓琳比较妒忌黄娟，所以去找黄娟，或许是想谈谈天。两人约好在附近的芦苇塘见面，那里人迹罕至，很清静。王晓琳女士住在市区，可能是怕迟到，反而先赶了过来，但是她们两人根本没有想到，有一个人在暗处窥视她们。这个人，恰好是一个高考生，第一天考试刚刚结束，他或许考得很不理想，心理压力更是累积到了极限，到处闲逛想发泄一下，无意中发现了独处的王晓琳。王晓琳那时才二十多岁，年轻貌美，顿时引起了这个高考生的兽欲，他扑了上去，强奸了王晓琳。这时黄娟赶来，看到王晓琳

被侮辱，就上前搭救，搏斗中不幸被石头之类的重物砸中后脑勺丧命，而王晓琳逃了出来。女性被侮辱后产生的羞耻感，使得她不敢把这件事情讲出来，因为一旦讲出来，自己被强奸的事实也会被带出。”

何勇毅痛呼：“难怪她什么也不肯说，原来这样啊！这个凶手，他整整害了两个家庭啊，一定要把他抓住！”蒋游竹说“有一个人的嫌疑最大。”

“谁？”方建纬紧张地问道。

“就是那个王卫平。二十年前，本地的高考生不多，而高考落榜、身高又在一米八以上的，一共只有五个人，其中只有王卫平发了家。他买下这片无法开发的泥塘，又阻止别人挖掘，里面一定有文章。”

方建纬一拍大腿：“那么赶紧去抓他啊！”

蒋游竹两手一摊“问题是，要找到二十年前的证据，这个可能性微乎其微，而且王卫平是本地著名的企业家，局里的压力很大，已经几次命令我停止调查。这个忙，我只能帮到明天。”

方建纬一呆，警察不出马，就靠两个糟老头子行吗？几个人一商量，想出了一招险棋。

这一天，两个老头突然拜访了王卫平，其中一个老头掏出一张照片扔在桌上，指着王卫平的鼻子说：“是

你，杀害了她！”

王卫平的脑子“轰”的一声：二十年前的梦魇又回来了，照片上女人的相貌，他一辈子也忘不了！

他强作镇定，喝道：“你们两个老头胡说什么，我为什么要杀人，你们是不是看我钱多，想来敲诈？”

那两个老头也不搭腔，就只是死死盯着他。

王卫平正要叫保安，只见一个年轻人闯进来，又掏出一叠照片在他面前一晃：“王卫平，你从背后杀人的时候，恰好死者正在水边拍照，你以为神不知鬼不觉，但是水面的倒影，把你出卖了。不信，你自己看！”

王卫平依稀记得那个女人胸前挂着一个照相机，他慌慌张张地看了一眼照片，果真在黑白照片水中的倒影里，看到自己面目狰狞地举起一块石头，要砸向一个人。

“不可能，我又不是在水塘旁边杀她的……”

王卫平愕然发觉自己说漏了嘴，想要收口已经来不及了。他看见蒋游竹向他举起手，手里是一个采录机。

“我不是凶手……”王卫平顿时瘫软下来。几个警察冲了进来，铐上他带走了。

“这些话，你留到法庭上去说吧！”改了装的蒋游竹露出了胜利的微笑。

而那两个老头好像虚脱了一样，舒了一口长气。原来三人无计可施之下，只能采取诱供的办法：先由方建纬、何勇毅出面，给对方造成强大的心理压力，然后蒋游竹再突然出现，拿出决定性的证据，如果是凶手，肯定会惊慌失措。至于水边杀人的照片，世界上哪有那么巧的事情，其实是阿朱用电脑加工出来的。

王卫平的落网，使真相终于大白：当年，王晓琳不甘心被“横刀夺爱”，急于要找黄娟问个明白，早早就到了芦苇塘。王卫平在暗处，见四下无人，就对她下了手。等黄娟赶到，四处寻找王晓琳，这时王卫平从背后突然行凶……事后，王卫平将尸体丢进芦苇塘，后来又想毁尸灭迹，但是因为塘里的淤泥一直流动，尸体竟然找不到了。他一直担心尸体被别人发现，后来干脆把整块地买了下来，没想到，反而露出了狐狸尾巴。

黄娟的葬礼上，大家心情复杂，都在想着一件事：这一场迟来的葬礼和两个破碎的家庭，难道真是命中注定的吗？假如当年早到的是黄娟，恐怕一切都已改写了。不过，方建纬了却心愿后，居然熬过了两个月的生命极限，还在半年后参加了蒋游竹和阿朱的婚礼。看着台上笑逐颜开的新人，他的眼眶湿润了。

一年后，方建纬在睡梦中平静地去世，与妻子在天国相会。

（题图、插图：杨宏富）

·中篇故事（精编版）·

江湖风起云涌，除了侠义之心，万夫之勇，驰骋江湖的大侠更怀有一技傍身，然而他，一个身无绝技的剑客，是靠什么笑立于江湖的呢？

七星痣

□安昌河

1. 倒霉的剑客

说起剑客，那多神气，仗剑天涯，跃马江湖，惩恶扬善，叱咤风云，那是何等的威风，可说起羊羽子这个剑客来，那可倒霉透了，归结起来，这一切都是师父没遇好。

羊羽子出生剑客世家，他的父亲是名剑客，可父亲却不准他摸剑，他想让羊羽子成为读书人，考取功名，做官封侯。羊羽子虽然不愿意，却无可奈何，他的父亲十分严厉，说如果羊羽子握笔的手敢去摸剑，就要给他剁了，然而事情却突然发生了改变：那是一个风雨交加的傍晚，一辆马车从远方而来，赶马车的是一个浑身伤痕累累的人，而马车上，就躺着羊羽子的父亲，面容苍白，胸口上还有一个碗大的窟窿，证明他已死去多时。那个赶马车的人告诉羊羽子，说自己是他父亲的结拜兄弟，他的父亲是被一个凶悍的剑客杀死的，那个剑客无恶不作，他们本来是想去教训那家伙一下的，结果成了这样。

羊羽子悲恸万分，他安葬了父亲，同时决定要当一名剑客，报杀父之仇。羊羽子的这个决定，得到了父

亲那位结拜兄弟的竭力赞赏，那人表示愿意将自己的剑术尽数传授给他，于是，他就成了羊羽子的师父。

终于等到师父的伤口痊愈，羊羽子变卖了家产，揣着银两跟随师父开始了他的剑客生涯。在跟随师父的日子里，羊羽子渐渐发现师父并非像自己想像的那么勇敢和威猛，有一次，几个恶霸欺负一个弱女子，他以为师父会拔剑而起，令人悲哀的是，师父竟然低垂着脑袋、顺着墙根溜走了，羊羽子质问他为什么如此怯懦，师父竟然说“小不忍则乱大谋”，他们有大事要做，不能因小失大。

更让羊羽子难以忍受的是，师父还老是干一些只有卑鄙小人才做得出来的事，他时常杀掉一些可杀可不杀的官爷和差役，而且大都是打埋伏，从背后偷袭，而不是像羊羽子心目中的那些剑客一样堂堂正正，杀掉人家之后，他还要拿剑在人家的胸口一阵乱戳。每当这时，羊羽子都会感到忍无可忍：“你杀都杀了，为啥还要那样作践人家呢？”

“嘿嘿，我是在嫁祸于人！”师父笑笑说，“这样一来，官府的人就不知道是我们干的，而误以为是另外一个倒霉蛋。”

“谁？”

“你的杀父仇人。”

羊羽子不太相信师父的话，以为师父在为自己的小人行径寻找理由。我怎么遇着个这么卑鄙的师父呢？羊羽子很想离开师父，可是身上除了一把锈蚀的破剑，真是一文不名了，没办法，羊羽子只得继续跟随师父，混迹江湖。

就在不久前，师父偶感风寒，一病不起，因为没钱买药，只有眼巴巴看着师父等死。临终之际，师父叫来了羊羽子，要他答应自己一件事，说着伸手入怀，竟然摸出了一只银子做的狮子，羊羽子顿时诧异万分：“师父，你哪里来的银子呢？为什么不早点拿出来，也好给你抓药啊！”

“这可是我的宝贝，晓得么？师父原来在江湖上人称‘银狮子’，那可是名扬天下啊！”师父把那只小银狮塞到羊羽子手里，拼着最后的气力说道，“这东西留给你，是要你去干一件大事，你赶紧去土镇，找一个叫木耳的人，把这小银狮给他，他会给你一件宝贝……”

师父说完了这些，就咽气了，羊羽子没钱，只能草草安葬了师父，怀着为父报仇的雄心壮志，上路了。

这一路上，羊羽子衣衫褴褛，蓬头垢面，要不是腰间的那把剑，谁都会当他是乞丐。羊羽子摸摸口袋，口袋里放的就是那只银子做的狮子，这银狮子虽然小，兑换几只烧鸡、几壶好酒是肯定没问题的，但羊羽子不敢，师父临终的时候千叮咛万嘱咐，这只小银狮是和那个叫木耳的人见面的凭证，木耳，他是谁呢？

2. 七星痣

一路上，羊羽子都在想象那个叫木耳的人是个什么样子，想象他有多大的能耐，等见到了简直失望极了：木耳是个修脚师，兼营去痣，驼背，瘪嘴，还瞎了只眼睛。江湖上有句老话，叫海水不可斗量，人不可貌相，所以，羊羽子没敢小看这个驼背的修脚师，他恭恭敬敬地拿出小银狮，说了自己的名字，请修脚师把师父所说的“宝贝”交给他。修脚师得知羊羽子的师父已死，神情凄然，发呆许久，这才把羊羽子请进里屋，让他坐在一个结实的凳子上，并要他脱去衣裳。

羊羽子十分诧异：“脱衣裳？为什么要脱衣裳？”

修脚师也不回答，示意他脱干净，快点。羊羽子没办法，只得脱干净衣裳，规规矩矩地坐在凳子上。羊羽子估计这可能是一个神秘的交接仪式，正这么想着，那个修脚师却突然拿出一圈绳子，要把他捆绑住，羊羽子惊叫一声，挣开绳子，“噌”地一下蹦得老高，惊愕地嚷着：“你要干什么？为什么要把我绑起来？”

修脚师也不说话，平静地看着他，手里拿着绳子，等待他重新回到椅子上。过了一会儿，见羊羽子没有回到椅子上的意思，修脚师摸出那只银狮子，拍在桌子上，意思很明显，如果羊羽子不愿意的话，可以拿回自己的东西立马走人。羊羽子想了想，看看修脚师似乎并无恶意，便回到了椅子上，任由他将自己紧紧地捆绑住。

修脚师拿来了一把小刀，还有几个瓶瓶罐罐。他先用温水洗干净羊羽子的胸膛，然后拿了刀子在上头比比划划。羊羽子吓坏了，他颤抖着声音问：“你要把我怎么样？”

“你好像并没有你师父说的那样胆子大。”修脚师掂掂那明晃晃的刀子，在羊羽子的胸口动起手来，但他

并没有剖开胸膛，只是在上面戳来戳去，但他并不是乱戳，而是很有章法，很小心，很谨慎，仿佛在绣制一副精美的图画，他一边精心制作着，一边和羊羽子聊着：“我原来也是个剑客，真正的剑客，靠杀人吃饭，在江湖上很有点名头，大家都叫我铁猴子，只可惜我不自量力，去杀一个恶魔，就是那个七星狼，结果被他打断了脊梁，打瞎了眼睛，还敲掉了满嘴牙齿。这事情被我的两个师兄晓得了，他们去找那个恶魔报仇，结果他们两个一个被杀，一个侥幸脱逃，而我呢，从此就成了个修脚师，也帮人去痘，只是没人知道我还学会了另外一个本事——种痣！”

羊羽子觉得奇怪：“种痣？什么种痣？”

“七星狼杀人之后都会留下一个记号，你知道是什么吗？”没等羊羽子回答，修脚师就讲了起来，他说那个记号是七个小窟窿眼，像北斗七星一样排列。

听修脚师这么一说，羊羽子突然想起师父来，师父每次杀人之后，就爱拿剑在死人胸口上戳来戳去，为此，羊羽子还十分鄙视他，想不到师父有这样一番用意。

“你想起你师父了？你师父可是个好人呐！”修脚师笑笑，自言自语似的说道，“你一定很纳闷你师父为啥爱逮官爷和差役杀，其实那些家伙都有过贪赃枉法、鱼肉百姓的案底，杀死他们一点都不冤枉。他这么做也都是为了你啊，小伙子。”

羊羽子正想问个究竟，修脚师又发问了：“你想不想知道那个恶魔是个什么样子？”没等羊羽子回答，修脚师就讲了起来：七星狼剑法高超，心狠手辣，更有个可怕的嗜好，就是吃人心脏，而且他身上还有个特别醒目的记号——

修脚师说到这里，不再言语，开始给羊羽子擦拭胸口，给他松绑。羊羽子低下头一看胸口，顿时吓了一跳：一排黑痣，七颗，大如绿豆，呈北斗七星状排列，醒目异常！

修脚师得意洋洋地欣赏着自己的杰作，说：“你仔细瞧瞧，摸摸，看看是不是跟自己长的一样？”

羊羽子只觉得浑身难受极了，像是爬上了恶心的蚂蟥：“你为什么给我弄上这些痣？”

“这就是你师父要你取的东西啊！”修脚师说，“要晓得为了给你种下这玩意儿，我可没少花工夫！”

什么？师父叫自己长途跋涉到土镇来，竟然是叫人在胸口给自己种下这么些恶心的黑痣啊！

“你胸口的黑痣有个好听的名字，叫七星痣。”修脚师说，“七星狼之所以叫七星狼，就是因为他的胸口也长着七星痣，跟你现在长上去的这些一模一样。”

一听这话，再一看修脚师的神色，羊羽子意识到事情开始变得复杂起来，而自己似乎正在陷入一个谋虑深远的计划……

“这是一个深谋远虑的计划。”修脚师轻轻叹息一声，说，“你的父亲江湖人称金刚龙，你师父人称银狮子，而我呢，我已经告诉你了，我叫铁猴子。我们三个是结拜兄弟，为了这个计划，我和你师父筹谋了好多年，现在剩下的都是你的事了。”羊羽子先是一阵慌张，很快镇静下来，他点点头，决定担当起这个责任来，圆满地完成这个深谋远虑的计划……

3. 走出土镇

经过修脚师几天时间的努力，当羊羽子走出土镇的时候，已经成了七星狼。为了让他更像七星狼，修脚师让羊羽子丢了他原来那把锈蚀的破剑，给了他一笔银子，叫他去镇上刀剑铺子买了把镶金嵌银的宝剑。

这样真的就是七星狼吗？羊羽子心头没底，他决定冒险去试一试，看看自己是不是真的如修脚师所说，有那般灿烂风光。

羊羽子找到一家黑店，吆喝好酒好菜端来，旁若无人地享受起来，吃饱喝足，他拍拍桌子，叫老板过来。老板早已看出来者不善，看样子是来寻衅闹事的，他暗暗向手下使了眼色，一帮家伙已经亮出了亮晃晃的刀子。

老板慢吞吞地走了过来：“算账啊？五十两银子！”

“五十两银子就打发我啦？以为老子是乞丐啊！”羊羽子冷笑一声，扯开衣衫，亮出胸膛，老板和他的手下一见羊羽子胸口上的七星痣，顿时有如雷击，齐刷刷地跪了下来，直呼“七爷饶命”，紧接着，黑店老板哆哆嗦嗦地奉上一笔丰厚的银两，战战兢兢将羊羽子送上大路，这才抹了把汗水，为捡回一条性命庆幸不已。

这一下，羊羽子再也不敢小看修脚师了，他遵照修脚师的指示，准备前往一个叫花亥的地方，在哪里等待一段艳遇，并且开始一个惊天动地的壮举。羊羽子沿途用那些银子做了不少好事，他还用胸口的七星痣吓退了几帮为非作歹的土匪，他第一次感觉自己像个真正的剑客，像个英雄，他找到了顶天立地的感觉。

浮想联翩之际，花亥的地界就到了。花亥是个小镇，一面靠河，一面靠山。羊羽子扛着长剑，来到花亥，选了一家最好的客栈住了下来，饿了，就去酒店大吃大喝，吃喝到兴头上，干脆袒胸露乳，显得豪气万丈；闲了，就敞开胸怀，旁若无人地在大街小巷溜达，一时间花亥到处传扬，说这里入住了一位可怕的剑客，他的名字叫七星狼，于是那些平日里欺男霸女的地痞流氓们都藏匿了起来，耍枪弄棒、不可一世的所谓剑客侠士，也都销声匿迹了。

这天，羊羽子刚刚来到大街上，正准备去酒店吃喝，突然，一辆马车直奔他而来，在他面前停下。羊羽子怀抱宝剑，看着马车帘子，这样的目光很容易让帘子后面的人以为他已经看透了里面的情形，这是剑客的目光，深沉，尖利。

可马车帘子后面传来的声音却是十分的娇美，如同莺啼:“花荄城西十五里，树德山庄有请侠客，酬谢百两黄金……”话音一落，马车走了。艳遇果然来了，羊羽子立马动身前往树德山庄。树德山庄很大，里头亭台楼阁，小桥流水，古木葱郁，显得清幽静雅。一位衣着艳丽的美貌女人早在厅堂恭候，见了羊羽子，款款一礼。

羊羽子虎生生地说:“请我何事赶紧说来，别耽搁我杀人!”

“请大侠来，就是为了杀人的事。”那女人轻声说，“不过还请大侠耐下性子，暂且住下，等待杀人时机。”

于是那女人叫来下人，要他们每日好酒好菜款待，不得怠慢。这么多年来，羊羽子还从来没有享受到过这样的款待，酒是美酒，菜是好菜，管够不说，每餐还变换着花样。有时候那女人还亲自来陪酒，东拉西扯地说着闲话。这一天羊羽子喝得兴高采烈，他乘着酒兴，猛地扯了自己的衣裳，袒露胸膛，向那女人夸耀着自己的“丰功伟绩”，杀了多少人，吃了多少心。那女人听得眉飞色舞，轻轻抚摸着他胸口的黑痣，夸赞羊羽子是了不起的大英雄……

过了一段时间，有一天，那女人突然唤人来请叫羊羽子，羊羽子提了剑便去，到了后院，只见那女人正和一个男人呆在一起，一边喝酒，一边下棋，很有闲情逸致。

那女人指着羊羽子，向那男人介

绍说：“这就是我找来的剑客。”她又向羊羽子介绍那男人，“他是我夫君，树德山庄庄主。”

男人点点头，看看羊羽子，问：“听说你胸前有北斗七星痣？”

羊羽子扯开衣裳，亮出胸膛。

“哦，这么说，你就是那大名鼎鼎、江湖上人称七星狼的杀手啰？”那个男人凑到羊羽子跟前，仔细看着他胸口上的七星痣，越看越兴奋，就像发现了藏宝图。羊羽子傲慢地说道：“你们想要我干啥？痛快点，我没时间在这里磨蹭，我的时间宝贵得很，耽搁我一个时辰，我就少杀一个人，就少赚百两黄金！”

“百两黄金算什么？”那女人走到羊羽子跟前，给他抛了个媚眼，“我可有黄金万两呢，就看你有没有本事拿！”

羊羽子仰天大笑：“好啊，我早就盼望着这一天了！”

4.阴谋

这天晚上，窗外的雨淅沥沥地下着，乍暖还寒的时候，正适宜睡觉，但是羊羽子却彻夜难眠。他隐约感觉到自己已经陷入了一个阴谋之中，而这个阴谋，要比修脚师的盘算高上一百倍。这是一个啥样的阴谋呢？

羊羽子越想越觉得自己不应该坐以待毙，他偷偷起来，持剑出房，循着更声，蹑手蹑脚地劫持了那个更夫，更夫先是不肯说，后来面对着亮晃晃的宝剑，不得不吐露了实情：“我家夫人是要杀你……”

“你是怎么知道的？”

更夫说，有一天深夜，他在巡夜时听到夫人正在和庄主密议。

羊羽子放了更夫，第二天一大早，他去见了那女人，女人很坦然地承认，确实想谋害羊羽子，不过，她现在改变了计划，已经将羊羽子列入了她的合伙人。

羊羽子大惑不解：“合伙人？”

“昨天我问了你，你说你很期待，这才使我改变了计划。”那女人说，“实话告诉你，这个谋划天衣无缝，如果做成了，我再加十倍酬金，千两黄

金如何？”

羊羽子一听大喜。

“不过你首先要跟我坦白，你究竟是谁？”那女人盯着羊羽子，那神态像是已经瞧出了端倪。

羊羽子一笑：“你既然这么问，肯定已经知道了答案。实话告诉你，我么，不过是个借着七星狼的名号四处混饭吃的骗子。”

那女人点点头，并不觉得诧异，她也要告诉羊羽子一些她的事，她说，树德山庄的得名，并不是因为这里有很多郁郁葱葱的树，而是它的主人名叫步树德。步树德为人豪爽侠义，乐善好施，很得乡邻敬重。步树德有一贤妻，膝下有一女儿，生得貌美如花，一家人和和睦睦，日子过得甜美如蜜，但是就在十年前，一个江洋大盗闯入庄园，杀了步树德夫妇，见步树德的女儿貌美，收了杀机，动了邪念，霸占为妻。

女人说到这里，泪水涟涟，如同梨花带雨：“步树德是我父亲。”

羊羽子吃了一惊，指着外面，小声问道：“他就是那个江洋大盗？”

女人抹着眼泪说：“他何止只是一个江洋大盗那么简单！他杀人无数，而且还有一个令人发指的吃人心的嗜好……他，才是真正的七星狼！”羊羽子倒吸了一口凉气，面色苍白，尽管他到花荄来，为的就是实现师父和修脚师那个深谋远虑的计划——除掉七星狼，以报杀父之仇，但一旦知道七星狼就在面前，羊羽子禁不住惊骇得浑身颤抖。

女人告诉羊羽子，哪个剑客杀死了刀客，哪个刀客灭了剑客，这些发生在江湖上的事，一般来说，朝廷是不大过问的。这个七星狼也很懂得混江湖的门道，那就是别去招惹官府，官府上头牵连朝廷，朝廷是惹不起的，要晓得天子一怒，是要血流成河的，所以，七星狼从来不会动官府的人，可就在十多年前，不停地有官员和差役死在“七星狼”的手下，之所以认定那是七星狼干的，是因为那些死人的胸口，被剑戳了一些窟窿眼，这些窟窿眼呈北斗七星之状，事实很清楚，有人在冒七星狼的名义杀人，为的是惊动朝廷。果然如此，因为不停地有官员被杀，于是逐级上报，最后惊动了皇帝。皇帝一听，龙颜大怒，就在半年前降下旨意，命刑部的四大金牌捕头合力追捕杀人凶犯。刑部为了尽快完成皇帝的旨意，许下五千两黄金的赏金……七星狼听说这个消息后，吓得不行，他非常清楚，刑部的金牌捕头出马，就算他逃到天涯海角也是枉然，更何况还有五千两黄金的赏金，这不知道要激发起江湖上多少赏金猎人的兴趣。就在七星狼准备仓皇出逃的时候，女人叫住了他，说不必如此惊惶，她有一个办法不但可以使他逃离劫难，还可以得到五千两黄金……

“我晓得了。”羊羽子拍拍胸口，说，“你找我，是因为我胸口有北斗七星痣。你把我骗进庄园，是想杀了我，把我的尸体送到四大金牌捕头手里，捕头一看我胸前的北斗七星痣，肯定会确认我就是七星狼。这样，真正的七星狼逃脱了不说，你们还得了五千两黄金的赏金！”女人点点头。

羊羽子咬牙切齿地冷笑道：“这确实是一个两全其美的好谋划。”

女人含泪说道：“我对七星狼这么说，只是为了稳住他，让他别逃，因为逃了更麻烦。其实，我怎么会以一个无辜者的性命，去拯救灭门仇敌呢？十年了，我一直在寻找一个报仇雪恨的机会，现在，机会终于来了。”

女人悄声说了她的计划，这个计划实在太周全了，羊羽子听后，大喜过望。

5.阳谋

羊羽子被软禁了起来，每日里还是好吃好喝地送来，那些下人也还是一如既往地周全地照顾他，羊羽子也做出一副认栽的样子，默默无语地吃饭，默默无语地睡觉。七星狼有些迫不及待了，每天要过来看他两三次，那眼神，痴痴迷迷的，好像不是在看一个人，而是在看一坨巨大的闪耀着熠熠光辉的黄金……

有消息传来，刑部的四大金牌捕头已经到了花荄。据悉，他们之所以到花荄，是因为听说“七星狼”在花荄耀武扬威地出现过，正住在树德山庄……不等明日天亮，那些捕快肯定就会带领官兵，将这里围得水泄不通。

这天晚上，女人安排了一顿“最后的晚餐”。席上，羊羽子表现得慷慨豪迈，他举起杯子，说：“这天底下很多剑客都以死在七星狼的剑下为幸事，既然如此，我还有什么好后悔呢？”羊羽子说完，将杯中酒一饮而尽。“说得好！”七星狼也将杯中酒一饮而尽，赞叹说，“看不出来你真乃大丈夫也，死到临头，居然还这般无惧无畏，如果在剑术上好好练练，肯定会是一个了不起的剑客！”

羊羽子斜视了女人一眼，问：“这药咋不起劲啊？”这一句话把七星狼吓得够呛，可是晚了，他一个筋斗栽倒在地上，七窍流血。真不愧是杀人恶魔，七星狼一个筋斗翻起来，举起剑就向女人刺去，女人躲了，他又刺向羊羽子，羊羽子挥剑抵挡，这还是羊羽子第一次跟人斗剑。这个七星狼虽然中毒，可仍然招法凌厉，每一出剑都直逼羊羽子的命门。幸亏羊羽子当初跟师父学的时候，还算下了功夫，有了点儿真本事，这抵挡起来尽管吃力，却还能勉强撑住。

但是毒药攻心，七星狼渐渐地支撑不住了，出剑也越来越慢，最后被羊羽子瞧见一个破绽，一剑刺进了七星狼的后背。

看着倒在血泊中的七星狼，羊羽子气喘吁吁，他来不及擦去剑上的血迹，将剑紧握胸前，似乎还要去面对更可怕的恶战，这时，女人捧了一杯水来，温柔体贴地送到羊羽子嘴边："你杀死他了，来，喝口水，歇歇。"

羊羽子后退一步，朝那女人瞟了一眼，说："你不是步树德的女儿，你和七星狼是一伙的，对不对？"

女人惊愕地看着羊羽子，许久，终于点了头。

"你是七星狼的相好，你还替他窝赃！"羊羽子说，"你很清楚，如果七星狼被四大捕头抓住，你也逃脱不了干系。"

女人默认了。

羊羽子指着女人手里的水杯，大喝一声："你这水里有毒！"

女人一惊，水杯"啪"地掉在地上，摔成了碎片。

"你虽然跟随七星狼多年，但是你一直讨厌他吃人心，为他的残忍感到恐惧，所以，为了独吞赃物，为了逃脱干系，为了永远摆脱他，你才想出了这样好的谋算！"羊羽子上前踹了七星狼一脚，说，"他是注定要死的，而我呢，在你的计划里头，也是注定要死的，因为你不想看到还有个'七星狼'活着，那会让刑部的人起疑心，万一把我逮住了，我必然会交代出你的这些阴谋，所以，你想毒死我！"

女人不得不承认，这的确是她的计划，但是现在已经被羊羽子看穿了。

"我这里也有个计划，我的这个计划现在看来，要比你高出一筹。"羊羽子告诉那个女人，这个计划，是他的两个师叔谋划出来的，简直是万无一失。很多年前，有个叫铁猴子的人想要除掉吃人心的恶魔七星狼，但是没想到自己不是七星狼的对手，差点死在七星狼手里。他的两个师兄金刚龙和银狮子决定为他报仇，一起找到七星狼，谁知道也不是七星狼的对手，金刚龙被挖心，银狮子侥幸逃脱。

后来银狮子找到师兄金刚龙那个做梦都想成为剑客的儿子，开始了一个深谋远虑的计划，这个计划的第一步，就是四处宰杀那些贪赃枉法的官员和差役，然后伪造七星狼的杀人证据，嫁祸七星狼，让他成为朝廷之敌，因为只有刑部的四大金刚捕头，才是他的克星；第二步就是在金刚龙那个儿子的胸口，种下七星痣——

女人惊愕地看着羊羽子："你就是……"

"接下来发生的这一切，都在我的两位师叔的计划中，没出半点差错。"羊羽子微微一笑，告诉女人，他清楚女人跟随七星狼那些年，是怎么助纣为虐的，照理说，他本来是该一剑宰了她的，但是他不想这么干，因为这不是计划的一部分，他的计划主要是除掉七星狼，同时拿走他藏匿在这里的那些不义之财。

那些金银珠宝是女人的命，她哪里舍得让羊羽子拿走？她叫了起来："你拿走了，我怎么办？"

"你最好给我，否则的话我可能会杀掉你，然后把你和七星狼一起交给刑部的捕头。"羊羽子扬扬手上的利剑，轻描淡写地告诉女人，如果照他说的那样做的话，对双方都有好处，他会带着七星狼藏匿在这里的金银珠宝远走高飞，而女人呢，则可以留下等候四大捕头的到来，用七星狼的尸体，换回刑部许下的五千两黄金的赏金。

女人没有其他的选择，只好乖乖地交出七星狼藏匿在这里的金银珠宝，金银珠宝实在太多，女人搬了一趟又一趟，累得气喘吁吁。

黎明时分，羊羽子赶着满载金银珠宝的马车，冲出庄园。外面真是广阔的自由的天地啊！羊羽子一边纵马驰骋，一边想着他的计划。他要回到土镇，第一件事情是去掉胸口的七星痣，第二件事是买一片地，再购置两头耕牛，第三件事就是跟修脚师学习修脚。从此丢弃剑客梦想，远离江湖，做一个勤劳的人，做一个幸福的人，耕地种菜，喂马劈柴，关心粮食和蔬菜……

在丢掉那把虚张声势的剑的时候，羊羽子猛然想起，还得丢掉一样东西，他从怀里摸出来一块皮肉——这是刚才离开的时候，偷偷从七星狼胸口割下的，看着那呈北斗七星排列的黑痣，羊羽子感到一阵恶心，刚丢出去，就被一只乌鸦叼走了。

此刻，想必刑部的四大捕头已经赶到树德山庄了，他们正在"啪啪"地敲门，可老半天都没人开。女人呢？女人正对着面前的七星狼的尸体，哭丧一般地嚎叫着——尸体胸前的一块皮肉没了。

羊羽子放声大笑起来……

（**题图**、**插图**：谢　颖）

□王兴菜

火车多少节

张老太今年七十多岁了，身板硬朗得很，眼不花耳不聋，一个人住在城郊的老楼房里。这天是节假日，张老太的儿女带着孩子来看她了，小楼房里欢声笑语、人丁兴旺。儿子两口子和女儿两口子桌子一拉，打起了麻将。

张老太的外孙儿毛毛和孙女田田都上小学三年级，平时都喜欢玩那种有着卡通图案的欢乐卡，两人见面不太容易，很快就玩起了游戏，先是玩“剪刀石头布”，输了就给对方一张欢乐卡，不一会儿就没了兴趣，正好张老太家附近有一条铁路干线，从窗户里看去，几分钟就有一辆火车呼啸而过，于是两个孩子就趴在窗前玩起了游戏：猜火车有多少节，如果路过的火车是单数，毛毛赢；如果是双数，那就是田田赢，每次赌十张卡片。

说来也巧，连续过了两辆火车，都是单数，毛毛乐得合不拢嘴，他一下赢了二十张卡片。

田田输了这么多，立刻不乐意了，她嚷嚷着：“不行，不行，这次我要赌单数！”

毛毛尝到了甜头，自然不答应，两个孩子就闹开了。

张老太听到声音，从厨房里跑过来，问清是怎么回事后，张老太弯腰附在田田的耳朵边，悄悄说了一番话，田田听了，将信将疑地说道：“好吧，那这次我还赌双数。”

两分钟后，一辆火车从窗外驶

过，两个孩子赶紧一节一节数起来，连火车头在内，一共二十节，这一次果然是双数，田田赢了，小姑娘高兴地赶紧亲了张老太一口："谢谢奶奶。"

接下来，田田按照张老太的吩咐，再次赌了双数，果然，五分钟后，一列火车徐徐驶过，数了数，一共是二十八节，田田又赢了！

这样一来，毛毛不干了，小家伙叫嚷着要赌双数，让田田赌单数。田田刚尝到赌双数的甜头，自然不干，两个孩子正在争执，张老太又悄悄地在田田的耳边嘀咕了几句，田田就说"好吧，那我赌单数，你赌双数！"

张老太回厨房炒菜去了，她一走，两个孩子就盯着窗外等火车，一直等了二十多分钟，火车才来，两人一数，是十七节，这次是单数，田田又赢了。

田田连赢三把，乐得合不拢嘴，再看看毛毛，这孩子平时娇惯了，现在遇到这样"吃亏"的事，哪肯罢休？嘴一撇，"哇哇"哭了起来。

孩子一哭，大人赶紧扔下牌局，跑过来问究竟，毛毛直嚷"外婆偏心"，张老太听到声音，赶紧跑了过来，她见毛毛哭了，便一把搂过来，小声地对他说了一句话，毛毛一听，立刻不哭了，一脸诧异地看着张老太："外婆，您说的是真的吗？"

张老太点点头，毛毛这才抹了一把眼泪，小脖子一梗，对田田说："我这次赌火车只有一节，你敢赌吗？"

田田自然不相信，她说"敢"，哪有不敢的呀？不要说田田不信，就连几个大人也都不相信，哪有火车只有一节的？大家全来了兴趣，四个大人，两个孩子全站在窗前，瞅着窗外，等着火车驶过……

这一次等了很长时间，忽听毛毛欢呼雀跃起来："快看，快看，火车真的只有一节！"

大家一看全傻了眼：一节孤零零的火车头，正慢悠悠地从城外往城北的火车站开！

儿女们、孙儿孙女们都被张老太“数火车”的绝活吸引了，吃饭时，大家都要她说说是咋回事。

张老太指了指挂在墙上的一个不起眼的钟，娓娓道来：“窗外的铁路离火车站不远，火车都很准点，几点几分路过的火车，它的线路是一定的，节数一般都不会变，白天这里要路过八九十列火车，我只要看看钟，就知道什么时候路过的火车有多少节。”

儿子惊讶地问道：“妈，您没事数火车干吗？”

张老太说：“白天我一个人没事，又不想老睡觉，我就搬个板凳坐在窗户前，看看路过的火车，看的时间长了，我就数起了火车，没想到，这法子还真一举两得，既打发了时间，也锻炼了脑子。一开始，我什么都记不住，数着数着，半年过后，每一列火车多少节，什么颜色的，我都能记住了……可是我毕竟年岁大了，眼神不好，上个月新加了一列火车，我数了一个月，可愣是数不出有多少节……”说到这里，张老太抬头看了看钟，“对了，这列车通常就在这个点开过来……”

稍稍过了几分钟，忽然，一辆银色的列车呼啸而过，这就是张老太说的数不出多少节的火车，这次，张老太又在那里数着车厢，可那是一列动车，尖尖的火车头，车速太快了，车厢又连在一起，像条银色的龙，还没等张老太反应过来，列车就一闪而过了。

毛毛高兴地对张老太说：“外婆，告诉您，您没数出来的火车，我们给您数出来了，它很短，只有六节……”田田接着说：“奶奶，您数不出来是因为它跑得太快了，它可是咱们中国跑得最快的火车……”

小孩子开心，可窗前四个大人的心却沉甸甸的，他们一言不发，呆在那里，望着远处空空的铁轨，心里满是内疚和不安……

（**题图**、**插图**：安玉民　梁　丽）

（本刊欢迎来稿。来稿可从邮局寄发，也可从网上传递。如为电子邮件，请发以下信箱：xiaomeng.ye@gmail.com）

·阿P系列幽默故事·

丢不掉的包裹

□千小霞

这天一大早，阿P开着“桑塔纳”上了高速公路。他开了一段路，见四下无人，一开窗，“啪”的一声，把个包裹扔了出去。

巧了，后面正好驶来一辆巡逻车，驾车的交警姓张，他见前面车掉了东西，就赶紧刹车。

张警官下车捡起来一看，是个包裹，就赶紧又跳上车，全速向前追赶，一边追，一边还通过车上的喇叭高声喊：“停车！你们车上掉下东西了！”

阿P正洋洋得意呢，一听后面有人在喊，再透过后视镜一看，我的妈呀，警车追上来了，阿P怕坏了自己的如意计划，便用力一踩油门，“桑塔纳”像兔子一样，一下子跑得无影无踪了。

前方车辆的反常举动引起了后面张警官的警觉，怎么回事，会不会是逃犯？于是他鸣着警笛，紧追不舍，一直追了十几分钟，才把阿P的轿车拦了下来。

张警官很有处置经验，他下车后，先说超速的事：“司机同志，你超速了。”

原以为对方会耍赖，不承认，谁知阿P主动拿出驾驶证，爽快地说：“是超速了，嘿嘿，我认罚！”

张警官接过驾驶证，翻开，看了看照片，看了看姓名，叫阿P，就说：“阿P啊，超速你认了，这很好，但是你的车上掉包裹了，你知道吗？”

阿P头摇得像拨浪鼓：“没、没有，你看花眼了。”

见阿P不承认，张警官从警车上拿出包裹，问道：“这是你的吗？”

阿P怕对方坏了自己的好事，眼珠子一转，计上心来，他一把夺过张

警官手里的包裹，一用力，把那包裹扔过高速公路的护栏，扔到了公路外边，然后拍了拍手，说：“你是管高速公路的交警，现在东西都扔到公路外面了，这下轮不到你管了吧？”

张警官心里“咯噔”一下，更证实了自己的怀疑，那包裹里一定有什么见不得人的东西，弄不好是毒品、爆炸物品、枪支武器之类的违禁品！于是张警官一个擒拿动作，立即控制住了阿P，并把这事报告了指挥中心，指挥中心马上派了人来，把阿P带到了附近的高速公路警务处。

很快，指挥中心又派来了一名排险高手，他来到高速公路护栏外，找到了阿P丢出去的那个包裹，他先让身旁的人离得远远的，然后小心翼翼地打开，一看，里边竟然是一个普普通通、平平常常的被套，再打开被套，里面还包着一个大信封，再打开大信封，里面是一张像发票一样的单子，还有一张阿P的名片！

因为没查到违禁品，张警官只好对阿P给予批评教育。

阿P也相当配合，点头哈腰：“对，对，高速公路上行驶时往外扔东西，是违法的，超速行驶，同样也是违法的，我认罚！”

张警官开出罚单，教育完毕，就把包裹递给了阿P。

可阿P一看那包裹，就像看到了鬼，脸色“刷”地变白了，两手不停地做着推脱之状，摇晃着脑袋连声说：“不要不要，这东西就送给警察同志了，谢谢警察同志。”

张警官看着阿P的表情，怀疑他精神有问题，根据有关规定，精神病患者是不能驾驶车辆的，于是张警官就给指挥中心打了一个电话，要求对阿P进行精神鉴定。阿P在旁边一听，顿时怒发冲冠：“我没问题，你侵犯人权，我要控告……”

张警官越看阿P的神态越觉得有问题，赶紧招呼人，连劝带哄地把阿P送到医院。

一个胖大夫过来给阿P做检查，可阿P根本不配合，涨红着脸，一个劲地说：“我没问题，我没问题！”

胖大夫看阿P又急又躁、又烦又恼的表情，把张警官拉到一边，轻声嘀咕着：“你看，这就是标准的‘偏执型精神障碍’的表现，总说自己没病，实际病得不轻。现在他这么亢奋，需要镇静一下，再做进一步的鉴定。”于是，阿P被留院观察。

阿P大吵大闹到现在，也确实累了，他被护士送进病房，一看条件还不错，顿时咧开嘴笑了：“嘻嘻，免费住院，合算，我先享受享受再说。”他一歪身子，往床上一躺，嘴里说声“舒服啊”，不一会便睡着了。

阿P正睡得香，突然觉得右耳剧烈的疼痛，他睁开眼，吓了一跳，不知什么时候，老婆小兰站在床前：“哎哟，疼，放手……”

小兰是接到张警官的电话赶来的，她见丈夫丢人现眼，真是又气又急，又狠狠地拧了一下阿P的耳朵，阿P顿时又像杀猪似的乱叫：“哎哟，疼死我了。”

此时病房里已经来了不少人，大家见阿P如此狼狈，忍不住都上来劝，小兰拿出那个包裹，指着那张“股票交割单“，气愤地说道：“阿P啊阿P，什么破解的法子，瞧瞧，你给大家带来多大麻烦，现在你就把事情说清楚！”

阿P扭扭捏捏地还不想说，小兰又要上来扭耳朵，吓得阿P只好坦白交代。

原来，阿P偷偷炒股翻了船，而且他买的股票是越套越深，一急之下，阿P花3000元找到一个大师，大师教他一个破解的法子，这就是：买个被套，把那张被套的股票交割单，以及一个能够表明自己身份的证件包进去，在高速公路上把被套扔了，这样，就可以“飞速解套”。这也是病急乱投医，阿P竟然深信不疑。

一场闹剧就此收场，差一点阿P就从医院转到法院，好在阿P屡犯错误，早就是写检讨的高手，他一番深刻检查后，终于得到原谅，走出交警大队，阿P还在做“飞速解套“的梦，他急冲冲地朝证交所跑，嘴里还在说：“解套了，解套了……”

（题图、插图：顾子易）

热情到家

□王建江

这天，老汉顶着火辣辣的太阳赶集，热得汗水直流，不觉已到正午，感觉饥肠辘辘，老汉在一排餐馆前溜达，突然，从一家店里冲出来两个服务员，笑嘻嘻地说道："老大爷，来我们店吃饭吧。"

老汉在门口犹豫了一下，突然两个服务员一左一右，热情地把老汉"架"了进去。餐馆里空荡荡的，没有别的顾客，两个服务员迅速打开了空调，看着老汉，老汉哆嗦了半天，大着胆子问："有……有没有两三块钱左右的面？"

两个服务员一听，满口应承："有，有！"老汉听了，心里的石头才落下了。

一会儿，面端上来了，两个服务员一个劲地劝着："慢点吃啊，老大爷！慢点慢点，在咱这里，可就像在家里一样啊！"老汉享受着凉爽的空调风，巴不得慢点呢，于是把一碗面足足吃了个把小时。这一碗面，让老汉吃得十分舒畅，他歇足精神后，就要出门了，两个服务员还热情地挽留着："再坐一会吧？"

老汉连连摇手，有些不好意思地说："不了不了，你们的态度可真好呀！"老汉边说边恋恋不舍地跨出大门，正想着再说点感谢的话，没想到两个服务员拦住了大门，说："老大爷，您喝杯茶再走吧！"老汉很纳闷，说："我身上没带多的钱。"服务员接着说："这茶是免费的。"

老汉觉得越来越奇怪，一边推脱，一边使着劲往外冲，可服务员就是死把着门不放。

老汉急了，大吼："你们要绑架吗？"服务员怕了，面露难色，说"实话告诉你吧，我们老板太抠了，只要没有顾客在的时候，都不许打空调！"

谁是阿贵

□黄礼军

杨老板在家乡的县城里看中了一块空地，决定在这块空地上建一座希望小学。经打听知道，这块地早有主了，主人的名字叫“阿贵”。

杨老板问他在家乡的亲朋好友，想找到阿贵这个人，可亲朋好友告诉他，从没见过阿贵，也不知道阿贵是谁。

接着，杨老板找到了一个老朋友，这个朋友是个包打听，神通广大，只要是县城里的事，没有他打听不到的。那朋友拍拍胸脯，信心满满地说:“老杨，这事就包在我身上，五天后我就把阿贵找来！”

可是十天过去了，不但杨老板没有找到阿贵，就连那个神通广大的朋友也没有找到。

杨老板一筹莫展了，他开始暗暗地恨起阿贵来：你即使不愿意转让那块空地，你也不要做缩头乌龟躲着我呀！更不应该躲得这么神奇，找都找不到！

杨老板没辙了，他想，如果明天再找不到阿贵，他就决定回公司去了。也就在这个时候，杨老板接到那位朋友的请柬，朋友请他次日午间到本县最有名的酒店里聚会。

第二天，杨老板如约到了那家酒店，今天来聚会的都是当地各界有名望的人。酒过三巡，那位朋友客气地对一位西装革履、大腹便便的中年人说:“张局长，恭喜你做爷爷了，听说你又添了个孙子。”

那个张局长笑眯眯地说:“是呀，昨天晚上出生的。”

“恭喜恭喜！不知你给他取了个什么名字？”

“名字在早几个月前就想好了，”张局长得意地说，“他的名字叫阿贵……”

妆牛

□无字仓颉

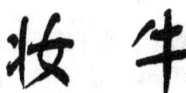

郑新在外地读大学，是美术学院的学生。这天，他接到父亲的电话，让他放假务必回家一趟，有急事。

暑假一到，郑新就忐忑不安地回家了，一脚踏进家门，见父母弟妹都好模好样的，见了父亲一问，哭笑不得：大老远把他召回来，就为这事啊！

原来，郑新家有一头老母牛，早已不产奶了，一直没卖掉，郑新上初中时就有这头牛了。

前一阵子，奶粉里检查出三聚氰胺，于是喝新鲜奶的越来越多，奶牛市场也越来越看好，真正成“牛市”了。

“牛市”再旺，也跟郑新家没关系——他家的牛已经不能算“奶牛”了！

父亲把郑新召回来的意思，是想让他这个美术学院高材生儿子帮一个忙，啥忙？

妆牛，就是给牛化妆！

牛又不是人，化妆有什么用？

大有用处！现在市场上流行一种焗油膏，据说专门用来给牛化妆的，用这种焗油膏，可以把牛“妆”成各种各样的品种，无论荷兰的“黑白花”，还是英国的娟姗牛、更赛牛，包括那种抢眼的西门塔尔牛，妆什么像什么，能以假乱真，并且水冲、雨淋、手抹，绝不褪色。

妆过的牛身价倍增，一般的牛，一头在1600元到2000元左右，妆过的牛少说也得1万多块，1万多块什么概念？

相当于两头母牛犊的价哩！

郑新明白了父亲的用意，想让他用化妆术给牛“增值”，他读的可是油画系，妆个牛还不小菜一碟？

一想到父亲要自己把普通牛妆成荷兰牛，郑新就想起荷兰大画家梵·高，禁不住一阵苦笑。梵·高要是知道自己在干这差事，还不气得从坟墓里跳出来啊？

父亲见郑新磨磨蹭蹭的样子，就指着那头老母牛，说“这就是你的生活费，你看着办吧。咱家供你上大学容易吗？要不是这头牛，你恐怕连大学的门儿都摸不着！现在它老了，让你给它化化妆，发挥发挥剩余价值，你就不乐意了？”

郑新拗不过父亲，只好硬着头皮上阵，像画画一样，拿着画笔东一下西一下。

大半天工夫，一头毛色明亮的荷兰“黑白花”牛就出现在眼前，像美过容的女人一样，一下子年轻了十岁，不仅年轻了，肤色、品种都变了，母鸡变凤凰了！

父亲喜得合不拢嘴，一个劲儿地夸郑新：“在学校里没白学，没白学！这学供得值！”

郑新抹着两手油彩，“嘿嘿”直笑。

第二天，父亲就把牛牵到集市上去卖。

你想想，读美术学院的大学生，在牛身上化妆，能化得不像吗？在农村集市上，又不是拍卖会，能不吸引人吗？

所以，这牛在集市上刚一露面，买主们、牛经纪们的眼睛全都“刷”地亮了，一会儿工夫就把父亲围个水泄不通，指指点点，嘀嘀咕咕，嘴上没有明说，全是一面孔的文章。

父亲心里既得意又紧张，可出乎意料的是，从日头刚爬上来一直等到日落西山，那牛还是没有卖出去，围观的人先是看，接着摇头，随即脸上出现了一丝诡秘的神情，一个个心照不宣地走开了，把父亲弄得云里雾里的，不知道出了啥问题。

第二天，父亲又把牛牵来了，又“展览”了一遍，还和前一天一样，看的人不少，全都是只看不买，父亲真坐不住了，散集时，他拉上了一个邻村的牛经纪，以前两人打过交道，算是熟人，两人到小酒馆里喝上了，这一顿酒，把谜底“喝”出来了，那牛经纪醉醺醺地说：“你没瞅那牛肚子上？”

牛肚子上有啥呢？

原来，郑新妆完牛，他仍像在学校里画画一样，在牛肚子上落了款，落的是：“郑新画于2008年10月。”

那字体龙飞凤舞的，和梵·高的签名一样潇洒……

（**本栏题图、插图**：包丰一　顾子易）

449 2009 SEMIMONTHLY 下半月刊 10月
STORIES
欢迎登录本刊主办“故事中国网”（www.storychina.cn）

故事会
—STORIES—
2009年10月
下半月刊·绿版

社　长、主　编：何承伟
常务副主编：吴　伦
副主编：姚自豪（上半月·红版）
副主编：夏一鸣（下半月·绿版）
本期责任编辑：邢　悦
电子邮箱：simyyue@126.com
绿版发稿编辑：
夏一鸣　朱　虹　杭　帆　刘迎曦（见习）
美术编辑：李宝强
电脑制作：郭瑾玮
通　　联：归依玲
本社办公室电话：021-64375030
上半月刊编辑部电话：021-64332325
下半月刊编辑部电话：021-64336469
（上海市绍兴路74号　邮编：200020）
主管、主办：上海文艺出版（集团）有限公司
出版单位：《故事会》杂志社

制作、发行总监：张　凯
电话：021-64313938
广告业务：上海故事会文化传媒有限公司
广告总监：张　淮
广告业务：021-34010383
广告投诉：021-64333738
广告经营许可证
沪工商广字3100320050022号
发行：中国图书进出口上海公司

·笑话·

见义勇为

在酒吧里，小胡绘声绘色地对朋友说：“今天下午，我回家的时候，发现电梯坏了。当时，我就听见里面叮当乱响……”

朋友紧张地问：“难道有人被关在里面了？”

“有。”小胡说，“我赶紧跑上前，费了好大的力气才把电梯门扒开。”

朋友一听，竖起大拇指说道：“好样的，人都救出来了吗？”

“当然救出来了，”接着，小胡神色一变，郁闷地说，“可我把人拉出来一看，竟然是修理工，这时我才注意到旁边放着一块‘电梯修理中’的牌子。”（小　叶）

（本栏插图：李　加）

失败到极点

这天，表弟参加完面试回家，表哥问他结果怎么样。

表弟摇摇头：“没戏了，面试官问我有什么爱好，我说喜欢唱歌。他就让我当场唱一首听听。”

表哥很纳闷：“你不是唱歌挺好的吗？”表弟郁闷地说：“别提了，我唱了范玮琪那首《一个像夏天，一个像秋天》，可一紧张，唱完头一句就忘词了。”

“头一句？”

表弟很沮丧：“嗯，我唱完‘第一次见面看你不太顺眼’，然后就忘词了。”（木　木　推荐）

凶　手

剧院里正在上演悬疑剧。有个观众因为太投入，突然站起来叫道：“凶手究竟在哪里？要赶快找出来！”

这时，身后一个观众冷冷地说道：“假如你还不坐下，凶手就在你后面。”（庄鸿儒）

请勿刊登

有个读者打电话给报社编辑部，说："如果你们再连载《吝啬鬼的故事》的话，我就不再订你们的报纸了。"

编辑奇怪地问："难道你不喜欢这故事吗？"

读者答道："不是，而是因为我邻居对这篇故事太感兴趣了。"

编辑更奇怪了："那又怎么样呢？"

读者在电话那头气愤地说："他每天都要向我借着看，可我一看到'吝啬鬼'这几个字，又不好意思不借给他。"

（叶 丹 推荐）

忠 告

一个效率学的教授告诫自己的学生："虽然你们学了效率学，但我还是建议你们，不要在家里使用这些理论。"

学生好奇地问："为什么呢？"

教授说道："过去，我太太每天早晨花22分钟做早餐，我告诉她，这样效率太低，要是我的话就不会这么做。"

"那现在呢？"

教授叹了口气："现在，每天早晨是我起床，花6分钟做早餐。"

（汪永丽）

赢出麻烦

这天，妻子见丈夫早早就下班了，不禁好奇地问："亲爱的，你怎么这么早就下班了？"

丈夫把手一摊："今天我陪经理打高尔夫球，赢了他几杆……"

"难道赢球就不用上班了吗？"

丈夫面露无奈地说："经理对我说，'你回家去吧，你应该去职业的高尔夫球队上班。'"

（顾述毫）

·笑话·

机器人的作用

工厂买了一个机器人，一个月后，机器人公司的代表访问工厂，发现机器人放在生产线的旁边，包装都没有拆，便迷惑地问：“你们为什么要买机器人呢？”

老板回答：“为了提高效率。”

代表很好奇：“那你们为什么不安装呢？这样怎么能提高效率呢？”

老板嘿嘿一笑：“我对工人说，谁要是偷懒，我就用这个机器人换谁，效率果然提高了好几倍。”

（汪永丽）

真奇怪

一天，五岁的小女儿问妈妈，“工资”是什么意思。

妈妈解释说：“老板要给替自己干活的人发钱，那就叫工资。”

女儿听了很疑惑：“替别人干活，真能拿到钱吗？”

妈妈点点头。

女儿好奇地说：“真奇怪，为什么爸爸干完家里所有的活儿，每个月还要把所有的钱都给你呢？”

（庄鸿儒）

报道艺术

有个小报记者要为某企业老总写篇报道，为此特地到老总的家乡挖掘素材。

一个村民告诉记者：“这老总小时候就是孩子王，整天和一帮淘气鬼胡闹，搞得村里鸡飞狗跳的。”接着，老总的老师说，老总当年上课不太安分，成绩也不理想。

最后，老总的老同学告诉记者：“老总当年可厉害了，有一次把老师都气哭了。”

不久，报上刊登了记者的报道，上面写道：“老总童年时就有领袖气质，具有突出的组织能力和协调能力，敢于挑战权威，有很好的情商，一次与老师谈话，甚至让老师潸然泪下。”

（马长山）

跟我们无关

在诗词鉴赏课上，老师问学生们："'三更灯火五更鸡，正是男儿读书时。'你们对这句诗有什么感想？"

下面没有一个人举手。

老师只好点名道："小丽，你来回答这个问题。"

小丽站起来答道："老师，我认为，这首诗是对男生说的，跟我们女生无关。"

（陈　程）

针灸减肥

牛妈妈觉得小牛太胖了，便让它去针灸减肥。可一个月下来，小牛比原来还胖了一圈。牛妈妈很生气，让小牛自己找原因。

这天，小牛针灸完，在路上看见了一只小刺猬。小牛似乎想起了什么，狂跑回家，进门就对牛妈妈说："妈妈，我知道我为什么减肥不成功了，原来针灸的针应该插在身上不拔啊。"

（贺敬竹）

为什么想起

老张刚回到家，同事小陈就打来电话："张哥，今天你生日啊，咱们去庆祝一下。"

老张感动地说"谢谢你，还记得我生日。"

小陈听了很不好意思："差点就忘了，还是我家楼下的自助餐厅提醒了我。"

老张很纳闷："他们怎么知道我今天过生日？"

小陈呵呵一笑："那家餐厅打出广告，说当天过生日的人可以免费带一个朋友去庆祝，我查了半天，发现你今天过生日。咱们马上去那里吃吧。"

（叶　丹）

（本栏目欢迎原创作品，翻译作品。来稿可从邮局寄发，也可从网上传递。如为电子邮件，请发以下信箱：simyyue@126.com）

·我的故事·

有句话叫“屁股决定脑袋”，该坐哪儿、不该坐哪儿是有讲究的，不然，说不定什么时候你就坐在了“地雷”上……

到底该坐哪儿

□童树梅

从学校毕业后，我回到家乡，在机关里找了个工作，虽然职位不高，只是个镇长秘书，但“秘书秘书，半个干部”，我寻思着只要好好干，前途还是挺光明的。可没想到，进单位没多久，我就被一个小小的座位给难住了。

这天，我刚上班就接到通知，陪林镇长到镇里的一个企业视察。我一听，连忙收拾起手头的事儿，打算整理好了就下楼。正忙着呢，镇长的老司机过来了，他歪着头看着我，一脸高深莫测的意味，拉长音调说：“嘿嘿嘿，新秘书吧？瞧你这副稳若泰山的样子，是不是想让林镇长等你啊？”

我一听就明白了，早听人说当秘书要做到“手勤、眼勤、嘴勤、脚勤”，事事都得赶在前面，为领导做好准备。

我当即挟起皮包，跟着司机来到那辆油光锃亮的小车面前，随手打开了前排车门，一屁股坐在了副驾驶的位置上。没想到，司机瞟了我一眼，又开口了：“我说，这位置是你可以随便坐的吗？”

我知道自己资历浅，所以当了镇长的秘书后，时时小心、处处在意，现在虽然听出这司机的话带着鄙夷，可我一点也不敢发作，领导的司机往往都是机关老油子、领导贴心人，这分量可不能小看。我当下笑着说：“噢，不坐这儿，总不能坐在后排吧？你看电视上，那些政府首脑、名流大亨坐的都是后排，不是吗？”

司机一脸不屑地笑了起来，说：“亏你还知道，可那是顶级大人物，知道为啥吗？”

司机说着举起右手作手枪状，顶着我的太阳穴，手一扣，嘴里发出“砰”的一声响，把我吓了一跳，司机说：“那是防止有人暗杀他们，所以坐在后排安全些，而在咱这小地方，林镇长似乎不必担心有人暗杀吧？再说了，坐在前排视野开阔，给人一种一马当先、统揽全局的感觉，只有领导才配拥有这样的感觉，他们也需要这样的感觉，懂不懂？再说，你也不能这么着急上来，要想着给领导开车门呐。”

我听了，将信将疑地点点头，就在这时，我看到林镇长过来了，连忙下了车，等林镇长走近了，我便试探着再次打开前排的车门，林镇长果然从容自若地弯下腰，径直坐到了副驾驶的位置上。我小心关上前排车门，再打开后车门坐了进去，这才长长舒了口气：这老司机没有耍我，领导小车里的座位是有秩序的，不能坐错了。

过了两天，我又要陪林镇长到市里开会。下楼的时候，林镇长说自己还有些事，让我先到车里去等他。我下了楼，老老实实站在车外面等，可半天不见林镇长下来。这时候，司机从车里探出头来叫我：“喂，你怎么不上车，在外面干等。”

我纳闷地问：“上次你不是说，让我不要着急上车吗？”

司机摇摇头：“哎，你呀，一码归一码，刚才镇长不是让你到车里等他吗？何况这里又没别人，用不着一本正经讲规矩，到时候别忘给他开车门就是了。上车！”

听了司机的话，我这才拉开门上车，不过这次我学乖了，没坐前排，而是把后门拉开，坐了进去。可那司机看了看我，目光有些古怪，似乎还有什么话要说，我心里一惊，正要开口询问，林镇长来了。

让我觉得意外的是，这回林镇长没往前走，而是直奔后排而来，我一下子慌乱起来，领导不是要一马当先坐前排的吗？怎么今天偏偏要坐后

排？

时间已不容多想，我连忙从里面打开车门，迎接林镇长，林镇长一看我坐在车后排不禁微微一愣，随即皱下眉，淡淡地说："你坐前面。"我只能硬着头皮从车里钻出来，有些不解地坐到了副驾驶的位置上。

到了市里，一切安顿下来后，我抽空找到司机，递上烟，笑着说："师傅，你得跟我说道说道，这回林镇长为什么又坐后排了？"

司机熟练地把玩着我递给他的烟，却并不点上，故作神秘地说："这个嘛，叫我怎么说呢？这可是我多年摸索出来的经验，一句得生一句得死，随便告诉人未免也太便宜了，是不是？"

我明白了，当即一拍司机的肩膀，爽快地说："这样好了，一回去我就摆一桌酒席请你，怎么样，够意思了吧？来，烟先点上！"

司机这才点上烟，美美抽一口，然后摆出一副老江湖的派头，指指点点地说道："上回林镇长坐前排，那是因为在咱镇的一亩三分地上，他老人家是数一数二的大佬，所以要统揽全局，而现在咱到的是什么地方？是市里，碰到的人有一多半比他官大，在那儿根本轮不到咱林镇长统揽全局，所以他必须低调，坐在后排不能太过招摇。"

我一听恍然大悟，谁知还没完，司机这个老油子还有说道："这还是浅层次的原因，更深一层的原因是，上回在镇内视察是超短途，而这回到市里是小长途，长途嘛，总有一点不安全，而小车后排位置相比前排而言就安全多了，据说他们还专门统计过什么安全系数，说后排比前排安全百分之……这个数字我记不清了，这回懂了吧？小车座位的学问大着哩，以后多留点心，要学会自个儿悟道，不要傻乎乎的。"

我这下简直是佩服得五体投地，击掌感叹说："大，学问真大！"

自从上完这一"课"后，我脑子里多了一根筋，每次和林镇长同车出门，都根据前面的经验小心挑选座位，果然没出什么岔子。

一晃又过了好多天，这天我要和林镇长一同到邻县一个兄弟乡镇谈工作，那个乡镇并不算远，应当没有危险，所以我提前等在了小车前门，还特意瞄了一眼司机，见他没有异议，心里才松了一口气，显然这回对了。

谁知过了一会儿，我竟看到林镇长直奔后车门而来，这又是怎么了？天啊，我又错了吗？

我只好向前两步，尴尬地打开后排车门，只见林镇长面无表情地说了一句“你坐前面”，说完再无二话。

林镇长越是这样不动声色，我越是摸不到底，一路上心里正颠三倒四地反复回味，忽听到身后响起响亮的呼噜声，回头一看，林镇长竟已躺了下来，睡着了，看样子昨夜领导太操劳了。这下，我的心总算落了地，林镇长这次一反常规要坐后排，只是因为后排好睡觉，是特殊情况，防不胜防的！

车子开了不久，就到了目的地。我发现兄弟镇政府门口站着好多人，显然是迎接林镇长的。我回头望着依旧呼呼大睡的林镇长，心里犯难了，该不该叫醒他呢？

就在这时，我身边的车门咔的一声被打开了，迎接的人热情地拉开了前排的车门。我顾不得多想，只好下车，然后只听到外面掌声响成一片：“热烈欢迎林镇长来这里考察！”，“林镇长辛苦了！”同时有无数双手伸了过来。显然天下规矩是一样的，乡镇的同志都晓得小车副驾驶位置上坐的是领导。

我正要说“搞错了，我不是林镇长。”谁知这话还没出口，身后有人重重咳了一声，那咳声里透出无比的威严，还有其他复杂的东西。我心一凛，回头一看，林镇长自己打开后车门跨了出来，不好，忘了给他开车门了！

这时，我注意到林镇长的眼睛是红的，是因为睡觉刚醒的缘故吗？一股寒意从我心底深处直冒上来。

等事情谈完后，我见林镇长正与几位乡镇领导把手言欢、依依话别，便提前一步开了小车后门，等林镇长上车，谁知司机见了神色大变，语速像发射子弹似的说道：“谁让你乱开车门的？该开的时候不开，不该开的时候乱开，快关上。待会儿你自个坐别的车回去——你这人怎么到现在还不开窍啊？连惯例都不懂，真不是干这行的料！”

可是已经迟了，车门已打开了，我一眼看到小车后排塞着满满当当的东西，全是兄弟乡镇领导们的“小意思”。大家客客气气“礼尚往来”，这就是司机口中的官场惯例，本来是心知肚明却不该看到的事，被我这么一开门，看了个真真切切。然后我看到林镇长的脸一下子变得铁青，那目光就像利剑一样直刺过来……

（题图、插图：安玉民　梁　丽）

生日蛋糕

□李大勇

男孩的委屈

埃努瓦是面包房里的小伙计。这天晚上，眼看到了下班时间，他正兴冲冲地要回家吃饭，突然听见老板在叫他："埃努瓦，今天下班后你不能走。"

埃努瓦回头一看，只见老板指着柜台上一个孤零零的蛋糕，说："这个预订的蛋糕还没人来取，等人家把蛋糕取走你才能离开。"

一听这话，埃努瓦急得差点掉眼泪，他知道今天又得晚回家了。埃努瓦是这个面包房里年龄最小的，总是受到老板的欺负，干活最脏最累的是他，每次留下来等客人的也是他。可是，埃努瓦今天实在太累了，就盼着早点下班回家，好躺在自己的床上睡一会。于是，他哀求道："老板，我得回去，我奶奶会着急的，我也很饿……"

话还没说完，老板就暴躁地怒吼道："你要是不想在我这里干，你就赶紧滚回家去，我这里不缺你一个。"

埃努瓦吓得浑身一抖，他知道自己不能失去这份工作。他家的生活很拮据，爸爸在酿酒厂当工人，全家都靠爸爸一个人养活，所以埃努瓦读完小学，就不得不放弃学业，到这个面包房做工。可是，他到现在还没挣到一分钱，要是就这样走了，以前干的活就算白干了。埃努瓦小心翼翼地问："要是没人来取，我该怎么办呢？"

"哈哈哈，你竟然又问这样愚蠢的问题。"老板大笑了起来，然后用嘲笑的口吻说，"小家伙，要是时间过了九点，蛋糕还没有人来取的话，你就把它拿回家，就算我送给你的。"

每次埃努瓦问这个问题，老板都会这么说。不过老板可不是慈善家，他之所以这样说，是因为所有订蛋糕的人都先交了三分一的押金，所以老板根本不相信有人交了订金却不来取蛋糕，那样的人不是脑子有毛病，就一定是个傻子。

听老板这么说，工人们也都跟着起哄。埃努瓦不敢再说话了，只能带着委屈，一个人留在面包房里。

晚上八点多，一个中年人急匆匆地跑来，取了蛋糕，支付了剩下的钱。这时，中年人注意到埃努瓦无精打采的样子，便问道："孩子，是不是因为我来取蛋糕太晚了，你才会不高兴的？"埃努瓦仔细地打量了一下这个中年人，见他说话和蔼可亲，不由把心里话说了出来："先生，不是因为你，是老板总让我干最脏最累的活，还经常挖苦讥笑我。"

中年人若有所思，拿出笔在一张纸上写了几句话，递给埃努瓦说："孩子，你要是愿意的话，可以随时到我那里工作，这是我的名字和地址。"

埃努瓦顾不上看，把纸条往兜里一塞，关上门拖着疲惫的身子回家了。晚上，他躺在床上，泪水不住地流了出来。他想把自己所有的委屈和烦恼跟爸爸妈妈说，可是那又有什么用呢？上次他把老板嘲笑他的话都告诉了爸爸，可爸爸也只是安慰地摸了摸他的头，什么话都没有说。

焦急地等待

第二天一早，埃努瓦简单地吃了早饭，正要到面包房去。奶奶轻轻叫住了他："埃努瓦，晚上要早点回来。我们等你吃饭。"埃努瓦心里说，要不是那个该死的蛋糕，我早就能到家了。他假装高兴地回头冲奶奶说："奶奶，你放心吧，今天不会再留我了。"

埃努瓦刚到门口，妈妈喊住他说："埃努瓦，晚上要早点回来，我们等你吃饭。"奶奶和妈妈这是怎么了，不就昨天晚回来了一会儿吗，他们应该知道我不是贪玩的孩子啊。于是，埃努瓦强装着笑脸说："妈妈，你别为我

担心，到点我就会回来的。”

埃努瓦转出院子，遇到了从外面回来的爸爸，爸爸拦住他关切地说：“埃努瓦，晚上早点回来好吗？晚上等你吃饭。”埃努瓦现在简直有点哭笑不得，心想你们大人不要再把我当小孩子了。然后，他给爸爸一个甜甜的微笑，说：“爸爸，我答应你，到时候我就回来。”

忙碌的一天很快就过去了。眼看下班的时间就要到了，埃努瓦望着山谷上的太阳，急切地等着下班时刻的到来。他已经想好，只要时间一到，就马上跑回家，这样全家人就不用等他了。于是，埃努瓦默默地屏住呼吸，竖起耳朵，等待下班钟声的响起。

可是，他最终等来的，却是老板的叫嚷声：“埃努瓦，这里还有个蛋糕没人取，你先不能走。”

埃努瓦的心情一下子跌落到谷底，他仗着胆子问了一句：“为什么今天还要留我呢？”

“哈哈哈，”老板的笑让埃努瓦心惊胆战，只见老板把手一摊，冲其他工人说，“他竟然问我为什么要留他，这个问题太好笑了，你们说是不是？”

埃努瓦不知所措地站在那里，脸涨得通红。老板拍了拍埃努瓦的脸说：“埃努瓦，我告诉你为什么要留你，就因为你是新来的。你说是不是？”看埃努瓦还愣在那里，老板拍拍他的肩，嘲笑道，“你是不是还想问那个‘没人来取蛋糕’的蠢问题啊？”

“你就带回家吧，哈哈哈。”旁边的工人跟着一块儿起哄道。

埃努瓦只好留在店里，等顾客来领蛋糕。时间一分一秒地过去了，埃努瓦一直等到九点半，那个订蛋糕的人还没有来。埃努瓦看着货架上那个孤零零的蛋糕，想起早上出门时家人的嘱咐，又想起老板的话，他不知道从哪里来的劲头，拿起那盒蛋糕就朝家里跑，他知道，奶奶、妈妈、爸爸肯定还没吃饭，都在等着他回家呢。

珍贵的礼物

埃努瓦快到家时，就看见爸爸正一个人坐在院子里抽烟。埃努瓦想给爸爸一个惊喜，他把蛋糕藏在背后，悄悄走到爸爸身后，调皮地冲爸爸的耳朵大喊一声：“爸爸，我回来了！”

这突如其来的喊声，把爸爸吓了一跳，他看清是埃努瓦时，眼里立刻流露出兴奋的光彩：“埃努瓦，你总算回来了，奶奶和妈妈在屋里等你吃饭呢。”爸爸边说边搂着埃努瓦的肩膀一起往里走，“埃努瓦，今天是奶奶的生日，你一定要给奶奶祝福的。”

这时埃努瓦才恍然大悟，为什么早上所有人都叮嘱他早点回来，原来今天是奶奶的生日呀！想到这儿，他藏在背后的蛋糕一下子成了送给奶奶

最好的生日礼物了。难道是上帝这样安排的吗?

进了门，奶奶趴在桌上正打瞌睡呢。埃努瓦悄悄走到奶奶跟前，俯身贴到奶奶的耳边说了声:“奶奶，生日快乐！”奶奶醒来，一看是埃努瓦，高兴地说:“埃努瓦，奶奶不是告诉你早点回来吗？奶奶岁数大了，容易犯困。”

埃努瓦没有回答，他把背后藏着的蛋糕拿了出来，郑重地往桌子上一放说:“奶奶，这是上帝让我带给你的生日蛋糕，并祝福你生日快乐！”

所有人都惊呆了，不知道埃努瓦在说些什么。看着他们一个个目瞪口呆的样子，埃努瓦禁不住开怀大笑，接着就把今晚发生的一切说了一遍，最后他问奶奶:“奶奶，你说为什么那个预订蛋糕的人不去取蛋糕，是不是因为你过生日，上帝就不让他去取了？”

不管怎么样，奶奶的生日有了生日蛋糕，气氛与往常迥然不同，在生日歌的祝福中，小屋里充满了暖暖的温馨。

吃罢晚饭，大家都回屋休息了。

埃努瓦的爸爸睡不着，他对妻子说:“你知道埃努瓦拿回的蛋糕是谁订的吗？”

“难道你知道是谁订的？”

“蛋糕是我订的。”爸爸说道，“我只有预定蛋糕的钱，让徒弟去帮我订了蛋糕，本想着今天能拿到工钱，去把蛋糕取回来。可是，后来才得知，老板要拖欠我们的工钱。原本打算明天去面包房，求老板把订金退给我，没想到埃努瓦却把蛋糕取回来了。看来这是上帝的安排啊。只是，恐怕埃努瓦明天要挨骂了……”

而埃努瓦也兴奋得没有睡着，原来那个留纸条的人是钟表匠瑞斯特，是城里有名的好人。明天，他就决定去找瑞斯特，好好学手艺，这样，明年的今天，他就可以用自己挣的钱给奶奶买生日蛋糕了。

（题图、插图：安玉民　梁　丽）

讲重点

□西门飘雪

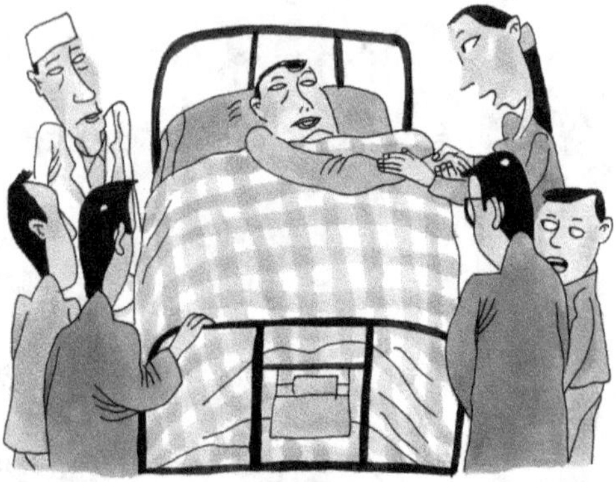

这天，小林出车祸进了医院，给他治伤的刚巧是老同学小王。小林便问自己伤得严重不严重，小王啰啰嗦嗦讲了一个多小时，才讲明白，原来小林只是受了一点皮外伤。小林知道这个老同学从小就啰嗦，就打断了他的话，把手机递过去：“小王，我累了，待会儿我家里打电话来，你帮我跟家里说一声。”他怕小王讲的时候太啰嗦，便又叮嘱道，“你说我伤情的时候，讲重点就行了。”说完，就闭起眼睛睡起来。

没睡多久，小林就听见周围有动静，睁眼一看，身边都是人，不仅有老婆孩子，还有公司总经理、工会主席、部门同事，个个神情悲伤。

小林被搞得一头雾水，问道：“这是怎么了？”老婆见小林醒了，上来一把抓住他的手说：“刚才医生在电话里说，你出了车祸，情况严重。我们就都忙着赶来了。”小林看了一眼站在一边的小王，问道：“你不是说我没事吗？”小王凑过来，小声说：“你刚才特别嘱咐我要把你的病讲重点，是为了多请几天假吧？本来这是违反规定的，但看在老同学的面子上，这个忙我得帮你啊，就编了个严重的病。下回你可得好好谢谢我啊。”

·中国新传说·

爱睡觉的保镖

□张春雨

疑团

刘立风这些年一直在两个省城之间跑运输，靠着“车轱辘”发了家。从当初的一辆车、两辆车，到现在的几十辆车，他已经是个不折不扣的大老板了。

这一天，他刚刚上班，一个老汉便带着一个三十岁左右的青年进了他办公室。刘立风一看，是自己以前的邻居王大伯，立刻笑着问道：“王大伯，您怎么来了？”

王大伯憨憨一笑，说道：“小刘呀！大伯来麻烦你了！”说着，一指身边站得笔直的青年介绍道，“他叫吴明，是我亲外甥，企业效益不好破了产，好久没有事做，你看能不能在你这里谋个差事。”

“好哇，大伯开口了当然没问题！”刘立风爽快地答应了，接着又问一旁的吴明，“我这就是缺司机，你会开车吗？”“不会！”吴明仍然站得笔直，那口气就像是回答命令，让刘立风一愣。一旁的王大伯急忙接口圆场道：“小刘，别见怪！他就这个样子，对了，你这不是也需要保镖吗？”

刘立风一下子迟疑了，的确，他经营的运输线路有近一天的路程，其中有三分之一是乡镇公路，途中还有不少人烟稀少处，经常有人在那里抢劫单独出行的司机。为此，他专门增加了一笔资金，为每个司机搭配一个精明、强壮的押车员，也就是他们常说的“保镖”。

“可是……”

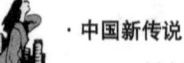

见刘立风有些为难，王大伯急忙说道：“我知道你是有条件的，我这个外甥不但身体结实，而且以前当过武警。”

“哦？难怪呢……”刘立风的眼睛顿时一亮，细看吴明，骨子里果然透着军人的气质。“好！好！”他一边称赞一边站起身说道，“我就是喜欢当兵的人、相信当兵的人，明天吴明就来上班，跟六号车。”

第二天，吴明早早地就来上班了，神情中明显带着兴奋与期待。刘立风把他和开六号车的司机小李做了简单介绍，接着，便交代了一遍任务让他们出发了。

转过天来，两个人结束任务回来了。小李径直跑到了刘立风的办公室，张口说道：“老板，您……能不能给我换一个保镖呀？”

“怎么了？”刘立风疑惑地看着他。小李深深吸了一口气，不太情愿地说道：“这吴明也太能睡了，一路上也不说个话，除了吃饭上厕所，就知道睡觉。这个样子，让我心里没底，起不到保镖的作用不说，还把我感染得直打瞌睡。”

刘立风一听，眉头紧锁起来，心说：“当兵人的素质，应该不至于这样吧？”转念一想，他明白了，一定是刚得到这个工作，太兴奋没休息好的缘故。于是，他让小李迁就一次，小李也不好再说什么，无奈地走了。

过了两天，小李和吴明又一起出了一趟车，回来后，小李又一次找到了刘立风，这次他一见面就迫不及待地抱怨道：“老板，你真给我换一个吧！你是没看见他的样子，都气死人了，车一走就睡，车一停，特精神，吃起饭来一个顶俩儿。老板我知道你喜欢当兵的人，但人和人不一样，他该不会是来这儿混饭吃的吧。”

刘立风的心也沉了下来，送走小李，他立刻把吴明叫了进来，凝视了良久：结实的身板，精明的面相，怎么看也不像小李说的那样的人呀！他试探着问吴明，有没有小李说的那种情况，然后等待着吴明的辩解。没想到，吴明承认得倒很干脆。刘立风无奈地叹了口气，语重心长地说道：“小吴呀！我能用你，一方面是王大伯的脸面，另一方面是因为你是当过兵的人，我对当兵的人有特殊的感情，可是……你不能把这些当成资本呀！”

“我……”吴明的脸竟然一下子红了，却马上面带坚毅地说道，“对不起，老板，是我的错，下次一定改。”

亲 验

转眼又过了几天，小李和吴明出了第三趟车。等他们回来，刘立风急忙找来了小李，想了解一下情况。可没等他开口，小李竟然愤愤地把车钥匙扔在桌子上，生气地说道：“再不换他我走人。”

“怎么了？”刘立风惊异地看着小李。

小李接着说道：“老板，说实话，他确实在努力改，我看他也在一直想办法保持清醒。但情况只是比原来好些，看上去还是昏昏沉沉的。我本来想忍忍就算了，可这次差点出了意外。”

“怎么了？”

小李愤愤地说：“我正开着车呢，突然发现前面有两个挡道拦车的，一看就不是什么好人。我想提醒吴明，可是怎么叫，他都是一副没睡醒的样子，后来幸亏我机灵，减慢速度假装停车，趁对方不注意再加油门跑路，要不然，损失就大了，你说这保镖有什么用？”

正说着，一个笔直的身影出现在了门口。显然，吴明已经听到了小李刚才的话，不好意思地说道：“对不起！老板。”

刘立风这次可沉不住气了，生气地说道：“小吴，你太让我失望了，你走吧！”

“老板……”吴明一脸恳切地说道，“再给我一次机会吧！其实……我……”他犹豫着，似乎有些事情不好意思说出口，最后，只是淡淡地说道，“我肯定不会给你误事的。”

刘立风的心不由得软了，毕竟是王大伯介绍来的，于是说道：“好吧！再给你最后一次机会，一会儿就有趟急活，你可要为王大伯、为你那当兵的身份争口气。”

“什么？还放心让他去？”这时，一旁的小李蹦了老高，“老板，要去你去吧！我是不和他去了，现在想起来还有点后怕呢。”说完，一抬腿溜了。

刘立风本想叫住小李，却突然停住了，心想：吴明嗜睡，只是小李的一面之词，是不是夸大其词自己也不知道。他决定，自己亲自跑一趟，一来自己正好也要去那边办事，二来也看看实情，到时候对王大伯也好交代。

稍做准备后，刘立风带着吴明出

发了。一路上，刘立风不停用眼角偷偷观察吴明，果然，正如小李所说，车开了仅十几分钟，原本神采奕奕的吴明便蔫了起来，眼睛渐渐没了光彩，上下眼皮也打起了架。虽然看得出来，他是在尽力克制，揉眼睛、咬嘴唇，可根本抵挡不住袭来的困意，眼看着嘴唇都咬出了血丝。刘立风无奈地摇了摇头，问道：“小吴，你怎么不停打瞌睡啊？”

吴明听了，强打精神回道：“哦！多年养成的毛病！”刘立风看着吴明懒洋洋的样子，感到有些失望，也没心思再问了，淡淡地说道：“那就别硬撑了，到后座位上睡会吧！”

“不用不用！”吴明强睁着眼睛说道。刘立风笑了，一边向后打着手势一边叹气说道：“去吧！去吧！”语气不容置疑。吴明犹豫了一下，说道：“好吧！但相信我，车一停我就会醒，决不会给你误事的！”说完，爬到了后座里。刘立风苦笑了一下，有这种毛病怎么能跟车呢？他的心里也想好了，这一次就是吴明最后一次出任务了，相信王大伯也不会怪自己的。

遇　险

不知不觉，汽车转下了高速公路，渐渐行到了人烟稀少的路段。突然，刘立风发现，前面的路上躺着一个人，似乎伤得不轻，旁边有一个人在照看，还有一个瘦子在路上拦车。多年的经验告诉刘立风，可能遇到麻烦了，有心不停车冲过去，可人家似乎早就防着这招了，想过，除非从人的身上轧过去。“怎么办？”这时，刘立风想起了后座的吴明。于是，他一边放慢车速，一边大声喊着后面的吴明，可是几声过后，吴明竟然一点反应都没有，焦急的刘立风一只手握方向盘，另外一只手伸向后面去推，可不管他怎么用力，吴明还是像死了一般。

眼看着车已经到了那三人的跟前，刘立风只得收回手，强做镇静地停下车，摇下车窗问对方怎么了。瘦子利索地跳上车子踏板，对刘立风说道：“师傅！行行好，我的朋友受伤了，麻烦您给捎一程吧！”他嘴里说着话，眼睛却迅速地打量了一遍驾驶室。突然，一把匕首架在了刘立风的脖子上，瘦子一改哀求的口气，冷笑着说道：“兄弟，胆子挺大呀！敢一个人上路！那就下车来聊聊吧！”显然，歹徒没发现后座里的吴明。

下车后，躺在路上装病的人也起了身，赶了过来。装病的人是个大胡子，他看了一圈车身，接着狂笑道：“真巧了，昨天就是这辆车，司机猴精，抽空跑了，还把老子带了个跟头。不过……”这时，他看了看刘立风，说道，“司机好像换了，不过不管了，算你小子倒霉。先卸货再说！”说完，他

让瘦子拿匕首看住刘立风，而自己和另外一个同伙到车后开始开封卸货。

刘立风的心彻底凉了，知道这次肯定是赔大了，心中只能祈祷平安过关。过了一会儿，只听车厢后面“咕咚”一声，接着又传来大胡子“啊”的一声大叫。

“怎么了？”拿匕首的瘦子大声问道，过了良久，才听大胡子“哎呀哎呀”地说道：“这货还真沉，害得我从车上掉了下来，摔死我了，你也过来帮忙吧！把他车钥匙收了，跑不了就是了。”

“哦！”瘦子答应着，接着揣起车钥匙，狠狠地对刘立风说道，“放老实点，不然放你的血！”说完，慢慢走向了车厢后面。刘立风看着瘦子转到车厢后面，迅速跳进驾驶室，从怀里拿出一把备用钥匙，这也是多年养成的经验，为防止歹徒拔钥匙，每次出门都在身上藏一把备用钥匙。

刘立风利索地把钥匙插进了钥匙孔，打着火，下意识地扫了车后座一眼，突然，他愣住了，应该睡在那里的吴明竟然不见了。

就在他愣神的工夫，一个人影跳上踏板，一只手伸向了他的肩膀，刘立风大吃一惊，刚想全力摆脱，却一下呆住了。因为他看清楚了，抓向他竟然是吴明。此时的吴明额头上微微冒着汗，伸出来的手臂正流着鲜血。吴明喘着气说道：“老板！没事了，报个警吧！”

刘立风一脸惊异，看看吴明，又伸出头，往车厢后面看。吴明笑着说道：“放心吧！歹徒已经被我制服了。”这下，刘立风算是缓过神来了，迟疑地走下车，到车后面一看，可不是？三个歹徒，一个似乎被打昏了，而大胡子和瘦子都被捆着双手，疼得嘴里直哼唧。

“这……都是你做的？”刘立风疑惑地看着吴明。吴明点了点头，微笑着说道：“车一停，我就醒了，听见

了他们说话，知道是遇到歹徒了，便没有吭声，趁他们没注意，便从另一个车门偷偷溜了下去，到车厢后，先打昏了一个，又把大胡子从车上摔了下来，逼他把拿匕首的瘦子叫过来，本想也能一击成功，可到底是多年不练了，有些生疏，胳膊还是挨了那小子一刀……”

真　相

刘立风打完了报警电话，一边等警察到来，一边给吴明做简单包扎。刘立风的心情非常激动，他内心不得不承认，这样的保镖谁能说不合格呢？随即，他对吴明这嗜睡的毛病来了兴趣，便追问起来。

吴明一开始不太肯说，可实在拗不过刘立风，最后，只好说出了事情的原委。原来，吴明当兵的时候，正好赶上一场百年不遇的特大洪水，他所在的中队被派往一线进行抢险，由于他们的战斗力强，哪里险情多，哪里情况紧急，上级的调配命令就发到哪里，抢险的两个月时间，他们没日没夜，从来就没有完完整整休息过一次，唯一的休息时间就是车辆在转移阵地的时候。因此，战士们完全改变了作息时间，车走人睡，睡得香、睡得实；车停人醒，醒得快，精神足。抗洪结束后，他们中队被人们誉为“抗洪线上的110”。但是，吴明却因此落下了病，坐车就困，而且挡不住、叫不醒，但只要车一停，立刻就清醒。多年过去了，一直没有改过来……

刘立风听了，心有感触地责怪道：“你怎么不早告诉我呢？”

吴明不好意思地笑笑：“我觉得问题出在自己身上，不好意思多解释，就想自己坚持坚持，争取早点改掉这习惯。”他说着一个立正，一脸严肃地说，“不过我保证，一旦出现情况，车一停，我肯定能醒过来，保证不误事……”

刘立风听了，点点头，笑着拍了拍吴明的肩膀。他暗暗决定，要把这个小伙子永远留下来。此时，刘立风的心里难以平静，他之所以喜欢当兵的人，也恰恰是因为那场特大洪水。那时他生意刚刚起步，为了赚钱，他不顾洪水险情，贸然出发。结果，被洪水围住了，眼看辛苦置办起的家业将毁于一旦，就在这时，来了一支队伍，把他和车子都救了出来，他想把恩人记住，可是那支队伍没一个人肯留名字，只是听别人叫他们“抗洪线上的110”。

（题图、插图：魏忠善）

绿版编辑部各编辑邮箱：

夏一鸣：gshxym@163.com
邢　悦：simyyue@126.com
朱　虹：zhong98305@sina.com
杭　帆：hangfan1102@126.com
刘迎曦：liuyingxi1203@163.com

□刘　超

给你放放气

阿伟家的三层小楼建在街边，一楼临街，他就开了个小五金店，白天营业，晚上关门。在这条街有好多娱乐场所，一到晚上，热闹极了。可阿伟却因此头痛不已。咋的？原来那些来玩的人找不到停车的地方，就把阿伟楼前的空地当成了免费停车场，不管摩托车还是小汽车，一股脑儿就往他家门口塞。阿伟一家人进进出出，十分不方便。

一天两天可以，时间一长，阿伟就来气了：连个招呼都不打就乱停车，当我们不存在咋的？于是他就在自家大门上"刷刷刷"写上告示：此处不得停车。可结果一点用都没有，谁都不理他的告示，还有人捣乱，把"不得"两个字涂掉，变成了"此处停车"，把阿伟气得够呛，一怒之下，把告示改成了四个字："停车放气！"这句话一写，果然立竿见影，一连好几晚，他家门前一辆车都没有。

这天晚上，阿伟夫妻俩到亲戚家吃饭，回来时已经是晚上十一点了。走到家门口一看，嘿，居然门口又停着一辆小汽车。而且，这车还停得蛮不讲理，紧紧挨着阿伟家的大门，只留下两只巴掌大的空间。

阿伟一看，肚子里就来气了，"砰砰砰"使劲拍打了几下车身，那车子的警报器呜呀呜呀地叫了起来。可等了老半天，也没见车主来。没办法，阿伟只好侧着身子蹭过去开门，一摸屁股，厚厚一层灰尘，得，等于白给它擦了一次车。阿伟还好，但老婆比较胖，蹭不过去，只好狼狈地从车身上爬过去，还不小心摔了一跤。

这下，阿伟可真生气了：我明明写着停车放气，你小子是瞎了眼看不见，还是看见了装糊涂，以为我不敢动真格的吗？说着拿起工具就往外走。

老婆见他真要给车放气，忙劝他说算了吧，反正今晚又不出去了。阿伟恨恨地说“不能算，不给他们放放气，明天他还停这！”说着，当即就拔开了一个轮胎的气门螺丝。他还不解恨，一气把四个轮胎都放了，一直等到轮胎的气都放光了，这才“咣当”一声关上门，上楼睡觉。

正睡得迷糊的时候，老婆把他推醒了，指指窗外说：“你听，下面有人骂街了。”

阿伟爬起来打开窗探头一望，楼下那辆车旁边果然站着一个男人，正指手划脚地仰着脖子骂不绝口。

阿伟二话不说，穿好衣服，噔噔噔下了楼，把门一开：“别骂了，是我放的！”

那男人扎一条花花绿绿的领带，振振有词地质问阿伟：“你凭什么放我的气？”阿伟哈哈大笑，说你还有理呢？这儿是什么地方知道吗？你把车停在我家门口了！

花领带说：“那你也不必做得这么绝吧？最多我以后不停了，可你话也不说一句就把气放了。”

阿伟咚咚咚敲着门上“停车放气”四个字：“我可是警告过的。你还是要停，我不放气，恐怕你会说我只会吓唬人。”

花领带辩解说，晚上天黑，他根本没注意到这几个字，如果看见了，绝对不会把车停在这儿。阿伟说，那就是你自己的事了，我不管。现在气我也放了，你爱咋的咋的吧？

花领带气呼呼地说：“现在车子没气，你让我怎么开走？你得给我打回气！”阿伟冷冷一笑，说你做梦吧，你以为我是傻瓜啊？

两人一下说僵了，花领带看来也是个爱较劲的人，非要阿伟给他打回气，最后看阿伟口气这么硬，一拍车子说：“那行，你不打气，我就把车放在这了，你什么时候打气，我就什么时候开走。”

阿伟一听，丢下一句：“随你的便！”关门上楼去了。

等他上了楼，再往下一看，只见那家伙果真丢下车不要，走了。阿伟捂着嘴巴直乐，嘿嘿，不给这些人一点教训，他们就不会把你的话当真。

到了第二天，一早打开店门，老婆却埋怨起来，门口摆着一辆车，把门都挡住了，这生意怎么做？阿伟胸有成竹地笑道：“别着急，我料准那小子今天一定会来把车弄走的。”

可等了整整一天，那个花领带始终没有出现。晚上关门时，阿伟信心十足地对老婆说，那小子爱脸皮，白

天不好意思来，肯定是选择在晚上偷偷来，他那车值好几十万呢，绝不可能丢下不管的。

然而，他早上起来一看，车子仍然好端端地停在那儿。老婆又不禁埋怨起来，阿伟挠挠头皮，没想到这小子跟他一样是属驴的，都有一个犟脾气哩。他一拍车子，心说好啊，老子就跟你耗上了，看谁最犟？

一天过去了，又一天过去了，花领带还是没来，看来他当初那句话，还真不是虚言。不用说，阿伟的生意因此大受影响，老婆忍不住说："哎呀，你就把气给他打回去吧，这样吃亏的还是我们。"

阿伟一扭头，不干。他给老婆分析道："咱吃亏，这不错。可他就不吃亏么？至少他几十万的车扔在这，有车不能开。"

一眨眼，就过了十天。这天早上，阿伟还躺在床上，老婆忽然惊喜地拉他："快起来，那车不见了！"

阿伟一听，不由精神一振，一骨碌爬起来，扑到窗前一看，哈哈，果然自己家门前空空的，估计昨晚那小子开走了。这下，他可得意了："怎么样？我说过他犟不过我的嘛，哈！"

晚上，阿伟和老婆到外面散步。回到家时，一看门口又停了辆小汽车，看着怎么那么眼熟。阿伟大步走过去，一瞧车牌，呀，竟然又是那个花领带的车。

阿伟愣了一下：还来！上次还玩得不过瘾啊？他也用不着喊车主了，挽起袖子说"那就来吧！"蹲下就要放气。

一伸手，却发现轮胎上贴着纸条。他好奇地拿下来，只见上面写着字：我接人，只停五分钟，手下留情。

阿伟怔了怔，这小子居然跟他玩起了斯文。也罢，既然如此，就卖他一个人情吧。刚站起来，却见花领带和一个女人快步向车子走来，一边走一边喊："大哥，别放别放，我马上就

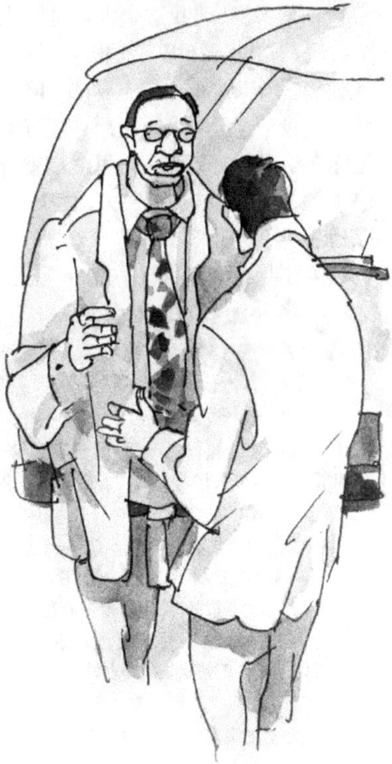

走。”

阿伟听着心里舒坦，摆摆手说：“还没放呢，走吧走吧。”

花领带走过来，十分抱歉地说：“哎呀，本来有了上次的教训，我知道这儿不能停车，可实在没地方可停了，只好暂时借用几分钟，请原谅。”说着，打开车门拿出一盒香烟，硬塞到了阿伟手中，“我这次来还想向您道个歉，上次的事，大家就算没发生过。”见对方这么诚恳，阿伟倒有点不好意思了，笑着直点头。

花领带说：“我这个人就是这么个脾气，心里不舒坦，就非得把这口气放了，所以才跟你较上劲的。昨晚朋友请我来这里喝茶，没想到正好看见你在给车子打气，我心里立刻就舒坦了，马上就把车开了回去，你放心，以后我绝不会乱停车了。”

阿伟听罢傻了，想了想，还是说了出来：“我没有给车打气啊，不是你自己打的吗？”

花领带一怔：“我明明看见两个人在给车打气呀，不是你请来的吗？”阿伟莫名其妙地摸摸脑袋：“没有啊，我压根没想过给你的车打气。”

听阿伟这么一说，花领带也糊涂了：“可那天晚上，我明明看见车旁边有两个人影在给我的车打气，只不过我一出现就跑了……”没等阿伟说话，他一拍大腿，叫了起来，“啊呀，我明白了，他们那是想偷我的车啊，怪不得那两个家伙慌慌张张的，只打了三个轮胎就想走，原来他们是偷车贼啊！”

花领带哈哈笑着上车走了，阿伟看看手中拿的烟，哭笑不得。要不是那两个倒霉的偷车贼，这事还真不知什么时候才结束哩。

（题图、插图：谭海彦）

· 本刊信息传真 ·

“迎 2010 年《故事会》作品改稿会”征文启事

为鼓励多出故事新手、多出优秀作品，《故事会》杂志社决定于 2009 年年底举办“迎 2010 年《故事会》作品改稿会”。本次“改稿会”将实行一些新举措：1. 新老作者不限，一律凭作品获“入场券”。2. 入围作品将保证在刊物上陆续发表。3. 部分实力作者将获得“故事会签约作家”称号。

征稿范围：具有现实感、新鲜感且可读性强的中短篇（包括超短篇）原创作品。超短篇（如“幽默故事”）的字数一般在 1500 字以内，短篇（如“中国新传说”）的字数一般在 5000 字以内，中篇故事的字数一般在 15000 字以内。

来稿方法：1. 从邮局寄发，请在信封上注明“改稿会参赛”字样，本刊地址：上海市绍兴路 74 号《故事会》杂志社，邮编：200020。2. 从网上传递，可寄各责任编辑信箱，请在主题上注明“改稿会参赛”字样，本期责任编辑的信箱是：simyyue@126.com。

本次征文截稿日期：2009 年 12 月 15 日。

真情老白干

□张正祥

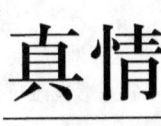

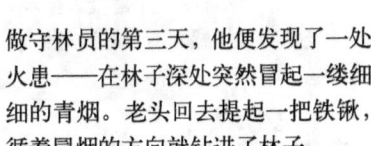

在大青山附近有一片林场，为了防火防盗，人们很早就在林子边盖了一间小木屋，安排了一个人常年住在那里做守林员。

这天，原来的守林员突然被换了，取而代之的是一个老头。那老头是派出所李所长带来的，六十岁开外，姓什么，叫什么，从哪里来，镇上的人谁也不知道。

老头是一个很勤快的人，对工作特别认真，一上岗就闲不住，总在林子里巡逻，一转就是一整天，还别说，做守林员的第三天，他便发现了一处火患——在林子深处突然冒起一缕细细的青烟。老头回去提起一把铁锹，循着冒烟的方向就钻进了林子。

这片林子很深，里面的地形相当复杂，据附近镇上的人说，20年前，这里曾有个叫王虎的人，他的酒量远近闻名，喝三五斤白酒不醉，有一次，他酒后闯下了大祸，扔下老婆孩子，钻进了这片林子就再也没出来……

老头找到了冒烟的地方，发现那不是自然起火，而是有人在那里点了一堆干柴。老头在附近转了一圈，没见着人，喊了几声，也没人出来，就拿起铁锹铲灭了火。正准备离开，老头突然发现地上扔着一只被烤得焦糊的山鸡，他捡起来，离着鼻子还挺远，就闻到一股恶臭。那是一只死山鸡，显然是有人烤了后发现不能吃，才扔掉的。老头叹了口气，摇摇头，四下里看看大声道："想吃东西的话，明天一早来这里吧！”说完提着铁锹出了林子。

老头没有食言，第二天一大早就带上两个馒头，又去了那地方。可是，等到了中午，他一个人影也没见着，于是就吃掉了一个馒头，将另一个架在树杈上，背着手回去了。

第三天，老头又来了，同样带了两个馒头。他看到架在树杈上的那个馒头不见了，微微一笑，又坐在那里等起来。等了大半天，还是没人出现，不过老头明显地感到有人在暗处盯着他。老头吃掉一个馒头，又在树杈上

架了一个，说："我明天还来！”又背着手走了。

转过天，天一亮，老头就到镇上买了只烤鸭。经过一家小店门口时，他犹豫了一下，进去又买了一瓶老白干，然后提着烤鸭和老白干又进了林子。

到了地方，老头铺开带来的一张塑料布，将烤鸭和老白干摆上，然后大声说："出来吧，就我一个人，我没有恶意！”

可是，半个多小时过去了，还是没人出现。老头扯下一只鸭腿，独自有滋有味地大嚼起来，嚼得满嘴流油。这时，树丛里"哗啦"响了一下，老头头也没抬，微微一笑，朗声道："出来吧，我要是害你早就害了，也不会等到现在！”不多时，树丛里果然钻出一个人来！

那人是个二十多岁的小伙子，蓬头垢面，衣衫破烂，乍一看像个疯子，但他的眼光却冰冷得像一把刀。他不敢靠近老头，缩着一只袖筒，双眼警惕地看了一下四周，最后落在了那只烤鸭上。

老头从头到脚打量了小伙子一眼，招了招手，笑道："你早就该出来了啦，来吧，别光看着，看着可不能解饿！”

小伙子见老头果真没有恶意，眼中的凶光黯淡了，犹豫了一下慢慢走过去坐到了老头面前，盯着烤鸭直咽

真情老白干

□张正祥

在大青山附近有一片林场，为了防火防盗，人们很早就在林子边盖了一间小木屋，安排了一个人常年住在那里做守林员。

这天，原来的守林员突然被换了，取而代之的是一个老头。那老头是派出所李所长带来的，六十岁开外，姓什么，叫什么，从哪里来，镇上的人谁也不知道。

老头是一个很勤快的人，对工作特别认真，一上岗就闲不住，总在林子里巡逻，一转就是一整天，还别说，做守林员的第三天，他便发现了一处火患——在林子深处突然冒起一缕细细的青烟。老头回去提起一把铁锹，循着冒烟的方向就钻进了林子。

这片林子很深，里面的地形相当复杂，据附近镇上的人说，20年前，这里曾有个叫王虎的人，他的酒量远近闻名，喝三五斤白酒不醉，有一次，他酒后闯下了大祸，扔下老婆孩子，钻进了这片林子就再也没出来……

老头找到了冒烟的地方，发现那不是自然起火，而是有人在那里点了一堆干柴。老头在附近转了一圈，没见着人，喊了几声，也没人出来，就拿起铁锹铲灭了火。正准备离开，老头突然发现地上扔着一只被烤得焦糊的山鸡，他捡起来，离着鼻子还挺远，就闻到一股恶臭。那是一只死山鸡，显然是有人烤了后发现不能吃，才扔掉的。老头叹了口气，摇摇头，四下里看看大声道："想吃东西的话，明天一早来这里吧！”说完提着铁锹出了林子。

老头没有食言，第二天一大早就带上两个馒头，又去了那地方。可是，等到了中午，他一个人影也没见着，于是就吃掉了一个馒头，将另一个架在树杈上，背着手回去了。

第三天，老头又来了，同样带了两个馒头。他看到架在树杈上的那个馒头不见了，微微一笑，又坐在那里等起来。等了大半天，还是没人出现，不过老头明显地感到有人在暗处盯着他。老头吃掉一个馒头，又在树杈上架了一个，说：“我明天还来！”又背着手走了。

转过天，天一亮，老头就到镇上买了只烤鸭。经过一家小店门口时，他犹豫了一下，进去又买了一瓶老白干，然后提着烤鸭和老白干又进了林子。

到了地方，老头铺开带来的一张塑料布，将烤鸭和老白干摆上，然后大声说：“出来吧，就我一个人，我没有恶意！”

可是，半个多小时过去了，还是没人出现。老头扯下一只鸭腿，独自有滋有味地大嚼起来，嚼得满嘴流油。这时，树丛里“哗啦”响了一下，老头头也没抬，微微一笑，朗声道：“出来吧，我要是害你早就害了，也不会等到现在！”不多时，树丛里果然钻出一个人来！

那人是个二十多岁的小伙子，蓬头垢面，衣衫破烂，乍一看像个疯子，但他的眼光却冰冷得像一把刀。他不敢靠近老头，缩着一只袖筒，双眼警惕地看了一下四周，最后落在了那只烤鸭上。

老头从头到脚打量了小伙子一眼，招了招手，笑道：“你早就该出来了啦，来吧，别光看着，看着可不能解饿！”

小伙子见老头果真没有恶意，眼中的凶光黯淡了，犹豫了一下慢慢走过去坐到了老头面前，盯着烤鸭直咽

口水。老头拿起烤鸭，递到小伙子面前，和颜悦色道：“吃吧，这就是为你准备的！”小伙子咬了咬嘴唇，诧异地看了老头一眼，一把接过烤鸭大口啃起来，另一手却一直缩在袖筒里。

见他吃上了，老头拿起了面前的酒瓶。没想到他这一动作竟惊吓到了小伙子，小伙子突然警觉地停了下来，垂着的那只胳膊一动，袖筒里竟露出半截刀把。老头的眼睛快速地扫了一下，装作没看到，慢慢拧开酒瓶，对着瓶口“咕咚”喝了一大口，很随意地说：“你吃你的，不要管我，我就好这一口！”

小伙子赶紧将刀把又缩进了袖筒里，一边吃一边看老头喝酒。可他越看越惊讶，那瓶一斤装的老白干不一会儿居然被老头喝了个底朝天。老头见小伙子惊讶，打了个酒嗝，感慨道：“现在不行喽，要是在20年前，嘿嘿，像这样的白酒，我喝它三五斤不在话下！”

小伙子吃惊得瞪大眼睛，他不敢相信眼前这个老头有这么好的酒量，于是开口问道：“你是谁？你为什么给我送吃的？”

老头说：“因为我曾和你有过相同的经历。小伙子，你听说过一个叫王虎的人吗？”

小伙子一个激灵，手中的烤鸭掉在地上，哆嗦着嘴唇道：“你，你是王虎？”

老头没有承认，也不否认，呵呵一笑，说：“听说王虎当年就是钻进了这片林子，后来再也没人见过他，你知道他以后的故事吗？”

小伙子眼神很复杂，茫然地摇了摇头，眼睛却紧紧盯着老人的脸。

“咱们算是有缘！”老头慢条斯理道，“今天我就给你说说王虎的故事吧……”

老头说，当年王虎进了林子后很狼狈，像个没头的苍蝇到处乱窜，又不敢走出林子，只能白天躲在山洞里，晚上才出来找吃的，树皮草根之类的他都吃过，就这样，他在林子里足足待了一年时间……

小伙子听了哼了一声，说：“那，那他为什么不出来？”

老头自嘲似的一笑，说：“出来？出来他能躲到哪里去？天网恢恢，哪里有他藏身的地方啊？”

“那后来呢？”小伙子眼中满是怒火，咬着牙问道。

老头没发现小伙子的变化，刚才那瓶白酒喝得太猛，老头的胃好像有点不舒服，他用手按着腹部吭了一声，微微皱了下眉头，直起身子说：“后来他实在是待不下去了，就冒险出来，躲到了一个私人小煤矿。黑心的矿主认出了他是逃犯，就一直将他安排在井下挖煤，完了还不给他工钱……”老头一边说着话，一边头上直冒汗，身子也有点摇晃。

小伙子看着老头难受的样子，却无动于衷，冷漠地看着老头，又问道：“后来呢？”

“后来……”老头幽幽地叹了口气，说，“后来他自首了，但是他明白得太晚，他逃走后他老婆带着儿子改嫁了，在他坐牢的十几年里，竟连个探视他的人都没有。他这一生最对不住的就是他儿子啊，他逃走的时候儿子才五岁，他没有尽到过一天做父亲的责任。如果能让他再见到儿子，他真想说一声，儿子，爸爸对不起你啊……”

听了这话，小伙子的身子微微颤抖了一下，低头沉默了。过了一会儿，他抬起头，眼眶有点湿润，说：“你，你真的是王虎？”

老头醉眼蒙眬，端详着小伙子的神色，说：“以前的王虎早已死了。我就是一个守林的老头子，早就不记得自己姓什么叫什么啦！”

小伙子听老头这么说，知道他不愿意承认，也不再追问，咬着嘴唇，犹豫了一下，说：“你怎么不问我是谁，为什么躲在林子里？”

老人从口袋里掏出一张纸，展开，铺在小伙子面前，语重心长道：“小伙子，我想等你自己说出来。听我说了这么多，难道你还不明白吗？逃亡是一条不归路啊！我不想你成为第二个王虎！”

铺在小伙子面前的是一张通缉令，上面通缉的人正是他。

这小伙子的确是从监狱里逃出来的，叫张小虎，家就在附近镇上，他越狱没别的目的，就是想老婆孩子。可是，他还没到家，通缉令就贴得到处都是。知道家是回不去了，张小虎其他地方也不敢去，就躲在了这片林子里，已在这里藏了两个多星期。

老头说“不为别的，就为了你的儿子以后能活得坦坦荡荡，我想你应该知道怎么做！”

张小虎低下头，从口袋里掏出一张照片，看着照片，“叭嗒叭嗒”地流起了眼泪。照片上面有一个漂亮的女人，怀中抱着一个胖乎乎的小孩。许久，张小虎才小心地收起照片，从一直缩着的袖筒里抽出一把匕首，放在地上，如释重负地舒了口气，站起身说：“你的苦心我全明白了，我现在就去自首！”说完，毅然地转身向林子外面走去。可是刚走了几步，他又回过头，深情地看着老头，嘴唇动了两下，好像有话要说，但最后又将要说的话咽了下去，说了一句：“你老了，以后别再这样喝酒了！”

老头想站起身，可此时腿却抖个不停，打了个趔趄，差点摔倒。张小虎几步抢上前去，一把扶住了老头。老头“哇”的一声吐了出来，吐出的胃液里夹着血丝。

张小虎轻轻地给老人捶着背，眼中又满是泪花。现在这情形，他怎么能把老头一个人丢下？没办法，张小虎只好扶着老头一起出了林子。

到了派出所门口，老头浑身发软，实在是走不动了，说“你进去吧，我在这里歇会……”说到这里，突然一阵痉挛，哇地呕出一口血后，两眼翻白，身子也顿时像散了架。张小虎惊惶失措，拖住老头大叫：“来人啊，快来救人啊！快来救救我爹……”

原来张小虎正是王虎的儿子，本来叫王小虎，王虎逃走后，他母亲改了嫁，他就随了继父的姓，叫张小虎。张小虎从小生性叛逆，再加上继父从不关心他，长大后走上了犯罪的道路。他自小就恨王虎，恨王虎没给他一个完整的家。可是20年过去了，对于这个生父，他的印象实在是太模糊了，老头虽没有亲口承认是王虎，但凭他能一口气喝下一瓶白酒，还有他绘声绘色讲的关于王虎的故事，张小虎断定，他就是自己的亲生父亲——王虎。在林子里，张小虎本来怒火中烧，可是当他听了老头那番话之后，他幡然悔悟了，知道父亲这是在救自己啊！在走出林子的时候，他真想叫一声“爹”，可是怎么也叫不出口。

派出所的人听到张小虎的叫声，急忙将老头送进了医院……

张小虎自首后要被送往监狱，临行前，他要求去医院看看他爹。派出所的李所长欲言又止，想了想说：“你是应该去看看他！”

两人到了病房，老头还没醒来，李所长犹豫了一阵子，终于忍不住，说“张小虎，其实，其实他不是你爹，他是我们县公安局退休的老局长。”

“什么？”张小虎吃惊得瞪大双眼，难以接受这样的事实，说，“李所长，你怎么跟我开这样的玩笑？”

李所长叹了口气，说：“我知道这对你有点残酷，可这是老局长的意思。我想他的苦心你不会不明白吧？这跟一个父亲做的有什么两样？”接下来，李所长告诉了张小虎事情的真相……

其实老头说的都是实情，王虎的确是逃到了小煤矿。不过，王虎自首的事是老头编的，王虎是想去自首，可是还没有付诸行动就在一次矿难中死在了井下。当时矿主花钱封锁了消息，这事最近才被人揭发出来。揭发矿主的人当年和王虎一起挖过煤，关于王虎的事情，都是他讲的。

李所长告诉张小虎说：“其实我们早就知道你躲在林子里，之所以一直没有展开大搜查，就是因为老局长想让你自首，不想再让你走你爹的那条路……”

张小虎听完，心中百感交集，禁不住流下了两行热泪。但是，他自己也说不清楚这泪到底为谁而流，是他那不负责任的亲爹，还是眼前这个用心良苦的“假爹”？

这时，老头突然醒了，李所长赶紧上前，关切地说：“老局长，您这又是何苦呢？您的胃溃疡那么严重，一瓶老白干啊，您以为您还像以前那么能喝啊？”

老头说：“做戏就要做足嘛，要不他怎么相信我是他爹？”说着转向张小虎，欣慰地笑道，“小伙子，我骗了你，你不会怪我吧？”

“不，我不怪您！”张小虎闪着泪花，扑通跪在地上，哽咽道，“爹是假的，情却是真的，您对我的再造之恩，就像那瓶老白干，货真价实！”

（题图、插图：魏忠善）

· 本刊信息传真 ·

2009年度中国最佳故事评选

为了繁荣故事文学、推动故事创作，故事中国网举办2009年度中国最佳故事评选。

评选标准：在情节性、艺术性、思想性、文学性方面有突出表现，能够代表年度故事创作最高水平的各类故事作品。参选条件：2009年1月1日至2009年12月31日期间在国内正规报刊（省级以上）发表的故事作品均可参加，不限题材、风格、篇幅。

参加方法：登录故事中国网(www.storychina.cn)本次活动专区自荐或推荐作品；各故事报刊编辑部推荐的作品可直接入围年终决选。

评选将邀请资深故事编辑、专家、学者共同参与。年度最佳故事作者获得特别荣誉证书及奖金3000元，并受邀前来上海领奖；所有优秀作品将结集出版《2009年度中国最佳故事》一书，并支付稿费。更多详情，请登录故事中国网查看。

本次活动特别支持媒体：sina新浪读书　和讯 hexun.com　腾讯读书 BOOK.QQ.COM

好马也吃回头草

□小　可

出师不利

带着女朋友见父母，本是件高兴的事，可这事要放到李晓亮身上，却完全是另一码事了。

李晓亮的家在郊县，大学毕业后留在城里工作，前不久，找了个叫刘春叶的女朋友。刘春叶善良聪明，和李晓亮感情也很好，可就是长得不太漂亮，个头也不高。所以自从父母要见自己的女朋友，李晓亮心里就一直忐忑不安。

其实，最让李晓亮担心的是他妈妈。晓亮妈总觉得自己儿子是最优秀的，所以找个儿媳也要百里挑一。李晓亮知道妈妈的心思，生怕刘春叶过不了这道关。不过，丑媳妇总得见公婆。事已至此，李晓亮也只能硬着头皮带刘春叶回家了。

一进家门，刘春叶就恭恭敬敬地叫“叔叔好、阿姨好”。晓亮爸爸乐呵呵地应了一声，可他妈妈却用眼睛盯着刘春叶，上上下下打量了好一会儿，才有点不情愿地应了一声。

李晓亮一看，就知道妈妈对刘春叶不大满意。刘春叶也感觉出来了，一时有点尴尬，不过很快又露出笑脸，手脚勤快地开始帮忙了。

过了一会儿，晓亮妈趁刘春叶不

注意，拽住李晓亮，悄悄问：“这个，这个小刘，她个子没有一米六吧？”李晓亮笑嘻嘻地说：“妈，人家哪里会没有一米六呢？有。”

“我怎么瞅着没有？再说她脸上咋长着好几个雀斑啊？”晓亮妈连连摇头，“你一米八二，跟她在一起，是不是显得不般配啊？听说女孩子个子矮，生的孩子也高不了。”

李晓亮还是笑嘻嘻地说：“妈啊，你怕啥？你孙子长得肯定像我，矮不了。”

晓亮妈说“谁说的？老话说‘爹矬矬一个，娘矬矬一窝’。这事可不能含糊啊。”

任凭李晓亮把刘春叶的优点说了个遍，妈妈的态度依然很坚决：“不管咋说，我就是不同意你们在一起。”

回到城里，李晓亮心里充满了矛盾。按说找女朋友是自己的事，可现在自己妈妈那里通不过，这让李晓亮感到左右为难，心里不是个滋味。他几次打电话回家，想说服妈妈。但晓亮妈就是不肯松口。一时间李晓亮苦恼到了极点。

这天下班后，李晓亮、刘春叶和几个朋友一起吃饭。席间，一个叫周慧的女同事问：“晓亮，你这些日子看上去闷闷不乐？是不是有烦心事啊？”李晓亮叹了一口气，就把回家的事情说了出来。周慧听了，也替他们犯愁。大伙也纷纷出主意，可出一个否决一个。最后周慧突然笑着说：“大伙不是叫我‘才女’吗？我倒是有个主意。只是这个主意我可要自我牺牲一次了。”

刘春叶急忙问到底是什么好主意，周慧慢慢地说：“看看我的身高吧？比你还要矮四公分，长相也不如你。如果下一回晓亮回家，我冒充他的新女朋友，跟他的父母见面，大家想想，会是什么结果？”

大伙连想都没想，说：“那还用问吗？肯定被一票否决了呗。”周慧嘿嘿一笑，说：“如果春叶没意见，我愿意去被否决一回。怎么样？”

大家一下子没弄明白周慧的意思。周慧呢，也不多解释，只是说“我呀，只想给晓亮妈妈上点眼药……”

再探深浅

过了两个月，李晓亮真把周慧带回了家。一进门，李晓亮妈妈的脸就拉了下来，尽管当面没有说什么难听的话，但是谁都清楚，这事成不了。

果然，晓亮妈偷偷把李晓亮拉到一边，有点恨铁不成钢地说：“儿子啊，你这回找的女朋友，怎么连上回的那个还不如啊？”

李晓亮笑嘻嘻地说：“妈妈，你以为天下尽是美女啊？人不可貌相，周慧可是我们那里的才女哩。写的散文诗歌什么的，都发表过十几篇了。”

晓亮妈说“我找的是儿媳妇，又不是教书先生。”李晓亮试探地问道：“妈，你是说不行？”晓亮妈坚决地说：“肯定不行。”

李晓亮趁机说道：“要不我再去找春叶？”晓亮妈一听，使劲摇了摇头：“俗话说，好马不吃回头草。你一表人才的，哪里找不到个好女孩？”

李晓亮只得哭丧着脸说：“那我再努力找吧。”

周慧的主意没能成功。回到城里，李晓亮的心情更加低落了。不过周慧倒没那么沮丧，她对李晓亮说：“你也别灰心。一次失败不算失败，失败乃成功之母嘛。放心吧。我保证把你和春叶的亲事给弄成。”

又过了两个月，周慧领来了一个女孩子，说是她的表妹莲美。李晓亮一看，眼前顿时一亮。这莲美身材高挑，皮肤雪白雪白的，长得十分漂亮，一笑起来更是迷人。

李晓亮心里不由一动，周慧笑眯眯地瞅着李晓亮，说“晓亮，为朋友，我是两肋插刀了。这次放假回家，你就带我表妹回去。看看你妈妈到底是什么态度。”

李晓亮有些弄不明白周慧的意思，他把周慧拉到一边，急切地说：“你这是什么意思啊？弄这么漂亮的表妹来，是不是想拆我和春叶的台啊？”

周慧吃吃一笑，说：“怎么，看见我表妹动心了吧？这可万万要不得的。我表妹可是名花有主的人了。她是看在我的面子上，才肯帮忙的。不过你放心好了。就算是你真的动了心，你妈那一关也肯定过不去的。”

李晓亮不相信周慧的话。妈妈的眼光他又不是不知道，见了莲美，不高兴得两眼放光才怪哩。这事儿要真弄砸了，怎么对得起春叶啊？

可周慧却说要想解决问题，就得

听自己的。李晓亮只能答应了。

弄巧成拙

果然，莲美一进李家的门就受到了热情的欢迎。还没等李晓亮张嘴，妈妈就眉开眼笑地迎了上来，眼睛不住地打量莲美。莲美呢？拥着晓亮妈妈，热情地叫了声阿姨，叫得晓亮妈妈脸上乐开了花，赶紧把莲美领进屋，将家里的水果点心统统端了出来。莲美倒也不客气，逮什么吃什么，连话也顾不得说了。

过了一会儿，晓亮妈悄悄把李晓亮拉到一边，笑着说："你不是说除了刘……春叶你再也找不到更好的了吗？眼前这个，叫……"李晓亮应道："叫莲美。"

"对，莲美，她不就比春叶强多了？"

李晓亮回头瞅瞅莲美，说："你看看她那副吃相，像是饿了一百年。"

晓亮妈忙摆摆手："能吃又算不上毛病。哪个不喜欢吃呢？能吃身体才好嘛。"

李晓亮有些迟疑地说："我也刚跟她处了没几天。妈，你觉得莲美怎样？够你的标准不够？"

"够，太够了。娶这么水灵好看的媳妇儿回来，你妈我才知足哩！"

晓亮妈又过去跟莲美拉了拉家常，见莲美回答得体，晓亮妈乐得嘴都合不拢，忙打发晓亮爸去买肉买鱼，说要好好招待儿子的女朋友。

眼看妈妈这么轻易地接受了莲美，可把李晓亮急坏了。其实他心里真有点喜欢上这个漂亮姑娘了。有一刻，他甚至想干脆将错就错，这样就再也不用为妈妈的反对苦恼了。可当他想起刘春叶，想起两人之间的感情，又硬生生把这个念头压了下去。

李晓亮不由暗暗埋怨起周慧来。派这么个漂亮表妹过来，又那么招人喜欢，以后自己的妈妈不是更不能接受刘春叶了吗？

趁着妈妈去厨房忙活，李晓亮悄悄对莲美说："莲美，坏事了哩。也不知你表姐心里是什么鬼主意。她想弄个巧，可就要弄巧成拙了呢！"

莲美把一个苹果吃完，笑嘻嘻地说："晓亮，你家的苹果真好吃，我吃了还想吃。"

李晓亮着急地说："我妈她喜欢上你了！这可咋办啊？"

莲美还是笑嘻嘻的："这有什么办法嘛？本来我就是个万人迷嘛。你扪着良心说，你喜不喜欢我？"

李晓亮哪里敢说喜欢啊？可他的眼神早把他出卖了。莲美得意地说："实话跟你说了吧，不喜欢我的男孩子还没生出来哩。我呢，也喜欢你。这不，表姐找我帮忙，我也就将计就计了。放心，娶了我，你一点也不吃亏的。"一听这话，李晓亮的脑袋"嗡"

的一声就大了，结结巴巴地说："你是说，你……你喜欢上我了？"

莲美冲他甜甜一笑，说："晓亮哥，你这么帅，女孩子哪里会不喜欢啊？"

李晓亮急得直挠头："可是春叶怎么办啊？"莲美笑着说："咳，这有什么，爱情原本就是自私的嘛。反正我也来你家了。还不如咱就来个将错就错……"李晓亮吓得连连摆手："不行，不行，这怎么行？不行！"

莲美咯咯乱笑："我可早就听说，你是个孝子啊。只要你妈妈喜欢上了我，咱俩的事情可就成功了一大半。这回可就由不得你了。"

李晓亮万万没有想到会出现这样的局面。莲美说得也有道理，要是自己妈妈看中了莲美，他李晓亮还真不知道该怎么办才好。李晓亮这才发觉自己上了周慧的当，心里叫苦不迭。

峰回路转

晓亮妈这顿饭做得格外丰盛。桌子上堆满了碗碟，鱼啊肉啊的都有。可是不知怎么，刚刚还笑逐颜开的莲美，一看见这些东西，眉头就紧紧地皱起来了。她鼓着嘴，伸着筷子这个盘子里挑挑，那个盘子里戳戳，问晓亮妈："阿姨，就这些菜了？"晓亮妈点点头："是啊，忙活了大半天，这都上来了啊。"

莲美说："你们平常日子就吃这种东西啊？"

李晓亮知道，为这桌菜妈妈可是用尽了心血。他悄悄拽了拽莲美，说："吃吧，多么丰盛啊。"莲美哼了一声："丰盛个啥？都是这些东西，这叫我咋下筷子啊？"

李晓亮赔笑说："莲美，你就凑合吃吧。"莲美把筷子嘭地一扔，赌气说："看看，这么油这么腻，吃了要发胖的。还有这鱼，放这么多辣椒，鱼味儿都没有了。"

莲美这一发作，晓亮的爸妈都惊

得目瞪口呆，像是让人使了定身法。李晓亮忙把筷子拾起来，递到莲美手里，低声下气地说道："姑奶奶，你就将就吃点吧。回去再吃好的，啊？"莲美这才撅着嘴，随便挑了几口菜吃。晓亮妈小心翼翼地用公筷夹了两块肉放到她碟子里，没想到莲美把肉往碟边上一拨，再也不碰一下。

这餐饭吃得气氛很尴尬，李家三口人，谁都不敢再说一句话。最后，莲美把筷子搁下，一边嚷着要回去，一边就出了门。

李晓亮刚要出去追赶莲美，妈妈一把拽住他，嗔怪地说："晓亮，怎么搞的，你怎么交了这么个女朋友啊？"李晓亮说："妈妈，这一回我是照着你制定的标准找的啊。看看，人家的个头都快有一米七了，长得也挺水灵吧？比我前面找的强多了呢。你还不满意啊？"

晓亮妈望着李晓亮，说道："她人长得是没说的。可怎么这么没礼貌啊？这哪里是儿媳妇啊，这简直是个活祖宗啊……"

李晓亮苦笑了一下，说："妈呀，我看还是凑合着跟她谈吧。谈妥了就娶回家。虽说她脾气不好，不爱干活，光知道享受，可她长得漂亮啊，个头也高啊，将来生个孩子个子也高啊。"

晓亮妈停了好一会儿，才吞吞吐吐地说："要不……你再跟那个……刘春叶谈谈？看看她能不能回心转意了？"李晓亮摇摇头说"你这样是让我去求人家呀，我哪能拉下这个脸来呢？再说了，你都跟我说过了，好马不吃回头草啊。"

晓亮妈恳切地望李晓亮，说："妈妈那是气话。儿子能找上个知冷知热、会过日子的好媳妇，当妈的心里只有高兴。好儿子，你就去求求她吧。就说我答应了。"

"可是……你不是说好马不吃回头草吗？"

晓亮妈有些不好意思地说："要是好草……回头吃吃也没什么的。"

结果李晓亮与刘春叶的亲事就这么定下来了。后来，李晓亮问周慧，莲美明明性子挺好的，怎么一吃饭就完全变了呢？

周慧呵呵一笑："我表妹要是真的叫你妈妈喜欢上了，那我不就真的在拆台了吗？再说我表妹最害怕的就是大鱼大肉了，而在你们那儿，招待贵客，端出来的不正是这些吗？我呀，就号准了这个脉，才敢让表妹出马的……"

李晓亮恍然大悟，原来如此！

结婚的时候，周慧和她的表妹莲美，都被李晓亮以媒人的身份郑重地请了来。出席婚礼的晓亮妈一头雾水，无论如何也弄不明白，儿子的第二个和第三个女朋友，怎么会是儿子的媒人呢？（**题图、插图**：谭海彦）

标准答案

□何德铭

这两天，庆丰商场的经理陈其彬正在为一个人选的事犯愁。

这个人是绿园公司要的。前不久，这家公司租下了庆丰商场的地下一层，要办个农贸市场。签合同的时候，绿园的祝总提出了一个要求:“为了以后合作方便，能不能调个人过来搞管理？”

陈其彬嘴上答应了，但心里却打起了鼓，到底派谁去呢？庆丰虽然效益不太好，但毕竟是国营商场，上班既干净又体面。而去绿园是搞农贸市场的，比较脏乱，有谁会愿意呢？他把所有员工都在脑子里过了一遍，最后想到了施梅影。

施梅影的丈夫前几年去世了，儿子正准备考大学，正是需要用钱的时候，农贸市场的工作虽然有点脏乱，但收入会更高一些。另外，陈其彬也知道，施梅影性情温和，很好说话，应该能做通工作。

于是，陈其彬把施梅影叫到办公室，把自己的想法一说。施梅影果然很干脆就答应了，其他人虽然觉得施梅影有些吃亏，但既然她自己愿意，就没什么可说的了。

可是不久后，大家的看法就改变了，因为绿园方面传出消息，说调过去的人是担任副经理的，收入也将是现在的三倍。这下有的人心里就不平衡了。有两个大组长找到陈其彬说:“施梅影既不是班组长，也不是骨干，凭什么派她去？”

陈其彬说:“当时我是怕没人肯去，才让她去的。”

两个大组长不服气地说:“当时你也没来问过我们，怎么知道我们不肯去？”陈其彬不禁语塞。虽然他也清楚，在知道调过去是当副经理这件事之前，这两个人是肯定不会去的，但现在她们不承认，自己反倒被动了，于是只好硬着头皮说：“那你们说该怎么办？”

两个大组长回答很干脆：“这很简单啊，公平竞争，择优录用。”陈其彬知道这样竞争，施梅影肯定比不过这两个人，但现在也只能答应。

陈其彬一肚子烦恼地回到家里，却发现冰锅冷灶的，妻子廖静坐在沙发上，并没有像往常那样端出热腾腾的饭菜来。陈其彬一愣，正要问发生了什么事，廖静却抢先开口了：“你把这么好的机会让给施梅影，是不是想占她的便宜？”

陈其彬气恼地说：“你这是什么话？这么多年了，难道你还不知道我是什么样的人吗？”

廖静哼了一声，说：“人是会变的。除非你把我调去农贸市场，我才相信你。”这一下陈其彬头都大了，白天有人闹不算，现在老婆又来“逼宫”，简直是里外难做人。

其实，陈其彬已经拿定主意，绝对不会把施梅影换下来，不然就太对不住这个老实人了，可现在这情况实在有点摆不平，尤其是廖静，她要是较起真来，那可是自己后院“失火”啊。无奈之下，他只得去找绿园公司祝总，指望他能答应多调几个人过去。

祝总一听他的来意，把手一摊，抱歉地说“我们是私营企业，不能多养闲人啊。再说即使都调过来了，也不可能每个人都当副经理啊！”不过，祝总也很理解陈其彬的难处，给他出了个主意：把四个人都送过来，再由绿园公司对她们进行考试，然后将成绩最好的一个留下，这样其他人也就无话可说了。陈其彬一想，这也确实算个比较公平的办法，于是点头答应了。

可是陈其彬却怎么也没有想到，明明公平的事有时候也会变得不公平。这天晚上，妻子廖静神秘兮兮地对他说：“这次那个农贸市场的副经理我是当定了。”

陈其彬一惊，说“都还没考过试呢，你就这么有把握？”

廖静说“那当然了，告诉你也没关系，我已经拿到了试卷的标准答案。”原来廖静为了能在考试中胜出，偷偷去找了祝总。祝总或许因为看她是陈其彬的老婆，就把试卷的标准答案给了她。

陈其彬想不到事情会变成这样，便又去找了祝总。但祝总一口咬定透露答案的事和陈其彬无关，还说自己知道该怎么做。这下，陈其彬也就不好再多说什么了。

可是，没过多久，陈其彬又得到消息，那两个大组长竟然也拿到了标准答案。这下陈其彬又坐不住了。祝总把标准答案给了廖静，或许自有他的道理，可是从现在的情况看，不会走“门路”的老实人施梅影注定要吃亏。陈其彬有些看不下去了，于是再一次找到祝总，向他要一份标准答案。祝总觉得很奇怪，问：“你以前不是不赞成这么做吗，怎么现在也来要了？”

陈其彬说“以前是以前，现在是现在，现在情况有了变化。事事都要讲公平啊。”祝总听了这话，似乎猜到这份答案是给施梅影的，很爽快地给了陈其彬一份，说：“这样也好，人手一份，谁也不吃亏。”

回去后，陈其彬把标准答案拿给施梅影，没想到施梅影脸涨得通红，怯怯地说：“陈经理，这样不太好吧，那考试不就不公平了吗？”

陈其彬宽慰她说“放心吧，你如果没有标准答案，那才是真正的不公平呢。”施梅影这才知道，原来另外三个人早已拿到了标准答案，她现在只不过是和她们站在了同一条起跑线上。于是，她又忧虑地说：“如果大家的答案都一样，又怎么能分出优劣呢？”陈其彬笑了笑：“那就只能进行第二轮竞争了。”其实他也不知道祝总葫芦里究竟卖的什么药。如果竞争始终那么“透明”，那要何时才有结果啊？

考试是在绿园公司的会议室里进行的，廖静拿到试卷一看，果然是标准答案中的那些试题，心中暗喜，便胸有成竹地填好答案交了上去。没多久，其他三人也陆续交了卷。

第二天上班的时候，廖静和同事聊天时，已经有了点依依惜别的味道，仿佛自己马上就要调走了。而那两位大组长也都踌躇满志，还私下里向人承诺，以后去农贸市场买菜就找她们，肯定优惠。只有施梅影还是默默地做着原来的工作，即使有人问起这件事，她也说自己肯定选不上，仿佛已经知趣地退出了竞争。

很快，绿园公司的通知就过来了，选中的居然是施梅影！这个结果不仅廖静和两个大组长想不通，就连

陈其彬都有些丈二和尚摸不着头脑。既然四个人都有标准答案，为什么偏偏就选中施梅影？他带着这一疑问去见祝总。祝总笑着说：“陈经理，你先别问为什么，你把施梅影找来，不就都明白了？”

陈其彬忙叫来了施梅影，然后祝总拿出那四份试卷，摊开在桌上。陈其彬仔细一看，其他三份试卷上填的都是标准答案，唯独施梅影的这份填的和她们不一样。

尤其是一道关于“如何当好副经理”的问题，其他三人都按照标准答案，讲如何拓展商家、调整资源、完成指标，而施梅影答的却是如何相信和依靠员工，协助经理搞好工作。

陈其彬正在奇怪施梅影为什么要这么做，祝总已开始向施梅影提问了：“我知道你手中也有一份标准答案，但你却自己答了题，是不是认为你答的题比标准答案更有水平？”

施梅影慌忙说：“这怎么可能？我知道自己的水平，绝对不可能答得比标准答案更好。”

祝总好奇地追问道：“既然如此，你为什么还要这么做？”

施梅影犹豫了一下，低下头说：“如果大家都填了标准答案，竞争就还会继续，我们几个人之间的关系也会越来越紧张。我不想造成这种结果，所以决定退出。”陈其彬这才恍然大悟，原来施梅影不填标准答案，甘愿放弃这次机会，就是为了和同事之间保持和谐的关系。

这时，祝总上前握住施梅影的手说：“祝贺你，你已经是我们绿园公司农贸市场的副经理了。”

施梅影愣住了，似乎没想到结果会是这样，结结巴巴地说：“可、可是我填的不、不是标准答案啊。”

祝总笑着说：“标准答案不一定是正确答案。要搞好一个单位，很重要的一点就是领导和员工，以及员工和员工之间的和谐相处，你的答案恰恰体现了这一点，而你的谦让又正好为和谐做出了榜样，这才是我们需要的正确答案。”

陈其彬听了这话，不由替施梅影感到高兴，但同时又不禁有些后悔，这么好的一个员工，他怎么就轻易放走了呢？

（题图、插图：谢　颖）

魔厨幻影

□马 剑

设擂

这天一大早，荆城县衙的门口就贴出了一张告示，说是名厨裴慕海还乡，要在南门外的空地上设擂，挑战全县名厨。

告示刚一出来，整个县城就炸开了锅。这荆城县虽然不大，但却是个出厨子的地方。连京城的御厨都有不少是荆城县人。如今这个叫裴慕海的人竟然敢在这里设擂，实在是有些自不量力。

不过一些老前辈却告诫年轻人要小心，因为这裴慕海的确有些来历：最初，裴慕海只是一个小乞丐，后来被福庆楼的主厨陆文山好心收养。由于他天资好，又爱钻研，在陆文山的传授下，短短几年，已经是县城有名的厨师了。

十五年前，朝廷在荆城设擂挑选御厨，为了争夺唯一的入选资格，裴慕海竟在开赛前一晚往大师兄的饭菜中下泻药，没想到药下得太猛，身体羸弱的大师兄竟从此卧床不起!

陆文山伤心欲绝，后来查出是裴慕海干的，一怒之下斩断他的右手拇指，并将他赶出了福庆楼。之后，裴慕海一直没有回来，听说他游历全国，苦心钻研厨艺。虽然缺了右拇指，做菜技艺已大不如前，但是他收了一个叫小镜子的女徒弟，厨艺超群。

一次，皇帝微服私访时尝到了小镜子做的菜，赞不绝口，竟御赐了裴慕海一块刻有“奉旨厨赛”的玉牌，准许他在全国各地设擂，挑战各地名厨。自拿到这块玉牌后，裴慕海带着小镜子到处设擂，竟从来没有败过。

如今，他终于回到了这个断指蒙羞的地方，并放出话来，说要设擂三天，每天一场，只要有一场输了，自己就交出玉牌，退出厨界，不然，就要关闭县城所有饭店。可见这次裴慕海是来者不善啊。

听了前辈们这么说，一些年轻的厨师纷纷摩拳擦掌，说无论如何要赢了比赛，不能让裴慕海这样的阴险小人阴谋得逞!

到了擂台赛开始的那一天，荆城县万人空巷，大家都聚到了擂台下。而评判席上坐着的，除了京城来的三位御厨外，还有知县和陆文山，这也是裴慕海特别要求的，他要陆文山亲自肯定小镜子的厨艺，一雪前耻!

开赛之前，裴慕海走到陆文山面前，深施一礼，恭恭敬敬地叫了一声:“师傅! ”陆文山冷冷道:“裴大师可真是贵人多忘事啊，我们十五年前就已经不是师徒了! ”

裴慕海并不生气:“师傅无情，慕海却不能无义! 在我心中，您永远都是我师傅! 小镜子，来拜见师公! ”

一旁的少女恭恭敬敬地喊了一声:“师公! ”这少女不过十八九岁，身着麻质衣裙，眼睛乌溜溜的，平凡质朴之间透出一股子灵气。陆文山转过头去，没有搭理小镜子。

连　败

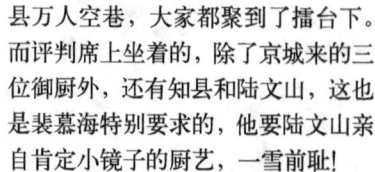

此时，知县宣布比赛开始。第一天的这场比赛，由丰乐楼的厨师杜因对战小镜子。这杜因是荆城县厨师中的青年才俊，实力不俗，他首先被派出来试探小镜子的实力。

比赛要求在准备好的食材范围内选择菜式。杜因上台后，扫了一眼面前的材料，宣布自己要烧的菜是——松鼠桂鱼，这是他的拿手菜。没想到他刚宣布完自己的菜式，小镜子也紧接着说自己要做的也是松鼠桂鱼。话音刚落，众人不禁纷纷惊讶起来，怎

么会这么巧，天下菜式那么多，竟然都选了同样的菜。一个菜上见高低，这下有好戏看了。

一炷香工夫，两人都做好了自己的松鼠桂鱼，端到台子上等候评判，从外形上看，两道菜惊人的相似，看来最后只能靠“味”这一项决出高低了。

陆文山走上前，先尝了杜因做的松鼠桂鱼，不由点了点头：不错，毕竟是拿手菜啊。接着，陆文山又夹了一筷子小镜子做的桂鱼，这块鱼肉一入口，陆文山不由暗暗吃惊：肉质爽滑、鲜美可口，真是满口含香，比杜因的那道更有余味。

陆文山不得不承认小镜子的这道松鼠桂鱼水平在杜因之上，尽管不情愿，但还是凭着良心给小镜子打了高分。其他评委也给小镜子打了高分，第一场比赛，小镜子赢得毫无悬念。

到了第二天，出场的是荆城县公认的粤菜“第一勺”郑师傅。他宣布自己要做的是粤菜名菜——三蛇龙虎凤大会！令众人没想到的是，小镜子紧接着宣布她的菜式竟然也是“三蛇龙虎凤大会”！

在场的众人不由交头接耳，议论纷纷。大家的目光都紧盯着小镜子，这回大家都看明白了，小镜子竟然是在照抄郑师傅做菜的每一个动作，只不过是慢了半拍，两个人简直就像在照镜子，只不过在最后出锅之前，小镜子拿出一个小玉葫芦，拔开塞子，倒了一些粉末到菜里！

两碗“三蛇龙虎凤大会”摆上了评判台，看似一模一样的两碗菜，小镜子做的比郑主厨做的味道好了起码十倍！这次，又是小镜子赢了！

比赛结束后，各大酒楼的名厨聚在一起商讨对策。原本让郑师傅出山是想速战速决，尽早让裴慕海认输，可没想到竟然又输了，这下该派谁去呢？

就在大家垂头丧气之时，又有人带来了一个新消息。根据多方打听，小镜子之所以能胜出，秘密全在她的那个小葫芦里。原来当年裴慕海被陆文山赶走后，四处漂泊，有次跑到一个渔船上帮工，无意中发现渔家的饭菜原料都极其普通，可是味道都鲜香无比，后来发现是渔家祖上传下来一种香料，叫“千香粉”，无论什么菜，只要撒入“千香粉”，菜的味道立刻就提升了好多。裴慕海师徒自从摆擂以来，就一直这样玩花样：菜品、用料、工具、步骤都和对方一模一样！他们就是在与对手同样的菜品上，添加“千香粉”用来提鲜调味！所以在外形相似的情况下，小镜子的菜往往能靠味道取胜。

大家这下才恍然大悟，可该怎么对付这对师徒呢？大家紧锁眉头之时，忽然有一个清朗的声音说道：“师傅，不如让我去出赛吧！”循声望去，说话的竟是陆文山最小的徒弟阿乐！

陆文山慈祥地笑了笑：“阿乐，你的心意师傅明白，可你的厨艺……”

阿乐站起来，胸有成竹地说道：“师傅，要对付这种花招，我绝对有办法！”陆文山见别的人都想不出办法来，也只好点点头应允了。

决 战

第三天的比赛终于开始了，这是荆城县最后的机会，陆文山他们早早就来到了比赛现场，阿乐也早早地将自己的灶台布置好了。

比赛正式开始，阿乐大声宣布自己的参赛菜式是——宫保鸡丁！

一听这菜，台下的人群一片哗然，这道菜也太过普通了，别说厨师，就是寻常的家庭主妇都是手到擒来。就在大家议论纷纷的时候，阿乐已经选好了原料，动起手来了。他拿起一只宰好洗净的整鸡，开膛破肚，将鸡的内脏掏出，随手扔到灶下，然后片肉、切丁、热油、爆炒，一步步有条不紊地进行。

而那一边的灶台上，小镜子还是按照自己前两天的手法，跟着阿乐亦步亦趋地做着菜。一会儿工夫，锅里面就飘出了鸡肉的香味，小镜子暗自松了一口气，看来这最后一场比赛，自己又是赢定了。这时候阿乐忽然做了谁都想不到的动作，他拿起手边的大瓢，舀了一大瓢凉水，“哗”的一下子都倒进了菜锅里！滚烫的油锅被凉水这一激，“滋滋”作响，转瞬之间，一锅色香味俱全的菜变得惨不忍睹！

围观的人都看傻了，小镜子更是目瞪口呆！阿乐得意地望着小镜子，嘿嘿地笑道：“怎么样，镜子姑娘，还跟不跟着学呀？”

小镜子犹豫了一下，一咬牙，竟然真的舀了一瓢凉水，照葫芦画瓢地倒进了自己的菜锅里，暗想：“就算这道菜做坏了，你的菜不也一样？等我再加上‘千香粉’，照样稳赢你！”

过了没多久，比赛时间到了。眼看要最后评判了，众人纷纷为阿乐捏了一把汗，大家都知道，如果这场输了，荆城县所有饭店都要关门，所有厨师都要丢饭碗。有些人不禁暗暗埋怨陆文山，不该让阿乐这个毛头小子胡闹，这下，荆城县的脸可丢大了。

谁知，阿乐却神色如常，他大声说道：“各位，我刚才忘了说了，我出炉的菜式是宫保鸡丁外加鸡杂煲。”

一听这话，下面一片哗然，而阿乐不慌不忙地掀开铺在灶台上的板子，大家才看到原来灶台下别有洞天，竟然藏着一个小小的火炉，火炉上坐着一个小小的砂锅。阿乐掀开砂锅盖子，顿时香味四溢！阿乐笑道：“各位评判，我的宫保鸡丁做坏了，现在以这道‘鸡杂煲’作为比赛的菜品！”

大家这才明白过来，原来阿乐是玩了一手“明修栈道，暗渡陈仓”！他表面上做的是“宫保鸡丁”，但却在灶台底下藏了个小火炉，同时做两样菜，趁着炒鸡丁的操作空隙，偷偷地做出了一锅鸡杂煲，他给整鸡开膛破肚的时候，把那些鸡心、鸡肝、鸡肫都扔到了灶下的砂锅里，不知不觉地煮出了真正的比赛菜品！

裴慕海直奔评判台前，指着阿乐怒气冲冲地说道：“小子，你耍诈！”

阿乐微微一笑：“这叫兵不厌诈！反正没说过不能中途加菜的！”

阿乐将鸡杂煲从裴慕海的面前端过，裴慕海闻到了从砂锅里飘出的香味，突然神色大变。他想起自己还是一个小乞丐时，又冷又饿地晕倒在福庆楼的门前，是陆文山把他抱了进去。等自己醒过来，就闻到一股浓浓的鸡杂煲的香味，而陆文山则微笑着，把鸡杂煲亲手喂给他吃……

见裴慕海发呆，阿乐走上前说道：“裴先生，知道我为什么要做这道‘鸡杂煲’吗？因为这是师傅教我的第一道菜，也是他最喜欢的一道菜。我经常看见夜深人静的时候，师傅会一个人悄悄地回到厨房，煮出一锅香喷喷的‘鸡杂煲’，有时候还会喃喃自语，‘小海，你现在在哪里啊……’”

阿乐还未说完，裴慕海已经泪如雨下，走到陆文山面前，跪了下来，哭道：“师傅，我错了。十五年了，直到今天，我才放下了那个大包袱！”

陆文山此时已眼眶泛潮，哽咽道：“这句话，师傅等了十五年了……”

望着这一幕，在场的人无不动容。小镜子轻轻走到阿乐旁边，叫了一声：“小师叔，以后还要请你多多指教啊！”阿乐愣了一下：“啊？你是在叫我吗？我什么时候变师叔了？”

小镜子微微一笑：“你是师公的徒弟，我是师公的徒孙，这么叫不会错吧。”阿乐听了这话，不好意思地笑了起来。

（题图、插图：黄全昌）

亲亲那个姐姐

在度假村里，发生了一场小意外。儿童网球课结束后，由于工作人员的疏忽，将一个孩子留在了网球场。回到住地后，工作人员才发现人数不对，匆匆忙忙跑回网球场，将那个孩子带了回来。

那个孩子因为独自被留在偏远的网球场，受到惊吓，哭得十分伤心。工作人员只好满脸歉意地安慰他。

不久，孩子的妈妈来了，看见自己的孩子正在号啕大哭，忙上前问清了原委。

然而，那个妈妈并没有像大家所预想的那样，去责怪工作人员，而是蹲下来，微笑着安慰自己的孩子，并且很温和地告诉他："别怕，已经没事了。不过，你看，那个姐姐因为刚才找不到你非常紧张，而且她也因为这件事感到十分难过。她不是故意的，现在你必须亲亲那个姐姐，安慰她一下。"

那个孩子听到妈妈的话，止住了哭声，踮起脚尖，亲了亲蹲在他身旁的工作人员的脸颊，并且轻轻地告诉她："不要害怕，已经没事了。"周围人的脸上，都露出了欣慰的笑容。

这样的教育，才能培养出宽容、体贴的孩子。

（**作者**：麦　侗；**推荐者**：木　木）

沙漠种树

有一老一少两个人同时在沙漠里种胡杨树。那个年轻人种下树苗后，每隔三天就要来给它浇水。而那位老人一等到树苗成活，就来得很少了，即使来了，也只是把被风刮倒的树苗扶一把，不浇一点儿水。

转眼三年过去，两片胡杨树都长得挺粗了。有一天，突然刮起了沙尘暴，等到风停后，人们惊讶地发现：年轻人种的树几乎全被风刮倒了，有的甚至被连根拔起；而老人种的树，只是被风吹折了一些树枝。

年轻人很诧异，追问原因，老人

说道：“看来你并不了解胡杨的特性啊。你经常给它浇水，它的根就不往泥土深处扎。而我把树栽活后，就不再去理睬它，逼得它们恨不得把根一直扎到地底下的泉源中去。有这么深的根，这些树怎能轻易被暴风刮倒？”

树似乎与人相近，对它太殷勤了，就培养了它的惰性；人似乎又与树相像，四周的人都对他呵护有加，他就会缺乏直面挫折的坚强。

（作者：晓　蓉；推荐者：碧　玉）

农夫与哲学家

一个农夫去哲学家家里做客。

农夫不解地问哲学家：“您每天不是读书，就是伏案写作，难道不觉得辛苦吗？”哲学家说：“因为我有事业心，所以不觉得辛苦。”

农夫又问：“什么是事业心？”哲学家想了想说：“我们不如来做个试验吧。请将你的左手握成拳状，往前伸直，然后将右手也握成拳状，高高举起。接着迈步向前，每走两步后，将左手往旁边摆动一下，然后再走两步，将举起的右手放下，又举起。就这样，一直重复着这些动作，并且转圈。”

农夫照做了。大约过了半个小时，农夫受不了了。哲学家问：“感觉怎么样？”农夫说：“受不了，太辛苦了！”

哲学家笑着问：“请问，你会耕田吗？”农夫说：“笑话，我是一个农夫，我要是连田都不会耕，那还叫农夫吗？”

哲学家说：“你能将你平时耕田时的动作在这里示范一下吗？”农夫毫不犹豫地做起了耕田时的动作……农夫惊奇地发现，他做的动作，与哲学家刚才让他做的动作一样。

哲学家笑了，问：“你耕田的时候，觉得辛苦吗？”农夫说：“不但不觉得辛苦，还觉得很愉快。”

哲学家又问：“都是相同的动作，一个觉得辛苦，另一个却不觉得辛苦，那是因为什么？”

农夫答：“因为在耕田时，我心里想着丰收，所以不觉得辛苦。”哲学家拍手道：“这就是事业心。因为你心里有了追求，所以长年累月做相同的事情也不觉得辛苦！”

（作者：沈岳明；推荐者：紫藤花）

（本栏插图：谭海彦）

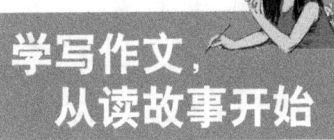

学写作文，从读故事开始

·悬念故事·

话外之音

□杜　辉

索命的劫匪

明娟和小峰是一对在都市打拼的年轻人。两人第一次见面时发现对方是同乡，于是，几句家乡话就把这两个在异乡的年轻人的心连在了一起。没多久，两人就走进了婚姻的殿堂。

可刚结婚，问题就出现了。小峰是一个部门经理，每天早出晚归，忙得不可开交，明娟的工作也不轻松，这样一来，家里就没人照顾了，最后明娟忍痛辞职，从一名职业女性变成了家庭主妇。

这天晚上，小峰一进门，放下公文包，手也顾不得洗，就把厨房里的明娟叫出来，说有重要的事要跟她说。这种郑重其事的样子，倒把明娟吓了一跳，开玩笑道:“怎么了？是不是有了小三，要跟我摊牌了？”

小峰顾不上理她，一口气说完了要说的话，原来，今天在单位他听到大家在议论一件事:

最近附近几个小区发生了三起凶杀案，歹徒入室抢劫后杀人灭口，手段极其残忍，三名被害者都是单身在家的女性，警方正全力破案，但目前案情尚无进展……

小峰越说越紧张，连脸色都有些变了，他抓住明娟的手，说道:“我当时听得直冒冷汗，第一个念头想到的就是你，你一个人在家，千万要小心，万一……”

明娟白了他一眼："你真是个典型的乌鸦嘴！"说着走回厨房继续忙活。

小峰跟进来，站在她身后，不停地絮叨着："这种事不怕一万就怕万一，防患于未然总比掉以轻心要好……你的安全对我来说比什么都重要，你这种态度让我怎么安心工作？你……"

"行了，行了。"明娟解下围裙，笑着对丈夫说，"夫君大人的一番嘱咐，我字字句句牢记在心，这还不行吗？快去洗手，帮我端菜。"

第二天早上出门前，小峰还一个劲叮嘱明娟要注意安全，要小心小心再小心。

看着小峰下楼的背影，明娟不禁莞尔一笑，丈夫什么都好，就是有点过于小心，甚至有些婆婆妈妈，让人有些不耐烦。

到了九点多钟，明娟出门去买菜，她一路哼着歌，心情和天气一样好，小峰的叮嘱她可没放在心上。这事哪有那么巧，附近几万户人家，劫匪怎么会偏偏被她撞上？这比彩票的中奖概率还低啊。

明娟万万没有想到，世间事有时就这么巧！财运遍寻不着，霉运不请自到，在她拎着菜篮往回走的过程中，一道阴沉沉的目光已经盯上了她。明娟浑然不觉，一路前行，到了家门口，正低头开锁，后脑遭到重重一击，当时便晕了过去……

救命的电话

没过多久，明娟悠悠醒转，发现自己躺在冰冷的地板上，手脚被绑得结结实实，嘴上也贴着胶带纸，一个壮实的男人背对着自己，正在翻箱倒柜，听到身后有动静，男人蓦地回过头来。

这男人表情阴冷，眼神狡诈，一看就非善类。但他只是冷冷地扫了明娟一眼，便掉转头去继续手头的工作，显然没把明娟放在眼里。

明娟被捆着的身体不停发抖，恐惧紧紧攫住了她：她竟然真的遇上了歹徒！她想起丈夫出门前的叮嘱，想到再也见不到他了，两行热泪簌簌滚落。

就在这时，家里的电话铃声突然响了，在死寂的房间里，那铃声就如同警笛，明娟和劫匪同时吓了一跳，劫匪停下手头工作，死死地盯着电话，似乎想等铃声停止，但那声音却依然"倔犟"地响着……

劫匪沉不住气了，他凑过去看了下来电显示，然后来到明娟面前，撕去她嘴上的胶带，报出来电号码，声音低沉地问道："这电话是谁打来的？"

明娟大口喘着气，好半天才能说出话来："应该是我丈夫，这是他办公室电话。"

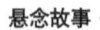

劫匪眼里贼光闪烁，不接这个电话当然最简单，但如果这女人的丈夫找她有事，打不通电话后回家来，那就麻烦了……

劫匪略一思忖，打定了主意，他撕去明娟手脚上的胶带，取出一把锋利的匕首，对着明娟的咽喉指了指："你现在去接这个电话，别让你丈夫听出什么，记着，你最好老实点，别玩什么花样，否则我保证这将是你和你丈夫说的最后几句话！"

明娟步履蹒跚地走过去，心跳和电话铃声一样急促，她意识到自己的机会来了，而且这恐怕也是活命的唯一机会……

明娟曾经看过一篇报道，题目是《女司机智斗劫匪》，说的是一名"的姐"的遭遇。"的姐"被歹徒劫车，始终找不到脱身的办法。正巧，她丈夫打电话过来，在劫匪的注视下，"的姐"语气平静地对着手机说："我拉了个客人刚回来，正在返程的路上。孩子作业写完了吗？你让他早点睡。"

劫匪从"的姐"的话里没听出任何问题，直到戴着手铐坐上警车，仍然一头雾水。原来那"的姐"根本就没孩子，那句话是她向丈夫释放出的一个求救信号，后来是丈夫报警救出了"的姐"。明娟记得当初看到这篇报道时，忍不住为这位机智的"的姐"叫了声好，但她怎么会想到自己也会落入那种境地？她能够像"的姐"一样靠智慧逃过此劫吗？

明娟的手颤抖着伸向话筒，像溺水的人去够救生圈，她原本绝望的眼里，有了隐隐的光芒，她相信，凭自己和丈夫的默契程度，凭丈夫的细心和敏感，自己一定可以在和他的交谈过程中，传递出让他能领悟到的信号……

可就在明娟即将拿到话筒的一刹那，一只青筋毕露的大手蓦地扣住了听筒……

要命的信号

明娟身后传来劫匪冷冷的声音:“按免提键接听，听我吩咐说话，你不准主动说一句话，明白了吗？”

接着，锋利的匕首抵住了明娟后腰，明娟的心猛地沉下去，这劫匪太狡猾了！看来，他对自己仍有所防备，说不定他也知道“的姐”的故事，可是这样一来，自己唯一的求生之路也被堵死了，怎么办？豆大的汗珠从明娟的额头上滚下。

劫匪按下免提键后，小峰的声音传出来:“喂？娟，你怎么这么久才接电话？”

乍听到丈夫那熟悉的声音，明娟的眼泪一下涌出来，劫匪用嘴巴贴住明娟耳朵，低声道:“你这么说，我刚从外面回来，进门才听到电话响。”

丈夫的声音似乎有种神奇的魔力，给了明娟一种力量、一种启示，她变得异常镇定，俯身对着电话，字字清晰地说道:“我刚从外面回来，进门才听到电话响。”

那边顿了一下，很快又说道:“我打电话也没别的事，就是告诉你一声，我中午有事不回去了，你不用给我做饭了。”

劫匪再次贴耳低语，明娟点了点头，对着电话轻声道:“我知道了，晚上早点回来。”

随着那边挂断电话，劫匪的心放下来了，他没想到这次夫妻通话这么简短，这让他觉得自己刚才的担心有点多余。他相信，这女人的丈夫纵然是诸葛再世，也不可能从那几句话里捕捉到什么。

劫匪将明娟重新绑好，把剩下的房间又翻找了一遍。明娟和小峰新婚不久，家里放着不少现金和首饰，全被劫匪找了出来。劫匪把战利品打包放好后，慢慢站起身，现在只剩下最后一个步骤了——杀人灭口！

劫匪持刀逼近，脸上杀机毕现。明娟身不能动口不能言，眼神中流露出惊恐之色，劫匪阴森森道:“你不用这么看我，我不会心慈手软的，对我这种人来说，给别人留活路，就是给自己寻死路！你什么都别怨，就怨自己命不好，做了鬼别来找我！”

劫匪举起匕首，明娟闭上了眼睛，就在这千钧一发之际，门“砰”的一声打开了，几名警察如神兵天降，以迅雷不及掩耳之势，将劫匪制服，按在地上，戴上手铐。

警察身后的小峰飞快地冲进来，一把将明娟搂到怀里，撕去她嘴上的胶带，明娟哇地哭出声来，小峰满脸痛惜，拼命安慰着受惊的妻子。

劫匪被两名警察押着，像只被擒获的野兽，两眼瞪得有铜铃大，呼哧呼哧喘着粗气，突然气急败坏一声怪吼:“咋回事？这是咋回事？”一边叫嚷着，一边要往前冲，可他肩膀被警

察牢牢按住，动弹不得。劫匪挣扎了半天，最后没了力气，像个泄了气的皮球，无奈地看着小峰夫妇说道："你们能不能告诉我，我到底是怎么栽的？我做鬼也不想做个糊涂鬼！"

小峰站起身，冷冷说道："本来我没有义务回答你，但这恐怕是你这辈子提出的最后一个问题了，我不回答又觉得不人道，我问你，我和我妻子在电话里交谈时的口音你还记得吗？"

劫匪愣了一下，他开始回想：小峰说的似乎是一种方言，但那种方言口音不重也不难懂，而明娟说的是普通话，一口字正腔圆非常标准的普通话。当时这没有引起劫匪任何怀疑，因为不管是说方言，还是说普通话，原本都挺正常，说的人都不少……难道问题出在这里？对了，小峰这会儿跟自己说的怎么也成了普通话？

小峰微微一笑："其实我和妻子平时在外面都是说普通话的，但我们夫妻之间交谈时却偏偏是例外，我和妻子是同乡，从相识之初到现在，我们一直是用家乡话交流的，这已经成了一种习惯，今天上午我打电话本来想再叮嘱她几句，没想到破天荒地听到她突然对我说起了普通话，我当时只愣了一下，立刻一个激灵，意识到她出事了……"

小峰用欣赏的目光看着聪明的妻子，连警察们也面露赞许之色，劫匪一脸的懊丧，用手铐咣咣砸头，哀声叫道："我千算万算还是失算，紧防慢防还是没防住啊，没想到这女人竟然一张嘴，就把要命的信号发出去了！要命啊，要命……"

（题图、插图：谢　颖）

您手中有没有得意之作？本刊辟有二十多个原创性栏目，如中国新传说、我的故事、情感故事、16岁故事和中篇故事等；您读到或听到什么有趣事可以和大家一起分享吗？3分钟典藏故事、第一推荐和快乐辞典等都是本刊推荐性栏目。热忱欢迎来稿，本期责任编辑信箱：simyyue@126.com。

巧破明日案

□冯海鹏

陆浑县有个叫刘霸天的人，仗着自己姐夫在京城当官，衙门不敢管他，就在县里胡作非为，惹是生非。因此人称“躲着走”，意思是别人一听见他的声音就赶紧躲着走，生怕招惹了他。但躲着归躲着，街面上那些做生意的却是躲不开的。刘霸天进了店，白吃白拿，谁敢说个不字？

这天，陆浑县人突然纷纷奔走相告，说钦差柳一先要来视察民情了，据说这柳一先为官清廉，嫉恶如仇，是出了名的清官，看来这次能好好整治一下这个刘霸天了。可再仔细一想，大家就高兴不起来了。为啥？因为这刘霸天虽然白吃白拿，但他还留了一手，就是给每家商户都打了欠条！人家又没说不还，只是到现在都没还罢了。合情合理，你拿他有什么办法？想到这里，大家不免都有些沮丧。

没过多久，柳一先果然到了陆浑县，他让人在县衙门前贴了告示，让百姓有冤伸冤，自己一定会还百姓一个公道。

一时间，县衙门前被围了个水泄不通。大家你一言我一语议论纷纷，却没有一个人敢贸然上前告状。柳一先坐在大堂上，早已从百姓的神态中看出了几分苗头，但却没人站出来，他叹了口气，然后微微一笑说：“父老乡亲们，你们不要惧怕，只要你们说出来，本官定会为你们做主。”

话音刚落，果然有个人从人群中走了出来，双膝跪地大叫一声：“大人，请为小民主持公道！”大家举目一看，原来是和乐酒楼的老板何大成。这何老板的酒楼原本生意挺红火，可是最近却悄悄关门大吉。大伙心里都清楚，这都是“躲着走”刘霸天给害的。原来，和乐酒楼有道招牌菜叫“力挺千钧”，是用熊掌为原料，加上秘方烹制而成，美味可口，可自从刘霸天吃过一次后，便上了瘾，不光自己天天吃，还叫上了那些狐朋狗友时不时去吃上一顿，不用说，他从来都是只打欠条不付账的。不久，这和乐酒楼就被这群人吃垮了。

柳大人一见有人站了出来，便问道：“你有什么冤情尽管讲来！”

何老板犹豫了一下说“大人，我告前门刘霸天白吃白喝，欠账不还，拖垮了我的和乐酒楼！”

柳大人一听，问：“可有证据？”

何老板慌忙从口袋里掏出一沓纸呈了上去。柳大人一看，顿时眉头拧成一个疙瘩！这是一沓欠条，第一张上写着：本人欠和乐酒楼餐钱白银十两，明日定当还清！落款正是刘霸天。这一沓欠条算下来，足足有七百两。

柳大人立刻差人去传刘霸天。不大一会儿，刘霸天便走进大堂，狠狠地瞪了何老板一眼，然后转过身来对柳大人恭恭敬敬地行了礼，跪在堂下。

柳大人问道：“刘霸天，有人告你欠账不还，可有此事？”

刘霸天忙答道：“大人，欠账确有此事，但不还却是没有的事！”

柳大人命人把欠条叫刘霸天看了，厉声说：“有欠条为证，你还要狡辩？”

刘霸天看了欠条，微微一笑，慢条斯理地说：“大人，我确实欠了和乐酒楼的钱，只是请大人看清楚，我说明天一定还，可是没到约定的期限，我可有理由不还啊！”

柳大人一听，愣住了。跪在堂上的何老板急了，带着哭腔说：“大人，其实期限早已经到了！我今天要，他说明天，我明天要，他又拿着欠条说，明明是明天还，你今天怎么来要？这样循环，明天永远是明天，我这钱不是一辈子也要不回来了吗？”

柳大人再一愣，拿过欠条又仔细一看，欠条竟都没有落下时间。他顿时吸了口气，这刘霸天看来也不是个笨人，明明是耍赖，可说出来却没有把柄，真是难缠啊。

柳大人思忖片刻，笑了，然后也不理何老板的苦苦申诉，对刘霸天说：“既然如此，本官也无话可说，不过这事传出去，你老有欠条在别人手上，人人都是你的债主，你的脸上怕

也挂不住吧。我想出个主意，给你解解围，你看怎么样啊？”

柳大人一说完，何老板和大堂下的百姓顿时目瞪口呆，都失望地摇了摇头，看来，这清官的传闻也不能当真，这柳一先终究还是向着有权势的人啊。

一听这话，刘霸天来了兴致“请大人明示！”

柳大人把刘霸天叫到面前，小声说道：“这样，你要愿意挨十大板子，你欠的钱就由本官做主一笔勾销！”

刘霸天听了一愣，心想，不还钱是好事，但这板子可不是好挨的啊！但转念一想，人家是朝廷命官，自己再有权势，也要给人家一点面子，自己姐夫在朝为官，都是同僚，说起来以后也好交代。反正也就十板子，干脆还是见好就收得了。想到这里，刘霸天点头答应。

柳大人呵呵一笑，当堂宣布，刘霸天愿挨十板子，所有欠账一笔勾销，最后点头笑道：“好了，这案子就这样了，一个失财，一个挨打，公平合理啊！”

何老板顿时指着柳大人愤怒地叫道：“好啊，什么清官！原来也是个官官相护的黑官啊！”

柳大人听了大怒，令人把何老板押了下去，然后写下判词：“陆浑刘霸天欠和乐酒楼餐钱七百两，愿于今日挨十大板子相抵！从此一笔勾销，永不再提！”

判词一出，刘霸天签字画押。接下来，几个衙役上前，按下刘霸天一阵噼里啪啦，这十大板子打得他疼痛难忍，禁不住大声叫嚷起来。可这哀号声却化解不了百姓心中的怒气，心

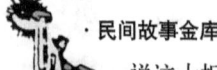

说这十板子就能抵七百两？实在是太便宜这个刘霸天了，看来这个清官也不过徒有虚名罢了。

到了第二天，天刚蒙蒙亮，陆浑县的大街上就响起了敲锣声。敲锣的衙役一边敲锣，一边大声嚷嚷，说今天要审刘霸天欠和乐酒楼银两一案。

这下，百姓们都糊涂了，这案子不是昨天已经审结了吗？板子也打了，账也销了。怎么今天还要审，该不是有什么变化吧？于是，大家一早就赶到县衙去看热闹。

柳大人端坐在县衙大堂之上，命人把刘霸天带上来，说要打他十大板子。

刘霸天一到大堂，就大呼小叫起来：“柳大人，判案怎么能出尔反尔，昨天已经打过我十大板子，今日为什么又抓我来打啊？”

柳大人哈哈一笑：“昨天的判词你可听了？”

“听了。”

“听了就好，判词上明明说‘愿于今日挨十大板子相抵’，你想抵赖不成？”

刘霸天一愣，气急败坏地说：“到了明天还不是今日，照这样，我还不是天天要挨一顿打？”

柳大人呵呵大笑，然后正言道：“正是这样，本官在如此，即使本官走了，这张判词也会交由县令遵照执行！这可是你签了字、画了押的！你还有什么话可说？”

刘霸天一听，这才反应过来，柳大人这是以其人之道还治其人之身啊！他顿时目瞪口呆，瘫软在地上，无奈地叫道：“我还，我还！和乐酒楼的钱我一定还上！”

柳大人正色道：“那其他人的钱呢？”

刘霸天垂头丧气地说：“我都还，我都还。”

柳大人厉声说道：“刘霸天，你听好了，这张判词我会一直留着。今后，你如有任何为非作歹之事，我就让人按这判词每天都打你十板子，打到你服帖为止。”

刘霸天这下什么气焰都没了，连声说：“服，服，我现在就服了。”

衙门前的百姓此时终于明白了到底是怎么回事，人群中顿时响起了笑声和掌声。

从此之后，刘霸天完全像换了个人，看到谁都躲得远远的，真正成了一个“躲着走”。

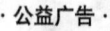

（题图、插图：黄全昌）

两份协议

□胡　斌

裁　员

德森公司的日子最近很不好过，订单减少，连续亏本，这让董事长詹姆森非常焦虑。

研发部经理约克建议道：“董事长，我们现在如果能控制一下人员数量，或许能帮我们渡过危机。”

没想到，詹姆森一听这话，却脸色铁青地说：“你是说裁员吗？我是著名的慈善家，裁员显然会影响我的名声。难道没有更好的办法吗？”

约克忙解释道：“詹姆森先生，我们要换个思路考虑这件事，如果连最大的慈善家都破产了，谁还愿意做好事呢？我想大家都会理解的。”这句话正中詹姆森下怀，他不由点了点头。

约克接着表态：“我们部门九个员工里可以裁两个，请放心，我有自己的办法，裁员不仅不会影响你的名声，反而会让市民更加尊敬您。”

詹姆森不相信地摇摇头：“把人家解雇还能玩出什么花样？你别开玩笑了。”可约克笑了笑，似乎胸有成竹。

约克建议裁员的消息很快传了出来，他的手下人人自危，他们都知道约克的脾气，既然敢这样说，心里一定已经有了主意，谁会成为被赶走的那一个呢？

大家在忐忑不安中熬过了一个月，第一个裁员名单终于出来了。

是珍妮!

所有的人对这个结果都大为惊讶，连珍妮自己都不敢相信，要知道她一直被认为是最安全的员工，因为她是约克的妻子。

珍妮是富家千金，而约克是寒门

子弟，当初珍妮为了嫁给约克，一度和家里闹翻了。只是近年来，随着约克事业的上升，珍妮和家人的矛盾才有所缓和。虽然两人现在时有争吵，感情也大不如前，但吵归吵，闹归闹，哪家夫妻又没有点矛盾呢？而且珍妮觉得，自己是在约克最低迷的时候下嫁给了他，约克应该好好地感激自己才是。

可是，这次裁员，约克竟然第一个就选择了她，实在让她想不通。经济损失倒是其次，关键是被自己的丈夫赶出公司，实在很没面子。

不过约克也有自己的解释，开除手下任何人，都会对对方的家庭收入产生影响。而自己的职位还是比较稳固的，炒掉珍妮，家庭的经济还能维持，这也是给手下员工一个交代。

让大家始料不及的是，约克的这个决定引起了巨大的反响。许多媒体都开始关注这件事。德森公司因此获得了很好的声誉，董事长詹姆森也受到了人们的尊敬，慈善家就是慈善家，连裁员都这么人性化。在董事会上，詹姆森公开表扬了约克，并向他发放了奖金，以弥补他太太失业的损失。

但此时的珍妮却仿佛陷入了泥沼，她实在没想到，约克会拿自己开刀，更让她受不了的是，家族里当初反对她嫁给约克的人都跳了出来，嘲笑她好心没有好报。

虽然心里忿忿不平，但最终珍妮也只能无奈地离开公司，变成了一个全职主妇，整日里郁郁寡欢。闺中密友苏菲亚听说珍妮心情不好，便约她去咖啡店聊天。

苏菲亚也是约克手下的员工，以前和珍妮是同事。两人一见面，苏菲亚看见珍妮憔悴的模样，不禁心生同情，和她一起大骂约克的忘恩负义。

两人骂累了，珍妮对苏菲亚说道“我已经看穿他了，不能再和他一起生活，这种男人为了自己的名声和利益，竟然连老婆都要牺牲。可是，如果我现在主动提出离婚，对他没有任何损害，别人反倒会认为我气量小。”

苏菲亚气愤地应和道：“如果不能让这种男人得到惩罚，实在是太没有道理了。”她眼珠一转，低声说道，“我想到一个办法，可以报复他，只是你可能要担一些风险。”

珍妮恨恨地说：“只要让他得到报应，我什么都愿意干！”

于是，苏菲亚凑到珍妮身边，对她耳语了一番。听了苏菲亚的计划，珍妮神秘地笑了……

离 婚

第二天，珍妮去找约克，一见面就开门见山地说“我们离婚吧。你解雇了我，成了老板的大红人，而我却在亲戚朋友面前抬不起头来，我想这

种日子可以结束了。”

谁知，约克对珍妮的发难一点都不感到惊讶，耸耸肩说道：“没问题，我早就知道我们会走到这一步，如果不是念在你以前对我不错，我早就离开你了。离婚可以，但必须由你主动提出离婚申请。”

珍妮被约克的冷漠气坏了：“没想到你是这样的人，好，我成全你！让你可以没有任何牵挂地离开我，但我也有一个条件。”

约克眨眨眼：“啊？什么条件？你说出来听听。”

“你不是还要解雇一个人吗？我帮你想好了，就是苏菲亚！”

约克摇摇头：“可你要知道苏菲亚已经怀孕了，解雇孕妇是违法的……”

“你先别着急，听我讲完。”珍妮打断约克的话，继续说道，“苏菲亚刚刚和老公离婚，但这时却发现自己怀孕了，她不愿生下这个孩子，但我们这里堕胎是违法的，只能去国外做手术，这可是一大笔费用，她现在手头拮据，拿不出这笔钱。”

约克好像明白了什么：“你是让我解雇她，这样她就能拿到一笔补偿金？”

珍妮点点头：“我知道苏菲亚本人也想离职，但主动辞职是没有赔偿的，如果你能借裁员这个当口，将她解雇，就可以成全她。”

约克一听，露出了老谋深算的笑容：“别逗了，这是个圈套，一旦我按照你说的解雇了苏菲亚，那到时候你又会来诬陷我，说我解雇孕妇，这样可以让我们公司赔一大笔钱。”

“看来你真是个天才的阴谋家，好吧，实话跟你说吧，这是苏菲亚主动来求我的，她说如果你不相信我刚才说的，就把这个交给你。”珍妮说着，拿出了一张纸递给约克。

约克拿过来一看，原来是一张苏菲亚签名的保证书，声明自己是为了离职补偿，自愿被解雇的。珍妮说道：

“有了这张保证书，你就不用怕她以后再找你麻烦了。”

约克这下放心了：“好，成交。我解雇苏菲亚，你主动申请离婚。我真不明白，这桩交易中你能获得什么好处？”

珍妮无奈地回答：“一个女人，没有事业，又失去了婚姻，友情就更弥足珍贵了……”

没过多久，约克就和珍妮办理了离婚手续，约克也向董事会递上了第二个裁员名单。

危　机

但事情并没有像预先想的那样发展。苏菲亚被解雇的事再次引起了媒体的关注，不过这次舆论倒向了另一边，纷纷指责德森公司解雇孕妇，并质疑詹姆森是不是一个合格的慈善家。

紧接着，珍妮为苏菲亚举行了新闻发布会，指责詹姆森，说他居然会将一个可怜的准妈妈扫地出门，没有一点人道主义。这无疑是给舆论火上浇油。

詹姆森坐不住了，他急忙发表声明进行辩解，说解雇苏菲亚是约克的建议。约克则说这是苏菲亚主动要求被辞退的，并说自己可以出示证据。然而，当他们找出那张保证书时，怪事出现了，原本写满了字的保证书已经变成了一张白纸。看来这一切早就在珍妮和苏菲亚的计划之中了。

面对这种困境，詹姆森无计可施，只能指望事态慢慢平息。但媒体却没有放弃这次机会，一致对詹姆森进行口诛笔伐，说要揭开詹姆森伪善的面具。随即，事态朝更严重的方向发展。行业工会开始组织罢工，要求詹姆森道歉，并处理相关人员。德森公司的客户们也开始趁火打劫，声称如果德森公司不能按时开工交货，就要向法院提起诉讼。

詹姆森感到公司已是大厦将倾，他知道，这一切单凭苏菲亚一个人是无论如何办不到的，一定是珍妮为了报复，动用了家族的势力在后面推波助澜。而他现在唯一能做的，就是向眼前的一切认输。

詹姆森召开了新闻发布会，在电视镜头前声泪俱下地道歉，同时取消裁员计划，给予苏菲亚一笔很高的补偿。当然，约克也被解雇了。

珍妮坐在电视机前，看着眼前的一切，不由心满意足地笑了，她终于完成了自己的报复计划。可她不知道，此时，还有另一个人比她笑得更开心。

真　相

转眼到了年底，闹得沸沸扬扬的解雇事件已经逐渐被人们淡忘。然而，这天，事件的两个当事人，苏菲亚和约克却手拉手出现在医院里。苏

菲亚看着自己隆起的肚子，问约克："前面发生了那么多事，你能给我理下头绪吗？我对这件事一直都很糊涂。"

约克开心地笑了："珍妮嫁给我的时候，就对我有所防范，她怕我贪图她的金钱，于是在婚前，我们立了一个协议，如果是我主动提出离婚，将会净身出户，所有财产全是她的。但如果是她主动提出离婚，我就能拿到一半财产。几年来，她对我一直很有优越感，感觉就像我的救世主，这种婚姻让我很苦恼，但又不愿因为提出离婚失去财产。"

"所以，你劝詹姆森裁员，并借机激怒珍妮，让她提出离婚？"

约克点点头："我太了解她了，离婚后，她一定会想方设法报复我。所以我走出了第二步。"说着，用手指点了点苏菲亚的鼻尖。

苏菲亚似乎明白了什么，接口道："怪不得，你叫我给她出了个馊主意，逼你解雇我，还用特制的褪色墨水写了保证书。可是，我一直不明白，你这样做是为了什么，虽然我得到了赔偿，可你自己却被解雇了。"

约克笑笑说："那是因为另一份协议。"

"另一份协议？"

约克点头说道："对，是我和詹姆森的协议。我掌握了公司的核心技术，詹姆森给我高薪的同时也怕我跳槽去对手公司。这个表面上的慈善家，骨子里却是个精明过头的商人。他和我签订了协议，我把三年的工资作为押金扣在他手里，如果我主动辞职，一分押金都拿不回来，但如果是他解雇我，不仅退还押金，还要给我一笔赔偿金。而当时他的公司早已经千疮百孔，我不能眼睁睁陪着这个公司一起沉没。"

苏菲亚这才恍然大悟："噢，这样你就能从公司和婚姻中全身而退，然后顺理成章地到新公司工作。你真是个天才阴谋家。对了，快给我们的孩子取个名字，他要出世了。"

（题图、插图：佐　夫）

谁更倒霉

□短　庸

高成德是个私家侦探，他和助手小苏在高档小区开了一家调查事务所。小广告贴出去没几天，就有生意找上门来了。

来人是个浓妆艳抹的贵妇，三角眼，鹰钩鼻，脸涂得雪白，那神情气质，一眼望去就让高成德想起了一个电视剧里的形象——“大奶奶”。

“您是要我们调查您的丈夫吧？”高成德没等对方开口，就抢先问道。

“大奶奶”吃了一惊：“你怎么知道的？”高成德得意地笑了笑：“敏锐的观察力是我们必备的专业素质。”说完，冲小苏眨了眨眼，他早就跟小苏说过，帮这类贵妇查“小三”，是私家侦探的“主业”。

“大奶奶”的脸色沉了下来，忿忿地说道：“就是要查这个杀千刀的陈金，近来他总是鬼鬼祟祟，早出晚归，我怀疑他背着我在外面偷情。前几天，我还匿名写过一封恐吓信放在自家门口，警告他要生活检点，不然有他好看。但他就是死不悔改。所以找到这来，希望你能抓到他的把柄，好让我狠狠地修理他一顿。”

接着，“大奶奶”拿出了一张丈夫的照片，交代了丈夫的活动规律，最后，许诺高成德，只要找到丈夫早出晚归的原因，就能得到一大笔钱。高成德欣然接受了这个委托。

午饭过后，高成德正拿着贵妇所给的照片仔细端详，寻思着该从哪里下手，门铃又响了。见到来人，高成德顿时眼前一亮，这不是照片上那个男人吗？真是踏破铁鞋无觅处，得来全不费工夫。

高成德警觉地将照片一翻，用书本压上，然后客气地请这个男人坐下，问道：“先生来有什么事吗？”

男人松了松领带，说道："高探长，最近我老觉得周围有人在窥视我，令我整日里惶惶不安，前几天我还收到一封恐吓信，说什么让我远离别的女人，还让我应该生活检点，不然……反正就是对我不利。"男人拉长着脸，看得出他近来身心疲惫。

"你叫什么名字。"高成德虽然已经肯定了他就是自己的目标，但还是要装作什么事情都没有。

"陈金。"

高成德装出一副很同情的样子："那你打算委托我做什么事呢？"

陈金压低了声音说："我想让你在暗中保护我，也就是保镖。"

"哦，这事啊……"高成德脸上露出一副为难的样子。

男人忙接口道："只要抓到了威胁我的人，报酬方面好商量。"

"那就包在我身上了。"高成德表面上很平静，心里早就乐开了花。

等陈金一走，高成德便和小苏庆祝起来：上哪能找到这么好的差事，干一件事能收两份钱。不仅这样，因为根本没有什么人要对陈金不利，这个保镖当得一定是既轻松又愉快。明天开始，他就可以堂而皇之地跟着陈金，虽然不用保护他，但跟着他、找证据这些工作还是要认真完成的。

到了第二天，陈金步行去上班，后面离着他二三十米远的地方，便多了一个穿黑色风衣的男人。不用说，那就是高成德。不过，高成德没有发现，在他的身后还有个"影子"，竟然是那个"大奶奶"！原来"大奶奶"对高成德不放心，特意跟在后面。见高成德紧紧跟着自己丈夫，"大奶奶"这才满意地走开。

整整过了一周，高成德天天跟着陈金上班下班，渐渐地，他发现自己这个工作没个尽头——陈金知道自己天天跟着他，怎么可能会去偷情，自然也就抓不到任何线索。

这天晚上，高成德坐在办公椅上思考了半天，突然眉头一皱，计上心头，于是立马叫来了小苏。

"小苏，我有一个计划，虽然有点损，但能迅速完成两个人的委任，把委托金拿到手。"高成德自信地说道。小苏急不可耐地问："是什么良计？"

"不过，这个计划可能要难为你一下，"高成德缓缓说道，"既然陈金确信有人暗中要害他，那么只要将这人抓住不就得了？但是这个人是子虚乌有的，那恐吓信是陈金老婆写的，我们也只能虚构一个人，这人就由你来假扮，到时候你蒙着面假装要害他，我将你制伏，然后把你带走，说要交给警察……"

小苏顿了顿，稍后便哈哈大笑起来："这招太棒了，但这样只是摆平了陈金那边啊，那他老婆那里……"

"看，你想问题总是不够全面，"高成德用略带批评的口吻对小苏说，

"那个女人为何要让我们去跟踪她老公？因为她怀疑她老公在外面偷情，如果她知道她老公近来的鬼鬼祟祟，只是担心有人要杀他，那对老公的跟踪就自然罢手了。"

小苏这下恍然大悟，对高成德缜密的思维不由佩服得五体投地。

到了周末，高成德将陈金约到咖啡厅。见了面，高成德开门见山地说："陈先生，我这样一直跟着你，等待此人的出现，无异于守株待兔，太被动了。我们在明处，对方在暗处，要是被他看出什么端倪，对你我都不好，所以我们应该主动出击才行。"陈金狐疑地看着高成德："你的意思是……"

"你要给他一点机会才可以，比如

晚上孤身一人走在街道上，我想此人等了这么久，看到这样的机会，一定会铤而走险，到时就可以将他抓住了。"

"可是……"陈金仍有点担心。

高成德打断陈金的话，抢先说道："我调查过了，四桥街是个不错的选择，那里夜里空无一人，是个引蛇出洞的好地方。"

陈金表面上有些不情愿，但他也觉得长痛不如短痛，于是答应了。

到了晚上，十点刚过，陈金就按照计划，蹑手蹑脚地走出家门。但他这一出门，就惊动了自己的老婆，发觉丈夫这么晚出门，"大奶奶"不禁起了疑心，于是也紧接着跟了出去。

刚走没几步，"大奶奶"就发现一个穿黑风衣的男士也跟着陈金，仔细一看确定是高成德，不由心里感叹：这个侦探还真卖力，这么晚了，竟还守在家门口。

不久，这三个人就陆续来到了四桥街。随着路边的人越来越少，陈金胆怯起来，渐渐放慢了脚步。风在僻静的街道上打转，发出呜呜的声音，徒添了几分阴森。

突然，一个蒙面人从一侧拐角冲出，手持利刃向陈金刺去。一切都和高成德设计的一模一样。于是，他兴奋地向前冲过去，一把将陈金挡在身后，蒙面人猝不及防，将刀子捅进高成德的胸膛。高成德眼前一黑，失去了知觉，扑通一声倒在血泊之中。

蒙面人的目标显然是陈金，面对这突如其来的变故，一下子手足无措起来，脸上蒙的面巾也被风吹落了，竟然是一个年轻漂亮的女子!

陈金借着月光，看到了蒙面人的样子，不由惊讶地叫了起来:“小美，怎么是你?”

就在陈金和小美对视的时候，“大奶奶”也快马杀到，二话没说，上去就给了小美两记耳光，嘴里还大声骂她“狐狸精”。

那叫小美的女子显然被眼前的场景弄懵了，跌跌撞撞地转身想要离开，但没走几步，就看见眼前站着一个蒙着面巾的人。小美无助地蹲下身，抽泣起来……

不久，警车和救护车赶到现场，带走了所有在场的人。

在公安局里，警察问小美为什么要杀死高成德。

小美说根本不认识高成德，自己只是想拿刀去吓陈金的。

原来，陈金果然在外面拈花惹草，骗小美说自己是单身，两人谈起了恋爱。后来，小美发现了陈金结过婚，气坏了，就写了封恐吓信想去吓陈金，可到了他家门口，发现地上也有封没封口的信，打开一看，内容竟然差不多，就把自己的信收了起来。

“我这才发现他原来这么花心……”小美一边哭一边说道。

警察接着问道:“可后来，你为什么还要拿刀去吓他呢?”

小美哽咽着说:“陈金收到信后没再找我，我以为他收心了，后来才发现，他新找了一个女的，跟着他一起上班，虽然两人中间隔着人，但我一眼就明白两人之间有事，而且离得这么远，肯定不是夫妻……我越想越生气，就想起了拿刀去吓他。”

“那高成德是怎么回事?”

小美努力止住了哭声:“我也不知道，我原本是盯着陈金去的，没想到那个人胆子那么大，一把将陈金挡在身后，还迎面向我的刀冲过来，我哪里来得及躲，就……看到那人倒在地上，我不知道该怎么办，想逃走，可转身却看到路口还有个拿着刀的人，我就知道我逃不掉了……这个人是在我前面写恐吓信的吧……”

警察笑了，随口说道:“那人啊，是个神经病，已经放了。”小美吃了一惊:“为什么，这人不是也拿着刀吗?肯定也是来找陈金麻烦的。”

警察把手一摆:“那是把做道具用的塑料刀，手边还有一纸包番茄酱，浑身发抖，问什么都不说话，而且他又没做什么，就只好放了。”

小美惊异地问:“难道不是来找陈金算账的吗?”

警察摇摇头:“应该不是，因为他是男的……”

（题图、插图：佐　夫）

·中篇故事·

一座小小的县城，接连发生数起命案，而现场却惊人的相似：都会留下一个没吃完的馒头……

馒头血案

□刘克法

1.连环凶案

平阳县衙有个捕头名叫马丰年，五十多岁，几十年来，他凭着敏锐的头脑和一身好功夫破获了无数案件，尽到了保一方百姓平安的职责，在平阳县有着不错的口碑。

可是近一段时间，马丰年是吃不好，睡不稳，头上的白发也多了不少。原因是近一个多月来平阳县接连发生了五起人命案，先后有十人死于非命，这是多年来平阳县发生的最严重的连环命案。更叫马丰年头痛的是，到现在他都没一点儿凶手线索，甚至连凶手的作案目的都不知道。

一个多月前，县衙接到报案，说仁和当铺的掌柜李旺失踪了。当时马丰年以为可能是李旺树大招风，被土匪劫走，想敲他一笔赎金，可是几天过去了，一点消息也没有，紧接着就得到李旺被害的消息。就这样，一起失踪案变成了人命案。

后来，马丰年带着几个捕快赶到了案发现场，却被眼前的凄惨情景给震惊了。只见地上躺着两具尸体，衣服都被撕扯得破烂不堪，身上血肉模糊，到处是伤，而且大部分伤痕好像是被牙齿给咬的。虽然两个人的衣服都被撕烂，但还是可以分辨得出，一个人身上穿的是绫罗绸缎，而另一个人穿的却是补丁摞补丁的粗麻布料，一看就是乞丐打扮。马丰年凑上去仔细一看，认出那个穿绸缎服装的正是几天前失踪的仁和当铺掌柜李旺。

经过仔细观察，马丰年发现，两

个人的致命伤都在脖子上，不同的是，那个乞丐是被咬死的，而李旺却是被一剑刺穿喉咙死的。奇怪的是，李旺的手里紧握着半个馒头，嘴里还含着满满一口尚未咽下的馒头。仵作经过验尸，对马丰年说，这两个人死之前至少有三天没吃过东西了。

这时，在马丰年的脑海里，浮现出一个惊心动魄的画面：两个饥肠辘辘的人，为了争夺一个馒头而互相撕咬残杀，最终一个人被另一个人用牙齿给活活咬死，而当胜利者正狼吞虎咽吞食战利品时，却被人从背后一剑刺穿了喉咙。马丰年这么一想，不禁打了个冷颤。

他判断，杀人者采用如此残忍的手段，必定和这两个人有着深仇大恨。但李旺怎么会和一个乞丐扯在一起，又同时死在这里呢？马丰年觉得要破案，首先得弄清这个乞丐的身份。

于是，马丰年让人在县城四处张贴寻人告示，并把那个乞丐的尸体放在县衙门口，让人辨认。

当天下午，就有人来认领尸体了，而来的人也是个乞丐。据这个乞丐讲，死了的乞丐跟他是同乡，他们的家乡闹灾荒，才结伴一路乞讨来到了平阳县。他们到这里还不到十天，就在四天前的晚上，他们正打算在一个门楼下睡觉时，突然身前出现了一个蒙面人。蒙面人手持宝剑，眼放寒光，在两人身上扫了扫，最后伸手抓起身体更强壮的那个乞丐，飞身离去。

听乞丐这么一说，马丰年又觉得杀人凶手跟死去的乞丐并不认识，更说不上有什么仇恨了。那么凶手是跟李旺有仇了，可又觉得就算他跟李旺有不共戴天之仇，他完全可以杀李家的人来泄恨，为什么要拉上一个无辜的乞丐呢？马丰年想来想去，脑子里怎么也理不出一点头绪来。

不料，就在马丰年为李旺的案子头痛伤神的时候，又有人来衙门报案了。这次报案的是永丰粮行的少东家，他说自己的父亲在前一天夜里突然失踪，可连同床而眠的母亲也没察觉丈夫怎么失踪的，由此可见作案者是一个武艺高强之人。

六天之后，马丰年所担心的事情终于发生了。有人在城东的一间空屋子里，发现了两具尸体，其中一具就是永丰粮行的掌柜。马丰年带人急急赶到现场，发现跟上次李旺被害的情景几乎一样，与永丰粮行的掌柜死在一起的，也是一个身体较壮的乞丐，只是这次被咬破喉咙的是永丰粮行掌柜，乞丐则是被刺穿了喉咙，而他手里同样拿着没吃完的馒头……

马丰年回到县衙，和几名办案经验丰富的捕快一分析，认定两起凶杀案应该出自同一个凶手，但凶手作案的目的是什么呢？杀人手段这么古

怪，让人摸不着头脑。马丰年认为，不管凶手出于什么目的杀人，总之是个非常危险的人物，很可能还会用同样的手段继续作案。最后马丰年把县衙里的捕快分成了三拨，夜里在县城轮流巡逻，如果发现可疑人物，就立即拘捕，他还嘱咐下属，要特别留意那些有钱人家，以及乞丐经常出没的地方。

尽管马丰年做了周密的防范，可是在接下来的一个月里，平阳县又出了三起命案，作案手法和前两起如出一辙，每次都是死两个人，一个有钱人和一个乞丐。如今平阳县已被这个杀手弄得人心惶惶，因为每次案发现场都有个吃剩下的馒头，所以人们把这个杀手称为“馒头杀手”。

不少有钱人因为怕这个杀手找到自己头上，都忙着搬离平阳县，平时街上随处可见的乞丐，现在也难觅踪影了。

这些天来，马丰年如同在火里煎熬，一方面为案子没有线索而焦急，另一方面每天还要被知县杜德贵叫去训斥一番。而且这几起命案已经惊动了知府大人，并派人下来过问，让杜德贵要尽快破案。杜德贵是个不学无术、靠花钱买来的知县，他对破案是一窍不通，但施权势、耍官威却十分老到，为了不再遭知府大人的责怪，保住头上的乌纱帽，他就不停地给马丰年施压。

2.冒险计划

这天早上，马丰年正坐在屋内，闭目思索案情，他已经想到了一个十分冒险的捉拿凶手的计划。就在这时，外面传来了急促的脚步声，一个捕快匆匆跑了进来，马丰年已经猜到发生什么事了，没等来人开口，先问道：“又是谁失踪了？”捕快先是一愣，随即说道：“大人，您猜对了，昨天夜里又有人被那个馒头杀手给抓走了，恐怕也会凶多吉少。”马丰年烦躁地说：“快告诉我，这次又是谁失踪了。”捕快说：“这次失踪的是四方酒楼的老板，王枫王掌柜。”

一听失踪者是王枫，马丰年惊得猛一下从椅子上站了起来。四方酒楼的老板王枫，不仅是马丰年多年的好友，而且是儿女亲家。马丰年有个女儿，名叫马小翠，王枫有个儿子叫王大志，两人都已到了谈婚论嫁的年龄，而且已经定下了完婚的日子，就在下个月十二号，谁知偏偏在这个时候，王枫被馒头杀手给劫走了，马丰年怎能不急？

马丰年穿戴整齐正要赶往衙门，杜德贵已派人来找他了，来人对马丰年说，县太爷的脸色非常难看，让马丰年小心点。马丰年心想，看来挨一顿训斥是在所难免了。

马丰年来到县衙，见杜德贵正脸色铁青地坐在堂上。马丰年行完礼后，杜德贵仍阴沉着脸，过了好一会儿才开口说道："我说马捕头，这些年来我一直很器重你，没想到现在你让本县这么失望。短短一个多月，接连发生了五起命案，恐怕用不了几天就会是六起了，而且死的都是平阳县的头面人物，可你身为捕头，竟然连一点线索都没有，是不是太过失职了？为此事，知府大人已经过问过好几次了，如果你五天之内，还是破不了案的话，你这个捕头也就不要再当了。"说完，一甩袖子转身离去。

马丰年从县衙出来，决定立即实施自己酝酿了好几天的破案计划。他注意到，前几起案子发生时，一个有钱人失踪后，在第二天肯定会有个乞丐接着失踪，然后没几天两个人的尸体就会在同一个地方被发现。马丰年想了好几天，决定装扮成乞丐引凶手上钩。

平日城里到处可见的乞丐，如今都没了踪影，马丰年转了好几条街，才在一个拐角处发现了一个小乞丐。小乞丐十二三岁，身材瘦小，却穿着一身又肥又大补丁摞补丁的成年人的衣服。马丰年心中大喜，于是拿出三两银子买下了小乞丐身上的衣服。等小乞丐拿着三两银子，欢天喜地离开之后，马丰年找了个没人的地方换上破衣服，又弄来一些锅底灰，把自己的手和脸涂得脏兮兮的，然后把头发散开，弄乱，一袋烟工夫，他就从一个身着官服的捕头变成一个破衣烂衫的乞丐了。

马丰年在街上转了一圈，发现以前的那些熟人都没认出自己，这才来到了城外的一座破庙里。马丰年知道按照那个馒头杀手的习惯，他昨晚劫走了王枫，今天必定会再抓个乞丐，马丰年把自己打扮成乞丐，就是希望今晚馒头杀手能够找到自己头上，到那时就可以逮住这个杀人凶手了。马丰年早就打听过了，现在平阳县的绝大多数身体健壮的乞丐都走了，剩下的都是些老弱病残、行动不便的乞丐，而这些乞丐也十分害怕馒头杀手，所以一到晚上大家都会聚到这座破庙里，靠人多来壮胆。

马丰年来到破庙的时候，离天黑还有两个多时辰，庙里只有几个行动不便的老乞丐。到了天黑下来的时候，庙里的乞丐就陆陆续续多了起来，最后，一座小小的破庙竟装了四五十人，马丰年在靠门口找了个地方坐了下来。

庙里的乞丐大多彼此熟识，见了面孔陌生的马丰年，都以为他是刚来本地的。于是有几个好心的老乞丐过来跟马丰年讲了馒头杀手的事，劝他赶紧离开这儿，走得越远越好。马丰年只是对他们说了些感谢的话，却没有要离开的意思，那些老乞丐也只有无奈地摇了摇头。

就在大多数乞丐昏昏睡去的时候，马丰年突然发觉一股微风吹过，紧跟着一个手执宝剑的蒙面人闪身进来。借着月光，马丰年清晰地看到从蒙面人眼中射出一股令人胆战的寒光。此时，蒙面人眼光往这些乞丐身上扫来扫去，吓得那些还没睡着的乞丐大气都不敢出。蒙面人的目光最后落到了马丰年的身上。

马丰年虽然已年过半百，因为长年习武，身体仍非常强壮结实。他知道这个馒头杀手喜欢抓身强体壮的乞丐，所以他特意把肩膀上的衣服撕开一条口子，露出自己结实的臂膀。

虽然馒头杀手近在咫尺，但马丰年觉得现在还不是抓他的时候，他考虑万一自己现在出手抓不住凶手，就难保王枫的性命。他决定要先救出王枫，再缉拿凶手。所以当蒙面人伸手抓他时，他没做丝毫反抗，完全像个毫无反抗能力的乞丐，还装模作样地呼喊了几声。

蒙面人背着马丰年出了庙门，疾步如飞，向南方飞跑而去。此时被蒙面人背在背上的马丰年又惊又怕，从蒙面人的手劲和脚力来看，他的武功十分了得，平心而论，就是他十个马丰年加在一起也未必是此人的对手。而且蒙面人的手一直抓着自己的脉门，就算此时马丰年想从背后偷袭他，也是不可能的。马丰年不由有些后怕，又有些庆幸，庆幸自己刚才在破庙中没有出手，要不然恐怕自己早就没命了。他想现在只能忍耐，等待机会，即使与他同归于尽也认了。大约过了半个时辰，蒙面人在一座破屋前停了下来。

屋里漆黑一片，马丰年感觉自己被绑在了一根木桩上，嘴被堵上了一块布。等蒙面人出去之后。马丰年使出了全身的力气，也没挣开绑在木桩上的绳子。

马丰年一夜没有合眼，次日阳光照到屋里时，马丰年这才发现，在自己对面不远处还绑着一个人，仔细一看，正是好友王枫。王枫低着头，嘴里也被塞了布。

马丰年使劲摇晃着身子，嘴里发出“呜呜”的声音。听到声音，王枫缓慢地抬起头，看了马丰年一眼，然后神情沮丧地耷拉下脑袋。

王枫早已从马丰年那里，听说了发生在平阳县的几起凶杀案的情况，这时他看到一个乞丐绑在了自己的对面，就知道自己离死不远了。但他怎么也闹不明白，自己堂堂正正做人，规规矩矩做生意，平时也没少做善事，为什么会遭到如此的厄运呢？

马丰年见王枫对自己的示意毫无反应，知道他还没认出自己，也就不再折腾了，心想还是留点力气对付馒头杀手吧。

马丰年和王枫被绑在破屋里饿了三天也没人管，蒙面人也没有出现。此时马丰年早已饿得头昏眼花，他知道王枫比自己多饿了一天，他的身体本来就不如自己，情况比自己更糟。

到了第四天的早晨，蒙面人终于出现了，手里还拿着一个冒着热气的馒头。这个馒头对于饿了三四天的人来说，无疑是个极大的诱惑，马丰年的胃开始剧烈地搅动起来，王枫呆滞的目光也亮了起来。

此时马丰年的意识还是清醒的，他知道之前在那几起凶杀现场看到的惨景就要在这里上演了，不过他已下定决心，自己就是饿死也不会跟王枫你死我活地争夺这个馒头，而让杀手在一旁看笑话。

蒙面人终于开口说话了，他用阴冷的声音说道："我知道你们两个都很饿，可这里只有一个馒头，所以你们得用生命来争取。一会我就把你们给放开，但只有活下来的人才有资格吃到这个馒头，也就是说，想吃馒头的话，就要把对方给杀死。我可以提醒你们一下，对于处在极度饥饿下的人来说，有一件非常厉害的武器，那就是你们的牙齿。"说完，蒙面人就给两人松了绑。

这时王枫的意识已经模糊了，唯一的感觉就是饥饿。想得到那个馒头的渴望，又让他身上多出了一丝力气。

而此时的马丰年正用疑惑的眼神看着眼前的蒙面人，从他开口说话的时候，马丰年就觉得口音有些耳熟，又仔细看了看他的眼神，他那举手投

足的姿势，感觉更加熟悉了，最后马丰年的目光落在那个馒头上，他的脑袋就像过电一样，一个人终于在他的脑中浮现出来，他不由得冲口而出：“二宝！”

3. 陈年往事

十五年前，马丰年还只是个一般捕快，有一天他交完差回家时，路过一个胡同口，看见胡同里有两个乞丐在打架，一个是个身体强壮的成年乞丐，一个是只有七八岁的小乞丐。当时小乞丐已经被打得趴在地上起不来了，但他双手还是紧紧地抱着大乞丐，用牙齿狠狠咬着大乞丐的脚脖子。大乞丐一边用脚狠命地踢小乞丐，一边狼吞虎咽地吃着一个馒头。

那年正是大灾之年，城里的乞丐特别多，马丰年以为这两个乞丐是为了争夺一个馒头在打架，便走上前去准备制止。那个大乞丐一看到捕快，就使劲甩开小乞丐跑了，小乞丐挣扎着还想去追，可没走两步就摔倒了。

马丰年急忙上前想扶起那个小乞丐，可小乞丐却推开了他的手，向墙脚爬去，马丰年这才注意到，那里还躺着一个乞丐。

小乞丐边哭边吃力地把那个乞丐搂在怀里，嘴里不停地喊着“爹爹”，看来他们是父子俩。马丰年上前一看，只见躺在地上的乞丐满身是伤，脖子上的伤口还在往外渗血。马丰年二话没说，急忙背起乞丐就往医馆跑，小乞丐在后面哭哭啼啼地跟着。

可是因为那个乞丐失血过多，最终没能抢救过来。直到郎中把乞丐身上的伤口清理干净，马丰年才看清楚，乞丐身上大部分的伤都是被牙咬的，包括脖子上的那处致命伤。

把死去的乞丐安葬后，马丰年见小乞丐孤苦伶仃无依无靠，就收留了他。后来马丰年从小乞丐的口中得知，他的名字叫二宝，也知道了那天所发生的事。

二宝的家在乡下，由于逃荒，他和父亲一路乞讨来到了县城，哪知县城里的灾民更多，一连三天父子俩没讨到一粒米。就在两人饿得头昏眼花时，一个穿着华丽的有钱人手里拿着一个馒头，问他们想不想吃，父子俩见到这个救命馒头，当然想吃了。可那有钱人说，要吃馒头得跟他走，当时爷俩以为遇到了好心善人，就跟着他走了。

那个有钱人把他们领到一个偏僻的胡同里，胡同里躺着一个饿得不行的乞丐，他一见有钱人手里的馒头，两眼顿时放出了贪婪的光。

这时，那个有钱人露出了他的卑鄙嘴脸。他说要想吃馒头，二宝父亲必须和另一个乞丐打一架，谁赢了谁才可以吃那个馒头。二宝父亲本想拒绝，但看到快要饿晕的二宝，只有咬咬牙答应了。另一个乞丐要比二宝父亲强壮得多，两人一交手，二宝父亲就明显处于下风，由于两个人都饿得比较虚弱，所以一时半会儿也分不出胜负，那个有钱人则在一旁兴高采烈地观看打斗，一边拍手，大喊“使劲、加油”。

随着二宝父亲的一声惨叫，另一个乞丐的牙齿深深地咬在了他的肩膀上。那个乞丐嘴里含着鲜血，显得更加疯狂，几乎丧失了理智和人性，竟然一口接一口地在二宝父亲的身上撕咬。二宝父亲难以抵抗，也只得以牙还牙，开始咬另一个乞丐。这时的场面，不像是两个人在打斗，更像是两只野兽在恶斗。

二宝父亲终究不如另一个乞丐强壮，渐渐地已无力还口了，最后那个咬红了眼的乞丐狠狠一口咬在了二宝父亲的脖子上。那个有钱人本想用手中的馒头做诱饵，让两个乞丐打架，从中取乐，没想到两个乞丐竟然打到这种地步，眼看就要出人命了，他急忙扔下手中的馒头，跑了。

那个打赢了的乞丐，一看见地上的馒头，就放开二宝父亲，抓起馒头狼吞虎咽地吃了起来。从震惊中清醒过来的二宝，不顾一切地扑上去撕打那个把父亲咬成重伤的乞丐，一个七八岁的孩子，哪是成年乞丐的对手，就在他遭到那个乞丐毒打时，正好被路过的马丰年撞见了。

马丰年听完二宝的叙述，气得七窍生烟，没想到世间竟有如此可恶之人，仅仅是为了找乐子，竟然不顾别人的死活。马丰年向二宝保证，自己一定会为他父亲报仇的，一定把那个有钱人送进大狱。

可事情远远没有马丰年想的那么简单，他通过调查走访，查到了那个有钱人，可当他把案情提交到知县那里时，知县根本不予理会。在那大灾之年，几乎每天街上都会有乞丐死去，官府根本不管，更何况那个有钱人和知县交情深厚，就凭马丰年一个小小捕快是没有任何办法的。

马丰年知道二宝父亲的冤是伸不了了，所以对二宝就像亲生儿子一样对待。可是几个月后，二宝竟不辞而

别，马丰年四处寻找，也没找到，从此二宝便杳无音讯了。

4. 向善之心

当马丰年冲着蒙面人喊出二宝的名字时，蒙面人怔了，眼神充满了疑惑，开始上下打量起面前的这个乞丐来。

马丰年有些激动地对蒙面人说："你是二宝！你真的是二宝吗？你不认得我了，我是你马叔叔，我是马丰年啊！"他边说边把头发往脑后捋捋，又用衣袖擦去了脸上的锅底灰。

蒙面人看清了马丰年的面貌，吃惊地说："你是马……叔叔！"说完他摘掉了脸上的黑布，"噌"一下跪倒在马丰年的面前。蒙面人正是当年的二宝。一旁的王枫被弄糊涂了，他没想到蒙面凶手竟向乞丐下跪，更没想到这个乞丐竟然是马丰年。

马丰年见跪在面前的这个清瘦却一脸英气的年轻人，和当年的二宝确有几分相像。通过交谈，他从二宝口中得知，当年二宝见马丰年不能为自己的父亲伸冤报仇，便决定离开马家，自己去寻报仇之路，经过千辛万苦，小二宝终于拜得一位武林高手为师，学到了一身好本领。他这次回来就是要用当年父亲被杀的方法，来给父亲报仇，他要杀了平阳县的所有有钱人，哪承想这次险些杀了当年的救命恩人。

马丰年望着二宝，长叹一声说道："二宝，你今天还能在这里给我下跪，叫我马叔叔，说明你没有忘记当年的马叔叔，说明你的心地还是善良的，可是，你被仇恨蒙蔽住了，杀了这么多无辜者，犯了罪。你想过没有，你杀的那些人也有亲人，也有像你一样的孩子，你应该能体会到他们失去亲人的心情。你为了报仇却给世间带来了更多的仇恨。我觉得你心里的苦痛并没有因为杀了那些人而减轻，我相信你父亲在天有灵，也不希望你变成现在这个样子。你要是还把我当你马叔叔的话，能不能听我一句劝，住手吧，不要一错再错了！"

二宝为了给父亲报仇，十多年来没少吃苦，终于练就一身好功夫。当他学成下山后便立即实施起自己的报仇计划，那就是用当年父亲被害的手法，杀光平阳县所有的有钱人。可当他真正面对那些凄惨场面时，心中却没有一丝报仇雪恨的快感，就好像父亲在他面前一次又一次的死去，使他本已被仇恨麻木了的心，又阵阵地疼痛了起来。

如今马丰年的一席话说到了二宝的心里，他也想尽快从仇恨的阴影中走出来。最后二宝答应马丰年不再滥杀无辜，但是害死他父亲的那个凶手他是不能放过的。他知道马丰年清楚那个人是谁，所以恳求马丰年说出那个人的名字。

马丰年想了想说道："如果是这样的话，你完全可以放下心里的仇恨了，当年害死你父亲的那个人早在几年前就已经病死了。"

5. 飞来之祸

当马丰年搀扶着王枫走进平阳县时，人们都很惊讶，有人知道王枫失踪后，并没有听说有乞丐跟着失踪，反倒是捕头马丰年失踪了，难道是馒头杀手变了杀人的方法？就在人们纷纷猜测的时候，马丰年和王枫一起回到了平阳县。

马丰年回到家，还没有吃饱肚子，知县杜德贵就派人上门，让马丰年马上过去。

马丰年来到县衙见到杜德贵，就把他事先想好的做了禀告。马丰年说他化装成乞丐后，成功地被馒头杀手给抓走了，可是由于馒头杀手的功夫超群，自己没有出手的机会，直到今天才等到了机会，可他也只是打伤了对手，却让他逃跑了。不过以他判断，馒头杀手伤得不轻，就是不死，恐怕武功也已经全废了，所以他以后也不能再害人了。

杜德贵对马丰年没有抓到馒头杀手虽有不满，不过他看到毕竟没有再次发生命案，也就没再难为马丰年，只是让他继续缉拿馒头杀手。

其实现在杜德贵的心思根本就不在案子上，他只想尽快离开平阳县。这些年来，他为了高升一步，没少花银子上下打点。如今他终于得到了好消息，上面有个空缺，他的希望很大，但还要花一笔银子打点几个关键人物，可他最近手头紧，正在想办法弄银子呢。

另一边，王枫死里逃生，受到惊吓，病了一场，在床上躺了几天，好了之后，决定让儿子王大志和马丰年女儿马小翠的婚礼如期举行，婚礼办得热烈隆重，平阳县有头有脸的人物都应邀参加，其中包括知县杜德贵。参加者都兴高采烈，一来为两个新人祝福，二来祝贺王枫的大难不死。可唯独有一个人，喝着喜酒，心里却是另一番滋味，这个人就是平阳县首富——聚宝钱庄掌柜孙福的儿子孙亮。

这孙亮为什么心里不是滋味呢？原来他一直暗恋着马小翠。说起马小翠可是平阳县里数一数二的美人，早在两年前孙亮就在打小翠的主意。孙福为了儿子，曾多次托人到马丰年家求亲，但都被马丰年给拒绝了。马丰年深知孙亮是个好吃懒做的花花公子，更何况他早已与王家定下了亲事，即便是女儿还没有定亲，他也绝不会把女儿嫁给孙亮的。孙亮要不是因为马丰年是捕头，凭着他家在平阳县的势力，再加上他爹与知县杜德贵的交情，他早就连抢人的心都有了。

如今看着心爱的人和别人成亲，孙亮的心里怎能好受？此刻，他一杯接一杯地喝着闷酒，不知不觉就有些醉了。这时天已经黑了下来，新娘马小翠已经被送入了洞房，新郎王大志还在招待着客人。孙亮看着王大志那兴高采烈的模样，顿时妒火中烧，一个邪恶的念头在他的脑中闪现出来，他的脸上露出了一丝让人不易察觉的奸笑。

孙亮找了个借口离开了宴席。出来之后，他看看左右没人，就像贼一样躲躲闪闪直奔内宅。进入内室，见四下无人，就悄悄来到王大志和马小翠的新房外，他透过窗户往里一看，不由喜出望外，屋里只有马小翠一人顶着个红盖头坐在床边。

孙亮闪身进入新房，开始马小翠还以为是丈夫王大志进来了，可接着她觉得进来的人没跟她说话，却呼吸粗重地向自己靠了过来。就在马小翠准备掀开盖头看个究竟的时候，孙亮已经像头饿狼一样，不顾一切地扑了过来。身单力薄的马小翠，被扑倒在床上，她只得一边拼命反抗，一边大声呼救。

这时正巧马丰年出来解手，本来茅房离内宅的新房有一段距离，可马丰年是练武之人，耳朵要比常人灵敏许多。他隐约听到新房传来的呼救声，便急忙往内宅奔来。

马丰年冲进新房，只见孙亮正压在女儿的身上，女儿的衣服已被撕扯得凌乱不堪。见此情景，马丰年气得肝胆俱裂，急忙跨步上前，伸手抓住孙亮的脖领，用力一提，向后甩了出去。孙亮被重重地摔在了地上。

马丰年怒火未消，上去揪起孙亮，准备再好好教训教训他，哪知孙亮却像只死狗，一点也没有挣扎反抗，两只胳膊也垂了下去。马丰年仔细一看，这才发现，孙亮摔倒时，头正好磕到桌角上，脑袋开花，地上流了一摊血。马丰年不由大惊，急忙把孙亮放在地上，用手探探他的鼻孔，发现孙亮已经没了气息。

参加喜宴的宾客得到消息，纷纷赶到后院。跑在最前面的是孙亮的父亲孙福，他一进屋便抱住儿子的尸体号啕大哭。

过了好一会儿，孙福在众人的劝说下止住了哭声，他抬头看到知县杜德贵，急忙跪爬过去，哭道：“大人，您可亲眼看到了小儿的惨死，他是被马丰年这匹夫活活给摔死的，请大老爷一定要为小民做主啊！”

马丰年也急忙跪倒在杜德贵面前说：“大人，是孙亮侮辱小女在前，我救女心切，失手误伤了孙亮，还请大人明断。”

杜德贵手捋着胡须想了想说道：“这里不是断案的地方，到底谁是谁非，明天到大堂上再说吧。孙福，你先找人把你儿子的尸首抬回去安放，本官定会还你个公道的。至于马丰年嘛，不管你是故意杀人，还是为了保护女儿而误杀了孙亮，可你毕竟是杀了人，本官也只有先把你拘押起来，等明天过完堂，审清案情之后再做定夺。”

本是一场热热闹闹的婚礼，就这样不欢而散了。

6. 天网恢恢

当天夜里，孙福就拿着一万两的银票来找杜德贵，目的是要置马丰年于死地，给儿子孙亮报仇。这对正在等钱用的杜德贵，无疑是睡觉送来了枕头，当即心领神会。他才不管马丰年在他手下当了十几年苦差呢，这些交情，比起孙福的一万两银子，在杜德贵眼里实在是太微不足道了。

于是，第二天升堂，杜德贵耐着性子，听完了马丰年昨天是怎么失手打死孙亮的叙述后，就不由分说，对马丰年用了大刑，逼马丰年承认他是为了私愤故意杀死孙亮，甚至说是马丰年父女设下了陷阱，是马小翠把孙亮勾引到她房间去的。

对这种莫须有的诬陷，马丰年怎么会承认呢？任凭杜德贵把所有的酷刑都用上了，马丰年就是死活不承认，杜德贵也懒得再问了，就让人把马丰年关进大牢，并嘱咐牢头不准给马丰年吃喝，直到他招供为止。

连续两天，马丰年都被拖去过

堂，身上已被打得体无完肤。马丰年知道杜德贵与孙福已串通好了，自己无论招与不招，都是难逃一死，可为了自己的名声，为了女儿的清白，决定宁为玉碎，不为瓦全!

连续几天的用刑，再加上没吃没喝，马丰年已经是奄奄一息了。

这天夜里，牢门外突然闪进来一个黑影，没容看守马丰年的狱卒起身，就被来人一掌击晕倒地。紧跟着他从狱卒身上找到钥匙，打开了牢门，背起马丰年飞身出了牢房。

马丰年趴在这个人的背上，已经感觉出来，救自己的不是别人，正是前阵子把平阳县搅得人心惶惶的馒头杀手二宝! 马丰年使出全身力气，在二宝的肩头拍了两下，示意他把自己放下。

二宝找了个隐蔽的地方，把马丰年慢慢放了下来，说："马叔叔你再坚持一下，我这就带你去找郎中疗伤。这些天我上山探望师父，没想到却出了这种事。"

马丰年无力地摇了摇头，意思是说自己已经不行了，然后他让二宝把头靠近自己，拼尽最后力气说道："二宝，我希望你能记住我对你说过的话，放下仇恨，好好做人。"

二宝泪流满面地说道："马叔叔，你太善良了! 你让我放下仇恨，可他们呢？他们要你死! 我已经打听到了，当年害死我爹的人没死。马叔叔，他不但没死，而且还在害人呢! "

马丰年听了，长叹一声："唉，天网恢恢呀……"

第二天，平阳县就发生了一件惊天动地的大事，县太爷杜德贵和首富孙福先后莫名其妙地失踪了。又过了几天，有人在一间废弃的房屋里发现了他们的尸体，死相都非常惨：不知为什么，杜德贵一身乞丐的打扮，身上被咬得伤痕累累，是被咬断喉咙而死的；孙福呢，则被一剑刺穿喉咙，手里还拿着半个没吃完的馒头……

从那之后，平阳县再没发生过馒头血案。

（题图、插图：杨宏富）

故事看过瘾了吗？轮到你出手了，给我们的中篇故事栏目投稿吧。在这个栏目里，我们欢迎这样的故事：1. 题材新颖，视角独特，能引起读者的兴趣，尤其欢迎反映当代生活的作品；2. 情节曲折生动，线索脉络清晰，故事性强；3. 人物形象鲜活生动；4. 篇幅在10000字至15000字之间。热情期待您的来稿。优秀作品除了能得到优厚的稿酬，还有机会拿到千字千元的奖金。来稿可从邮局寄发，邮寄地址：上海绍兴路74号《故事会》杂志社，邮编：200020；也可从网上传递，本期责任编辑邮箱：simyyue@126.com。

这种聪明要不得

□马凤文

村委主任张大保被狗咬伤了，心里对狗极其讨厌，恨不得立马把村子里的狗全部杀光了。他找到会计小徐，让他马上行动，组织人力把村里的狗全部杀死，以除后患。小徐想了想，说：“这恐怕不妥，你想啊，老百姓除了和人亲，最亲的可能就是狗了，要是把他们的狗都杀了，非把他们惹恼了不可，弄不好会闹出乱子的。”

张大保觉得不无道理，可自己总不能被狗白白咬一口啊？小徐笑着说：“咱得另想办法，既把狗给除了，又不让人骂。”

还有这样的好办法？张大保有点不信。小徐说，近几年各种传染病此起彼伏，先是非典，后是禽流感，什么都能流感，为啥狗就不能流感？

听小徐说完，张大保颇受启发，高兴道：“对，就叫狗流感。”

两人一拍即合，小徐马上打开村广播，对着话筒大声宣传，说村里现在流行狗流感了，只有切断传染源，把狗杀光才会杜绝传播。消息一出，村里顿时炸开了锅，禽流感时杀鸡，现在狗流感来了，只能杀狗了。

有一位叫王六的村民不信，就

来问张大保。张大保见是王六，心里还憋着一股气呢，原来自己就是被他家狗给咬伤的，于是就冷着脸说："这种事我能撒谎吗？村民的健康重要还是你家的狗重要呢？说不定这狗流感就是你家狗身上传开的呢。去，把你家的狗牵来，我要亲自动手把它杀了。"

王六本想和村委主任理论，让他不要杀狗，没承想反倒把狗给害了，只好含着一肚子怨气把狗牵来，任由张大保处置。

张大保把狗吊死，晚上和几个村干部喝了狗肉汤，心里别提有多美了。会计小徐忽然说："主任，这么多狗全杀了埋掉怪可惜的，咱们能不能低价收购，然后再卖掉，如此一来还可获得不少收入。"

张大保觉得此法可行，当即批准。

第二天，小徐又通过广播向外宣传，说村里为减少百姓的损失，决定低价收狗。村民们本舍不得杀狗，听说能卖点钱，为减少点损失，只好把狗送到村委会来了。小徐加以清点，然后低价收购，不到一天时间，村里还没被杀死的狗都被收购来了。

张大保打算次日将狗全部卖掉，哪知收狗的小商贩还没来，派出所所长倒是先来了。所长见满院子是狗，问是怎么回事。张大保理直气壮地说："我村发生了狗流感，我要把狗全部杀了。"

所长白了张大保一眼："亏你想得出，你倒拿出狗流感的证据给我看看。"

张大保顿时傻了眼。

所长见状加重了语气："张主任，你打着根本不存在的传染病的幌子，散布虚假疫情，造成全村乃至社会的恐慌和混乱，这法律后果的严重性你考虑过吗？"

张大保开始脸色转白，全身冒汗。接着，他和会计小徐一起被所长请进了警车。

后来张大保和小徐都被行政拘留了15天，罚了200元款，不仅如此，据说还被那些合法养狗的村民状告，赔了不少的钱。再后来听说就因为这件事，不少村民联合罢了张大保的村委主任的职。

律师点评：

这篇故事主要告诉人们，任何人不得借由非法侵犯公民合法权益。公民依法饲养动物本是一项基本权利，而村主任张大保为泄私愤在村会计策划下，谎报疫情，制造混乱。他们的行为显然违法，损害了村民的利益并造成一定后果。因此，依据《中华人民共和国治安管理处罚条例》有关规定，就应当承担相应的法律责任。

（题图、插图：刘斌昆）

报警器

□郑　祥

前几天，李老汉的小驴车让贼给偷了，他种了一亩西瓜地，眼看着熟透了却没法运出去，他急得双脚跳。

还好，李老汉的侄子走南闯北有点门路，帮他联系了一个瓜贩子，开着一辆小货车，一车将一亩地西瓜全拉光了。瓜贩子走的时候，李老汉没忘了提醒他："小伙子，你的车可要看好了，现在贼可多啦！"

瓜贩子见老汉一片诚意，笑着说："大叔，放心吧，我这车有自动报警系统！"

李老汉一听，来了兴趣，问道："啥叫'自动报警系统'？"

瓜贩子想笑，但见李老汉是真不懂，忍住没笑出来，就对他说："是这样的，如果有贼偷我的车的话，车自己就会发出警报！"

老头琢磨了一会，点了点头，算是明白了，但又叹息了一声："那天晚上我的驴就叫了，可我硬是没留神……"

几天后，天还没亮透，李老汉给田里浇水回来，突然又看到了前几天拉他西瓜的那辆小货车。小货车开得很快，一溜烟钻进了一条胡同。李老汉想：准是那小伙子又来拉瓜了，那是个死胡同，我得给他指个道儿，于是他就提着铁锨撵了上去。

开车的是个瘦小个，他似乎也发现了这条路不通，就将车停下，下了车想到前面去探一探。这时候李老汉正好赶过来，瘦小个就问他："大叔，这条路通不通？"

李老汉看看车，的确是瓜贩子的那辆小货车，就诧异地问道："咋换你开车了？又来拉瓜吗？"

瘦小个眼珠子骨碌一转，忙点头道：“是啊是啊，又来拉瓜，上次来的那是我哥！”

听瘦小个这么说，李老汉心中的疑云全消，笑呵呵地给瘦小个指了路。

瘦小个急忙上了车，挂挡倒车。没想到车子一倒，李老汉突然脸色大变，疾步冲到车后，两手紧握着铁锨，虎视眈眈地站在胡同中央。

瘦小个不得不又停下车，下了车赔笑道：“大叔，您还有啥事？”

不料李老汉哼了一声，突然大喊：“抓贼啊，有人偷车……”

瘦小个一听慌了，撒丫子就往胡同里面跑。可李老汉这一嗓子把四邻都惊动了，瘦小个跑到胡同头一瞅，

没路了，最后被闻声赶来的村民死死按住。瘦小个急得大叫：“放开我呀，我没偷车！”

李老汉得意地问道：“没偷车？没偷你跑啥？”

见瘦小个无语，众人不管三七二十一，将瘦小个押到了派出所。一审，瘦小个果然是个偷车贼，而且还是个惯偷。

原来瓜贩子又来拉瓜，天晚了就住在镇上的旅舍，车就停在马路上，没想到竟让瘦小个给偷了。让李老汉意想不到的是，他的小驴车竟也是这个瘦小个偷的，而且现在还在瘦小个家里呢。

审完瘦小个后，派出所的人问李老汉：“大叔，你怎么就知道那车是他偷的呢？”

被铐在桌腿上的瘦小个也觉着纳闷，听派出所的人这样问，不由竖起了耳朵。

李老汉嘿嘿一笑，说“那车不是有自动报警系统吗？嘿，那东西就是管用，它要是不报警，还真就被这家伙混过去了！”

瘦小个听了诧异道“不可能，报警系统早就被我拆了，不可能会叫！”

李老汉走到瘦小个面前，嘲弄道：“拆啥呀？一定是你小子手艺不精，没拆干净，要不那车怎么自己叫，请注意，盗车；请注意，盗车！”

死鸡当炮弹

□开　心　编译

汤姆在一家汽车公司当工程师，专门负责测试新车。这两天，他正在为一个测试项目犯愁。原来，公司新开发了一款高级跑车，车速很快，为了保证安全，必须测试一下挡风玻璃的抗冲击能力。可汤姆却一直找不到合适的测试方法。

就在这时，汤姆听说航天局刚开发了一种特殊的炮，这种炮可以把死鸡当成炮弹，打到飞机的玻璃上，这样就能模拟出飞机在飞行时与鸟撞击的情况，从而测试出飞机玻璃的牢固程度。

听到这个消息，汤姆大喜过望，赶紧想办法租来了这种炮，打算用航天局的方法测试新车。

测试那天，汤姆和同事找来一只死鸡，装进炮里，汤姆一按按钮。只听“轰”的一声，死鸡从炮筒里飞出来，撞上了跑车的挡风玻璃。

炮声过后，汤姆和同事们跑过去看测试结果，却被眼前的景象吓了一跳。只见挡风玻璃破了一个大洞，再往里面看，驾驶室里一片狼藉，死鸡不仅砸毁了中控台，还把驾驶座也打断了，最后整只钉在了后排座位上。

汤姆他们吓得两腿发软，没想到新车的玻璃竟然这么脆弱不堪。他忙把现场的情况告诉了航天局的工程师，航天局的人一听也很惊讶，说他们测试时从没出现过这种情况，并说要亲自到现场来调查。

没过多久，航天局的工程师就赶了过来，汤姆把挡风玻璃的设计方案交给他们，低声下气地请对方帮忙，改善挡风玻璃的设计。

航天局的工程师仔细观察了现场的情况，很快就把调查报告给了汤姆，可是上面只有一行字：

“鸡要先解冻。”

就是让你宰

□曹景建

小王是个出租车司机，这天晚上，他正在市区转圈兜客，可不知怎的，大马路上空空荡荡的，半天一个客人都没拉到。

小王正在窝火，突然发现，在前面的斑马线旁，有个老大爷正向他的车子招手。小王立马开上去，在大爷面前“嘎”一声停了下来，热情地招呼老大爷上车。

等老大爷坐定，小王问道：“大爷，去哪里啊？”

“文化宫。”老大爷的回答带着很重的外地口音。

小王一下子愣住了，这老大爷怎么回事啊，文化宫就在马路对面，穿过这条斑马线就到了。“文化宫”那三个霓虹灯大字，闪啊闪的，就在眼前。难道老大爷没认出来？

不过，小王转念又一想：听他的口音不像本地人，而且可能不识字，说不定真不知道文化宫就在眼前。这下小王的心思开始活络了：既然你上了车，那就别怪我不客气了，送上门的肥肉岂有吐出来的道理？

于是小王一踩油门，车子沿着马路就向前冲去。

老大爷被车子启动一带，顺势就往后倒，不由喊道：“王司机，你慢点开。”小王笑了：“大爷，放心吧，天这么晚了，路上车少，超点速度驾驶没事的，你要相信我的驾驶技术。”说完，他突然意识到了什么，“老人家怎么知道我姓王啊？”

老大爷哈哈大笑：“这还用问，你胸前不是挂着出租车司机服务卡吗，王晓飞不是你吗？”

小王心里一惊，原来他识字啊，那为啥没看到“文化宫”三个大字呢？噢，老人嘛，肯定是眼神不好！

小王一边琢磨着，一边在附近七

拐八扭地绕圈，他心想：凭着自己的经验，绕这么大的一个圈，一般人早就糊涂了，何况一个眼神不好的老人呢！

绕了半天，他又回到了刚才那条路上，眼看快到文化宫了，老人突然大叫了一声："小心，前面有人！"小王打了个激灵，马上一个急刹车，睁眼一看，面前的确有一个孕妇正沿着斑马线缓慢地横穿马路。好险啊，要是晚刹一会儿车，就撞上人家了。

"咦，老大爷，离那么远就看到她了呀，您眼神真好！"小王惊叹起来。

老大爷舒了口气："当然了，别看我这么老了，两眼可都没老花。"

多亏老大爷及时提醒，否则自己就闯大祸了。想到这里，小王突然不好意思起来："大爷，其实我刚才骗了您，您根本用不着打车的，文化宫就在您上车地方的对面，您沿斑马线过就是了，刚才我还以为您眼神不好呢。"

谁知老大爷突然掏出钱放到小王手里，笑了："我儿子家就住文化宫对面，我在这里住了快一个月了。文化宫在哪儿我闭着眼睛都能找到。实话告诉你吧，我是故意让你宰我的。"

小王一愣："为啥啊？"

老大爷笑着说："别看这儿有斑马线，可现在夜一深，什么赛车族啊，出租车司机啊，都把车子开得飞快，我哪敢冒险横穿马路啊，前段时间晚上，这个斑马线不就连出了好几个车祸吗？"

吭哧吭哧

□曾子建

公司的清洁工赵大伯特别爱聊天。可这老头话题老是那么几个，而且想法又很古板，看啥都不顺眼。所以有好心人提醒他说："赵大伯，其实我们都挺喜欢你，可是你讲的事儿实在是太枯燥了，你以后能不能讲点新鲜事啊？"

赵大伯听了，若有所思地走了。

第二天午后，赵大伯又来到了办公室，边打扫卫生边说："现在的年轻人，太不像话了……"办公室里的人听了，都苦笑着摇摇头，看来这赵大伯还是改不了老习惯啊。

这时，只听赵大伯继续自言自语地说道："也不看看是什么地方，青天白日的，一点羞耻心也没有……"这下，大伙儿都不由看了看赵大伯，今天的话题好像和以前有点不一样,。

有人好奇地问道："赵大伯，什么事呀？让你这么生气？"

赵大伯哼了一声："你说现在的年轻人，像样吗？那一男一女一对情侣，躲在公园的树林子后面，吭哧吭哧的，他们倒爽快，可也不看看那是什么地方，也不想想别人是怎么看的。"

一听赵大伯这么说，办公室一下热闹起来："赵大伯，你没骗人吧？"

"骗人？我干吗要骗人？见到他们两个，简直脏了我的眼睛。"

赵大伯这话说完，只听"哗啦"一阵响，办公室里的人走了个精光，全都兴奋地奔向了那片小树林，一听，里面真有动静，再探头一看，果然有对小情侣，正吭哧吭哧地吃着西瓜，瓜皮在边上丢了一地。

大伙儿正面面相觑，赵大伯追了上来，气愤地指着那对情侣，说："你们看看，看看，现在的年轻人像样吗？刚说他，他还不理我。公园环境要靠大家来保护，吃西瓜有这样吃的吗？至少要带个袋子，把西瓜皮装起来……"

工夫不负有心人

□文丑丑

这天，孙姐看到一家健身中心正在优惠办理健身卡，想到自己身体越来越胖，的确也该健身了，便兴冲冲跑了过去。可走近一问，她心里顿时凉了半截，价钱只打了八折。孙姐想，这年头折扣越打越低，哪有只打八折的道理，于是，她使出了软磨硬泡的工夫，请人家折扣再打得低一点。

这时，一个经理模样的人走过来对她说："小姐，我看你也挺诚心，这样吧，如果你能拉更多的人来，我就给你打折，来三个人就多打一折，人越多，折扣就越多。"孙姐一听，高兴地应了下来。

接下来几天，孙姐真是下了工夫，可费了九牛二虎之力，只说动了三个小姐妹去报名，不过那个经理倒也兑现承诺，给孙姐打了七折。

孙姐看着这折扣还不太满意，可身边实在找不出能拉的人了，怎么办呢？正发愁呢，她突然看到了一旁的宣传单，灵机一动，问道："经理，我去大街上给你们宣传拉人吧！不要报酬，还是那个标准，三个人一折，行吗？"

经理一听笑了，心说这个大姐还真执著，不过再一想，多个免费宣传员也不错，便答应了。

孙姐乐坏了，拿起宣传单就往外跑，可没想到，干了整整一天，一个客人也没拉到。这下，孙姐的犟脾气上来了，心说，我就不信自己拉不到人。于是，第二天一大早，她又跑去拉客人。但老天好像和她较上了劲，一整天，还是一个客人都没拉到。

到了傍晚，孙姐把宣传单还回健

身中心，说了声“明天我还来”，转身就要走。经理从后面叫住了她，笑着说：“小姐，鉴于你的诚心和表现，我们已经决定给你五折的优惠了。”

“什么？五折？”孙姐不敢相信自己的耳朵，“真的？不用我拉客人了？”

“是、是、是！”经理慌忙回应道，“不用您拉客人了，真的不用了。”

孙姐激动不已，忙交钱办了卡，临走前还一个劲地和经理握手道谢。

等孙姐走了，一个工作人员不由感叹道：“真是工夫不负有心人啊！”

谁知，经理却不住地摇头：“你真以为是因为她卖力宣传，我才给她打折的吗？我是不得已啊。原本我们这儿每天都有好几个人来报名，可自从她出去，一个人都没进来。我心里也纳闷，就出去看个究竟……”

“难道她出工不出力？”

经理摇摇头：“她要这样马马虎虎倒好了，我看她在街上比我们任何一个人都卖力，见个人就上去宣传。可路上人看到她，都摆摆手走了，还说千万不要到我们这里来健身。”

工作人员纳闷道：“那为啥呀？”

经理一阵苦笑：“她跟人家说我们这里健身效果这么好、那么好，可是你看看她的身材，谁会相信她的话啊？”

（**本栏题图、插图**：顾子易　包丰一　王　俭）

www.ingramcontent.com/pod-product-compliance
Lightning Source LLC
Chambersburg PA
CBHW051934220626
47052CB00004B/666
9787545204834